4

Bibliografische Information der Deutschen Nationalbibliothek:
Die Deutsche Nationalbibliothek verzeichnet diese Publikation
in der Deutschen Nationalbibliografie, detaillierte bibliografische
Daten sind im Internet über http://dnb.dnd.de abrufbar.

© 2018 Kurt Hornig
Herstellung und Verlag: BoD-Books on Demand, Norderstedt

ISBN: 9783752880793

Der Streuner

1

Felix, er mag etwa fünfundfünfzig bis sechzig Jahre sein, hat sich auf den Weg gemacht, seinen Lebensunterhalt für heute zu sichern. Er trägt alte abgetretene Stoffschuhe, die schon lange keine Pflege mehr bekommen haben. Und seine beige, aus dickem Material bestehende Cordhose ist den ganzen Winter wohl nur kurz für bestimmte Geschäfte herunter gelassen worden. Den Wintermantel, aus billigem Wildlederimitat, hat er mit zwei Knöpfen, die nicht immer zu dem Mantel gehörten, zugeknöpft. Unter der verfilzten Strickmütze lugen seine mittelblonden Haare hervor. Sie passen zu dem Gesamtbild dieser einst so erfolgreichen Persönlichkeit.

Direkt nach dem Abitur studierte er in Hannover Jura, um Rechtsanwalt zu werden. In den Staatsdienst wollte er nie, trotz der damit verbundenen finanziellen Sicherheit.

Eigentlich wollte er Psychologe werden. Der Mensch als solcher interessierte ihn immer schon sehr. Aber er glaubte, ihm als Jurist hilfreicher sein zu können, denn als Psychologe. Psychologie blieb trotzdem sein Hobby, und alles, was er darüber weiß, hat er sich damals in seiner Freizeit angelesen oder im Radio und Fernsehen gehört und gesehen. Das Internet war noch nicht so verbreitet wie heute.

Heute, was ist heute? Wer ist er heute? Wie kam es zu dem heute? Sein heute besteht jeden Tag hauptsächlich daraus, Papierkörbe nach Verwertbarem zu durchsuchen, wobei das Verwertbare manchmal auch aus Lebensmitteln besteht. Zur Tafel, einer sehr sozialen aus engagierten Leuten über das gesamte Land mehr oder weniger dicht verstreut geführten Einrichtung, geht er nicht. Es ist kaum zu glauben, aber sein Stolz verbietet es ihm.

6

Er sorgt für sich selbst.

Manchmal vergleicht er sich mit Ratten, die keiner will, aber die dennoch für das gesamte Biosystem wichtig sind, wie übrigens jedes Lebewesen und jede Pflanze. Nicht so wichtig sind oft nur die Teile der Gesamtheit, die glauben, es gehe nicht ohne sie, oder sie seien wichtiger oder gar mehr Wert als andere.

Plötzlich hört er das Martinshorn eines Rettungswagens. Es wird schnell lauter und der Ton höher. Diese Melodie lässt immer wieder Erinnerungen an die Zeit vor einigen Jahren in ihm wach werden. Erschreckt lässt er die soeben gefundene Pfandflansche aus Glas fallen. Sie zerbricht mit kurzem, dumpfem Ton auf dem harten Pflaster des Gehwegs an der Bahnhofstraße. Ist das ein Vorzeichen, dieser Ton des Martinhorns, das Bersten der gefallenen Flasche, die Scherben, das Sichtbarwerden des leeren Flascheninneren?

Wieder sind acht Cent Flaschenpfand perdu. Der Krankenwagen rauscht schrill an ihm vorbei, und der Doppler-Effekt lässt die oft unheilvolle Melodie wieder tiefer klingen. Felix sieht dem Wagen nach, bis er vor dem Bahnhof nach links in Richtung Hamstedt verschwunden ist. Er schüttelt mitleidig und bedächtig den Kopf. „Arme Sau" murmelt er vor sich hin. Notdürftig schiebt er mit seinen stoffschuhbekleideten Füßen die Scherben vom Gehweg in das Gebüsch, während der alltägliche Berufsverkehr langsam zunimmt. Er *arbeitet* weiter.

Wieder einer dieser trüben Tage, kalt, regnerisch. Dazu bläst ein eiskalter Wind durch die Straßen Schönquells, das sich seit dem ersten 1. April 1913 *Bad* nennen darf.

Es ist, als ob der kalte Ostwind die Situation in dem einst so beliebten Kurort noch weiter abkühlen wolle. Früher, Mitte des 16.Jahrhunderts, war es ein Bade-

Kurort, in dem der europäische Adel, Geldadel und alle, die glaubten, dazuzugehören oder es gerne sein wollten, gerne urlaubten, kurten und wichtige Verbindungen herstellten oder festigten. Es war ein Kurbad ersten Ranges in Europa. So ist es auch nicht verwunderlich, dass zur Hochzeit Schönquells in der Saison Menschen aus ganz Europa kamen. Sie versuchten hier, ihre Wehwehchen und natürlich auch ernsthafte Krankheiten zu kurieren. Badeärzte verordneten ihnen neben dem gesunden Wasser auch sehr viel Bewegung. Alles zusammen muss wohl geholfen haben. Das *Wundergeläuf* war entstanden.

Aber die Zeiten Zar Peter des Großen, des Alten Fritz, des Dichterfürsten Goethe oder einer Königin sind längst vorbei. Auch einen Nobelpreisträger kann Bad Schönquell zurzeit nicht mehr zu seinen Bürgern zählen. Es gibt heute nur noch das ein oder andere pompöse Haus, das auf die herausragende Stellung als Kurort in Europa, den früheren Wohlstand und vor allem auf den Ihrer damaligen oft honorigen Besucher und Gäste schließen lässt. Viele Häuser sind im Laufe der Jahre verwittert und verfallen. Insofern unterscheiden sich die Baulichkeiten nicht sehr von der derzeitigen Bevölkerung. Die Bevölkerung spiegelt doch letztendlich den Zustand, den des Menschen und den des materiellen Besitzes, insbesondere der Immobilien wider. Dies können Aussichtstürme, Häuser, Wege oder Straßen sein.

All das verkommt immer mehr. Bad Schönquell stellt hier keine Ausnahme dar. Es ist nur ein Beispiel dafür, wohin es kommt, wenn falsche Politik betrieben wird und wenn alte, im Geiste alte, Bürger zu sehr an Vergangenem festhalten und Neuem gegenüber verschlossen sind.

2

„Hast du den Alten gesehen?". „Ja, die olle Socke ist auch schon wieder unterwegs."

Die Gespräche zwischen Sven und Maximilian beschränken sich während ihrer Einsatzfahrten meist auf solch kurze Dialoge. Nur montags wird oft richtig diskutiert. Thema ist dann stets der Wochenendfußball. Sven ist Bayern-Fan. Maximilians Verein heißt Hannover 96. *Die Roten,* so werden die Spieler von Hannover 96 hier in der Region genannt, sind in dieser Spielzeit nicht so erfolgreich wie in vorangegangenen.

„Richtung Hamstedt" sagt Maximilian leise zu sich selbst und ist in Gedanken schon bei der Unfallstelle auf dieser verrückten Straße zwischen Bad Schönquell und Welsdorf. „Ja, schon das dritte Mal in dieser Woche," antwortet Sven mehr zu sich selbst als zu Maximilian. „Wahrscheinlich hat wieder so'n alter Daddy den Verkehr aufgehalten. Wenn die nicht mehr mithalten können, sollen sie sich 'nen Rollator holen und im Altenheim rumdüsen. Da könn'se trödeln bis zur Fütterung."

Maximilian wendet seinen Blick langsam Sven zu. Max kann es nicht leiden, wenn so abschätzig und böse über die ältere Generation geredet wird. Vielleicht ahnt er im Unterbewussten, dass dieser Einsatz seine ganze Kraft erfordern würde.

"Mensch, Sven, was soll das denn? Die fahren so wie sie's können. Klar rege ich mich manchmal auch über die Trödler auf. Aber die Alten und Unsicheren regen sich andersherum über die Raser auf. Und wer baut schließlich die Unfälle hier an dieser Straße?"

Dann herrscht wieder Ruhe zwischen beiden.

Sie fahren an dem auf der rechten Seite liegenden Fachmarkt vorbei.

Etwas weiter folgen ein paar Geschäfte und ein Einkaufszentrum. Dann geht es aus Schönquell hinaus auf die Hamstedter Landstraße.

„Da hinten ist es. Die Blauen sind auch schon da? Ach du Schande, wie sieht der Wagen denn aus?" In wenigen Augenblicken erreichen sie die Unfallstelle, die von den auf Streife fahrenden Polizisten bereits abgesperrt worden ist.

„Dieses Mal sind wir schneller. Wir waren gerade auf Streife. Wo ist der Doc? Habt ihr ihn verloren?" Jonas, der Fahrer, ist ein großer, junger Polizist mit dunkelblondem, gelocktem Haar und seit gut sechs Monaten mit seiner Ausbildung in Holzminden fertig. Manfred, seinen älteren Kollegen kann nichts mehr erschüttern, ... sagt er immer.

Jonas war zur Polizei gegangen, weil er Gutes tun, für andere da sein und helfen wollte, wo Hilfe gebraucht würde. Aber er musste schnell feststellen, dass der Alltag mit seinem Papierkram, seinen Gesetzen, Vorschriften und Dienstanweisungen wenig Spielraum für die Umsetzung seiner ehrenhaften Einstellung zuließ.

„Der Doc, der ist auch sofort da. Was ist passiert? Sitzt da noch jemand drin? Wir brauchen die Feuerwehr. Den kriegen wir da so nicht raus. Habt ihr sie schon angerufen?"

Sven, der coole Rettungswagenfahrer, ist ein ausgezeichneter Notfallsanitäter, und er hat schon einiges erlebt, aber dies hier...

„Ja, Manfred hat angerufen... da hinten:"
„Was ist da?"
„Da liegt der andere, ein Motorradfahrer."
„Was? Wie kommt der denn *da* hin?"
„Mann, Mann, Mann".

Unweigerlich müssen die Notfallsanitäter schmunzeln, und Maximilian entweicht ein „Ach, Muschi".

In diesem Moment fällt Jonas ein Song ein, den Mr.Anderson, eine in der Region bekannte Band aus Bielefeld, vor einigen Jahren komponiert, getextet und gespielt hat.

Er heißt D.O.A., dead on arrival.

Das Martinshorn des Notarztwagens ertönt, und ein, zwei Minuten später ist er am Ort.

Der Notarzt, Dr. Burgel, entsteigt eilig dem rot-weißen Audi.

„Mann, Mann, Mann. Das mir jetzt keiner *Muschi* sagt."
„Feuerwehr?"
„Ja, kommt. Da hinten liegt noch einer, ein Motorradfahrer."

Sven und Dr. Burgel eilen zu dem Motorradfahrer. Es wäre jetzt pietätlos zu sagen: oder zu dem, was von ihm übriggeblieben ist.

3
„Wann kommt Carsten? Schwester, wann kommt Carsten? War Carsten schon da? Wann kommt Carsten? Schwester? Hörn se mal! Hallo, hörn se mal! Schwester, wo ist Carsten?"

„Ja, Schwester, hören Sie das denn nicht? Nun antworten Sie doch mal. Die macht einen ja ganz verrückt," bemerkt Herr Falter.

Schwester Ricarda geht um den buntgeschmückten Tisch herum, vorbei an den anderen Bewohnern, auf Frau Tuschort zu.

„Frau Tuschort, Ihr Sohn Carsten war erst gestern hier. Er will heute Nachmittag wiederkommen. Aber er muss erst arbeiten."
„Dann ist es gut."

Frau Tuschort, eine der Bewohnerinnen einer Abteilung für Menschen mit demenzieller Veränderung, wie es sachlich korrekt heißt, gibt sich damit zufrieden, bis zum nächsten ‚Schwester, wann kommt Carsten?‘.

Manchmal dauert es eine Stunde oder länger, manchmal aber dreht Ricarda sich um, und es geht schon wieder los: "Schwester, wann ..."

Ricarda fragt sich: Was hat sie bloß? Normalerweise ist sie gar nicht so unruhig. Carsten, nach dem hat sie eine Ewigkeit nicht mehr gefragt. Zum Glück merkt sie nicht mehr, dass Ihr Sohn schon lange nicht mehr bei ihr gewesen ist. Sonst fragt sie immer nach Felix. Aber der war auch lange nicht mehr hier. Er wurde hinausgeekelt.

„Hier, hallo, hiiieer!"

Ricarda geht zu Frau Bulde, einer anderen Bewohnerin dieser Station. „Frau Bulde, was kann ich für Sie tun?"
„Sie wissen doch. Ich kriege noch meinen Pelz von der Reinigung. Ich muss doch morgen wieder ins Konzert. Und da brauche ich meinen Pelz."
„Ja, Frau Bulde, ich habe in der Reinigung angerufen. Den Pelz können wir nachher abholen."
„Gut, machen *Sie* das?"
„Eine Kollegin holt den Pelz."
„Aber nicht vergessen. Die jungen Leute heute sind ja alle so vergesslich. Hier ist die Quittung."

Frau Bulde reicht Ricarda eine weiße Serviette, die sie vorher von dem kleinen Beistelltisch genommen hat. Ricarda nimmt sie. „Ich werde sie der Kollegin geben."

„Schwester, wann kommt Carsten?", kommt es erneut von hinten.

Schwester Ricarda ist einer der guten Geister des Hauses und seit vielen Jahren hier in der *Residenz* tätig. Das große Haus in der Prof.-Sauerbruch-Straße trägt seinen Zusatz *Residenz* zu Recht. Es ist eine Einrichtung für pflegebedürftige Menschen jedes Alters. Und dann gibt es einen weiteren Bereich für Menschen, die noch keine Hilfe benötigen, aber trotzdem die Vorteile einer Rundumversorgung nutzen wollen, wenn sie es denn wollen oder es nötig haben. Der gute Ruf hat vor allem in der Vergangenheit dafür gesorgt, dass insbesondere viele Berliner in Bad Schönquell und speziell in diesem Haus - im betreuten Wohnen - ihren Lebensabend verbringen wollten.

Wenn man vor dem Entree des Hauses steht, und es ist ein Entree und nicht einfach ein läppischer Eingang, kann man feststellen, dass zur Straße liegende Räume Balkone besitzen. Die Blumenkästen sind geschmackvoll mit Blumen bepflanzt, die Fenster besitzen ausnahmslos Gardinen, und da, wo die Räume erleuchtet sind, kann man individuell eingerichtete Zimmer und womöglich ganze Wohnungen erahnen.

Im Inneren wird man von freundlichen Empfangsdamen, die hervorragend auf das *etwas spezielle* Klientel eingehen, begrüßt. Ein Wasserspiel in der Mitte der Empfangshalle verläuft von der oberen Etage bis hinunter in das Untergeschoss. Das leise Plätschern des Wassers vermittelt unverzüglich heimische, fürsorgliche und behütende Atmosphäre. Die Pastellfarben an den Wänden und in den Bodenbelägen strahlen Helligkeit aus. Man fühlt sich eingeladen und willkommen.

Was man auch fühlt: das hier vorhandene Geld. Man könnte annehmen, sich in einem Fünf-Sterne-Hotel zu befinden. Das Wohnen in dieser Residenz ist nicht für Jedermann. Es kann sich nicht jeder leisten. Dieses Mobiliar, diese Ausstattung, dieses Personal, diese vielfältigen Annehmlichkeiten, dieses Für- und Versorgen müssen einfach teurer sein, als die vielen kommunalen Einrichtungen dieser Art.

Im Leben gibt es nun einmal überall Unterschiede. Das ist ganz natürlich und stellt auch kein Problem dar. Es ist zumindest kein Problem, solange die Menschen der einen Gruppe die der anderen achten und nicht verachten.

Fast keiner der Bewohner macht sich hierüber Gedanken. Die meisten sind bereit, viel Geld auszugeben und können es sich leisten, auch im Alter mit ihren unterschiedlichen Wehwehchen, Zipperlein oder Gebrechen gut behandelt und nicht weggesperrt zu werden.

„Hör'n se mal! Hallo, Schwester, hör'n se mal!"
„Ja, Frau Tuschort, was kann ich für Sie tun?"
„Wann kommt Carsten? Schwester, wann kommt Carsten? War Carsten schon da? Wann kommt Carsten, Schwester?"

Schwester Ricarda bleibt ruhig, abgeklärt, hilfreich, liebenswürdig, und was am wichtigsten ist,... menschlich..., menschlich im besten Wortsinn.

„Frau Tuschort, Ihr Sohn Carsten war erst gestern hier. Er will heute Nachmittag wiederkommen. Wenn er mit seiner Arbeit fertig ist, kommt er."
„Hat er das gesagt?"
„Ja, das hat er gesagt."

4
Felix geht weiter, den Blick unauffällig auffällig nach unten gerichtet, damit er keine Flasche übersieht. Den großen Stoffbeutel schaukelt er übertrieben stark vor und zurück. Alle zehn bis zwanzig Schritte dreht er sich betont locker mal nach links, mal nach rechts und meint, somit Sorglosigkeit auf andere zur Arbeit fahrende Schönqueller auszustrahlen.

Ausstrahlung besaß er, damals. Als Jurist war er eine Koryphäe und weit über die Grenzen Hannovers bekannt. Eine Bonner Kanzlei hatte ihm Mitte der achtziger Jahre angeboten, auf deren Kosten zu promovieren und bei ihr als Teilhaber einzusteigen. Bonn, damals Regierungssitz, galt bis zur Wiedervereinigung als Toppadresse, nicht nur für Juristen. Politiker haben stets genug rechtliche Probleme zu klären. Nicht selten sind es dann auch private, rechtliche Probleme. Aber er wollte weder promovieren noch nach Bonn. Also blieb er in Hannover. Seine Kanzlei, die er mit vier anderen Anwälten betrieb, lief gut. Ja, man kann sagen, es war die bestlaufende Kanzlei in und um Hannover und eine der besten in Niedersachsen.

Sein Name war, wie erwähnt, auch in Bonn bekannt. Aus diesem Grunde erhielt er immer wieder Aufträge aus Regierungskreisen. Dass Bonn nicht sein Bezirk war, stellte nie ein Hindernis dar. Man konnte einen Strohmann, ähnlich wie beim Fußball, einsetzen. Dort ist es auch nicht ungewöhnlich einen Strohtrainer einzusetzen, wenn der Wunschkandidat keinen Trainerschein besitzt. Der Gewünschte wird einfach Team-Manager, oder er bekommt irgendeine andere Scheinbezeichnung. So wird das Problem behoben.

Vielleicht hat sich der Sport Scheinbezeichnungen ja sogar von der Politik abgesehen. Viele Politiker sind ja sehr erfinderisch, wenn es darum geht, dem Bürger etwas vorzugaukeln, um nicht zu sagen, anzulügen. Anlügen setzt nämlich voraus, dass man bewusst etwas Falsches sagt. Hier kann man zweifeln. Wissen alle Politiker was sie sagen? Nein, viele wissen es nicht. Und manche wissen noch weniger. Sie sind eben auch nur Menschen, auch wenn der gesunde Menschenverstand es manchmal nicht glauben mag.

Die Bahnhofstraße hat er abgearbeitet, und er befindet sich jetzt an der Ampel, bei der die

Hauptfahrtrichtung der Bahnhofstraße in die Nordstraße übergeht. Die nach rechts abzweigende Straße ist die Kantstraße. Hier, an einer Ampel mit Fußgängerüberweg, sind um diese Zeit oft viele Schüler auf dem Weg zum Kant-Gymnasium und zur Realschule, die den Namen des einzigen Nobelpreisträgers Bad Schönquells trägt.

Einige Schüler kommen ihm entgegen. „Ich will mal sehen, was heute alles so abfällt", sagt er mehr flüsternd zu sich und zuckt etwas zusammen. Dahinten kommt einer dieser Rabauken, die es in jeder Stadt gibt. Ralph hat Felix des Öfteren schon ‚angemacht'. Zwar ist Ralph noch nie gewalttätig geworden, jedenfalls in körperlicher Hinsicht, aber er beherrscht sein Mundwerk wie kaum ein Zweiter, und das kann zuweilen mehr verletzen und wehtun als körperliche Willkür.

In seiner schlenkernden Art dreht er sich um und geht noch langsamer als gewöhnlich wieder in Richtung Bahnhof. Nach etwa zwei oder drei Minuten blickt er möglichst unauffällig zurück. Ralph ist nicht mehr zu sehen. Felix kehrt nun erneut um und setzt seinen Weg in ursprünglicher Richtung fort. Auf diese Weise ist er einer unschönen Begegnung aus dem Weg gegangen, und er hat ein paar Minuten gewonnen... Minuten, in denen die eine oder andere Flasche der Schüler im Papierkorb nahe der Ampel oder im Gebüsch gelandet ist und ihm ein paar Cent und manchmal sogar ein paar Euro einbringt. Aber heute gibt es nur eine Flasche und eine Cola-Dose.

5
Dr. Burgel und Sven haben den Motorradfahrer erreicht.

„Hallo, hören Sie mich?"
Nichts.

„Können Sie mich hören. Ich bin der Arzt."

Beide ahnen, dass sie plötzlich alle Zeit der Welt haben. Dennoch beeilen sie sich, einen Ansatzpunkt zum Helfen zu finden. Der schwarze mit roten Ornamenten verzierte Integralhelm steht ganz seltsam zum Oberkörper. Der Doc kann ihn nicht abnehmen oder aufschneiden. Aber irgendetwas muss er doch tun. Wo soll er beginnen?

Aus der linken Seite des Lederoveralls in Höhe der Schulter tritt Blut aus. Es läuft frei in das Gras und färbt es rot.

„Hast du den Arm gesehen?" fragt Dr. Burgel Sven, der aber nur den Kopf schüttelt.

Der Doc sieht Sven bei der Frage nicht an und bemerkt somit auch nicht Svens Kopfschütteln. Dr. Burgel herrscht ihn an: „Sind Sie taub? Ich habe Sie gefragt, ob Sie den Arm gesehen haben. Ich habe schon hundertmal gesagt, dass ich klare Antworten will. Ist das so schwierig zu verstehen?"
„Nein, ich hab' ihn nicht gesehen." Kommt es dann kleinlaut zurück.
„Mensch, dann such ihn endlich!"
„Max, wir brauchen den Heli. Veranlassen Sie alles Notwendige. Heli nach Hannover", bestimmt der Arzt jetzt wieder relativ leise, aber über jeden Zweifel erhaben.

Der Motorradfahrer liegt auf dem Bauch. Der Kopf ist leicht zur Seite gedreht. Somit ist Erstickungsgefahr kaum gegeben. Dr. Burgel versucht, die Halsschlagader zu finden, was bei dieser Ledermontur nicht einfach ist. Jetzt, da er näher herankommt, stellt er fest, dass ein Bein wesentlich länger als das andere ist. Ein kurzer Blick und dann ein vorsichtiger Griff an eine Stelle in Knienähe, an welcher der Overall komisch abgeflacht, gestreckt und

verformt ist, zeigt ihm unmissverständlich, dass das rechte Bein abgerissen sein muss.
Er fragt erneut: "Hallo, hören Sie mich?" Reaktion gleich null.

Der Arzt wendet sich dem Kopf zu, ist in Gedanken aber schon bei dem eingeklemmten Autofahrer. „Wo bleibt denn bloß die Feuerwehr? Wir sind schon eine Ewigkeit hier," sagt er sich. Es sind aber erst zwei oder drei Minuten seit seinem Eintreffen vergangen.

„Seht zu, dass ihr in das Auto kommt, wir brauchen das Übliche, Halskrause und so weiter."

Dr. Burgel beugt sich vor das Visier des Helms. ‚Ich muss seine Augen sehen. Ich muss sie sehen. Ich muss sicher sein. Seine Augen, wo sind die Augen?' denkt er hastig. Da, endlich. Das Kunststoffvisier ist unversehrt. Der Doc kann ein Auge des Motorradfahrers sehen. Das andere ist durch die Lage des Kopfes nicht zu erblicken. Dr. Burgel sieht in ein offenes, gebrochenes Auge, das keinerlei Reaktionen zeigt. Als erfahrener Chirurg und Unfallarzt kann er die richtigen Schlüsse ziehen. Für ihn steht fest: Der Motorradfahrer ist tot.

Sven kommt zurück, mit dem abgetrennten Arm in Leder.

„Sven, hast du den Heli angefordert?"
„Ja, er ist frei und sollte eigentlich umgehend starten."

Dr. Burgel will sich wieder aufrichten und zu dem Unglückswagen gehen, plötzlich.

„Hey, er lebt ja doch noch. Er hat sich bewegt. Ich habe mich geirrt, ein Glück." Der Notarzt wird in seinen Gesten und Anweisungen noch schneller als er ohnehin schon gewesen ist.

Im selben Moment ist dem Doc aber klar, dass er den Motorradfahrer berührt und selbst bewegt haben muss. Seine Erfahrung aus -zig Unfällen täuscht ihn nicht, der Motorradfahrer ist tot.

„Dann muss ich mich jetzt um den Autofahrer kümmern. Manfred, können Sie das Fenster irgendwie öffnen? Ich muss an den Verletzten."
„Nein, wie stellen Sie sich das vor? Wenn ich die Scheibe einschlage und ihn dann noch mehr verletze, bekomme ich es vielleicht mit den Verwandten und dann mit dem Staatsanwalt zu tun. Das Risiko ist mir zu groß. Dafür sind Sie oder die Feuerwehr zuständig."
„Sie sehen, dass wir genug mit den Apparaturen zu tun haben, und wenn Sie jetzt nicht, wie auch immer, den Wagen öffnen, schicke ich Ihnen persönlich den Staatsanwalt auf den Pelz. Also fangen Sie an. Ich übernehme die Verantwortung."
„Unter Protest und unter Zeugen," willigt Manfred ein.

„Doktor," sagt Sven, der glaubt, etwas gut machen zu müssen, „ich glaube, die Feuerwehr kommt."
„Ja, ich hab das Martinshorn auch gehört."
„Sollen wir warten bis die hier ist?" fragt Manfred hoffnungsvoll.
„Mann, jetzt machen Sie sich nicht in die Hose. Öffnen Sie das Auto. Hier geht es um Menschen und nicht um Falschparker, jede Sekunde ist wichtig. Los, jetzt."

Der Unglückswagen ist, warum auch immer, von der Straße abgekommen, hat sich mehrmals überschlagen, ist in einen wasserlosen Bachlauf gerutscht und dort vor einen Baum geprallt. Die Fahrerseite ist so stark eingedrückt, dass sie nicht zu öffnen ist.

Jonas, der jüngere Polizist, hat mittlerweile die Straße komplett gesperrt. Der Verkehr wird über die umliegenden Dörfer umgeleitet.

Der Feuerwehrwagen kommt an. Die Feuerwehrmänner klettern eilig aus ihrem Fahrzeug, verschaffen sich einen Überblick und beginnen schleunigst und zielgerichtet die hydraulische Schere anzuschließen und das Luftkissen bereit zu machen. Der Kompressor im Feuerwehrfahrzeug dröhnt los und baut den erforderlichen Druck auf.

„Kissen nicht, Schere reicht. Wir versuchen es so," gibt Kevin, der Einsatzleiter, kurz und präzise seine Anweisungen. Er ist Anfang vierzig und mit Leib und Seele Feuerwehrmann.

„Hallo, Manfred, na du hast ja schon Vorarbeit geleistet!" Er zeigt auf das eingeschlagene Seitenfenster. „Sollen wir weitermachen, oder versucht ihr es so?" fragt Kevin den Arzt.

„Ist gut. Wir versuchen es erst einmal so. Max, kommst du so an ihn ran?"
„Ja, es müsste gehen".

Maximilians Oberkörper zwängt sich durch die eingeschlagene Scheibe.
„Hallo, ich heiße Maximilian. Ich bin Notfallsanitäter. Können Sie mich hören? Hallo?!"

Er lauscht, hört aber kein Atmen. „Zwei Tote? Der Tag fängt ja gut an."
„Ich kann nichts hören. Der Wagen mit dem Kompressor ist zu laut."

Er fühlt den Puls am Handgelenk, auch nichts.

„Ich komm so nicht an seinen Hals. Oooh, Mann."

Jetzt ist er soweit im Wagen, dass er an die Halsschlagader herankommen kann.

„Ich bin dran, Moment,..." Sekunden verrinnen wie Stunden.

„Ich fühle nichts."
„Hast du die richtige Stelle?"
„Jetzt, jetzt, ganz schwacher Puls. StifNeck?" fragt er aus dem Wagen heraus.
„Ja. Und dann Crash-Rettung, das Risiko muss ich eingehen," bestimmt der Notarzt.

Die Halskrause wird angelegt.

„So, Kevin, jetzt bist du dran. Ihr könnt den Wagen auftrennen. Wir müssen ihn," Max blickt zu dem Unfallfahrer, „so gut es geht in dieser Haltung herausnehmen. Du siehst ja, das Blut."

Blut läuft aus seinem Mund.

Der Wagen wird mit Keilen gesichert, so dass er sich beim Aufschneiden nicht unkontrolliert bewegen kann. Dann schneidet Kevin den Sicherheitsgurt durch. Das Füllgas ist schon längst aus dem Airbag entwichen. Der Fahrer sitzt ohnmächtig, vollkommen bewegungslos hinter seinem Lenkrad. Seine Hände sind verkrampft, halten aber nicht das Steuer. Die Arme sind leicht gebeugt, als wolle er damit sein Gesicht schützen.

Durch Mark und Bein geht das dumpfe Knacken als die A-Säule durchgeschnitten wird.

„Er bewegt sich," sagt einer der Feuerwehrmänner.
„Ich hab nichts bemerkt," meint ein anderer.
„Seid vorsichtig, macht weiter. Ich hab auch etwas gesehen," meint Kevin.
„Ich hab's auch gesehen," haucht Dr. Burgel. „Sven, was ist mit dem Hubschrauber? Frag noch mal nach und mach Druck. Wo kann der hier denn überhaupt landen?"
„Ein-, zweihundert Meter in Richtung Hamstedt auf einer Wiese."
„Zweihundert Meter?" ganz schön weit.

Insgesamt mögen vielleicht zehn bis fünfzehn Minuten seit dem Eintreffen des Notarztes vergangen sein. „Endlich, da ist er." Der Rettungshubschrauber bringt mit seinen Rotoren die Luft zum Vibrieren.

Sven weist den Helikopter an der Landestelle ein.

Der Unglückswagen ist aufgeschnitten, und der Fahrer, etwa achtzig Jahre alt, wird aus dem Wagen befreit. Kevin hört den Mann leise, sehr leise röcheln. Obwohl es so leise ist, entgeht Kevin nicht, wie schmerzgeschwängert das Stöhnen aus der Kehle kommt. Wieder rinnt Blut aus seinem Mund.

„Wir sind da. Wir helfen Ihnen. Können Sie etwas sagen?"
„Lass' mich mal ran."
„Ich bin Dr. Burgel. Können Sie mich hören? Wie heißen Sie? Können Sie sich bewegen?"

Nach jeder seiner kurzen Testfragen macht der Arzt eine kleine Pause, um Reaktionen zu testen, aber es kommen keine. Vorsichtig und behutsam hält der Doc den Verletzten so, dass er in seinem Sitz sitzen bleibt, bis die Trage geholt wird. Und da wird gesagt: Chirurgen seien alle Metzger.

„Seid vorsichtig. Er wird starke innere Verletzungen und wahrscheinlich ein paar Brüche haben. Er lebt. Er hat einen Schock."

Plötzlich fragt Sven: "Was ist denn mit dem Motorradfahrer?"
„Exitus," lautet die kurze Antwort.

Der Unfallfahrer wird in den Rettungswagen gelegt. Dr. Burgel untersucht ihn und entscheidet dann: „Heli, nach Hannover."

Jetzt wendet sich der Notarzt noch einmal dem Motorradfahrer zu und untersucht ihn eingehender.

Puls ist nicht festzustellen, die Kopfhaltung ist tödlich eindeutig, und in Verbindung mit dem leeren Blick des Auges wird Dr. Burgels erste Vermutung bestätigt. Er kann den Totenschein ausstellen.

Der Notarzt und die Notfallsanitäter haben hier ihre Arbeit erledigt und fahren wieder zu ihren Stützpunkten. Schreibarbeit wartet.

Jetzt ist es Sache der Polizei, den Unfallhergang zu rekonstruieren.

6

Ralph, der Rabauke aus der zwölften Klasse des Gymnasiums, ist mit seinen Mitschülern auf dem Schulhof angekommen. Er ist Klassenbester, sogar Jahrgangsbester, und das ist auch der Grund, warum er sich mehr herausnehmen kann als andere. Und Schulsprecher ist er auch noch. Hin und wieder spricht ihn der eine oder andere auf seine manchmal verletzende und arrogante Art zu sprechen und zu provozieren an. Aber Ralph tut das meistens ab mit einem Überheblichen: „Weil ich kann, du nicht?"

Aber ist er wirklich überheblich und arrogant? Ist es nicht mehr ein Schutz?

7

Etwa zwei Stunden sind vergangen seit Felix den Rettungswagen hat vorbei rasen sehen. Sein Weg führt ihn heute wieder einmal in die Nähe der *Residenz*.

‚Hier wohnt sie. Wie es ihr wohl geht. Diese geldgierigen Bonzen. Solange man Geld hat ist alles in Ordnung. Ob er sie wohl noch besucht? Wie geht es ihm wohl?'

Seine Gedanken kreisen um dieses Haus, um die Pfleger, die fast alle Tag für Tag ihr Bestes geben, um die überforderte Pflegedienstleitung, um die kaltherzige Direktorin. Nein, das ist nicht korrekt. Seine Gedanken kreisen um Hanna. Aber damit ist zwangsläufig seit den letzten Jahren dieses Wohnheim, Altenheim, diese so genannte *Residenz* verbunden.

‚Warum? Warum Hanna? Sie war doch noch so jung,' sinniert er.

Felix macht sich immer noch Vorwürfe, Hanna nicht in die Uni-Klinik nach Hannover gebracht zu haben. Aber sie hatten sich damals für ein anderes Krankenhaus in der Landeshauptstadt entschieden. Jetzt ist es müßig darüber nachzudenken, ob die Operation in der Uni-Klinik besser verlaufen wäre. Aber seine Selbstvorwürfe kann er nicht vertreiben.

„Ob ich noch einmal versuche hineinzukommen? Aber der Eisklotz soll ja noch da sein. Wie kann man einen solchen Menschen nur mit derartigen Aufgaben betreuen? Die in Berlin, oder sitzt die ‚Mutter' in Hannover, müssen das doch sehen. Nein, ich versuche es nicht. Hanna, bist du noch da oben? Geht es dir gut? Ist Schwester Ricarda auch noch da?" Häufig führt er ähnliche Selbstgespräche.

Er sieht zu einem der Fenster in der fünften Etage, wo sie vor einigen Jahren ihre Wohnung bezogen hat.

Im Sommer stehen häufig verschiedene Wohnungsfenster des Hauses offen, und man kann fürsorgliche Betreuerinnen hören. Selten hingegen dringen flehende, schmerzverzerrte und resignierte Bewohnerstimmen hinaus auf die Straße. Die Fenster jener Wohnungen sind meist verschlossen.

„Ich *will*, dass die Fenster geschlossen bleiben. Wir wollen die Nachbarn nicht stören," ist die offizielle Begründung der Direktion.

Diese Begründung hätte damals zum Stil des Hauses gepasst. Allerdings hätte sie dann geheißen: Ich möchte, dass bitte..."

Zu der Zeit gab es noch eine Direktion, eine Direktorin, die stets für Bewohner und Personal da war. Zu der Zeit gab es klare Richtlinien. Zu der Zeit wurde die Direktion wegen der sozialen und fachlichen Kompetenz respektiert und akzeptiert. Zu der Zeit war die Arbeit auch schon hart, aber man fühlte, Mensch zu sein. Egal auf welcher Stufe manch Angestellter oder Bewohner stand, es herrschte Respekt gegenüber jedem.

Plötzlich, von hinten. Da kommt sie wieder, ganz leise, fast schleichend. Ihre Hände hat sie in Richtung Ricarda vorgestreckt. Vor Erregung treten Schweißperlen in ihr Gesicht. Sie hat sich jetzt nicht im Griff und fühlt, dass sie es wieder tun muss. Die anderen Demenzkranken in diesem Raum warnen Ricarda nicht vor ihr. Der ein oder andere sieht zwar ängstlich zu der Heranschleichenden, vermag aber die Situation nicht einzuschätzen. Jetzt, da ihre immer noch starken Hände Ricarda sofort erreicht haben werden, beginnen auch sie zu zittern und setzen langsam und zielgerichtet ihren Weg fort. Das mittlerweile leichte Stöhnen und schwere Atmen dieser Demenzkranken ist kaum zu hören.

Ricarda merkt einen aus dem Nichts kommenden, fest nach unten ziehenden Griff und dreht sich langsam um. Sie sieht in die Augen von Frau Riek. „Na, hat mein Pullover wieder nicht richtig gesessen?"
„Ja, so ist es besser," bestätigt Frau Riek.

Beim ersten Mal hatte Ricarda sich zu Tode erschreckt. Aber nach all der Zeit kennt sie die meisten Marotten ihrer Bewohner. Die meisten an Demenz Erkrankten sitzen teilnahmslos auf ihren Stühlen rundum den in der Raummitte stehenden liebevoll geschmückten Tisch und warten. Ricarda hat das Liederbuch gefunden. Sie stimmt die alten Lieder an, die die Bewohner noch von früher kennen. Manche singen mit, andere lauschen erwartungsvoll. Hans Albers, Rudi Schuricke und noch viele andere sind plötzlich wieder voll im Geschäft.

„Herr Träsch," die Stimme der Direktion hallt frostig über den Flur im Souterrain und lässt die Bewohner erschaudern. Der Pflegedienstleiter bleibt stehen und wartet bis die Direktorin bei ihm ist.

„Ich komme gerade aus dem Leseraum. Da draußen läuft wieder dieser Mann von der einen Bewohnerin rum. Ich will nicht, dass der ins Haus kommt. Sagen sie dem Hausmeister Bescheid. Der soll sich darum kümmern".

„Der Hausmeister ist krank, und mit dem Streuner da draußen werde ich selbst fertig."

Es sind Welten, die in diesem System aufeinandertreffen, und Abgründe tun sich auf.

Felix fängt sich wieder und geht weiter in Richtung Kurpark.

8

„Rufst du die Zentrale an? Die sollen alles Weitere in die Wege leiten. Wir können schon nach seinen Personalien sehen."

Jonas und Manfred bewegen sich langsam zu dem Toten, weil jeder dem anderen den Vortritt lassen will. Sie sind froh, dass der Doc den Integralhelm bereits abgezogen hat und sie somit nicht in die starren Augen des Toten blicken müssen.

„Mann die Karre. Der muss ja gerast sein wie sonst wer; oder der Wagen hat den so zugerichtet. Lass uns erst die Maschine nach Papieren durchsehen, vielleicht finden wir da etwas. Ich hab keinen Drang, den am Körper zu durchsuchen."

Jonas versucht, den flachen Beutel auf dem Tank zu öffnen und findet die gesuchten Papiere: Fahrerlaubnis, Personalausweis, Blutspendeausweis.

„Was ist? Ist dir nicht gut? Kennst du ihn?"

Jonas ist beim Blick auf den Ausweis leichenblass geworden.

„Wir haben gestern noch zusammen bei den alten Herren gespielt."
„Ist er verheiratet, hat er Kinder?"
„Nein, er lebt seit einigen Jahren allein, in Schönquell."
„Eltern?"
„Nein, das heißt doch. Aber zu denen hat er, hatte er, schon länger keinen Kontakt mehr. Die Mutter ist dement und wohnt in der Residenz. Sie erkennt den Sohn angeblich nicht mehr. Wahnsinn, wenn ich mir das vorstelle, dass meine…, na, ja. Ja, und der Vater, das ist so eine Geschichte. Den kennst du aber auch."
„Wieso, woher, wer ist das denn?"

In diesem Moment kommt ein Ruf von der Zentrale und Manfred geht zum Polizeiwagen.

„Wanne 03," meldet er sich.
„Zentrale, wir haben den Halter festgestellt. Alter: dreiundvierzig Jahre, männlich, Name: Tuschort, Carsten. Wohnort: Bad Schönquell, Begonienstraße 11. Die Kollegen sind unterwegs und lösen euch gleich ab. Bestatter ist auch informiert und kommt auch gleich. Ist sonst noch etwas?"
„Nein, alles klar, danke."

In Gedanken ist Manfred wieder bei seinem Kollegen.
„Ich kenne niemanden, dessen Sohn ein Motorrad fährt, und Peter? Nee, der hat ja eine Tochter. Allerdings…, die rast auch so."

Jetzt wird Manfred heiß und kalt. Der kalte Schweiß tritt auf seine Stirn. Der Motorradfahrer, wieso *der*? Niemand hat das Gesicht oder den Körper an aufklärenden Stellen gesehen. Ist er männlich? Die Zentrale hat den Halter festgestellt. Aber sind Halter und Fahrer identisch? Wenn das die Tochter seines Freundes ist. Wie soll er es Peter und seiner Familie beibringen? Als kleines Mädchen hat er es oft bei gemeinsamen Ausflügen auf seinen Schultern getragen. Seine und Peters Tochter gingen in dieselbe Klasse und waren damals richtige Freundinnen. Nach der Schulzeit verlief das allmählich im Sande. Die Jungs waren schuld daran.

„Jonas," ruft Manfred aus einiger Entfernung, „Jonas, was hast du gesagt? Ist es ein Mann oder eine Frau?"

Jonas antwortet. Die Antwort kann Manfred nicht mehr verstehen. Denn gerade in diesem Augenblick setzt der Hubschrauber zum Abflug an und verbreitet einen Höllenlärm.

Manfred geht hastig zu Jonas. „Ich hab dich nicht verstanden. Ist der Tote ein Mann oder eine Frau?"
„Ja," antwortet Jonas.
„Mensch, lass den Quatsch. Was ist es?"
„Hab ich das nicht gesagt? Es ist ein Mann. Wir haben gestern noch Fußball gespielt. Das habe ich doch schon gesagt!? Alles in Ordnung? Probleme?"
„Ja, alles gut". Jetzt fällt es Manfred auch wieder ein.
„Aber wieso, und woher kenne ich den Vater?"
„Das ist der Alte, der bei jedem Wetter die Papierkörbe durchsucht."
„Wie, und seine Frau wohnt in der Residenz? Die leistet sich die Residenz, und er muss Papierkörbe leeren? Wie passt das denn zusammen?"
„Der Tuschort war mal ein ganz bekannter Rechtsanwalt in Hannover. Hatte gut zu tun für den Landtag und so. Seine Frau wurde dann irgendwann krank. Genaues weiß ich auch nicht. Auf jeden Fall musste Frau Tuschort wohl wieder einen Ihrer Anfälle

bekommen haben, und er war nicht zu Hause. Er war irgendwo in Südamerika als das geschah. Der Sohn hatte sofort den Notarzt gerufen, sie wurde ins Krankenhaus gebracht und noch am selben Abend operiert."

„Ja und? Das ist doch kein Grund so abzustürzen."

„Das alleine nicht. Aber die Narkose war wohl nicht richtig dosiert; oder bei der eigentlichen Operation ist etwas anderes schief gelaufen. So genau weiß ich das auch nicht. Aber Carsten, also sein Sohn, der Motorradfahrer, hat dem Vater große Vorwürfe gemacht, weil der nicht da war. Aber das konnte niemand voraussehen. Jedenfalls hat sie einige Zeit im Koma gelegen und war danach nicht mehr ganz richtig im Kopf. Der Alte hat daraufhin seine Anteile an der Kanzlei und dem Haus sofort verkauft und ist mit ihr nach Schönquell in die Residenz gezogen. Jeder hatte dort seine eigene Wohnung. Ihr Zustand hat sich dann immer weiter verschlechtert. Die besten Ärzte kamen, und er hat viel Geld dafür ausgegeben. Irgendwann war nichts mehr da. Er musste dann aus der Residenz ausziehen. Und die Ärzte kamen auch nicht mehr. Jetzt wohnt er in einer kleinen Wohnung. Aber,... er ist nie auf die schiefe Bahn gekommen, kein Alkohol oder so."

„Und was ist mit dem Sohn?"

„Der konnte das Ganze einfach nicht mehr ertragen. Er hat seine Mutter nicht mehr besucht, seit..., ich weiß nicht wann. Und von dem Vater will, wollte er nichts mehr wissen, obwohl der sich sehr um seine Frau bemüht und gekümmert hat. Der Sohn hat auch nie die Wohnung seines Vaters in der Residenz bezahlt, obwohl das für ihn nur ein Butterbrot gewesen wäre. Für die Mutter, ja. Aber hingehen konnte er nicht mehr. Sie hat ja ihren eigenen Sohn auch nicht mehr erkannt. Später, als eine neue Direktion kam, hat der Alte noch Hausverbot für die Residenz bekommen. Er passte plötzlich nicht mehr ins Bild. Die jetzige Direktion bringt das Ansehen der Residenz, und zwar nicht nur dieser Residenz, das der gesamten Branche, bringt die runter."

„Und wer ist der Betreuer der Frau? Ihr
Mann, …nee, …nicht? Sag jetzt nicht ‚der Sohn'."
„Doch," frag mich nicht wie die das hinbekommen
haben. Vielleicht waren Papas Verbindungen damals
dabei ganz hilfreich. Ich weiß es nicht. Wie ist das
jetzt eigentlich mit dem Benachrichtigen? Müssen wir
beide informieren? Die Mutter merkt doch nichts
mehr."
„Du, sag das nicht."

9

Felix durchquert den Weg durch die Liegewiesen der
Reha-Kliniken. Hier findet er oft noch Flaschen, die
am Vorabend von den Kurgästen in die Papierkörbe
gesteckt wurden. Auf seinem Weg zur Residenz hat
er die heute Morgen gefundenen Flaschen im
Supermarkt an der Natrupstraße abgegeben, so dass
sein Stoffbeutel wieder aufnahmefähig ist. Er hat
etwas mehr als acht Euro dafür bekommen.

Der große Brunnen am Fontainenplatz wird noch nicht
von der Fontaine gespeist, weshalb sich hier bei
diesem kalten Wetter auch kaum Kurgäste
aufgehalten haben. Flaschen? Fehlanzeige. Langsam
setzt wieder Regen ein, und Felix geht die von noch
unbelaubten Bäumen flankierte Allee schneller
entlang, damit er trocken die Wandelhalle erreicht.

„Guten Morgen, Kollege. Bist du schon lange
hier?" fragt er Helmut.
„Gut zehn Minuten. Wie es aussieht, werden wir wohl
noch etwas länger hierbleiben. Bei dem Regen kriegt
mich hier keiner raus. Woher bist du heute so
gegangen?"
„Erst den üblichen Weg, die Bremer Straße runter,
Bahnhofstraße Richtung Bahnhof, an der Ampel über
die Straße und die Bahnhofstraße auf der anderen
Seite zurück, Richtung Natrupstraße. So etwa Hälfte
der Bahnhofstraße kam ein Rettungswagen daher
geknallt. Er bog Richtung Hamstedt ab.

Wahrscheinlich hat es wieder auf der Hamstedter Landstraße geknallt."

„Felix, was ist los mit dir? Du bist ja ganz blass," sorgt sich Helmut.

„Ich weiß auch nicht. Ich habe plötzlich so ein komisches Gefühl im Bauch. Mir wird ganz warm."

„Soll ich Hilfe holen?"

„Nein, lass man gut sein. Es wird schon wieder werden, und wenn nicht..., dann ist es auch egal... und vorbei."

„Du sagst, Richtung Hamstedt. Ich bin die Arkaden hochgekommen, und in Höhe vom Radiostudio habe ich gehört, wie jemand von einem schweren Unfall gesprochen hat. Einen Toten und einen Schwerverletzten soll es gegeben haben. Der eine ist mit dem Hubschrauber abtransportiert worden. Na ja, und der andere. Mensch, Felix, was ist los mit dir? Du zitterst ja wie verrückt. Ist dir kalt? Ich hole jetzt Hilfe."

„Nee, lass. Ich weiß nicht. Ich bin so unruhig. Ich weiß auch nicht woher das kommt. Das kenne ich doch seit Jahren nicht mehr. Ich muss nach Hause. Irgendetwas ist los."

„Du kannst bei dem Regen jetzt doch nicht raus. Du holst dir sonst was."

„Doch, ich *muss*. Ich *muss nach Hause*."

„Dann komme ich mit."

„Nein, ich muss alleine gehen. Wir sehen uns morgen."

Felix eilt aus der Wandelhalle Bad Schönquells und geht durch die Fußgängerzone in Richtung Heimat. Ihm schwant Böses. Er erinnert sich wieder an dieses seltsame Bauchgefühl. Er hat es schon einmal gehabt. Das war damals als seine Frau operiert wurde. Über Tausende von Kilometern in Südamerika hatte er es zum ersten Mal erlebt.

‚Was ist mit Hanna? Ist ihr etwas passiert? Und ich bin wieder nicht da. Wieder nicht bei ihr, wie damals. Ich muss zurück. Ich muss zu Hanna. Was hat Helmut gesagt?! Ein Toter?! Diese Unruhe habe ich seit ich von dem Rettungswagen gesprochen habe. Was hat das zu bedeuten? Ich bin doch nicht verrückt. Ich habe doch keine Halluzinationen. Ich gehe zu Hanna. Und wenn die mich wieder rausschmeißen…, dann lernen die mich kennen.'

Für einen kurzen Moment ist er wieder der alte Rechtsanwalt, kämpferisch, selbstbewusst, Verantwortung übernehmend, zielgerichtet.

Er dreht sich um und geht zurück. Das heißt: Er will zurückgehen.

Aber ein unwiderstehlicher und noch nicht zu erklärender Zwang drängt ihn, nach Hause zu gehen. Er gibt seinem Bauchgefühl nach und eilt wieder in Richtung Oesede, wo sich seine kleine Souterrainwohnung befindet. Noch nie ist ihm die Bergstraße so lang vorgekommen wie jetzt in diesen Minuten.

,Blaulicht? Polizeiwagen? Polizei? Stehen die bei mir vor der Wohnung? Ist eingebrochen worden? Was ist denn los heute? Was ist denn bloß los heute mit mir? Hanna!'

10
„Ick gloob, ick krich 'ne Krise," sagt Peppy, die seit heute Morgen mit Ricarda Dienst tut. „Jetzt sollen wir den ganzen Kram noch einmal machen. Alles wieder umschreiben. So, wie letzten Monat, nur anders. Blickt hier denn keiner durch? Im nächsten Halbjahr kommt wieder 'ne andere, und dann geht alles wieder von vorn los…, nur dann zur Abwechslung anders rum. Ick beeß mer inne Beene. Ich möchte mal wissen, wer hier dement ist, die Bewohner oder wer."

Peppy ist laut, hastig in ihren Bewegungen, manchmal aufbrausend und hat so gar nichts von der feineren, zurückhaltenden und stets ruhigen und beruhigenden

Art Ricardas. Dennoch verstehen sich beide sehr gut. Jede akzeptiert die andere, denn sie wissen gegenseitig, dass sie versuchen, den ihnen anvertrauten Alten den Alltag so verträglich wie möglich zu machen. Ricarda ist die Ruhe selbst. Sie braust nicht auf. Sie ist bestimmt, und sie ist bestimmend im positiven Sinne. Sie kann es sich leisten, denn sie weiß was sie kann und was getan werden muss. Und das tut sie.

John Wayne, der alte Filmheld zahlreicher Western, sagte einmal in einem seiner Streifen: „Manchmal muss ein Mann eben tun, was ein Mann tun muss!" Es könnte das Motto der beiden Kolleginnen sein.

„Lass man. So ist das eben. Wir können es doch nicht ändern. Aber Recht hast du schon. Das Schlimme ist nur, dass die *Alten* darunter leiden müssen. Ich glaube, irgendwann, wenn mir das alles ... ach, was soll's."

Wieder einmal eines dieser *langen, ausgedehnten* Gespräche während der Arbeitszeit. Doch für mehr ist zwischendurch keine Zeit. Wie auch, wenn noch nicht einmal die Pausen konform eingehalten und genommen werden können.

Mit diesem Problem, und das ist nur ein kleineres von vielen und viel größeren, haben alle im Altenbereich Tätigen zu kämpfen. Es ist nicht nur ein Problem in der *Residenz*, nein andere sind zum Teil viel ärger dran. Es ist ein Problem des Systems. Es ist ein Problem, das viele Politiker nicht sehen oder nicht sehen wollen. Also müssen...

„Da sind sie ja, Schwester, endlich! Ich muss heute doch noch in den OP. Können Sie mich hinbringen? Die Patienten warten auch nicht ewig."
„Müssen Sie heute noch operieren, Frau Doktor Bäcker?"

„Bäcker mit *ä*. Das habe ich Ihnen doch schon ein paar Mal gesagt, Schwester. Können Sie sich das nicht endlich einmal merken? Manchmal glaube ich, ich bin im Irrenhaus."
„Ach ja, Frau Doktor Bäcker, jetzt fällt es mir wieder ein. Stimmt, Sie haben es mir gestern gesagt."
„Was, was habe ich gestern gesagt? Ich hab nichts gesagt. Mir hört ja sowieso nie einer zu. Wir müssen noch zur Reitstunde. Wenn ich nicht zum Reiten gehe, wird das Pferd geschlachtet."
„Hallo, Sie, kommen Sie mal her. Wissen Sie wo das Pferd steht? Ich muss heute noch operieren."
„Nein, das weiß ich nicht. Außerdem habe ich jetzt keine Zeit. Wenden Sie sich bitte an die Schwester. Die wird Ihnen helfen."

Mit einem leichten Kopfnicken in Richtung Ricarda, aber ohne jegliche Emotion, geht die Direktion an beiden vorbei. Gedanken und Aufmerksamkeit der Direktorin sind zum Empfang vorausgeeilt.

„Wissen Sie," fragt sie die Empfangsdame an der Rezeption „was die Polizei hier will? Ich habe den Wagen von meinem Büro aus gesehen."

Die Direktorin hat möglicherweise Grund, beim Anblick der Polizei nervös zu werden. Aber das wissen wir nicht, und es geht uns vielleicht auch nichts an. Andererseits, was war das in der letzten Woche mit dem Auto an der roten Ampel und auf dem Fußgängerüberweg? Sie tritt unmerklich ein paar Schritte von der Rezeption zurück, um unauffällig den Fragen der herankommenden Polizisten zu lauschen.

„Guten Tag," meldete sich ein Mittfünfziger bei der Empfangsdame, „das ist mein Kollege Polizeiobermeister Stark, und ich bin Kommissar Feindaut. Wir möchten zu Frau ..." Er greift in seine Jackentasche und zieht ein zusammengefaltetes Blatt Papier heraus. „Moment." Der Kommissar faltet das Blatt auf und liest: "Wir möchten zu Frau Tuchort."

„Tuschort", korrigiert die Rezeptionistin.

Feindaut blickt auf sein Blatt Papier.

„Richtig, Tuschort. Hanna Tuschort. Die wohnt doch hier, oder?"

„Ja, worum geht es denn?"

„Kann ich Ihnen helfen?" Frau Malice, die von der Rezeption zurück getreten ist und in sicherer Entfernung gelauscht hat, kommt jetzt wieder in ihrer unnahbaren Art und ihrem bisweilen verächtlichen Blick heran. „Ich bin die Direktorin. Worum geht es?"

Ihre zur Schau gestellte, übertrieben gerade Haltung soll allen Anwesenden signalisieren: Seht her, hier habe *ich* das Sagen.

Kommissar Feindaut wiederholt die Vorstellungszeremonie und dann: „Wir möchten zu Frau Hanna Tuschort. Die wohnt doch in diesem Altenpflegeheim."

„Residenz."

„Bitte?"

„R e s i d e n z," die Direktion macht eine kurze bedächtige Pause und fährt dann fort: „Wir haben verschiedene Abstufungen. Und dies ist eine Residenz."

„Ist das nicht dasselbe wie ein Altenpflegeheim?"

„Ich bitte Sie, Herr Wachtmeister!"

„Kommissar!"

„Bitte?"

„Ich bin Kommissar!"

„Ach, ist das nicht das gleiche wie Wachtmeister?"

Die Fronten sind geklärt, die Höflichkeitsfloskeln beendet.

„Das deckt sich mit dem, was in der Stadt erzählt wird."

„Wie, was meinen Sie?"

„Ich meine nichts. Wir müssen mit Frau Hanna Tuschort sprechen, schnellstmöglich. Bringen Sie uns bitte zu ihr."
„Warten Sie einen Augenblick. Ich werde Frau Tuschort ausrichten lassen, dass sie kommen soll. Bitte nehmen Sie Platz."

Frau Malice deutet auf zwei der zahlreich vorhandenen Ledersessel.

Zur Empfangsdame gewandt bestimmt sie: „Rufen Sie Frau Tuschort an. Die soll kommen."

„Frau Malice, Frau Tuschort ist dement. Die ist bei Frau Firless in der Betreuung. Die kann nicht kommen," meint die Empfangsdame, Frau Kallone, leise zur Direktion, damit niemand der Außenstehenden deren mangelndes Interesse an den Bewohnern merkt.

Die Direktorin wirkt für einen Augenblick unsicher. Sicherlich muss sie nicht alle Details kennen; aber als Verantwortliche sollte man doch wissen, wer sich in welcher Abteilung oder Station befindet. Aber das ist typisch. Die Menschen zählen nicht, egal ob Bewohner oder Mitarbeiter.

„Außerdem hat Frau Tuschort ihren Sohn als gerichtlich bestimmten Betreuer. Sollte der nicht besser dabei sein, wenn die Polizei etwas von ihr will?"
„Ja, das sollte er."

Frau Malice fällt es nicht ein, zu sagen: Ja, Sie haben Recht.
Wie könnte auch jemand anderer Recht haben? Womöglich würde der dann meinen, Frau Malice zeige Schwäche oder gar Menschlichkeit. Menschlichkeit, so etwas Widerwärtiges kann sie sich nicht leisten. Lieber lebt sie mit der Gewissheit, als

egoistischer, gefühlsloser Eisklotz angesehen zu werden.

„Für mich ist das hier ja wohl erledigt. Sagen Sie den beiden Polzisten, dass nichts ohne den gerichtlich bestellten Betreuer, also ihren Sohn, läuft. Die sollen wiederkommen, wenn der hier ist."

Sie wendet sich von der Rezeption ab, wieder ihrem Büro zu, muss Wohl oder Übel an den beiden Uniformierten vorbei und wünscht spöttisch und verächtlich „Guten Tag, meine Herren."

Die beiden Polizisten reagieren äußerst ruhig und gelassen und machen das Beste und Beschämenste, was es bei solchen Gelegenheiten gibt. Die Zwei strafen Malice mit ausgesuchter Höflichkeit, die ihre Wirkung bei der Direktorin nicht verfehlt.

11

Ralph hat nach der Schule seine Flamme nach Hause gebracht. Der Regen hat zwar nicht ganz aufgehört, ist aber wesentlich schwächer geworden. Er will nicht uncool sein und hat deshalb heute Morgen auch nicht den Schirm zum „IQ-Bunker" mitgenommen. Das bisschen Regen stört ihn und seine Freundin nicht. Leicht nach vorn gebeugt, das Gesicht etwas gesenkt, geht er die Bergstraße zurück und läuft direkt auf Felix zu.

Felix, der Ralph schon gesehen hat, will die Straßenseite wechseln..., aber er ist nicht mehr derselbe wie heute Früh. Er ist auf dem besten Wege, seine alte Lebenseinstellung zurück zu erlangen. Er geht -wie früher so oft- niemandem mehr aus dem Wege. Er ist wieder zum Kampf bereit. Er *muss* jetzt wieder kämpfen. Er muss es, für Hanna.

Felix und Ralph sind nur noch wenige Schritte voneinander entfernt. Sie kommen sich mit jedem Atemzug und jedem Schritt näher und näher. Jetzt, auf gleicher Höhe, kreuzen sich ihre Blicke, Felix' Augen blau, klar und fest, Ralphs Augen braun und fordernd, und dann geschieht es... nichts. Beide nicken sich fast unmerklich zu, so wie man es ab und an tut, wenn man sich nur vom Sehen her kennt. Es mag an Ralphs momentaner Verliebtheit liegen. Es mag der feste Blick Felix' sein, den Ralph beim Blickekreuzen sofort wahrgenommen hat.

„Er scheint nicht zu Hause zu sein. Ich ruf' mal die Wanne an und frag', was wir machen sollen."
„Ja, mach das. Ich sehe noch einmal hinter dem Haus nach. Vielleicht haben wir etwas übersehen."

Arno und Uwe sind zwei speziell ausgebildete Polizeikollegen, die Felix als Vater, die Nachricht vom Tode seines Sohnes Carsten überbringen sollen.

„Lieber mache ich Bereitschaft, wenn die Roten gegen die Braunschweiger oder die Wölfe spielen, als so eine beschissene Aufgabe zu übernehmen."

Wenn Uwe *beschissen* sagt, dann heißt das schon etwas. Er gehört nicht zu denen, die sich so ausdrücken.

„Wenn ich gewusst hätte wie schwierig und traurig das ist, und welches Elend man mitbekommt, hätte ich andere Zusatzkurse gewählt."
„Hallo Wanne, hier Wanne 8. Die zu benachrichtigende Person ist nicht am Ort. Was sollen wir machen? Warten oder es später noch einmal versuchen? Moment, Moment. Ich glaube die Person kommt so eben. Wir melden uns gleich wieder." Uwe rastet den Hörer in die Hörerhalterung ein.

Arno hat nichts hinter dem Haus gefunden und kommt wieder nach vorne.

„Polizeiobermeister Sadnews," stellt Uwe sich vor. „Sind Sie Herr Tuschort?" „Ja, was ist passiert? Ist etwas mit meiner Frau?"
„Können wir in Ihre Wohnung gehen?" Wortlos holt Felix die Schlüssel aus seiner Cordhose, schließt die Haus- und dann wenige Schritte später seine Wohnungstür auf. „Bitte, aber jetzt sagen Sie schon." Mit einer eleganten Handbewegung, die man ihm überhaupt nicht zutraut, weist er den Polizisten den Weg in das Wohnzimmer.

Es ist aufgeräumt, sauber und passt so gar nicht in das Klischee eines vermeintlichen Land- oder Stadtstreichers, eines Streuners.

Auf der kleinen, aus dem Zweiten Markt, einem gut geführten Second-Hand-Kaufhaus hier in der Stadt, stammenden Kommode stehen ein Foto, das ihn und Hanna in den Herrenhäuser Gärten, und ein anderes, das die beiden mit Ihrem Sohn beim Picknick zeigt. Beide Fotos, auch wenn sie schon ziemlich verblichen sind, spiegeln eine intakte Familie wider.

„Wollen Sie sich bitte setzen, Herr Tuschort?"
„Nein, bitte, was ist geschehen?"
„Haben Sie einen Sohn, namens Carsten?"
„Ja, was ist mit ihm?"
„Bitte, setzen Sie sich doch."
Arno tritt näher an Felix heran. Er steht jetzt in Reichweite, besser gesagt in Fangweite zu Felix. Die Kollegen haben schon des Öfteren erlebt, wie vermeintlich starke Kerle bei derartigen Nachrichten einfach stumpf umkippen.

„Nein, ich will jetzt wissen, was los ist!"
„Also gut. Sie... sind verheiratet? Sie haben einen Sohn? Ihre Frau wohnt in der *Residenz*...? Wollen Sie sich nicht doch setzen?"

Der Blick in Felix' Augen duldet jetzt keinen Aufschub mehr und auch keine weitere Frage. Uwe weiß: Es muss jetzt raus. „Bei einem Unfall heute Morgen", Uwe und Arno versuchen jetzt konzentriert, wissend um mögliche Reaktionen, jede kleine Regung an Felix wahrzunehmen. „Ihr Sohn Felix ist heute Morgen bei einem Verkehrsunfall verunglückt." „Sie kommen zu zweit. Ist es so schlimm?" „Ja, es tut uns leid." „Ich möchte allein sein. Bitte gehen Sie, danke." „Können wir etwas für Sie tun? Haben Sie Verwandte oder Freunde hier, die sich um Sie kümmern? Wir können Sie so nicht allein lassen. Wir werden versuchen, seelischen Beistand für Sie zu bekommen. „Nein, danke, den brauche ich nicht. Ich bringe Sie zur Tür. Lassen Sie mich jetzt bitte allein."

Felix führt die zwei Polizisten zur Tür. „Für den Fall, dass Sie später vielleicht doch Beistand wünschen, gebe ich Ihnen diese Telefonnummer, bitte, nehmen Sie." Uwe Sadnews reicht Felix die Visitenkarte des Polizeiseelsorgers. Wie in Trance greift Felix nach ihr, bedankt sich und schließt die Tür nachdem die beiden Ordnungshüter das Haus verlassen haben. Mit unguten Gefühlen gehen die Beamten zu ihrem Wagen, drehen sich jedoch noch ein paar Mal um, als erwarteten sie unausgesprochenen Hilferuf. Im Wagen meint Arno zu Uwe Sadnews: "Ich weiß nicht. Irgendwie verhält sich der Tuschort anders als andere. Hoffentlich tut der sich nichts an." „Ja, das habe ich auch gemerkt," findet Uwe. „Aber im Augenblick können wir nichts mehr für ihn tun." Arno startet den Streifenwagen und fährt langsam wieder los.

Felix geht ins Schlafzimmer. Es ist ebenfalls ordentlich, aufgeräumt und sauber. Ein leichter Geruch macht sich wohl breit, aber *das* stört ihn nicht. Felix sieht zu dem in die Jahre gekommenen Dreifachdeckenstrahler, an dem eine Glühbirne defekt ist. Er geht an den Kleiderschrank. Der Schrank ist spärlich und daher übersichtlich eingeräumt. Mit einem Blick hat er ihn gesichtet und alles, was dazugehört gefunden. „Gut, dass ich das alles damals aufgehoben habe."

12

„Herr Feindaut, es gibt da ein Problem. Frau Tuschort leidet unter Demenz. Sie hat einen gerichtlich bestellten Betreuer, und der ist ihr Sohn. Wir müssen ihn anrufen, weil Frau Tuschort keine rechtlich verbindliche Aussage machen und ohne Gegenwart des entsprechenden Betreuers nicht verhört werden darf. Können wir Sie anrufen, damit Sie dann wiederkommen?"

„Ich glaube, wir beide haben ein Problem. Sie lassen uns nicht zu Frau Tuschort, und wir dürfen Ihnen nicht sagen worum es geht. Wir wollen Frau Tuschort weder verhören noch eine Aussage von ihr. Wir müssen ihr lediglich etwas mitteilen. Es kann ja jemand aus Ihrem Hause dabei sein."

„Es tut mir leid, aber ich habe meine Anweisungen. Außerdem, wenn Sie ihr etwas mitzuteilen haben, hat sie das im nächsten Augenblick sowieso wieder vergessen."

Frau Kallone erschrickt über ihre eigenen Worte. „Wie kann ich das bloß sagen? Das sind doch die Worte der Direktorin? Aber *ich* bin doch nicht so."

Frau Malice hat mittlerweile Herrn Träsch zu sich bestellt und ist in ihrem Büro nebenan in ihrem Element: „Ich will, dass hier alles tipptopp aussieht. Ich will, dass es dieses Mal keine Beanstandungen gibt. Sie sind hier der Pflegedienstleiter. Sie haben das gelernt. Wir haben viel Geld in Sie investiert. Jetzt geben Sie endlich einmal etwas davon in Form von Leistung zurück, Herr PDL."

Ja, das ist der herrliche Ton, der häufig herrscht, wenn Vorgesetzte lediglich über hierarchische Kompetenz verfügen. Sie meinen dann sehr oft, ihre sozialen und fachlichen Kompetenzdefizite auf diese Art und Weise kompensieren zu können und fühlen natürlich in diesen Situationen nicht selten, wie ihre Mitarbeiter über derartige Vorgesetzte denken. Und so wird die Situation immer verfahrener, bis sie eskaliert.

„Bringen Sie die Papiere in Ordnung. Sehen Sie zu, dass die Pläne stimmen. Und zum Kuckuck noch mal: Schließen Sie nicht wieder die Station ab..., jedenfalls nicht so lange der Medizinische Dienst der Krankenkassen da ist. Haben Sie das verstanden? Und sagen Sie bloß nicht, Sie hätten nicht genug Personal."

„Aber es ist so," wendet Herr Träsch ein. Malice plustert sich auf. Sie läuft rot und blau an und bölkt wütend los: „Dann müssen Sie selbst mit ran. Wofür verdienen Sie denn das viele Geld hier, Herr Pflegedienstleiter? Das ist alles! Halt..., sehen Sie mal nach, ob die Polizei noch da ist."

Herr Träsch verlässt kurz das Direktionsbüro und gibt ein paar Sekunden später wortlos durch Kopfschütteln Entwarnung.

„Ist heute wieder sehr schlimm mit ihr," bemerkt Betty Kallone. „Die wollte vorhin die Polizisten strammstehen lassen. Aber die haben cool und eiskalt reagiert. Die wurden immer freundlicher, und das wurmt sie wie verrückt. Unsere Ricarda, die kann das ja auch. Und das bringt sie dann erst so richtig zur Weißglut."

Das Verhältnis des PDL zu den Angestellten ist besenhaft. Umso mehr verwundert es, dass das zu Frau Kallone in Ordnung ist, und so kann die Rezeptionistin auch verhältnismäßig offen mit dem PDL reden. Herrn Träschs Hauptproblem bleibt aber: Er ist überfordert.

„Ja, da hast du Recht. Aber was soll man machen? Ich gehe jetzt erst einmal nach Hause."
„Wie, jetzt schon?, Herr PDL?"

„Was heißt, jetzt schon?"

Der PDL sieht zur großen Wanduhr hinter der Empfangsdame. „Ich habe schon seit mehr als drei Stunden Feierabend. Und jetzt krieg ich noch einen mit, in den Feierabend." Er neigt seinen Kopf in Richtung Direktionsbüro um zu zeigen, wen er mit seiner Bemerkung meint.

13
Der Tag ist vorüber, der Abend kommt, es ist dunkel im Garten der Residenz. Das Haus ist wie immer um diese Zeit hell erleuchtet. Es sucht wirklich seinesgleichen und braucht keinen Vergleich zu scheuen.

„Carsten, wann kommst du? Nein..., nein..., langsam, nicht so schnell, Carsten. Schwester, wann kommt Carsten?"

„Sie meinen Felix," korrigiert die sechsundzwanzigjährige Nadine ungeduldig. Sie hat den Beruf der Altenpflegerin erlernt, aber noch immer nicht gerafft, dass Demenzkranke stets Recht haben und nicht kritisiert werden sollten.

„Felix? Nein, Carsten!"
„Wer ist Carsten?"
„Na, Sie sind mir ja eine. Carsten ist doch mein..., Carsten ist mein..., er ist... Was ist mit Carsten?"

Die zunächst sichere Stimme wird immer leiser und leiser bis sie verstummt. Frau Tuschort sieht mit ihren reinen, unschuldigen, leichtgläubigen und unwissenden Augen Nadine an. Hanna hat vergessen, wer Carsten ist. Ihr Kopf spielt nicht mehr mit. Vielleicht ist es besser zu sagen: Ihr Kopf spielt ihr einen Streich.

„Felix, du meinst Felix," wird Nadine ungeduldig und respektlos. „Außerdem solltest du doch schon lange im Bett liegen."

Mit treuen und verständnislosen Augen, wahrscheinlich können nur Mütter so gucken, wenn sie in Sorge um ihre Kinder sind, blickt Frau Tuschort Nadine an..., wartend auf eine Antwort.

Aber es kommt nichts. Nadine antwortet nicht. Frau Tuschort ist ihr im Grunde egal.

Hanna beginnt, ihren Körper leicht hin und her zu schaukeln. Ihr Blick sucht noch immer die Augen Nadines. Nadine ist abweisend. Hannas Blick verliert sich in der Leere des Ganges. Jetzt..., ganz langsam kullern kleine Tränchen aus Hannas Augen. Nadines Reaktion: keine. „Schwester," kommt es flehend, „wann kommt Carsten?"
„Mensch, lass mich in Ruhe."

Die traurigen Augen füllen sich mehr und mehr mit Tränen. Dann bricht es aus ihr heraus. Hannas Gefühle, die sie schon lange nicht mehr steuern kann, gehen mit ihr durch. Herzzerreißend ruft sie schluchzend immer wieder: „Carsten, mein Junge, wo bist du? Carsten, wann kommst du? Wann holst du mich nach Hause?"

Ihre Tränen rollen über die Wangen und fallen auf die nicht mehr ganz frische, weiße Bluse. Da, wo die Tränen auf die dünne Bluse fallen, wird sie durchsichtig, und man kann Hannas blasse Haut erkennen.

„Kommen Sie, Frau Tuschort. Ich bringe Sie zu Bett."
„Zu Carsten? Wartet Carsten da?"
„Ja, da wartet Carsten auf Sie."

Nadine ist froh, nicht an einem Spiegel vorbei gehen zu müssen. Sie weiß, dass sie einen Fehler begangen hat. So etwas darf einfach nicht passieren, nicht ihr und auch keinem anderen. Sie nimmt Hanna an die Hand und geht mit ihr nach einem kleinen Umweg in ihr Zimmer.

„Schwester, guck mal, meine Bluse ist ganz nass. Die müssen wir jetzt ausziehen. Mein Gesicht ist auch nass. Regnet es denn?"
„Es ist alles in Ordnung, Frau Tuschort."
„Aber wir müssen meine Bluse ausziehen. Die ist doch nass. Ich will schön sein, wenn Carsten kommt. Schwester, du hast gesagt, Carsten ist hier. Aber er ist *nicht* hier."
„Ja, ja, der kommt gleich noch."
„Kommt Carsten wieder hierher? Kommt Carsten in den Garten, wie gestern?"
„Damit Sie nicht wieder weglaufen, kommt er hierher."

Nadine geht zu Frau Tuschorts Kleiderschrank und holt ein frisches weißes Nachthemd heraus, um es Hanna für die Nacht anzuziehen.

„So, Frau Tuschort, hier ist ein schönes Kleid. Das ziehen wir Ihnen an. Dann sind Sie schön, wenn Ihr Sohn kommt."
„Nein, das will ich nicht. Das sieht ja aus wie ein Totenhemd. Ich habe doch noch das schöne blaue Kleid mit dem Matrosenkragen. Das will ich anziehen. Schwester, wir müssen uns beeilen. Ich höre Carsten schon."

Hanna zeigt auf ihre offenstehende Appartementtür und macht ein paar Schritte zur Tür.

„Das sind andere Bewohner, und die sind auf dem Flur", hält Nadine Hanna zurück und versucht sie zu beruhigen.

„Doch, das ist Carsten. Ich erkenne genau seine Stimme. Ich will zu ihm. Oder Schwester, Sie können ihn auch hierher holen."
„Ja, ja, das hätten Sie wohl gerne. Und während ich ihn hole, laufen Sie wieder weg, und ich kann Sie dann erneut den halben Abend suchen."
Auf dem Flur wird die vermeintliche Stimme Carstens lauter.

Hanna, die die Tür seit den Stimmen nicht mehr aus den Augen gelassen hat, strahlt plötzlich über das ganze Gesicht: "Carsten, da bist du ja, komm her. Die Schneiderin zieht mir gerade das blaue Kleid mit dem Matrosenkragen an, und dann komme ich mit dir."

Erschrocken dreht sich Nadine zur Tür um: "Herr Falter, Sie haben uns jetzt aber erschreckt. Ich komme gleich zu Ihnen. Gehen Sie man schon in Ihre Wohnung."
„Schwester, wie reden Sie denn mit Carsten. Sind Sie blind? Das ist nicht Herr Falter. Das ist mein Sohn. Carsten, komm her, und sag der Schwester, dass du es bist."

Herr Falter betritt das Appartement und streckt Nadine seine Hand entgegen.

„Gestatten, Sohn, Carsten Sohn."
„Neiiiiin, jetzt reicht's mir langsam. Herr Falter, bitte, gehen Sie wieder. Ich komme gleich zu Ihnen."

Herr Falter dreht sich um und verlässt ohne etwas zu sagen Hannas Appartement.

„Carsten, bleib hier", erhebt Hanna ihre sonst so schwache Stimme.
„Frau Tuschort, nun ist es gut. Das war Herr Falter und nicht ihr Sohn. Ich ziehe Sie jetzt aus und bringe Sie ins Bett. Ihr Sohn kommt morgen."

„Nein, das war Carsten, und ich will jetzt zu ihm. Au, lassen sie mich los. Schwester, du tust mir weh. Aua, mein Arm. Das werde ich Felix sagen."

Nadine hat Frau Tuschort fest am Handgelenk gegriffen und hält sie von der Tür zurück. „Jetzt werden Sie endlich wieder vernünftig und beruhigen sich. Das war nicht Ihr Sohn, und abgehauen wird hier schon gar nicht mehr. H a b e n   S i e   d a s   v e r s t a n d e n ?" herrscht Nadine Hanna in lautem Ton an. „Ich will zu Carsten, Caaarsten! Lass mich los, Schwester! Ich will zu Carsten!" „Gut, ich lasse sie jetzt los, aber sie hauen mir nicht wieder ab."

Nadine lässt Frau Tuschort los und hört Herrn Falter auf dem Flur laut vor sich herrufen: "Carsten Sohn, gestatten Carsten Sohn, danke gut, gestatten Carsten Sohn."
„Ooh, man, ich werd hier noch bekloppt," gehen die Nerven mit Nadine durch.

Sie verlässt das Appartement und begeht an diesem Tag einen weiteren, ihren größten Fehler. Sie verschließt Appartement.

14
Der neue Tag beginnt genauso kalt und regnerisch wie der vorherige. An der Rezeption findet sich heute Morgen die Rezeptionistin Gabi Schautsec ein. Sie ist eine der drei Empfangsdamen. Dazu kommen noch vier oder fünf weitere Frauen sowie ein Nachtportier, die alle bei Bedarf an der Rezeption arbeiten. Bei der Übergabe hat sie das Wichtigste aus der vergangenen Nacht erfahren, und genauso das vom gestrigen Nachmittag. Sie liest den von Betty Kallone geschriebenen Zettel.

‚... und sind dann gegangen. Frau Malice will, dass ihr Sohn (ist ihr bestellter Betreuer) bei Befragungen dabei ist. Also KEINE EIGENMÄCHTIGKEITEN. Nachtportier sollte gestern noch Sohn anrufen und informieren. Geklappt?? Wenn nicht, bitte weiter versuchen. Chefin will informiert werden, wenn was geschieht. Dann war der Fernseher von ..."

Die automatische Glasschiebehaustüranlage öffnet sich. Die Direktion kommt herein. Ihr Gang ist wie immer übertrieben gerade, der Kopf leicht nach hinten gekippt, so dass die Nase höher kommt, als dies üblich ist.

„Morgen. Gibt es irgendetwas Neues was die beiden Bull- ich meine die beiden Polizisten und Frau Tuschort angeht? Haben Sie den Sohn erreicht? Wann kommt er?"
„Guten Morgen, Frau Malice. Es gibt nichts Neues. Den Sohn haben wir noch nicht erreicht."
„Was soll das heißen? Ich habe gestern Abend gesagt, dass der Sohn informiert werden soll. Warum ist das nicht gemacht worden?"
„Es ist gemacht worden wie Sie gesagt haben. Der Nachtportier hat es in Abständen bis Mitternacht versucht. Es sprang immer der AB an."
„Wenn es gemacht worden wäre, wüssten Sie ja wohl wann er kommt. Haben Sie ihm eine whats-app oder SMS geschrieben? Haben Sie ihm eine E-Mail geschickt? Sagen Sie jetzt nicht nein!"

Erneut öffnet sich die Automatiktür. Ein glattrasierter, gut gekämmter Herr in dunklem Anzug, mit weißem Hemd und passender Krawatte sowie schwarzen Schuhen und natürlich schwarzen Strümpfen betritt das Foyer. Nun, der Anzug scheint etwas zu klein, und das Hemd ist nicht mehr ganz weiß. Dennoch, seine Körperhaltung, sein fester, nicht zu lauter Tritt und vor allem sein fester Blick lassen keinen Zweifel aufkommen: Der Mann weiß, was er will. In wenigen Sekunden hat er die geänderte Anordnung der

Rezeption und des Mobiliars erkannt. Das Ziel, hierdurch moderner zu wirken, ist aber komplett verfehlt worden. Allerdings, die neuen Teppichböden und Sessel verleihen dem Entree einen sehr freundlichen, hellen und einladenden Eindruck.

Sein Blick kreuzt Frau Malices. Der Eingetretene erkennt sofort die noch immer zuständige Direktorin. Ihr wird etwas mulmig. Sie hat dafür aber keine Erklärung. Wie immer, wenn sie einer Sache aus dem Wege gehen will, tritt sie ein paar Schritte zurück. Damit signalisiert sie wortlos: dahin! Da steht dein Gesprächspartner! Ich will mit dir oder deiner Sache nichts zu tun haben."

Der Ankömmling hat Frau Malices Rücktritt sehr wohl bemerkt und ignoriert wie gewünscht die Direktion. Er wendet sich an Gabi Schautsec, sieht auf ihr Namensschild, das sie heute sehr ungünstig an ihrer Bluse befestigt hat: „Guten Morgen... Frau Schautsec. Ich möchte bitte zu Frau Tuschort."

Der Rezeptionistin bleibt ihr Mund offen stehen. Ihre Augen wandern ungläubig an ihrem Gegenüber auf und ab bis sich beider Blicke treffen.

Die abseitsstehende Direktorin hat alles sehr gut mitangehört, und es fällt ihr wie Schuppen von den Augen. Natürlich, jetzt erkenn' ich ihn wieder, diesen ... Sie kommt aus ihrer Deckung herausgeeilt und geht auf den Glattrasierten zu. Noch bevor Frau Malice etwas sagen kan, hört sie den anderen, der ihr direkt und ruhig in die Augen schaut: „Na, haben Sie alles mitbekommen in Ihrer Deckung? Ist der Groschen bei Ihnen gefallen? Wie ich sehe, haben Sie mich erkannt. Bringen Sie mich bitte zu meiner Frau!"
„Ich habe Ihnen Hausverbot erteilt und kann mich nicht erinnern, das aufgehoben zu haben. Also, bitte, verlassen Sie unverzüglich das Haus."

„Wollen wir es nicht im Guten versuchen? Es wäre doch bestimmt für alle Beteiligten das Beste."
„Sie meinen…, für Sie wäre es das Beste. Das kann ich mir gut vorstellen, dass Sie das gerne so hätten. Aber nicht mit mir. Ich fordere Sie noch einmal auf: Verlassen Sie die *Residenz!"*
„Ich glaube nicht, dass Sie sich vorstellen können, was alles passieren kann, wenn Sie mich jetzt wieder vor die Tür setzen."

Seine Stimme wird immer ruhiger und leiser, bis sie nur noch kaum hörbar ist. Das war nur *eine* Methode, die er sich damals bei Gericht angeeignet hatte und dort von Zeit zu Zeit bewusst einsetzte. Jeder, der alles hören wollte, war so gezwungen, sich zu konzentrieren.

Seine Worte fallen schwer, fallen wie schwere unsichtbare Steine vor Malices Füße. Sie merkt, dass sie sie nicht beiseiteschieben kann.

„Noch einmal lasse ich das nicht mit mir machen. Ich werde dieses Mal kämpfen, kämpfen um alles und mit allem was ich besitze."
„Was Sie besitzen? Was besitzen Sie denn schon?"

Malice kann sehr, sehr anmaßend und verletzend sein, ohne auch nur das geringste Recht dazu zu besitzen. Während sie das sagt, entsteht mehr und mehr ein spöttischer Ausdruck um ihre Mundwinkel. Ihr Blick wandert auf Felix ohne Ziel, rastlos zittrig hin und her.

Auch wenn Malices Frage rhetorischer Art ist, antwortet Felix: „Was ich besitze? Meine Frau und mich."
‚Demenz und Elend', denkt Malice.
„Und jetzt glauben Sie, der spinnt. Aus Ihrer Sicht haben Sie vielleicht sogar Recht. Aber betrachten Sie das Ganze einmal als Mensch. Ich weiß sehr wohl: Das können Sie nicht. Aber wenn Sie es könnten, würden Sie feststellen, was echter Reichtum und

wirkliche Armut sind. Im Grunde besitzen *Sie* nichts, viel weniger als ich."

Malice kann nicht mehr an sich halten und platzt los: "Raus, augenblicklich verschwinden Sie, oder ich lasse Sie hinausschmeißen und zeige Sie wegen Hausfriedensbruchs an." „Ich warne Sie. Unser nächstes Treffen wird nicht so glimpflich für Sie verlaufen."

Felix verlässt das Haus. Sein Entschluss steht fest. Er hat die Direktorin richtig eingeschätzt. Aber er musste es noch einmal im Guten versuchen. Was das angeht, kann er beruhigt sein. Jetzt beginnt sein Kampf.

15
„Hallo, junger Mann, sagen'se mal. Wo ist mein Pelzmantel? Ich brauche meinen Pelzmantel für das Konzert." „Pelzmantel? Konzert? Das weiß ich nicht. Ich frage an der Rezeption nach." Der junge Mann, siebzehn Jahre alt, arbeitet hier seit gestern für einige Tage als Praktikant.

„Du gehst während der Praktikantenzeit in die *Residenz* und damit basta. Es wird Zeit, dass du endlich einmal eine andere, kranke Seite des Lebens siehst. Nicht immer Hully-Gully und Feten. Es gibt auch alte, gebrechliche und kranke Menschen in unserer Gesellschaft. Denen muss auch geholfen werden. Auch wenn du später damit nicht direkt zu tun haben und etwas ganz anderes studieren willst...; ich möchte, dass du auch *das* zumindest einmal direkt siehst und dir einprägst, wie man auch werden kann; krank und gebrechlich, und zwar oft ohne eigenes Verschulden. Keiner ist davor gefeit. Außerdem ist die *Residenz* eine ganz vernünftige Einrichtung und ein gutes Haus. Wenn auch in den letzten Jahren ... Na ja, lassen wir das." So etwa hat es der Vater des jungen Mannes gesagt und bestimmt. *Und so wird es gemacht.*

„Rezeption? Wir sind hier doch nicht im Konzert. Reinigung, in der Reinigung müssen Sie fragen. Und dann können Sie mir für hinterher noch etwas Geld, sagen wir fünftausend Mark, für das Kasino geben. Hier ist der Safeschlüssel. Wo der Safe steht, wissen Sie ja."

So wird der junge Mann aus heiterem Himmel von Frau Bulde angesprochen. Als Safeschlüssel dient ein vom Frühstückstisch mitgenommener Teelöffel. Mit der Situation ist er komplett überfordert. Gestern hat Schwester Nadine ihn während ihres Dienstes mitgenommen und einiges gezeigt. Aber heute soll er schon alleine losgehen und kleine Dinge erledigen.

„Zum Beispiel kann der das Essen anreichen, Tische eindecken und abräumen und so weiter", meinte die Direktorin in ihrer respektlosen und selbstherrlichen, oder heißt es bei dieser *Dame* –selbstdämlichen- Art.

Total verunsichert lässt der Praktikant Frau Bulde stehen, sieht sich Hilfe suchend auf dem Flur um, und geht dann in Richtung Aufzug, um zur Rezeption hoch zu fahren.

Er kommt an Hannas Zimmer vorbei und hört durch die verschlossene Appartementtür ein leises: „Carsten, wann kommst Du? Schwester, Schwester, wo bleibt Carsten?" Langsam wird ihm mulmig, und er eilt zum Aufzug. Er drückt den Rufknopf und hofft, dass während seiner Wartezeit nicht noch jemand von diesen ‚Grufties' auf ihn zukommt. Mit leichtem Surren kommt der Lift von oben, hält, und die automatische Aufzugtür öffnet sich. Er steigt ein und fährt ins Erdgeschoss.

Verstört stammelt er: "Da unten, in einem Zimmer ruft eine Frau immerzu nach der Schwester."
„Ja und, hast du nicht nachgesehen?" kommt verständnislos die Frage von der Empfangsdame.

„Nein, das habe ich nicht. Ich weiß doch überhaupt nicht, was ich dann mit ihr hätte machen sollen. Und außerdem bin ich hier als Praktikant. Aber ich habe das Gefühl, dass ich hier als billige Arbeitskraft verheizt werden soll."

Durch die, wie er findet, blöde Frage der Rezeptionistin sind seine Selbstsicherheit und sein deshalb für sein Alter manchmal arrogant wirkendes Auftreten augenblicklich wieder zurückgekehrt. Er geht in Richtung Treppe, weil er hofft, auf dem längeren Weg eine der Schwestern zu finden.

„Raus! Augenblicklich! Verschwinden Sie, oder ich lasse Sie hinausschmeißen und zeige Sie wegen Hausfriedensbruchs an".
„Ich warne Sie. Unser nächstes Treffen wird nicht so glimpflich für Sie verlaufen".

Er hört, sieht aber nicht die Direktorin, wie sie jemanden hinauswerfen will. Ein paar Augenblicke später erkennt er den anderen. Der Praktikant traut seinen Augen nicht. Ist das wirklich der Alte, den er so oft schon ‚angemacht‘ hat? Der haut ja mächtig auf die Sahne, Klasse.

16
„Guten Tag, meine Damen und Herren. Ich begrüße Sie zur Tagesschau," so empfängt ein neuer, junger Nachrichtensprecher die Zuschauer heute Vormittag.

„Berlin: In ihrem heute Morgen veröffentlichten Bericht zum Gesundheitswesen hat die Bundesregierung zu der Situation und den jüngsten Streiks des Pflegepersonals in Krankenhäusern und Altenheimen Stellung bezogen. Sie bescheinigt darin den Häusern im Allgemeinen einen sehr hohen Qualitätsstandard. So lägen die Bewertungen im Durchschnitt bei 1,6. Dies hätten die turnusmäßigen Überprüfungen der Medizinischen Dienste der Krankenkassen, MdK, ergeben. Die Ministerin hob hervor, dass sich die

Einsparungen und teilweisen Auslagerungen in private Bereiche allmählich auszahlten. Im Hinblick auf mögliche weitere Streiks sowie die hohen Krankenstände im Bereich des Pflegepersonals wollte von Wegen keine Angaben machen.

Dem widersprach der Vorsitzende der Gewerkschaft „Pflege und Hilfe" ‚PuH, vehement. Er sagte: Die Ausgliederung in private Bereiche habe zu einer Ausbeutung und unmenschlichen Belastung des Pflegepersonals geführt. Leidtragende seien nicht nur das Personal, sondern insbesondere auch kranke und alte Menschen, die nur als Ware betrachtet und abgearbeitet würden.

Einen Kommentar sowie eine Einschätzung der gegenwärtigen Lage der Pflegeberufe hören Sie jetzt von unserem Fachkollegen Manfred Häls vom NDR."

Zu dieser Zeit sind nur wenige Besucher in der Wandelhalle. Die meisten besuchen Kurende, die jetzt ihre Anwendungen in den verschiedenen Heimen und Kliniken absolvieren. Als die Nachricht im Fernseher des Wandelhallen-Cafes läuft, geht ein leichtes Raunen und Gemurmel durch die Menschenmenge.

Schon lange herrschen vollkommen unzureichenden Zustände in den Pflegebereichen. Es wird viel geschimpft und gemeckert, aber letztendlich fehlen der Mut und die Verbundenheit untereinander, um wirklich etwas zu ändern, zu ändern für sich und andere. Meist heißt es: Es müsste einmal jemand...

„Guten Morgen, Helmut," begrüßt Felix seinen ‚Kollegen', der schon wieder in der Wandelhalle auf einer der Fensterbänke sitzt und auf Felix wartet. Der Angesprochene sieht Felix mit Erstaunen an. „Felix, du? Was ist denn mit dir passiert? Hast du mal wieder einen Termin? Muss ja ein ganz besonderer sein. Vielleicht diesmal bei der Chefin?" So nennen die beiden häufig die Bürgermeisterin.

Felix, der normalerweise bedächtig, zurückhaltend, schweigsam und kein Plappermaul ist, klärt Helmut auf: „Ich kann nicht mehr…, so nicht. Ich muss jetzt endlich etwas unternehmen. Das kann so nicht weitergehen. Auf die da oben ist schon lange kein Verlass mehr. Ich muss handeln, und zwar sofort. Und du kannst mir helfen."

„Na klar, Boss, ich bin dabei. Aber nichts mit Handtaschen leeren und so. Was machen wir? Supermarkt überfallen…, 'ne Bank ausräumen…, oder vielleicht 'ne kleine Revolution?"

Felix merkt sehr wohl die Ironie und die Ausweglosigkeit in Helmuts Worten. Unbeeindruckt fährt Felix fort. „Was du mir gestern gesagt hast, mit dem Unfall, meine ich," er schluckt und muss sich neben Helmut auf die Fensterbank setzen, „ist mein Sohn, war mein Sohn."
„Du hast einen Sohn?" Felix nickt bejahend. „Aber davon hast du mir ja nie was erzählt. Hey, Alter." Helmut umarmt seinen ‚Boss' freundschaftlich, indem er seinen Arm um Felix legt und ihn leicht zu sich heranzieht.

Herr Tuschort fühlt Helmuts Wärme, nicht die körperliche, sondern die menschliche, echte Wärme, und Felix Augen werden feucht, nicht nass. Er weint innerlich. Bittere Tränen laufen ungebremst durch seinen Körper. Er denkt an die ein oder andere Auseinandersetzung mit Carsten während der Pubertät, die Erklärungsversuche nach Hannas Operation, die unbeantworteten Fragen seines Sohnes nach Felix' Verhalten während und nach der OP-Zeit. Und er denkt an die vielen Tage und Abende, an denen er Angst um sein Kind hatte, es ihm aber nie sagen konnte, weil es nichts mehr mit dem Vater zu tun haben wollte.

„Der Unfall, gestern, der Motorradfahrer, das war Carsten, mein Sohn. Er ist..."

Felix beugt sich nach vorn. Seine Ellenbogen drücken auf seine Oberschenkel, und er stützt den Kopf in die Hände, die sein Gesicht vor den Vorbeischlendernden verbergen sollen.

Helmut redet nicht. Er weiß, dass seine Mitfühlsamkeit alles sagt, was jetzt zu sagen ist. Jedes weitere Wort wäre überflüssig.

Es ist beeindruckend festzustellen, wie viel Wahrhaftigkeit und Hilfsbereitschaft in einem Menschen stecken *kann*.

Weil die meisten Besucher der Wandelhalle zu sehr mit sich selbst beschäftigt sind, bemerken die wenigsten die beiden ‚Clochards'. Nur die aufmerksamen Gäste erkennen an der Körpersprache und Haltung der beiden, dass hier zwei Leidensgenossen sitzen und ein Problem wälzen.

Es stimmt den aufmerksamen Betrachter schon etwas seltsam, denn der eine Problemmensch macht, im Ganzen betrachtet, einen sauberen und verhältnismäßig gepflegten Eindruck, während der andere scheinbar nicht so viel Wert auf sein Äußeres legt. Dennoch bilden beide eine Einheit. Es herrscht bei den zweien irgendwie der Eindruck der Hilfsbereitschaft, der Verlässlichkeit, der Ehrlichkeit, vielleicht sogar der Freundschaft.

Für die meisten Spazierenden sind das Phrasen, leere Worthülsen nach dem Motto: Bei Geld hört die Freundschaft auf. Wer so denkt, hat keinen Freund. Er hat vielleicht Bekannte, möglicherweise auch gute Bekannte, aber einen Freund? Diesen, nach Sekundärreichtum Trachtenden, kann man nur raten: Lest einmal Schillers Bürgschaft, aber mit Verstand.

Es sind etwa fünf bis zehn Minuten vergangen, in denen, wortlos allerdings, viel gesagt worden ist.

„Wie kann ich dir helfen? Ich wollte dir eigentlich von den Nachrichten der Tagesschau erzählen, aber das ist nun doch wohl nicht so wichtig. Du hast andere Sorgen als Altenheime und so. Deine Hanna ist ja gut versorgt."

„Was war in der Tagesschau, Altenheime? Erzähl, genau darüber wollte ich mit dir reden. Ich glaube, wir werden uns mit dem was ich denke lächerlich machen. Aber Lächerlichkeit erzeugt Aufmerksamkeit, und die brauchen wir. Und schließlich, ob ich lächerlich bin oder nicht, entscheide immer noch ich selbst und nicht irgendein Möchtegernbeurteiler. Ich habe früher in meiner Kanzlei Menschen gesehen, die in Not waren, aber Charakter hatten und dann auf der anderen Seite aber auch Typen, die andere nur aus Raffsucht, Geiz und Gier übervorteilt haben. Häufig wollten diese Knaben von mir beraten werden und kamen sich zunächst wie Gott selbst vor. Immer wenn die merkten, dass ich diesen Typus selbstherrlicher Klienten nicht wollte, wurden sie kleinlaut und hatten tierisch Angst um ihr bisschen Geld oder was auch immer. Manche begannen richtig zu zittern. Du fragst, was wir machen? Ich will es dir sagen. Wir werden…, lass' mich noch eine Nacht darüber schlafen."

17

Ralph bleibt im Foyer hinter einem der Pfeiler in Deckung stehen und wartet gespannt, was sich noch mit dem Alten und der Direktorin abspielen mag. Ja, es ist der Streuner. In Ralph wachsen Neugier und Bewunderung. Neugier…, wie konnte es zu einem Streuner kommen? Bewunderung dafür, dass ein vermeintlich außerhalb der Gesellschaft stehender den Mut aufbringt, sich mit der Direktion eines angesehenen Hause anzulegen.

Sichtlich wütend, zornig und unaufgeräumt geht Frau Malice zurück in ihr Büro und wirft der Empfangsdame einen Blick zu, der eindeutig ist: keine Bemerkung.

Ralph geht zurück zur Rezeption, um sich nach dem Alten zu erkundigen.

„Was war das denn? Wer ist der Herr?" fragt Ralph Frau Schautsec. Schlagartig ist ihm bewusst, was er gefragt hat…, Herr, nicht Streuner, nicht Alter.

„Was soll das heißen, was war das denn? Sie haben von alledem nichts mitbekommen, verstanden? Und wer das war, geht Sie überhaupt nichts an. Was glauben Sie eigentlich wer Sie sind? Machen Sie lieber Ihre Arbeit."

Da ist wieder dieser allseits bekannte Direktionston.

Nach einem kurzen Augenblick ist die Rezeptionistin wieder sie selbst: „Ralph, ich kann Ihnen jetzt nicht helfen. Gehen Sie bitte wieder nach unten und wenden sich an eine Pflegerin oder Betreuerin. Die wissen am besten, was zu tun ist. Sie haben ja selbst erlebt, nein… Sie haben nicht erlebt. Früher wäre so etwas nicht passiert, bei dem Chefchen."

Sie wirft Ralph einen flehenden und zugleich unmissverständlichen Blick zu, obwohl es nicht *ihre* primäre Aufgabe ist, sich um den guten Ruf des Hauses zu bemühen.

„Liebe Frau Schautsec, da ist niemand, den ich fragen könnte." Seine Stimme klingt besänftigend.
„Ja, ich weiß. Sie haben Recht… und wegen vorhin, das tut mir leid."
„Schon gut, ich an Ihrer Stelle wäre schon lange weg." Ralph dreht sich um und nimmt seinen bereits eingeschlagenen Weg über die Treppe wieder auf.

58

Erst jetzt überlegt Gabi Schautsec: Wie komme ich eigentlich dazu, mich mit einem siebzehnjährigen Bürschchen und dazu noch einem Praktikanten, der nach einer Woche wieder in seine Schule zurückgeht und da alles ausplaudert, so zu unterhalten?

Ihre Gedanken werden durch die sich automatisch öffnende Außenschiebetür unterbrochen.
„Guten Tag, wir waren gestern schon einmal hier und müssen Frau Tuschort sprechen."
„Augenblick, bitte, ich hole die Direktorin. Ah, da kommt sie schon."
„Es tut mir leid" beginnt Frau Malice, die die Ankunft der beiden aus ihrem Fenster erneut gesehen hat, ohne Umschweife und Begrüßung „aber wir haben Frau Tuschorts Sohn noch nicht erreicht. Und ich sagte Ihnen bereits gestern, ohne ihren bestellten Betreuer lasse ich keine Verhör zu."
„Gute Frau Malice, abgesehen davon, dass es gar kein Verhör sein kann, da Frau Tuschort doch wohl kaum straffällig geworden ist, geht es um Folgendes. Aber können wir das vielleicht in Ihrem Büro besprechen?"

Sie geht vor, baut sich hinter dem Schreibtisch auf und bedeutet den beiden, auf den Besprechungsstühlen Platz zu nehmen.

„Nun?" fragt sie ungeduldig, „da bin ich aber mal gespannt, was Sie mir Neues mitzuteilen haben."

Die beiden empfinden wie gestern diese Kälte, dieses Nichts in ihr.

„Frau Tuschorts Sohn ist ihr amtlich bestellter Betreuer."
„Das sagte ich Ihnen bereits. Kommen Sie bitte zur Sache. Ich habe mich auch noch um andere Dinge zu kümmern."
„Frau Malice, Sie haben Carsten Tuschort gestern nicht erreichen können, weil er tödlich verunglückt ist.

Er war Frau Hanna Tuschorts Betreuer. Aber als seine Mutter müssen wir Frau Tuschort über den Tod ihres Sohnes in Kenntnis setzen. Sie kennen jetzt die Situation. Bringen Sie uns jetzt bitte zu ihr. Sie können gerne dabeibleiben."

„Ich werde mich hüten. Das ist nicht meine Aufgabe. Ich werde ihnen die Hausdame rufen lassen."

Die zwei Polizisten sehen sich ob dieser vorgetragenen Gefühlskälte vielsagend an. Soll *das* ein Mensch sein?

„Kommen Sie mit zum Empfang. Frau Schautsec wird sich der Sache annehmen."

An der Rezeption bestimmt sie: „Rufen Sie Frau Eser, die soll die beiden Polizisten zu Frau Tuschort begleiten."

Polizisten klingt bei der Direktorin wie ein Schimpfwort, und es hat etwas Verächtliches an sich.

„Die ist krank."
„Frau Clev."
„Auch krank."
„PDL."
„Hat jetzt frei, Überstunden abbauen."
„Frau Firless".
„Ist mit Herrn Hührt zum Arzt."
„Jetzt hören Sie mir mal zu," herrscht die Chefin die Empfangsdame leise und schäumend vor Wut an, „ich habe keine Lust mich vorführen zu lassen. Sorgen sie dafür, dass jemand kommt und mit den beiden mitgeht."

Zu den Polizisten gewandt mit einem Grinsen, das selbst Frankenstein erstarren ließe: "Frau Schautsec kümmert sich. Wenn etwas sein sollte, bitte." Sie deutet auf die Empfangsdame und verschwindet in ihr Büro.

Wenige Minuten später kommt Bernhardin Tronje, eine Enddreißigerin zum Empfang. „Was gibt's?" fragt sie die Rezeptionistin, die Augen fest auf den jüngeren der zwei Polzisten gerichtet. „Bringst du bitte die beiden Herren zu Frau Tuschort. Die Chefin will außerdem, dass du dabei bleibst bis die Polzisten mit allem fertig sind." „Na klar mach' ich das. Kommen Sie, dann wollen wir mal," wendet sie sich den beiden Männern zu.

Carlo Stark fühlt Bernhardins Blick auf sich, und wie dieser Blick von seinem dunklen etwas schütteren Haar über seine Augen, den Brustkorb weiter nach unten wandert. Suchend geht ihr Blick hin und her, suchend nach dem einzigen, das Berhardin interessiert. Carlo wird etwas verlegen. Ihre Blicke treffen sich für einen kurzen Moment. Dann sucht Bernhardin weiter. ‚Wo hat er ihn bloß? Stell dich mal vernünftig hin. Ich kann ihn gar nicht sehen' sind ihre Gedanken. Endlich hat sie das Gewünschte entdeckt. Er ist unberingt. Carlo trägt keinen Ehering. Das lässt schon einmal hoffen.

Auch Carlos Augen sind nicht untätig und begutachten bereits die Rundungen der Schwester und anschließend ihr blondes Haar. Alles ist in Ordnung und viel versprechend. Aber die Beine. Leider, leider…, na ja dafür kann sie nichts. Sicherlich gibt es gute Gründe dafür, Hosen zu tragen. Aber derartig weite, muss das denn sein?

„Ich habe Sie hier noch nie gesehen. Wohnen Sie nicht in Schönquell?" fragt sie Carlo während Ihre Hand gekonnt ein wenig Unordnung in ihr Haar bringt. „Nein," antwortet er kurz. „Aha, schade, ich dachte…" „Ohrbeck, ich wohne in Ohrbeck", unterbricht er die Schwester. „Sie Scherzkeks," lächelt sie ihn an.

Ohrbecker und Oeseder legen immer noch großen Wert darauf, festzuhalten, dass sie aus einem dieser Stadtteile und nicht aus Schönquell kommen. Mit großem Zähneknirschen haben sie im letzten Jahrhundert der Eingemeindung zugestimmt. Sie hatten ja keine Wahl. Letztendlich profitieren heute jedoch alle davon. Diese Tatsache muss festgehalten werden.

Der Lift, auf den sie gewartet haben, öffnet seine Tür. Die drei steigen ein. Bernhardin geht voraus, Carlo folgt ihr, und Kommissar Feindaut kommt sich als Dritter wie das fünfte Rad am Wagen vor. Die getönten Spiegel an beiden Seiten des Aufzugs und die angenehme Beleuchtung lassen den Lift größer erscheinen als er ist. Bernhardin und Carlo stehen sich gegenüber. Verlegenheit spielend, tritt sie während der kurzen Fahrt von einem Fuß auf den anderen. Ihre Hüften schwingen dabei leicht, nur ganz leicht, aber Carlo entgeht das nicht. Wieder treffen sich Ihre Blicke. „Und Sie, wohnen Sie auch hier?" Sie nickt und erwidert sein mittlerweile fast forderndes Lächeln.

Der Lift öffnet sich. „Wir müssen nach rechts auf die Station da vorn". Benna geht voran. Sie merkt, wie Carlos Blicke, der ihr mit dem Kommissar in gewissem Abstand folgt, auf ihrem Körper haften, wie sie versuchen, in sie einzudringen. Sie genießt es. ‚Scheiß Hosen', denken nun beide Polizisten, denen der leichte, typisch weibliche Hüftschwung nicht entgeht.

Bennas Gedanken gehen uns hier an dieser Stelle nichts an. Obwohl..., es könnte ganz schön und reizvoll sein, ihren Gedanken zu lauschen, sie zu beobachten, wie sie sich das nächste oder übernächste Treffen mit Carlo vorstellt, und zu welchen Verrenkungen sie und er dann wohl fähig wären.

„Hier ist das Appartement von Frau Tuschort," werden die drei aus ihren gedanklichen Spielen oder Erwartungen in die Realität zurückgeholt.

Benna klopft an die Appartementtür, wartet aber auf keine Antwort, drückt den Türgriff hinunter und öffnet die Tür. Die Tür klemmt. Sie zieht stärker. Aber die Tür gibt nicht nach. Sie zieht noch einmal kräftiger an dem Griff, nichts.

Sie klopft erneut und ruft: „Frau Tuschort, hallo, Frau Tuschort. Hier ist Schwester Bernhardin. Hören Sie mich?"

Durch die Appartementtür hört man von innen: „Carsten, bist du es? Willst du mich holen? Warte, ich komme." „Nein, Frau Tuschort, Schwester Bernhardin ist hier. Ich komme gleich wieder."
„Carsten, mein Junge, dass du mich abholen willst, ist aber schön."

Das Erotische, das sich während des Weges hierher entwickelt hat, ist schlagartig verschwunden.

„Bitte kommen Sie mit nach oben."
Jetzt ergreift der Kommissar das Wort: „Ich glaube, hier stimmt etwas nicht. Sie, Schwester, werden jetzt einen Ersatzschlüssel holen. Wir warten hier. Sollten Sie in ..."
„Nein, nein, ist schon gut, wir haben für bestimmte Appartements Universalschlüssel. Ich kann die Tür öffnen. Und mit Ihnen beiden als Zeugen bin ich ja auch auf der sicheren Seite..., nur für den Fall, dass etwas geschehen sein sollte."
„Was sollte denn wohl sein? Frau Tuschort hat doch klar und deutlich geantwortet."
„Ja, aber sie ist dement, und da kann man nie wissen."
„Wie lange ist die Tür eigentlich schon verschlossen?" will Feindaut wissen. Carlo ist über die

Frage nicht erfreut, weiß er doch zu gut, was der Kommissar damit bezweckt.

„Das kann ich Ihnen nicht sagen. Ich bin erst seit heute Morgen im Haus und erst mit Ihnen hierhergekommen. Normalerweise sind die Türen nicht verschlossen," richtet sie ihre Worte an den jüngeren Polizisten und hofft, dass er dieses Gespräch abbrechen oder zumindest in eine andere Richtung leiten kann. „Also gut, öffnen Sie, Schwester".

Bernhardin schließt das Appartement auf, zieht leicht an der Tür, fühlt keinen Widerstand, öffnet die Tür und sieht in das Zimmer.

„Hallo, Frau Tuschort, schön dass Sie da sind. Wollen Sie verreisen? Dann müssen Sie vorher aber noch kräftig essen und trinken. Und ein wenig frisch machen müssen Sie sich. Kommen Sie, ich helfe Ihnen aus dem Mantel."

Die zwei Beamten sehen sich ungläubig an. Hanna sitzt mit angezogenem Mantel auf ihrem Bett. Unter dem Mantel trägt sie ihr Nachthemd, ihre Nachtsocken an den Füßen, und um den Kopf hat sie eines ihrer alten Halstücher gewickelt. Ob es ein Turban werden sollte, vermag niemand zu sagen. In der Rechten hält sie den Regenschirm und in der Linken eine Papierserviette.

Hanna erhebt sich, geht auf die Polizisten zu und meint zu Benna: „Das ist ja nett, dass Sie die Beamten gleich mitgebracht haben. Bitte meine Herren, hier ist meine Fahrkarte, erste Klasse nach..., nach. Schwester, wo wohnt Carsten jetzt?"
„Wir sind nicht von der Bahn, wir sind...,"
„Ja, das weiß ich auch, meine Herren. Was soll denn auch die Bahn hier, wenn ich mit dem Schiff fahre? Das wäre ja ganz schön blöd. Ist Carsten auch schon da? Er hat mir heute Nacht gesagt, dass er auf dem Schiff auf mich wartet. Er will nur erst noch etwas mit

Felix klären. Kommt Felix auch mit? Ach, das wäre schön. Dann wären wir wieder eine Familie."

Es tritt für einige Augenblicke Totenstille ein. Diebstahl, Raub und auch Schlägereien stellen für beide Kollegen kein Problem dar. Aber diese Aufgabe überfordert sie. Wie verlegene Schuljungen treten sie von einem Bein aufs andere und drehen dabei unbeholfen ihre Dienstmützen in den Händen. „Das ist so:" beginnt Kommissar Feindaut, „Ihr Sohn ist,… er ist,… also Ihr Sohn, Carsten. Ich kann es ihr nicht sagen", wendet sich Feindaut etwas verlegen leise an Carlo.

„Ich auch nicht."

„Herr Kapitän, was ist mit Carsten? Ist er schon bei Ihnen? Dann will ich jetzt zu ihm. Nehmen sie mich mit auf Ihr Schiff?"

„Was machen wir jetzt?" fragt Carlo seinen Kollegen ebenfalls kaum hörbar zurück.

„Wir gehen zum Wagen und rufen die Zentrale an."

Mit schlechtem Gewissen erklärt der Kommissar Bernhardin: „Wir müssen in der Dienststelle noch etwas in dieser Angelegenheit klären und wollen uns jetzt von ihnen verabschieden." Sie verlassen das Appartement.

„Wie schreiben wir das mir dem verschlossenen Zimmer? Normalerweise dürfen die das gar nicht."

„Ja, ich weiß. Aber vielleicht liegt eine entsprechende Verfügung vor. Das wird uns sicherlich diese nette Direktorin sagen können."

„Muss das sein?" fragt Carlo seinen älteren Kollegen „die macht doch die Schwester zur Schnecke."

„Hallo, Nachtigall, ick hör' dir trapsen. Bahnt sich da vielleicht etwas an?"

Die beiden Polizisten gehen noch einmal hinauf zum Empfang und verlangen dort nach der Direktorin, die nach einer gewissen, bewusst eingelegten Wartezeit erscheint.

„Ah, sind Sie fertig? Das ist gut. Ich habe nicht gern die Polizei im Hause." Manche Bewohner reimen sich schnell irgendwelche Schauermärchen zusammen, und ruckzuck ist es in der Stadt herum, ob es nun stimmt oder nicht."
„Nein, nichts ist gut. Wir haben Frau Tuschort nicht über den Tod ihres Sohnes informiert. Das Risiko scheint uns zu groß. Wir werden uns in unserer Zentrale nach der weiteren Vorgehensweise erkundigen. Aber was wir noch fragen wollen: Dürfen Sie über Nacht das Zimmer von Frau Tuschort abschließen, das heißt sie einschließen?"
„Wieso, ist das geschehen? Wenn ja, wird eine entsprechende Verfügung vorliegen," hören die beiden Polizisten die Direktorin plötzlich gar nicht mehr so herrschsüchtig. Sie klingt fast sanft.
„Sie werden verstehen, dass wir diesen Vorfall in unserem Bericht erwähnen müssen. Inwieweit die Staatsanwaltschaft dann Untersuchungen anordnet, wissen wir natürlich nicht. Möglicherweise wird sie eine entsprechende Auskunft vom Gericht anfordern, und wenn eine Verfügung vorliegt, ist für Sie die Sache damit erledigt. Aber da Sie hier ja offenbar alles fest im Griff haben, sehe ich keinerlei Probleme. Allerdings, wenn nicht..., ach, lassen wir das. Auf Wiedersehen, Frau ...?"
„Malice, Emmi Malice."

Die Beamten verlassen das Haus, wohl wissend, dass die paar Sätze bei der Direktion Eindruck hinterlassen haben.

Emmi Malice wartet bis die Polizisten aus dem Haus sind und sich die Tür hinter ihnen wieder schließt.

„Wer ist mit den beiden bei der Tuschort gewesen? Ich will die sofort sprechen."

18

„Mensch, Ralph, was ist denn los mit dir? Du kriegst die ganze Zeit die Zähne nicht auseinander. Habe ich etwas falsch gemacht?"

„Nein".

„Ist es wegen gestern Abend?"

„Nein, alles in Ordnung."

„Ich merke doch, dass du etwas hast."

„Ach was, es ist. Du kennst doch den älteren Mann, der immer mit seinem Einkaufsbeutel so herumschlenkert und die Papierkörbe durchsucht."

„Den Streuner, na klar, was ist mit ihm?"

„Ich habe ihn heute Morgen in der Residenz erlebt. Das scheint ein ganz normaler Mann zu sein. Nicht was ich immer so gedacht habe, von wegen Penner oder so. Der hat dieser Direktorin ganz schön die Meinung gesagt. Und wie der angezogen war und geredet hat. Ganz anders als sonst. Das ist ein ganz anderer Mensch. Ich konnte zwar nicht alles verstehen, aber der scheint etwas vorzuhaben. Er hat dieser Malice nämlich gedroht. Irgendwie imponiert der mir."

„Was tut der? Weißt du eigentlich wie du immer über den redest? Und was du alles 'mal gerne mit dem machen wolltest, wenn es dunkel ist und so? Und wegen dem lässt du dir die Stimmung verderben? Komm, los." Katharina zieht Ralph zu sich heran, aber sie bemerkt seinen Widerstand und gibt nach.

„Und dann waren heute Morgen noch die Bullen da."

„Was wollten die denn?"

„Keine Ahnung, ich habe sie gesehen, als sie mit einer Betreuerin zu einem Bewohner-Appartement gingen. Diese Betreuerin hat den einen Bullen ganz schön scharf angesehen."

„Zu Dritt, in einem Appartement? Das hört sich ja toll an. Und, was haben die da gemacht, zu dritt?"

„Quatsch, das Appartement ist bewohnt. Außerdem haben die sich ziemlich lange vor der Tür aufgehalten."

„Sage ich doch, erst mal testen, ob jemand in dem Zimmer ist. Hey, ich komm dich morgen besuchen, und dann kannst du mir das Appartement ja einmal zeigen. Vielleicht ist das ja ein Zimmer für besondere, dringende Notfälle."

Ralphs Stimmung ist auf dem Gefrierpunkt angekommen. Er lässt es Katharina auch fühlen und will ohne die sonst übliche Zeremonie gehen. Zärtliche Umarmung, ein inniger nach mehr verlangender Kuss, leichte Streicheleinheiten von auf Abwege geratenen Händen? Null Chance im Augenblick. Ihre Augen suchen seine, finden sie aber nicht. Er ist weit weg und für sie im Moment nicht zu erreichen. Kathrin weiß nicht, wie sie an ihn herankommen kann, zuckt unmerklich zusammen und lässt von Ralph ab. „Tut mir leid", sagt er kurz, ohne sie anzusehen und verlässt sie.

19

„Na, schon zurück? Ist Katharina nicht zu Hause?" empfängt Ralphs Mutter ihren Sohn. Sie sieht ihm an, dass irgendetwas nicht stimmt. „Ärger mit Katharina?" Ralph schüttelt abwesend seinen Kopf. „Probleme?"

„Nein, alles in Ordnung."

„Probleme in der Residenz?"

„Nein, alles im grünen Bereich."

„Aber du kannst mir doch nichts vormachen. Ich habe heute Mittag, als du vom Praktikum gekommen bist schon gemerkt, dass etwas nicht stimmt. Was ist denn los? Willst du es mir nicht sagen?"

Ralphs Ton wird gereizt und aggressiv, während er die Richtung zu seinem Zimmer einschlägt: „Oh, Mann, lass mich doch einfach mal in Ruhe. Ich habe nichts. Mir fehlt nichts. Es geht mir gut, zufrieden?"

Die Zimmertür fällt mit einem deutlichen Schlag ins Schloss

„Wenn ich nur wüsste wie der Mann heißt. Und was hat der mit der Polizei zu schaffen. Ist sie gekommen, weil er der Residenzleiterin gedroht hat? So langsam interessiert der mich."

Der PC ist eingeschaltet, und bevor Ralph googlet liest er die verschiedenen Schlagzeilen seiner Startseite, T-online.

Erdbeben in Mexico, zahlreiche Tote.
Fußballbundestrainer geht optimistisch ins Testspiel.
Zweiundneunzigjähriger tot und knackt Jack-Pot einen Tag später.
Arbeitslosenzahlen weiter gesunken.
Bundesregierung schönt Statistiken.
Altenheime unter Druck - Staatsanwaltschaft ermittelt wegen Freiheitsberaubung.

Er sieht sich das Video mit dem Interview des Bundestrainers über das am Wochenende in Berlin anstehende ewig junge Testspiel Deutschland / Italien an.

„Herr Bundestrainer, wie sehen Sie die Chancen unserer Mannschaft im Hinblick auf das kommende Spiel gegen Italien?"

Der Bundestrainer zieht noch ein wenig Luft durch die leicht geöffneten Lippen und aufeinander gepressten Zähne ein und beginnt: „Nun ja, gegen Italien heißt es natürlich, sagn' mer mal, aufpassen. Derartige individuelle Fehler wie gegen die USA dürfen wir uns natürlich nicht erlauben. Italien ist immerhin mehrfacher Weltmeister, auch wenn es im Moment, sagn' mer mal, nicht besondere Erfolge aufzuweisen hat. Aaaaaber, wir wissen, dass die Italiener gegen uns immer besonders, sagn' mer mal, engagiert sind."

Er zieht wieder auf die bekannte Art die Luft ein, begrüßt nebenbei einen vorbeikommenden Altinternationalen und fährt fort: „So einen wie ihn könnten wir natürlich gut brauchen" und weist mit einer Kopfbewegung und einem Lächeln auf den

Vorbeigegangen hin. „Nein, im Ernst" er atmet wieder tief ein, „wir müssen uns gewaltig steigern, um erstens hinten kein Gegentor einzufangen und zweitens, sagn' mer mal, vorne ein oder vielleicht zwei Tore gegen die Azzuri zu erzielen. Ich sehe dem Spiel alles in allem gelassen entgegen, zumal unsere Fremdenlegionäre alle an Bord und fit sind. Ich denke, dass wir in Berlin ein, sagn' mer mal, interessantes Spiel zu sehen bekommen. Tschüss, ich muss jetzt zu meinen Jungs."

Die anderen Leitartikel sind für Ralph uninteressant, so dass er mit dem Googlen beginnt.

*Residenz: knapp neun Millionen Ergebnisse,
bei Bildern:
einundvierzig Seiten*

*Residenz Bad Schönquell:
mehr als zweiundneunzigtausend Ergebnisse
bei Bildern: vierunddreißig Seiten*

*Bad Schönquell: fast zwei Millionen Ergebnisse
bei Bildern: achtunddreißig Seiten*

Bei den Bildern seiner Heimatstadt bleibt er hängen und sieht sich verschiedene Fotos längst vergangener Zeiten an.

‚So komme ich nicht weiter', merkt er nach einer guten Stunde des Fotosansehens. ‚Ich gehe falsch vor. Ich muss anders an die Sache ran. Aber wie? Vielleicht gibt es irgendeinen Zusammenhang zwischen dem verschlossenen Zimmer der Frau, dem Mann und der Polizei. Wie heißt diese Frau noch? Irgendetwas mit Stadt, nein, mit Land? Auch nicht. Mit Dorf, Ort, Ort, Ort ist es, Tuschort.'

Er googlet erneut.

Tuschort: *Über fünfzehntausend Ergebnisse*

bei Bildern: sieben Seiten

Tuschort Bad Schönquell: *drei Ergebnisse*
bei Bildern: vierundzwanzig Ergebnisse

‚Die ersten zwei Einträge haben sicherlich nichts mit dem Mann zu tun. Aber der dritte könnte etwas bringen, was steht da?'

Tuschort, Felix, geboren 11.03.1954, in Osnabrück, studierte Jura in Hannover, gründete die Anwaltskanzlei Tuschort und Partner in Hannover. Tuschort machte sich von Ende der achtziger bis Mitte der neunziger Jahre des zwanzigsten Jahrhunderts einen guten Namen durch mannigfaltige Rechtsangelegenheiten für die Landesregierung und Großunternehmen. Außerdem vertrat er bevorzugt den sogenannten kleinen Mann, was ihm nicht nur Freunde brachte. Sein medienwirksamster Fall war die Vertretung eines arbeits- und wohnungslosen Stadtstreichers im Kampf gegen die Stadt und deren Beschluss, die Brücke, unter der dieser mit anderen Obdachlosen hauste, abreißen zu lassen. Anfang des einundzwanzigsten Jahrhunderts zog sich Tuschort aus der Kanzlei zurück und wohnt seitdem mit seiner Frau in Bad Schönquell. Sein Sohn ist der bekannte Architekt und Ingenieur Carsten Tuschort, der u.a. mit neuartigen Ideen und Entwürfen über ‚modernes Wohnen in alten Gemäuern' von sich reden machte.

Ralph klickt auf Bilder. „Treffer, das ist er. Zwar schon lange her. Aber, das ist er. Die Frage ist jetzt nur noch, beziehen sich die Fotos und der Text auf meinen Mann, meinen Tuschort? Das wäre ja ein Klopfer. Wie kann jemand so herunterkommen, wenn *er* es denn ist.“

Ralph überlegt, und mit jeder Minute scheint klarer zu werden, dass sein Tuschort und der im Netz beschriebene Anwalt nicht dieselben sein können.

„Abendbrot, kommst du?" reißt ihn Mutters Stimme aus seinen Gedanken. „Ich komme" ruft er zurück.

20

„Ja, so wird es gehen", sagt Felix zu sich selbst und legt den schwarzen Filzschreiber zu Seite. Die in signalroter Leuchtfarbe auf das knapp meterhohe blaue Pappplakat geschriebenen Wörter *Mensch, Niemand, tot* stechen sehr gut aus dem ansonsten in schwarzer Farbe gehaltenen Text hervor."

Er liest den gesamten Text noch einmal durch und meint dann zu sich: „Morgen früh geht's los. Die wird sehen, die werden sehen, was noch alles passieren kann, wenn man uns Alte versucht, beiseite zu schieben und auszumustern. Irgendwann ist Schluss, und dann knallt's."

Bei seinem Gedanken ‚es knallt' ertappt er sich dabei, wie er an vergangene Zeiten denkt, seine Schulzeit, vor allem in Klasse zwölf und dann sein Studium. Mehrfach hatte er damals Glück, nicht geschnappt worden zu sein. Und jetzt, will er wirklich das Risiko eingehen? Ja, sein Vorhaben steht fest. Außerdem, was kann ihm geschehen? Im Grunde nichts oder zumindest nicht viel. Eine Geldstrafe kann ihn nicht schrecken, da er kaum Geld besitzt, und für eine Freiheitsstrafe reicht die Tat nicht aus, wenn sie nicht total aus dem Ruder läuft.

21

Das Handy klingelt. „Kannst du das Ding nicht wenigsten beim Essen ausschalten?" ist Ralphs Mutter ungehalten.

Auf dem Display erscheint ‚Katta'. Ralph hat den Namen extra falsch eingegeben, weil er weiß, dass er Katharina damit foppen kann, seitdem sie im Bio-Unterricht erfahren haben, dass Kattas zu den Feuchtnasenaffen gehören. Stinksauer wird sie jedoch jedes Mal, wenn Ralph an ihrem Handgelenk riecht und die Nase rümpft, da sie weiß, dass sich die Duftdrüsen der Feuchtnasenaffen an deren Handgelenken befinden. Er drückt sie weg, schaltet auf ‚stumm' und isst weiter. Nach wenigen Minuten vibriert es in seiner Hosentasche auf dem Oberschenkel. Aber er nimmt nicht ab und lässt es weiter brummen. ‚Kein unangenehmes Gefühl', stellt er wieder fest. Unweigerlich denkt er an Katharina, die er am Nachmittag so schnell verlassen hat. ‚Ob sie sauer ist? Hätte ich ihr etwas sagen sollen? Nein, es ist richtig gewesen, schließlich will ich sie nicht damit hereinziehen. Sie wird es früh genug erfahren. Das hat es hier noch nicht gegeben. Mann, wenn das klappt. Dann rockt hier der Bulle'.

„Nun geh doch ran", sagt Katharina am anderen Ende zunächst ungeduldig. Beim zweiten Anruf wechselt ihre Ungeduld in Ärger, der sich immer stärker aufbaut, bis er in lautem Fluchen endet: "Na gut, dann eben nicht. Wenn du denkst, dass ich dir hinterherlaufe, hast du dich geschnitten."

Sie schleudert wütend das Handy so stark auf ihre Schlafcouch, dass es wieder hochfedert und von der Schlafstätte in schrägem Winkel auf den Parkettfußboden knallt und unter den Schrank rutscht, wo es mit einem dumpfen Ton an der Zimmerwand liegen bleibt.

"Zum Kuckuck mit dir, du blöder Kerl. Ich will dich nicht wiedersehen." Vor Wut rollen Tränen über ihre Wangen, aber sie muss sich eingestehen, dass ihre Gefühle für Ralph stärker als erwartet und dass es keine Wutränen sind. Wie immer bei Problemen, geht sie zum Kühlschrank, öffnet die Tür und sieht den Sekt.

Jetzt brechen alle inneren Dämme, und alles kommt vollkommen aus ihr heraus. Ihre Tränen kann sie nicht mehr kontrollieren. Sie hat sich den Nachmittag und vor allen den Abend mit sturmfreier Bude anders vorgestellt. Katharina schluchzt herzzerreißend, läuft in ihr Zimmer und wirft sich auf ihre Schlafcouch. Den Kopf in das Kissen gedrückt, heult sie wie ein Schlosshund. Ralph ist ihr erster richtig intimer Freund. Und schon soll wieder Schluss sein. Sicher, mit einigen anderen Jungs war sie früher schon mehr oder weniger lange zusammen, aber es gab nie mehr als ein bisschen Knutschen und etwas Fummeln. Weiter ist sie nie gegangen. Und jetzt, da sie den Richtigen gefunden und bekommen hat, soll schon wieder alles vorbei sein.

‚Und mit wem trinke ich jetzt den Sekt? Ich habe ihn doch extra für uns beide geholt. Es gibt doch etwas zu feiern, aber doch nur mit dir‘ fragt sie sich und hebt erneut zu einer Schluchzphase an. Sekt, feiern, nur mit Ralph?

Ihr Handy spielt die Melodie von Brian Adams‘ ‚Heaven‘. Katharina springt auf, wirft sich auf den Boden, um an das immer noch unter dem Schrank liegende Handy zu gelangen. Sie weiß wer anruft, wenn diese Melodie erklingt. Blind sucht ihre Hand nach dem Handy. Jetzt, endlich hat sie es erreicht, zieht es zu sich heran, sieht auf das Display und.

Glücklich, dass Ralph anruft, was sie so gehofft hat, und trotzdem nimmt sie nicht ab. Es ist dieses kindstypische Verhalten, das Kinder manchmal an den Tag legen, in dem sie Dinge tun, obwohl sie sich selbst damit schaden. Mit einem Mal ist sie wieder sauer und wütend auf Ralph, dennoch, jetzt kann sie nicht mehr.

Endlich nimmt sie ab: "Ja" spricht sie kurz nasal ins Telefon.

„Ich bin's. Bist du zu Hause? Ich wollte noch eben bei dir vorbeikommen und mit dir etwas besprechen. Wenn du aber nicht..."
„Doch, doch, wann kommst du?"
„In einer halben Stunde?"
„Klar, bis gleich, freu' mich."

Katharinas Stimme, wegen des Weinens verändert, nimmt Ralph, gedanklich ganz woanders, gar nicht wahr. Er legt auf, wirft noch einmal einen Blick auf das im Netz gefundene und macht sich dann auf den Weg zu Kathi, die in aller Eile ein paar Kerzen anzündet und auf das kleine Beistelltischchen stellt.

Wenig später klingelt Ralph, und Katharina öffnet die Tür. Trotz des aufgetragenen Make ups erkennt er ihre verweinten Augen.

„Was ist los, Katta?"
„Katta, hat er gesagt." Was sich neckt, das liebt sich. Ihr ernstes Gesicht wird entspannter, und Ihr Mund formt sich zu einem verliebten Lächeln. Sie umarmen und küssen sich.

„Ich muss dir etwas sagen" beginnt sie.
„Ich dir auch. Komm wir gehen an den PC."
„Nein, ich will dir erst etwas sagen. Ich war doch heute Morgen beim Gynäkologen."

‚Gynäkologe, Frauenarzt, was soll das denn' denkt Ralph, der schlagartig sein freundliches Gesicht in eine Fratze verwandelt, da er ahnt, was jetzt kommt.

Katharina wiederholt: „Also, ich war beim Frauenarzt, und der hat gesagt, negativ."
„Ich wusste es. Ich hab's geahnt. Und jetzt? Wann ist das denn passiert? Ich will doch noch studieren. Und das mit Frau und Kind? Wie soll das gehen?" Er nimmt sie in den Arm, drückt sie fest an sich und sagt ihr, sie noch immer umarmend: „Das weiß ich auch

noch nicht. Aber es wird gehen. Andere schaffen das auch. Dann schaffen *wir* das erst recht."

Katharinas Augen glänzen vor Glück, und jetzt laufen wiederum Tränen, warme Glückstränen, weiß sie doch, dass Ralph zu ihr steht, komme was wolle.

Sie nimmt ihn an die Hand, führt ihn zum Kühlschrank und holt den Sekt heraus: „Öffnest du die Flasche?"
„Für mich ja, für dich nicht. Du darfst bis auf Weiteres keinen Alkohol."
„Hallo, Rallemann, negativ heißt, nein…, nicht…, nicht sein schwanger. Du jetzt wieder lachen. Ich seien glücklich."

Es folgt ein langer Kuss, der schließlich auf der Schlafcouch endet.

Nach einiger Zeit, man weiß nicht, was zwischenzeitlich geschehen ist, fragt Kathi ihren Ralph: „Was wolltest du mit mir am PC?"

Ralph ruft die Seite *Tuschort Bad Schönquell Bilder* auf.

„Kennst du den?"
„Nöh, wer soll das sein?"
„Sieh mal genau hin."
„Hm, ich weiß nicht…, doch, meinst du den Alten, deinen Streuner?"
„Ja, genau. Du meinst doch auch, dass der das ist, oder?"
„Ja, ich glaub schon."
„Was soll das Ganze? Was willst du mir damit sagen?"
„Der war früher in Hannover einmal eine Koryphäe als Rechtsanwalt, und in der Residenz hat der gedroht. Ich weiß aber nicht weshalb und warum. Ich habe gehört, wie er gesagt hat, dass er morgen irgendetwas machen will."

„Ralph, du führst wieder etwas im Schilde. Was hast du vor?"
„Das kannst du dir im Netz ansehen. Der Ex-Rechtsanwalt wird sich morgen bestimmt wundern, hoffe ich zumindest! Und jetzt muss ich noch etwas vorbereiten."

Dieses Mal verabschiedet sich Ralph von Katharina so, wie man es von Liebenden erwartet.

22

Felix hat den Wecker auf fünf Minuten vor sechs Uhr gestellt. So hat er genügend Zeit, langsam zu sich zu kommen. Er schaltet das Radio ein: Guten Morgen, meine Damen und Herren. Hier ist der Norddeutsche Rundfunk mit den Nachrichten. Es ist sechs Uhr. Berlin: Die Oppositionsparteien haben mit Verwunderung auf die gestrige Stellungnahme der Bundesregierung auf den Bericht zum Gesundheitswesen reagiert und die Aussagen von Wegens als verlogen und menschenverachtend bezeichnet. Ein Oppositionssprecher sagte, es sei ein Unding und eine –so wörtlich- Verarsche am Bürger, wenn man alle Kriterien im Pflegebereich gleichstark bewerte. Es könne nicht sein, dass das Gürkchen auf dem Teller die gleiche Bewertung bzw. Negativbeurteilung erführe wie ein Dekubitus. Hier müsse doch eindeutig die eigentliche Pflege wesentlich stärker gewichtet werden, als zum Beispiel eine im Hause vorhandene Bankfiliale oder ein Friseur. Die Auslagerung in private Bereiche sei ein Flüchten vor der Verantwortung. Außerdem spiegele es die Ratlosigkeit der Kanzlerin wider. Die Bundesregierung wollte sich hierzu nicht äußern und verwies auf die angekündigte Regierungserklärung der Regierungsspitze.

Hannover: Der im Landkreis Hamstedt/Schönquell am Anfang der Woche mit einem Motorrad kollidierte PKW-Fahrer ist in der vergangenen Nacht seinen Verletzungen erlegen.

Hannover: Die niedersächsische Landesregierung plant nach mehreren Zeitungsberichten eine Änderung des niedersächsischen Kommunalgesetzes. Sie will insbesondere die Behandlung der ..."

Felix sucht den Heimatsender Radio-Kur und hört schließlich nur noch „...und hoffen, dass die Kurstadt keinen Schaden nimmt".

Felix hat sich viel Zeit genommen und ist mittlerweile mit dem Frühstück, Bad und so weiter fertig. Er begibt sich ins Schlafzimmer und zieht sein weißes Hemd, das er gestern noch gebügelt hat, an. Die beigefarbene, sehr schmal gehaltene Krawatte passt zwar nicht mehr so ganz zum Stil und zur Farbe seines blauen Anzugs, aber alles in allem sieht er sauber und gepflegt aus. Man bemerkt wieder die erwachte Persönlichkeit, die die Kleidung trägt. Bevor er das Sakko anzieht, wirft er noch einmal einen Blick auf das Plakat mit den leuchtfarbenen Wörtern.

Es geht los.

23

In einem Hamstedter Ingenieur- und Architekturbüro herrscht große Emsigkeit. Vor etwa einem Jahr ist das Büro mit einigen Räumen in einem Gewerbegebiet angemietet worden.

Hier, im Osten Hamstedts, liegt das Büro nahe zur Bundesstraße und damit günstig zur Schnellstraße nach Hannover mit seinem Flughafen Langenhagen. Verhältnismäßig schnell ist von hier aus auch die Autobahn zu erreichen, die unter anderem Berlin und Teile Osteuropas mit dem Ruhrgebiet verbindet. Diese Tatsache machen sich natürlich auch Diebe, Schmuggler und andere lichtscheue Gestalten zunutze, indem sie diese Route als bevorzugte Strecke für ihre Ganovereien benutzen.

Emsigkeit, der Schein trügt. Dem Büro fehlt sein Ideengeber, sein Macher, sein nach Neuem suchender Kopf.

„Und jetzt? Was geschieht jetzt? Ihr wolltet doch nach unserem Urlaub den Vertrag aufsetzen. Wer ist jetzt Chef? Wem gehört jetzt die Firma? Was wird aus dir, aus uns?" will Agneta Pehnzierl von ihrem Mann wissen. „Er war mehr, nicht nur mein Chef. Er war fast wie ein Freund. Er hat mich gefördert. Er hat mich machen lassen wo immer es ging. Manche seiner Ideen hat er sogar als meine verkauft. Ich habe den Eindruck, dass du dich insgeheim vielleicht sogar freust, dass er nicht mehr da ist. Ich weiß doch auch nicht, was nun wird" erwidert Arndt in einer Mischung eines nicht zu beschreibenden Tonfalls von Trauer um seinem Chef, Wut über Agnetas Fragen und Unsicherheit hinsichtlich der Zukunft.

Seinen geplanten Urlaub hat er abgesagt.

Mit den Worten und den Gedanken seiner Frau, die selbstverständlich auch ihn berühren und zum Teil belasten, fährt er zum Büro.

Arndt Pehnzierl, der Vertreter und Vertraute des Chefs, geht unruhig in seinem Büro hin und her. Ab und an bleibt er am Fenster stehen und sieht gedankenverloren dem einen oder anderen Auto auf der anliegenden Landstraße nach.

‚Nach deinem Urlaub möchte ich dir ein Projekt präsentieren, für das uns einige für verrückt erklären werden. Aber das ist egal. Ganz besonders wird das die Politiker und die vielen raffgierigen Absahner der Gesundheits- und Pflegedienste interessieren. Und danach halten wir alles vertraglich fest. Und ich meine *alles*, das Büro, dich, mich, einfach alles. Ich weiß, wir beide geben ein gutes Team ab. Und … ich kann gut einen *Kollegen* brauchen.' So hat der Chef vor gut einem Monat zu Arndt gesagt. Im Büro, in Hamstedt und in der Kundschaft geht man schon lange davon aus, dass es nur eine Frage der Zeit ist, bis Arndt Pehnzierl Teilhaber des Büros wird.

Und so hat der Chef Arndt stets über die wichtigen und oft auch unwichtigen Dinge auf dem Laufenden gehalten, auch was das *Projekt* angeht. Dennoch, er hat nicht alles darüber erzählt, sondern nur, dass er bestimmte Beweise besitzt, die er gut im Büro versteckt hält, und dass es zunächst nur indirekt und später direkt mit der Arbeit zu tun haben wird.

Ein Klopfen an der gläsernen Bürotür holt Arndt urplötzlich aus seinen Gedanken.

„Ja?" Die Tür öffnet sich, Viola kommt herein und meint etwas verstört: "Arndt, entschuldige, dass ich dich störe, aber hier sind zwei Herren von der Kriminalpolizei. Sie wollen dich wegen des Chefs sprechen."
„Kripo, zu mir?" Die beiden Beamten stehen bereits in der Bürotür.
„Guten Tag, Sie sind Herr Pehnzierl?" Arndt nickt wortlos. „Mein Kollege, Kommissar Schercher, und ich, Hauptkommissar Trehbien, haben ein paar Fragen an Sie."

Viola verlässt mit einem verstörten Lächeln den Raum.

„An mich? Wie kann ich Ihnen helfen?"
„Ist es richtig, dass Sie im Todesfall von Herr Tuschort die Geschäfte der Firma allein übernehmen und führen?"
„Das weiß ich nicht. Carsten, Herr Tuschort, wollte mir nach meinem Urlaub einen Vertrag anbieten. Ich habe Grund zu der Annahme, dass ich sein Teilhaber werden soll, sollte. Einzelheiten kenne ich aber nicht. Und was mit der Firma im Todesfall geschehen sollte, ich weiß es nicht. Aber wieso fragen Sie das? Er ist

doch bei einem Verkehrsunfall ums Leben gekommen. Weshalb Kripo und warum ich."

Auf Arndts Stirn sammeln sich Schweißperlen. Er merkt, wie ihn seine Kräfte verlassen und setzt sich deshalb in seinen Bürostuhl.

„Warum sind Sie hier?"

Die beiden Kommissare beobachten den vermeintlich künftigen Chef die ganze Zeit sehr intensiv in der Hoffnung, eine verräterische Äußerung oder Bewegung zu entdecken.

„Wann und wo haben Sie Herrn Tuschort das letzte Mal gesehen?" „Gestern, quatsch vorgestern, nein. Ich war mit ihm am Vorabend seines Unfalls hier im Büro bis etwa 19.00 Uhr."
„War er mit dem Motorrad hier?"
„Nein, mit seinem Wagen. Er kam selten mit dem Motorrad. Das ließ er tagsüber lieber in seiner Garage stehen."
„Sie wissen also wo er das Motorrad immer abstellte?"
„Ja, sicher. Das wissen alle hier. Aber was soll das Ganze? Was habe ich mit der Maschine zu tun?"
„Wie kommen Sie darauf, dass es sich um das Krad handeln könnte?"
„Ich weiß es nicht. Es ist so eine Ahnung."
„Wie ich sehe, haben Sie sich an der Hand verletzt. Wobei ist das geschehen? Waren Sie in den letzten Tagen bei Herrn Tuschort zu Hause?"
„Nein, verdorri noch mal. Können Sie uns nicht einfach in Ruhe lassen. Wir haben hier jetzt genug Sorgen und Probleme."
„Ja, das kann ich mir vorstellen, insbesondere bei Ihnen. Wir haben noch einige Fragen an Sie und möchten Sie bitten, sich in etwa zwei Stunden, also gegen elf Uhr, bei uns im Präsidium zu melden. Kommen Sie bitte möglichst unauffällig, und sprechen Sie mit niemandem darüber."
„Was, was soll ich? Was habe ich denn verbrochen?"

„Das haben wir nicht gesagt. Das Motorrad wurde manipuliert. Der Unfall wurde mit großer Wahrscheinlichkeit gewollt herbeigeführt. Suizid schließen wir aus. Wir können Ihnen hier nicht mehr sagen. Aber wir benötigen Ihre Hilfe."
„Wenn das stimmt, was Sie sagen, dann, dann hieße das Mord?"
Die Beamten nicken.
„Ja, aber warum, und... wer sollte so etwas machen?"
„Wir haben bestimmte Vermutungen. Bitte seien Sie gegen elf Uhr bei uns. Wir erwarten Sie. Und bitte... mit niemandem darüber sprechen. Sollten Sie gefragt werden, was wir wollten, sagen Sie einfach Routinefragen, wie lange Herr Tuschort am Dienstag im Büro war, wer noch alles hier war."

Die Beamten verabschieden sich händeschüttelnd von Arndt und fühlen dabei die unangenehme, schweißige Feuchtigkeit seiner Hand.

Kaum haben die Beamten das Büro verlassen, steht Viola wieder in der Bürotür: „Haben die beiden gesagt, wie das mit Carsten passiert ist?"
„Nein, haben sie nicht."
„Ja, aber was wollten die denn hier? Ist ja fast wie im Krimi?"
„Ich finde das gar nicht lustig."

Sein fester Blick zeigt Viola unmissverständlich, dass er jede Taktlosigkeit oder versuchte Witzigkeit im Moment für absolut deplatziert hält und nicht duldet, und er fährt fort „Carsten ist bei einem Verkehrsunfall ums Leben gekommen, und dann wird automatisch irgendein automatischer Prozess in Bewegung gesetzt."

Er hat den Satz noch nicht beendet, als ihm klar wird, dass er ziemlich verwirrt und durcheinander ist, denn sonst hätte er, der sich stets bewusst auszudrücken versucht, seine Worte wohlüberlegt einsetzend, nicht das sogenannte doppelt Gemoppelte hervorgebracht und stattdessen nur *einmal automatisch* verwendet.

„Die Kripo wollte wissen, wie lange Carsten am bewussten Vorabend im Büro und ob noch jemand hier war, als er nach Hause fuhr."

„Und hast du ihnen von uns beiden erzählt?"

„Nein, natürlich nicht. Das geht die doch nichts an und hat auch gar nichts mit dieser Sache zu tun."

„Hallo, Arndt, das meine ich nicht. Ich meine damit lediglich, dass wir beide an dem Abend zusammen länger gearbeitet haben. Das, was du meinst, ist ja wohl vorbei, Schnee von gestern. Oder sehe ich das falsch?"

„Nein, ja, du hast Recht. Entschuldige, ich bin ein wenig durcheinander. Das mit Carsten geht mir doch näher als ich vermutet habe. Ich mache für heute Schluss. Ich muss an die Luft. Mit fällt die Decke auf den Kopf."

„Soll ich mitkommen? Im Moment ist es ziemlich ruhig hier, und die anderen schaffen das heute auch wohl ohne uns."

„Danke, Viola, das ist lieb. Aber ich möchte gerne allein sein. Wir sehen uns morgen wieder."

Viola verlässt Arndts Büro mit dem Gefühl, die letzten Monate, von denen nur sie und Arndt wissen, wieder zurückgewinnen zu können. ‚Ich muss jetzt aufpassen. Er ist noch nicht verloren für mich. Seine Frau, Agneta, diese Schlange, sieht nur das Geld in ihm. Ich sehe seine Arbeit, er meine, und wir ergänzen uns. Wenn ich es richtig anfange, kann es doch wieder klappen'.

Das Telefon klingelt, Arndt sieht auf das Display und erkennt augenblicklich die Telefonnummer. Er nimmt sein Sakko, zieht es an und verlässt das Büro. Viola weiß Bescheid, das reicht. Agneta will er im Moment nicht sprechen. Also lässt er das Telefon läuten und stellt sein Handy auf summen.

24

Ziellos fährt er durch die Gegend bis es Zeit wird, sich auf der Dienststelle der Kripo Hamstedt/Bad Schönquell einzufinden.

„Ich möchte zu Herrn Trehbien. Wo finde ich ihn bitte"? meldet sich Arndt am Eingang an, indem er durch die alte runde Sprechöffnung spricht..
„Erste Etage, Zimmer 114. Wen darf ich melden?"
„Arndt Pehnzierl."
„Ah ja, ich weiß Bescheid. Bitte warten Sie hier. Der Hauptkommissar wird Sie hier abholen."

Der Beamte in dem kleinen Zimmer ruft Hauptkommissar Trehbien an. Wenige Minuten später erscheint er auf der Treppe.

„Schön, dass Sie gekommen sind. Wir konnten in Ihrem Büro aus bestimmten Gründen nicht so sprechen wie wir müssen, deshalb haben wir Sie hierher gebeten. Ich darf vorgehen?"

Die Art, wie Arndt begrüßt und in Empfang genommen wird, beruhigt ihn, und seine Nervosität lässt allmählich nach. Herr Trehbien führt ihn in ein Besucherzimmer, das ganz und gar nichts mit der landläufigen Vorstellung von dunklen, verrauchten und lediglich durch eine billige Tischlampe auf den zu Vernehmenden gerichteten Lichtstrahl spärlich erhellt wird, ganz im Gegenteil. Es ist ein verhältnismäßig großer Raum mit mehreren großen, sauberen, gitterlosen Fenstern, durch welche die Sonne, wenn sie denn einmal scheint, ungehindert ihre Strahlen hereinwerfen kann. Die Wände sind mit Raufasertapeten weiß gestrichen. An der der Fensterseite gegenüberliegenden Wand befindet sich ein Foto aus Hamstedts längst vergangener Zeit. An der einen Stirnseite hängt ein Gemälde, das den alten Bergturm zeigt, an der anderen ein Foto, auf dem *die Insel*, der wohl schönste Biergarten Hamstedts, zu sehen ist. Wie bereits erwähnt, nichts erinnert an irgendein durchzuführendes Verhör. Blumen hier und da auf dem großen Besuchertisch sowie auf den Fensterbänken geben ihr Bestes, damit sich der Besucher hier in der für die meisten ungewohnten Umgebung wohlfühlt.

„Möchten Sie einen Kaffee"? Arndt nickt. Herr Trehbien bestellt über das auf dem Sideboard stehende Telefon Kaffee und gleichzeitig: „Sagen Sie bitte dem Polizeidirektor und den Kollegen vom LKA Bescheid, dass Herr Pehnzierl da ist."
„LKA, Landeskriminalamt, was hat das zu bedeuten?"
„Warten Sie bitte einen Augenblick. Der Polizeidirektor wird es Ihnen erklären. Sie haben mit niemandem gesprochen?"

Die Tür geht auf. Ein unscheinbarer Mann tritt herein, gefolgt von drei Männern in Jeans und auch sonst lockerer an Freizeit anmutender Kleidung.

„Ich bin Bernd Katscher, Polizeidirektor. Diese drei Herren sind Beamte des Landeskriminalamtes. Aus bestimmten Gründen nennen wir nicht ihre Namen. Bitte nehmen Sie Platz. Wie Sie wissen, ist Herr Tuschort vorgestern ums Leben gekommen. Ach ja, über alles, was hier geredet wird, haben Sie absolutes Stillschweigen zu bewahren. Können wir uns darauf verlassen?"

Irritiert ob dieser Angelegenheit nickt Arndt.

„Gut. An diesem Verkehrsunfall ist ein weiteres Fahrzeug, ein PKW beteiligt gewesen. Die Unfallanalyse hat eindeutig ergeben, dass beide Fahrzeuge, also Krad und PKW nicht aneinander geraten sind und sich auch nicht direkt gegenseitig ausgewichen sein können. Der PKW-Fahrer ist kurz vor seinem Tod noch einmal aufgewacht und meinte: Männer in Westen, links rechts orange. Können Sie sich einen Reim daraus machen?"

„Nein, keine Ahnung. Aber was ist los, wenn das Landeskriminalamt dabei ist? Ich habe mit der ganzen Sache nichts zu tun."
„Mit welcher Sache? Was meinen Sie damit?"
„Na, mit dem Mord."
„Wieso Mord?"

Die Frage des einen LKA-Beamten klingt bedrohlich, jedenfalls empfindet es Arndt so.

„Ihre Kollegen sagen, dass das Motorrad manipuliert war und dass Sie Selbstmord ausschließen. Demnach liegt doch wohl Mord nahe."

Ohne die geringste für Arndt erkennbare Regung sehen die LKA-Männer Arndt an.

Ein, zwei Sekunden, die wie eine Ewigkeit an Arndt vorbeischleichen, verstreichen, bis er fragt: "Was genau wollen Sie eigentlich von mir?"
„Sie sind verheiratet?"
„Was hat meine Frau damit zu tun? Ich verstehe den ganzen Kram nicht. Wollen Sie mich jetzt bitte aufklären? Diese Fragerei ist doch absurd? Demnächst fragen Sie auch noch, ob ich vielleicht eine Geliebte habe."
„Viola, Ihre Kollegin? Frau Lowelli werden wir eventuell später noch befragen."
„Was, wie, wo bin ich denn hier gelandet? Sie wissen von uns, und warum interessiert Sie das? Es war ein ganz *normales Verhältnis*? Was hat das alles mit dem Mord zu tun? Das bedeutet ja, dass Sie uns überwacht haben. Warum uns, was haben wir gemacht, was wollen Sie von uns? Sind wir denn hier in der DDR?"

Bei dem Erklärungsversuch des *normalen Verhältnisses* macht sich ein leichtes Grinsen auf den Gesichtern der Beamten breit.

„Ihre Mutter lebt in einem Altenheim hier in Hamstedt?
Ach nein, Sie haben sie ja vor drei Wochen nach Bad
Schönquell in eine Residenz gebracht. Und, fühlt sie
sich dort wohl? Warum haben Sie Ihre Mutter dorthin
gebracht?"

Arndts Erstaunen wird immer größer. Sein Mund
öffnet sich, ohne reden zu wollen. Seine Augen
werden groß, als wollten sie die Gedanken der
Beamten aus ihnen heraussaugen.

„Was wissen Sie über Herrn Tuschorts
Freizeitbeschäftigungen? Wo hat er seinen letzten
Urlaub verbracht? Warum sollten ausgerechnet Sie
sein Teilhaber werden? An welchen Projekten hat er
zum Schluss gearbeitet? Wann hat er das letzte Mal
seine Mutter gesehen? Wann hat er das letzte Mal
seinen Vater gesehen? Warum war das Verhältnis
zwischen Vater und Sohn abgebrochen worden? Wo
liegen die Unterlagen über die Residenz?"

Die Fragen prasseln gezielt, blitzschnell und knallhart
auf Arndt ein. Seine Mimik verrät den geschulten LKA-
Leuten, dass er sowohl kein Verständnis für diese
scheinbar zusammenhanglosen Fragen besitzt, als
auch keine Erklärung darauf findet.

25
„Guten Morgen, Schwester. Schön, dass ich Sie
einmal wieder sehe. Wo waren Sie denn die ganze
Zeit? Ich habe Sie sehr vermisst" fragt eine etwa
fünfundachtzigjährige, elegant gekleidete Bewohnerin
Ricarda beim Betreten des Foyers. Die alte Dame hat
sich vor etwa zwanzig Jahren mit Ihrem Mann in der
Residenz niedergelassen, um ihren Lebensabend hier
gemeinsam zu verbringen und für den Fall, dass
jemand von ihnen hilfsbedürftig würde, versorgt zu
sein. Leider war der Mann, eine Person des
öffentlichen Lebens, bereits nach kurzer Zeit
gestorben. Das Paar gehörte zu denen, die Stil hatten.
Zu jener Zeit war guter Stil in dieser Residenz der

Regelfall. Das Haus war stets um gute Umgangsformen, vorzüglichen Service und absolute Vertraulichkeit seitens der Geschäftsleitung bemüht. Das Personal wurde nach diesen Kriterien ausgesucht und eingestellt. Und jedermann wusste und merkte, dass dies vorgelebt wurde, und zwar von der damaligen Leiterin des Hauses. Dieser gute Ruf war in der gesamten Republik bekannt.

„Guten Morgen, Frau Lubeck. Ich bin jetzt im Untergeschoss als Betreuerin tätig und versuche dort, den dementen Leuten ein wenig den Tag zu verschönern. Mal klappt es ganz gut, aber an anderen Tagen dann wieder weniger. Es ist schade, dass man so wenig, viel zu wenig Zeit für die Menschen hat."
„Ja, es hat sich in den letzten Jahren viel verändert. Und Sie wissen, wie ich es meine."
„Ach, Frau Lubeck, leider ist es so, und wir können es nicht ändern. Aber etwas anderes. Ist heute vielleicht irgendein besonderer Tag? Es laufen so sehr viele junge Menschen in der Stadt herum."
„Nein, nicht das ich wüsste."

Ricarda nickt leicht, verabschiedet sich in ihrer gewohnt freundlichen und zugleich souveränen Art von der Bewohnerin und setzt ihren Weg zu *ihrer* Station fort. Ihre Gedanken kreisen schon wieder um die von ihr betreuten Leute und den Zustand der Residenz: Es ist *nicht nur* ein Problem des Systems. Mit der damaligen Chefin ging es ja auch. Sie war stets für die Angestellten und Bewohner zu sprechen, und sie war verbindlich. Dann kam dieser lange Kerl, der weder Anstand noch Format besaß. Der hat erst einmal den Ruf des Hauses runtergefahren. Glücklicherweise wurde das bei der *Mutter* in Berlin erkannt, und die entsprechenden Konsequenzen wurden noch rechtzeitig gezogen. Ja, und dann kam dieser nette, gut aussehende Chef mit Doppelnamen. In kurzer Zeit hat er den Laden wieder hochgebracht. Die Arbeit, und die der Kollegen war damals auch schwer. Aber sie hat Spaß gemacht. Das Klima war gut. Bewohner und Angestellte gingen freundlich durch die Residenz, lachten auch schon mal und waren zufrieden. Die Residenz war wieder das erste Haus seiner Art im Ort. Leider wollte dieser so engagierte Chef zurück in den Süden. Und dann kam sie, die jetzige Chefin. Wie kann man es nur schaffen, in so kurzer Zeit alles wieder zu zerstören. Der Ruf des Hauses ist wieder hin. So schlimm war der Leumund noch nie. Im Ort fragt man sich mehr oder weniger öffentlich: Wie lange will sich die Zentrale das noch mit ansehen. Diese Frau ist für das Haus untragbar. Bei den Bewohnern ist ihr Ansehen auf dem Nullpunkt, und einige wollen demzufolge in ein anderes Haus umziehen. Die Angestellten, na ja, was die meisten denken, wollen wir hier nicht verbreiten.

Ricarda ist auf Ihrer Station angekommen und wird mit freundlichem Lächeln einiger Bewohner empfangen. Ihre negativen Gedanken weichen jetzt der Aufmerksamkeit für ihre Anvertrauten.

„Kommt Carsten gleich, Schwester?"
„Ich kann nicht mehr. Schwester, ich kann nicht mehr. Schwester, Schwester, hören Sie nicht? Ich kann nicht mehr."
„Kann ich Ihnen helfen. Wieso können Sie nicht mehr?" fragt Ricarda fürsorglich.
„Ach was, ich kann nicht mehr. Ich kann auch nicht mehr. Die redet das doch den ganzen Tag. Merken Sie das denn nicht, Schwester?" meint eine andere Bewohnerin, die glaubt, Ricarda unterstützen zu müssen.

„Schwester, was wollen die vielen Leute da draußen? Kommen die zu mir? Wollen die mich ins Theater abholen? Wo ist mein Pelzmantel? Wann kommt der Kürschner? Ich brauche meine Stola."
„Ja, Frau Bulde, ich sorge dafür, dass Ihr Pelzmantel und Ihre Stola geholt werden."

So ist es mit an Demenz erkrankten Menschen. Sie können Realität häufig nicht von Gespinsten unterscheiden. Häufig, und das macht die Sache für Betreuer auch oft so schwierig. Ist es nun wahr oder nicht. Hat der Mensch jetzt Schmerzen, Hunger, Durst oder nicht.

Ricarda kennt das Verhalten ihrer Leute und fährt deshalb in Ihrem heutigen Programm fort. Aber jetzt hat Frau Bulde Recht. Durch das Fenster kann man tatsächlich Menschen, junge Menschen sehen. Sie gehen durch den offenen Park der Residenz und kommen somit an besagtem Fenster vorbei.

Auf dem Weg zur Residenz sind Ricarda wohl die vielen jungen Menschen aufgefallen. Aber sie hat sich weiter nichts dabei gedacht. Aber jetzt.

„Hallo, Ricarda" kommt Peppi. „Hast du das da draußen gesehen? Weißt du, was das soll?" „Nein, ich habe keine Ahnung." „Du musst mal nach vorn gehen. Der gesamte Wendeplatz ist voll. Und es kommen immer mehr. Der Bus kommt schon gar nicht mehr durch."

26

Felix beginnt seinen Weg mit festem Schritt, so wie er es früher stets getan hat. Nur weiß er heute nicht, wie und wo er enden wird. Sein Plakat hält er fest in den Händen. Er geht den langen Weg, allein. Im Stillen denkt er: Vielleicht kommt Helmut ja noch, und wenn nicht? Egal, ich muss es tun. Ich bin es Hanna schuldig. Ich kann nicht länger schweigen. Carsten, ich hätte dir noch so viel zu erzählen. Und jetzt ist es zu spät. Wenn du die ganze Wahrheit wüsstest, hättest du mich verstanden, und wir wären weiter wie Vater und Sohn gewesen. Aber du wolltest es damals nicht wissen, nichts mehr von mir wissen, und ich war zu starrsinnig, habe nicht alles versucht.

Die Bergstraße hat er hinter sich gelassen und erreicht jetzt die Quellenstraße. ‚Seltsam, so viele Menschen um diese Zeit in der Fußgängerzone' denkt er bei sich. ‚Ist irgendeine schulische Veranstaltung?' Er merkt, dass es fast ausschließlich Leute im schulfähigen Alter sind, die über die Quellenstraße gehen. Alle sind friedlich, reden und lachen miteinander, und alle gehen in dieselbe Richtung, in seine Richtung. Er versucht, von den Fragen und Antworten, Gesprächen und Bemerkungen der jungen Leute etwas aufzufangen. Aber es sind nur Fragmente, die er zu nichts Sinnvollem zusammenfügen kann. Für einen Augenblick meint Felix, es könne sich um eines dieser neuartigen seltsamen Phänomene handeln, bei denen irgendwer im Internet zu einem Treffen zu einer bestimmten Zeit an einem vereinbarten Ort möglichst viele Menschen aufruft. Aber hier in Bad Schönquell? Hier, wo der Rollator das Verkehrsmittel und Voltaren die Droge Nummer eins sind? Unmöglich.

Unmöglich? Möglich.

Felix erreicht mit vielen der jungen Leute den Hügelbrunnen. Es mögen jetzt bereits gut fünfhundert Menschen sein, und man kann durchaus von einem kleinen Strom sprechen, der im Moment dabei ist, eine gewisse Eigendynamik zu entwickeln. Und es kommen immer mehr. Jetzt erst fällt Felix auf, dass er die letzten dreihundert bis vierhundert Meter im Grunde gar nicht mehr selbstständig und selbstgewollt geht, sondern von der Menge mitgezogen wird.

„Sind Sie Herr Streuner?" wird Felix aus heiterem Himmel von einem jungen Schüler gefragt.
Felix ist erschrocken.
„Nein, wieso? Wie kommst du darauf? Wieso … Streuner"
„Ich dachte, weil Sie doch ein älterer Mann sind, und weil Sie mit uns flashmobben."
„Was mach ich, flashmobben?"

„Ja, klar, an der Residenz. Gut, es ist kein richtiger flashmob."

„Wie kommst du auf Streuner, und was soll Residenz?"

„Code, der Code lautet doch Streuner. Und die Location ist Residenz."

Felix' Hirn arbeitet, und ihm fallen jetzt wieder die verschiedenen Berichte über flashmobs ein.

„Was wird an der Residenz gemacht?"

„Keine Ahnung, abwarten, treffen, groundrelaxen? Mal checken. Cool, dass Sie dabei sind. Aber Plakate sind nicht gut."

„Wieso sind Plakate nicht gut?"

„Na, weil man sich dann festlegt. Und ohne Plakate wissen wir alle nicht worum es geht. Das ist viel cooler. Wir sind offener für alles. Wir sind flexibler für alles."

Felix fällt auf, dass sein junger Flashmob-Freund wir sagt. Und er merkt jetzt auch, dass er sich von der Menge aufgenommen, mitgenommen, mitgezogen, in die richtige Richtung geführt wird, und dass er sich sicher fühlt. Alles ist friedlich, entspannt spannend. Er lässt es einfach mit sich geschehen. Schon lange kennt er nicht mehr das Gefühl, Teil eines Ganzen zu sein, Teil einer Gesellschaft zu sein, die ihn aufnimmt, in der er sich wohlfühlt, und die nicht nach- oder hinterfragt.

27

Einer der LKA-Beamten sieht den Polizeidirektor an, neigt seinen Kopf etwas zur Seite, während seine Augen zur Tür wandern. Herr Katscher versteht den Blick und verlässt den Raum zusammen mit dem LKA-ler.

„Was glauben Sie? Wie schätzen Sie sein Wissen ein?" fragt er den Polizeidirektor auf dem langen Flur.

„Ich glaube nicht, dass der etwas weiß. So kann man sich nicht verstellen."

„Ich glaube auch nicht, dass wir mehr aus ihm herausbekommen. Was machen wir jetzt?"
„Ich meine, wir sollten ihn gehen lassen, ohne ihm die Gründe mitzuteilen. Und seine Mitarbeiterin, soll die noch verhört werden?"
„Nein, die weiß garantiert nichts und hat mit dem Ganzen nichts zu tun. Das haben wir quergeprüft. Die Bemerkung mit der Beziehung war nur so eingeschoben. Sagen Sie ihm als Hausherr, dass er gehen kann?"

Katscher nickt wortlos, und beide gehen wieder zurück in den Besucherraum.

„Herr Pehnzierl, wir danken Ihnen, dass Sie gekommen sind. Wir haben keine weiteren Fragen an Sie. Sie können jetzt gehen. Aber wir müssen weiterhin darauf bestehen: Keine Details über den heutigen Morgen, ich meine damit, die für Sie vielleicht unverständlichen Fragen, zu verbreiten. Dies gilt insbesondere für Ihre Mitarbeiterin Frau Lowelli und Ihre Frau."

Das saß. Und Arndt versteht sofort, warum der Polizeidirektor beide Frauen in einem Satz erwähnt.

„Nein, ich werde nichts sagen. Aber was soll das denn hier? Ich verstehe noch immer nicht den Zusammenhang." „Das müssen Sie auch nicht. Guten Tag, Herr Pehnzierl. Soll Herr Trehbien Sie noch hinausbegleiten, oder finden Sie den Weg allein?" „Nein, nicht nötig."

Arndt nimmt seinen Aktenkoffer und verlässt den Raum. Auf dem langen Flur befällt ihn ein sehr flaues Gefühl, und seine Gedanken kreisen: Was ist das hier jetzt alles gewesen? Mord an Carsten? Landeskriminalamt, bei normalem Mord? Sehr ungewöhnlich. Und ich? Was habe ich damit zu tun? Warum haben die Viola und mich überprüft? Hat Viola mit der Geschichte zu tun? Viola und Mord? Warum, sollte sie ein Interesse an Carstens Tod haben? Wie hat sie das letzte Woche gemeint: Carsten wird sich noch einmal totfahren.

28

„Was ist da draußen los?" fragt Frau Malice in ihrer schroffen Art die Rezeptionistin. Aber ohne eine Antwort abzuwarten, geht sie in ihr Büro, um das Treiben, auf das sie sich keinen Reim machen kann, von da zu beobachten. Sie befällt ein unangenehmes Gefühl. Was geschieht, wenn dieser Pöbel, jawohl, sie denkt Pöbel, hier herein will? Soll sie die Polizei rufen? Sie ist ratlos. Und genau das ist ihr Problem. Und guter Rat ist teuer.

Währenddessen versucht eine mit vier Personen besetzte Limousine von der Hauptstraße in die Stichstraße, an der die Residenz liegt, einzubiegen. Diese Stichstraße ist mittlerweile mit jungen Menschen übersät, und von den Seitenstraßen drängen immer mehr Leute zur Residenz. Auf einigen Balkonen an der Prof.-Sauerbruch-Straße stehen bereits deren Bewohner und sehen erstaunt und ahnungslos dem Treiben auf der Straße zu. Einen flashmob haben die wenigsten erlebt, und hier im beschaulichen Bad Schönquell schon gar nicht.

Gut fünfhundert Leute sind bereits an der vereinbarten *Location* eingetroffen. Und die so viel gescholtene, verdorbene, verkommene und respektlose Jugend macht lautlos, und so gut es bei dieser großen Menge Menschen geht, den Weg für das ankommende Fahrzeug frei. Es wird weder gepöbelt noch gejohlt oder gepfiffen, geschweige denn, Gewalt angewendet. Das Fahrzeug fährt vorsichtig durch die Menschenmenge. Die Beifahrerin, eine etwa fünfunddreißig jährige Frau, mit langem dunklem Haar, das man durch die getönten Scheiben von außen allerdings nicht erkennen kann, sieht überrascht nach hinten in den Fond und meint zu ihrem etwa gleichaltrigen Kollegen: „Hat sich die Geschichte

schon herumgesprochen? Das kann ich mir gar nicht vorstellen, und außerdem ist doch noch nie eine Demonstration deswegen gekommen? Das erinnert mich irgendwie an den letzten flashmob in Osnabrück auf dem Nikolaiort."
„Du hast Recht," kommt es aus dem Fahrzeugfond. „Das war auch so ähnlich, und auch diese scheinbare Ruhe und Lockerheit. Hast du denn irgendetwas im Netz gelesen?"

Die Langhaarige schüttelt zur Verneinung fast unmerklich Ihren Kopf. Der Fahrer, Mitte zwanzig, lässt den Wagen langsam die leicht abfallende Straße hinunterrollen. Seinen rechten Fuß hält er bremsbereit über dem Bremspedal, als er meint: "Diese Situation erinnert mich an Hitchcocks Vögel, als zum Schluss Tippi Hedren und Rod Taylor langsam durch die auf der Straße lauernden Vögel wegfahren wollen. Starker Film. War bis zum Schluss spannend. Man wusste nicht, ob die Viecher noch einmal angreifen oder nicht. Genau wie jetzt, finde ich."
„Hey, machen Sie mir keine Angst. Ich habe den Film zwar noch nie gesehen, aber hier ist doch alles ruhig."
„Jaha, war das in dem Film auch. Bis dann…"
„Bis was? Nu, sag schon!"
„Naja, bis dann Schluss war."
„Wie, Schluss war. Mit wem, was meinen Sie mit *Schluss war*?"
„Nun, der Film war dann zu Ende. Aus, Feierabend. Man sah nur noch, wie aus der Vogelperspektive ein Vogel von oben die Situation beobachtete. Aber das war nur ein Film. Dies ist Wirklichkeit. Wie schnell kann die Stimmung hier umschlagen? Einmal hupen oder richtig Gas geben, was glauben Sie, machen die da draußen dann mit uns?"
„Oh, Mann, Sie haben eine Art, die Lage zu schildern."
„Ich mein' ja nur."

Sie greift langsam zum Türgriff und drückt ihn ein, so dass die Beifahrertür verschlossen ist.

Der Fahrer sieht in den Rückspiegel und sucht die Augen des im Fond Sitzenden. Als er sie trifft, grinsen beide Männer machoähnlich, als wollten sie sagen: Na, Angst bekommen kleine Schöne?

Jetzt ergreift der vierte Insasse, er ist mit etwa vierzig Jahren der älteste, das Wort: „Wenn das hier ein flashmob sein soll, wundert mich allerdings die Uhrzeit. Das sind doch offensichtlich alles Schulpflichtige. Ferien sind nicht. Das heißt, die müssen normalerweise in der Schule sein. Wenn die wegen der Schule flaschmobben, würden sie das in Schulnähe, vielleicht sogar direkt auf dem Schulhof machen. Hier ist aber doch wohl das genaue Gegenteil. Also machen die etwas, das im Zusammenhang mit der Residenz steht. Vielleicht ist es ja tatsächlich auch unsere Sache. Wer weiß, vielleicht hat ein Verwandter eines Bewohners das Ganze angezettelt und will auf diese Weise Aufmerksamkeit erreichen. Ganz wohl ist mir hier hinten mittlerweile auch nicht mehr. Und ich bin froh, wenn wir in der Residenz sind."
„Ich hoffe, dass die uns ungehindert hineinlassen."

Den Insassen ist zwar nicht ganz wohl in ihrer Haut, dennoch befällt sie nicht wirklich Angst oder gar Panik. Warum auch, es ist doch lediglich ein Treffen junger Menschen, von denen im Augenblick kaum einer weiß warum er hier ist.

29

„Wenn du mal eben zum Eingang willst, ich halte für dich kurz die Stellung und pass' auf deine Leutchen auf", muntert Peppi Ricarda auf, einmal nachzusehen. Kurzentschlossen eilt Ricarda die wenigen Stufen zum Foyer hoch, wo sich mittlerweile einige Bewohner und Mitarbeiter, jedenfalls von denen, die sich das zeitlich erlauben können, eingefunden haben.

Augenblicklich wird Ricarda von allen Seiten gefragt, was das zu bedeuten habe. „Ich weiß es auch nicht",

lautet jedes Mal ihre kurze Antwort. Und plötzlich, wie aus dem Nichts, steht die Direktorin neben ihr: "Ist das auf Ihrem Mist gewachsen? Haben Sie etwas mit der Sache zu tun oder sie gar angezettelt? Zuzutrauen ist Ihnen das."
„Ich fühle mich geehrt, dass Sie mir das zutrauen. Nein, ich habe damit nichts zu tun. Vermutlich kann Ihnen aber bestimmt jemand von den Neuen helfen. Die wissen doch sowieso alles und meist sogar noch besser."

Ricarda ist über ihre Worte gegenüber der Chefin überrascht, allerdings noch mehr über die Tatsache, dass sie zum ersten Mal einen Hauch von Kampfansage versprüht und noch mehr, dass es ihr nichts ausmacht, ja im Gegenteil ihr in gewisser Weise sogar Erleichterung verschafft.

„Ich werde der Sache nachgehen. Und sollten Sie in irgendeiner Weise damit zu tun haben, werde ich Sie ..."
„Ich weiß, entlassen. Aber das schreckt mich nicht. Ich habe mir nichts vorzuwerfen. Sie können sich sofort Klarheit verschaffen. Sie brauchen doch nur durch die Eingangstür nach draußen zu gehen und zu fragen, ob mich jemand kennt. Ich würde Sie sogar begleiten."

‚Bin ich das, ich Ricarda, die Betreuerin, eine Aufmüpfige, eine Rebellin?' hört Ricarda sich selbst fragen.

Da dröhnt es auch schon in ihr Ohr. „Gehen Sie sofort wieder an Ihre Arbeit."

Im Foyer drehen sich die Anwesenden ob dieser Tonart und Lautstärke Frau Malice zu. Ricarda macht eine leichte Verbeugung in Richtung der Direktorin, so wie es in früheren Zeiten Adelige und andere höhergestellte Persönlichkeiten taten, wenn sie sich untereinander begrüßten oder verabschiedeten.

Emmi Malice, die von ihrem Personal auch oft EM genannt wird, blickt auf Ricarda hinab und merkt, wie sich der Mund der Betreuerin kaum wahrnehmbar verändert, breiter wird. Im Zusammenspiel von Mund und Augen erkennt jedoch jeder in der Empfangshalle die Verachtung, die Ricarda der Direktorin entgegenbringt, als sie dem Blick der Chefin mit festem und selbstbewusstem Blick standhält. Langsam, mit gerader Haltung dreht sich Ricarda um, um wieder zu ihren Leutchen zu gehen. Als sie die anderen Anwesenden wahrnimmt, verändern sich ihre Augen wieder zu den liebevollen, helfenden Augen.

Die Beobachter dieser Szene müssen wohl gespürt haben, was da vor sich gegangen ist. Endlich jemand, der einmal etwas sagt *und tut*. Nur so ist zu erklären, dass es hier und da leichte Beifallsbezeugungen gibt. Aber ausgerechnet Ricarda, die Friedliche, um Harmonie Bemühte, stets Ausgeglichene, in sich Ruhende. Aber schon Schiller wusste: Gefährlich ist's, den Leu zu wecken...

„Und, was ist da los?" empfängt Peppi Ricarda.
„Sieht aus wie ein flashmob. Aber warum und unter welchem Vorwand, weiß ich nicht. Ich hoffe nur, dass das Ganze nicht ausartet."

„Schwester, wo bleibt mein Pelzmantel? Ich komme zu spät zum Konzert."
„Schwester, ich kann nicht mehr."
„Ich kann auch nicht mehr", kommt es von einer anderen Bewohnerin.
„Schwester, hör'n se mal. Schwester, hör'n se doch mal. Schwester, warum hör'n Sie denn nicht? Ich muss noch zur Bank. Meine Dividenden sind fällig."

„Ja, meine lieben Leute. Es ist schon eine verrückte, kranke heile Welt hier unten. Schade, dass es da oben so viele gesunde Menschen gibt, die gar nicht wissen, dass sie krank sind."

„Hallo, meine Liebe, kannst du das noch einmal für mich wiederholen?"

„Ach, Peppi, das war nur laut gedacht."

„Mag sein. Aber es hörte sich ziemlich schlau an. Und ich glaube..., ich meine..., ich fühle, es stimmt, was du gesagt hast."

„Guten Tag, meine Damen. Schwester Ricarda, ich habe oben zwar nichts von dem gehört, was gesagt worden ist, außer von der Schreihälsin, aber ich habe den Eindruck, dass Sie Recht haben. Und *ich*, nein, *wir* finden gut, dass Sie der Lachlosen kontra geben und ihr die Meinung sagen. Wir stehen, mit und ohne Rollator, hinter Ihnen. Wir hoffen auf Sie."

Ricarda macht eine leichte Verbeugung in Richtung des Bewohners, so wie es in früheren Zeiten Adelige und andere höhergestellte Persönlichkeiten taten, wenn sie sich untereinander begrüßten oder verabschiedeten. Der Bewohner sieht Ricarda an und merkt wie sich der Mund der Betreuerin kaum wahrnehmbar verändert, breiter wird. Im Zusammenspiel von Mund und Augen erkennt er keine Verachtung. Er erkennt nur Dankbarkeit, Friedfertigkeit und Zufriedenheit.

„Was war das denn? Was war denn los da oben?"

„Komm, Peppi ist gut. Lass uns wieder zu unseren Leutchen gehen. Die brauchen uns."

30
Die dunkle Limousine hat den Vorplatz der Residenz erreicht. Die rechte hintere Wagentür öffnet sich, und der Ältere der vier Insassen steigt vorsichtig aus. Die eng aneinander gedrängt stehenden jungen Menschen geben ihm den Weg frei. Jetzt werden auch die hintere linke Tür und dann die Beifahrertür geöffnet. Die beiden weiteren Mitfahrer steigen ebenfalls aus. Zu dritt gehen die Ankommenden zur Eingangstür. Sie öffnet sich, und die Drei betreten das Foyer. Der PKW wird nicht auf einen der

vorgesehenen Parkstellen gefahren, sondern direkt vor der Tür geparkt. Angesichts dieser Menschenmenge scheint es so das Bessere zu sein. Als auch der Fahrer das Foyer betritt, geht das Quartett zur Rezeption, will sich dort anmelden und nach der Direktion verlangen. Noch bevor die Dunkelhaarige etwas sagen kann, meldet sich die Empfangsdame etwas vorlaut: „Guten Tag, wir haben Sie heute noch gar nicht erwartet. Ich rufe sofort nach Frau Malice."

„Woher wissen Sie wer wir sind und wann wir kommen wollten, Frau Schautsec?"

„Nun der MdK hat Sie doch für übermorgen angemeldet."

„Wir sind nicht vom MdK."

Die Rezeptionistin wird rot und unsicher.

„Wer sind Sie denn?"

„Melden Sie uns bitte bei Frau Malice an, die Heimaufsicht. Ach, Moment. Was ist hier und da draußen eigentlich los? Können Sie uns das erklären?"

„Nein, nein, ich weiß nichts. Vielleicht kann Ihnen Frau Malice weiterhelfen."

„Nun, das wollen wir stark hoffen, sehr sogar."

Frau Schautsec begibt sich unverzüglich zum Büro der Direktorin und meldet den Besuch an.

„Sie meinen MdK."

„Nein, das habe ich auch gedacht. Aber es ist die Heimaufsicht."

„Haben die gesagt, warum die hier sind?"

„Nein, aber die Frau bei denen wollte wissen, was hier los ist."

„Holen Sie mir sofort Frau Firless hierher. Und sorgen Sie dafür, dass die Heimaufsicht davon nichts mitbekommt. Und ich bitte um Beeilung."

Frau Schautsec geht zum Telefon im Vorzimmer und wählt die Nummer Ricardas Wohnbereichs und hört nach einigem Warten: „Firless."

„Ricarda, du sollst sofort zur Chefin kommen."
„Muss das gerade jetzt sein? Frag sie doch einmal, ob
das nicht zehn Minuten Zeit hat. Es ist für die Leute
immer so blöd, wenn ..."
„Ich werde mich hüten, die zu fragen. Hier oben ist der
Teufel los. Die Heimaufsicht ist unangemeldet
gekommen. Los, bitte, komm sofort. Ich schick dir
jemanden zur Vertretung hinunter."

Ricarda legt den Telefonhörer auf.
„Schwester, kommen Sie mal."
„Schwester, ich kann nicht mehr."
„Schwester, nein jetzt kommen Sie erst zu mir."
„Schwester, hier der Abholschein für meinen
Pelzmantel. Sie wissen ja, ich muss gleich ins Konzert.
Und die anderen, die lassen Sie man ruhig reden. Die
sind doch krank im Kopf."

Ricarda nimmt die von Frau Bulde gereichte Serviette
und wendet sich an alle: „Meine Damen, meine
Herren, können Sie mir einen Augenblick zuhören?"
„Schwester, ich kann nicht mehr."
„Es wird gleich wieder gehen. Ich gehe für einen
Moment hinaus. Ich hole für Frau Bulde den
Pelzmantel vom Kürschner. Ich komme dann sofort
wieder zu Ihnen."
„Schwester, dann können Sie für mich auch eben zur
Bank gehen. Ich kriege doch noch Geld von denen,
das wissen Sie ja. Aber sagen Sie denen nicht, wofür
ich das brauche. Die sind immer so neugierig."
„Ist gut, Frau Bäcker."
„Dr. Bäcker, mit ä."

Ricarda macht sich jetzt auf den Weg zum
Direktionsbüro. Sie ist ruhig und abgeklärt,
aufgeräumt und selbstsicher, überlegen und –
zugegeben- etwas gespannt.

„Sie möchten mich sprechen? Die Bewohner unten
sind jetzt aber..."

„Nein, ich *möchte* nicht, ich *will* Sie sprechen. Und die Bewohner da unten. Egal jetzt. Ich frage Sie jetzt zum letzten Mal: Haben Sie etwas mit diesem Mob da draußen zu tun?"

„Nein, ich habe weder mit dem flashmob, noch mit Auftauchen der Heimaufsicht zu tun."

„Woher wissen Sie, dass die Heimaufsicht im Hause ist? Die ist doch gerade erst ein paar Minuten ohne Ankündigung hier. Und Sie sind seit dem doch wohl in Ihrem Dementenbereich gewesen. Also müssen Sie die angerufen haben oder zumindest wissen, wer das getan hat."

„Frau Malice,". Ricarda spricht die Chefin bewusst mit Namen an. Es ist ein rhetorischer Trick, denn jeder hört seinen Namen gern. In manchen Fällen gelingt es auf diese Weise, etwas aus einer vielleicht vorhandenen Spannung oder Gereiztheit herauszunehmen. Gleichzeitig kann man durch den Tonfall den dann folgenden Worten die gewünschte Gewichtigkeit, wie Dringlichkeit, Ernsthaftigkeit, Scherzhaftigkeit oder wie in diesem Fall Verachtung und irgendwie auch Mitleid Nachdruck verleihen.

„Frau Malice. Ich habe es nicht nötig, mich hinter anderen zu verstecken. Das, was ich tue, kann jeder wissen. Und was ich nicht tue, auch. Und wenn ich die Heimaufsicht gerufen hätte, stünde ich auch dazu."

„Ich weiß nicht, ob ich Ihnen trauen kann."

„Ja, mit dieser Ungewissheit werden Sie wohl leben müssen."

„Wie haben Sie das vorhin gemeint: Ich könnte die Neuen fragen, die wüssten doch sowieso alles besser?"

„Da Sie nicht wissen, ob Sie mir trauen können, spielt es für Sie doch auch wohl keine Rolle, wie ich was gemeint haben könnte. Kann ich jetzt vielleicht wieder zu meinen Leutchen gehen? Ich glaube, sie freuen sich ein wenig, wenn ich bei ihnen bin. Die haben das Gefühl, dass ich es ehrlich mit Ihnen meine und nicht meinen eigenen Vorteil aus einer Situation ziehen will. Und was soll ich Ihnen sagen, die haben Recht. Im Grunde sind es diese mir zeitweilig anvertrauten

Menschen, die dafür sorgen, dass ich überhaupt noch hier bin."

„Ja, es reicht. Sie dürfen wieder in Ihren Bereich gehen."

Wieder steigt in Ricarda das Gefühl auf, richtig gehandelt und geantwortet zu haben. Gestärkt verlässt sie das Chefin-Büro in Richtung Dementenbereich.

Frau Schautsec erscheint in der Bürotür: „Frau Malice, die Heimaufsicht wird ungeduldig."

„Die sollen sich nicht so wichtig nehmen. Ich komme ja schon."

Die Direktorin erhebt sich von ihrem Stuhl und folgt der Empfangsdame. An der Rezeption angekommen, begrüßt sie mit einem Lächeln und ausgesuchter Höflichkeit, die jedermann allerdings sofort als falsch entlarvt, die Dame und Herren von der Heimaufsichtsbehörde. „Ich bin Emmi Malice, die Direktorin dieser Residenz. Was kann ich für Sie tun?"

Die Langhaarige stellt Ihre Kollegen und danach sich als Leiterin der Gruppe Beschwerde, unter anderem für den Bereich Hamstedt/Bad Schönquell, vor. „Können wir vielleicht in einem ruhigen Raum mit Ihnen sprechen? Es muss nicht jeder hören, was es zu sagen und zu tun gibt."

„Bitte, gehen wir in mein Büro." Frau Malice kann das Zittern ihrer Stimme nicht ganz unterdrücken.

31

„Was ist los, flashmob, bei uns? Ihr habt euch nicht verhört? Ich wiederhole: Flashmob an der Residenz? Wanne, bitte bestätigen Sie." „Hier Wanne an Wanne drei: Großer Menschenauflauf an der Residenz. Sofortiger Einsatz erforderlich. Keine Sonderrechte zugelassen. Wenn Ihr Verstärkung benötigt, bitte anfordern. Bisher keine Gewaltbereitschaft zu erkennen."

Wanne drei befährt gerade die Waldecker Straße in Richtung Bahnhofstraße. Über die Bahnhofstraße, dann Nordstraße geht es anschließend auf direktem Wege zur Residenz. Als der Wagen die Stichstraße erreicht und dort einbiegen will, geht ein Raunen durch die Menschenmenge. Der Lautsprecher auf Wanne drei wird eingeschaltet: „Hier spricht die Polizei. Bitte geben Sie die Straße frei."

Das Raunen wir lauter. Vereinzelt hört man Flashmobber pfeifen.

„Wanne drei an Wanne, bitte kommen." „Hier Wanne, was gibt es?" „Wir sind an der Stichstraße zur Residenz angekommen. Die Leute stehen bis zur Hauptstraße. Wir kommen nicht bis zur Residenz vor. Was sollen wir tun. Wir beide können nichts unternehmen. Einige pfeifen schon. Wir haben das von der letzten Woche aus Osnabrück gehört. Da hat es auch ruhig begonnen und sich dann über ein paar Pfiffe zu einer schönen Prügelei entwickelt. Wir steigen hier jedenfalls nicht ohne Verstärkung aus. Ende."
„Hier Wanne, wieviel Kollegen braucht Ihr. Wie ist die Situation? Bitte melden."
„Hier Wanne drei. Wieviel Kollegen? Woher sollen wir das wissen. Wir brauchen Spezialisten, die sich mit Demonstrationen und so weiter auskennen. Ich schätze, dass hier etwa tausend Jugendliche sind. Es kommen aber noch immer mehr dazu. Bisher haben wir auf dem Weg hierher jedoch keine Vermummten gesehen. Es scheint tatsächlich nur ein flashmob zu sein. Aber wer weiß, wie das endet? Es kann ja sein, dass die sich von allein wieder auflösen. Aber was, wenn nicht? Und vor allem, wenn wir den Platz räumen sollen. Wie reagieren die, wenn die zum Beispiel einen Wasserwerfer oder viele Einsatzwagen sehen? Ich kann das nicht einschätzen. Also, ich gebe noch einmal einen Situationsbericht: Wanne drei mit zwei Beamten vor Ort. Demonstration, eventuell so

genannter flashmob, mit etwa tausend Personen an der Residenz. Tendenz stark steigend. Momentan keine Gewaltbereiten erkennbar. Leicht ansteigender Geräuschpegel. Einzelne Unmutsbekundungen wahrnehmbar. Vorgehensweise beziehungsweise Vorgehensmöglichkeiten von Wanne drei, ohne Verstärkung keine, das heißt Rückzug. Wir erwarten umgehend Anweisung. Wanne bitte kommen." „Hier Wanne. Wanne drei, bleiben Sie vor Ort. Bis auf Weiteres keine Aktivitäten. Wir klären mit Präsidium weitere Vorgehensweise. Versuchen, SEK zu bekommen. Wir melden uns, sobald es von uns Neuigkeiten gibt. Wanne drei, bitte bestätigen." „Hier Wanne drei, wir haben verstanden: keine weiteren Aktivitäten, warten auf Verstärkung und weitere Anweisungen. Ende."

„Das mag ja noch was geben. Wenn ich schon mal zu den Roten will, kommt immer irgendetwas dazwischen. Und du, Carlo, hast du dich nicht mit der Kleinen von gestern verabredet? Wie heißt die noch gleich?" „Benna, Benna heißt sie. Nein, morgen, zu morgen haben wir uns verabredet. Bis dahin wird ja wohl alles vorbei sein." „Das will ich auch hoffen. Ich hoffe nicht, dass die uns hier auseinandernehmen. In Osnabrück letzte Woche mussten ja vierzehn Kollegen ins Krankenhaus." „Du machst mir ja richtig Mut."

32

Der Tross der Flashmobber vom Hügelbrunnen in Richtung Residenz verlangsamt sich. ‚Ich muss weiter nach vorn. Ich muss bis zur Residenz vor' denkt Felix.

Deshalb versucht er von jetzt an, über den Rasen, der bislang von den Jugendlichen nicht betreten wird, zu gehen. Hier kommt er schneller vorwärts. Aber am Fontainenplatz kommt dann der Engpass, und sein Vorwärtskommen muss sich wieder dem jungen, immer noch friedfertigen und ruhigen Tross anpassen. So langsam steigt die Lautstärke. Je näher das Ziel, die Residenz kommt, umso höher wird der Geräuschpegel. Dennoch ist es erstaunlich, wie beherrscht sich die gesamte Menge vorwärts bewegt, jedenfalls bis hierher. Bis hierher? Ja, es ist Schluss, Feierabend, weiter geht es nicht. Der mittlerweile eng gewordene Weg kann die Menschenmenge nicht mehr aufnehmen und ohne Drängelei durchschleusen.

Felix hat in den letzten Tagen noch weniger gegessen als sonst. Und das ist unter anderem der Grund dafür, dass ihm jetzt ein wenig flau ist. Es ist nicht so, dass er keinen Appetit ob dieser jüngsten Ereignisse gehabt hätte. Nein, er hat seit Carstens Unfall und seinem Entschluss, etwas zu unternehmen, keine leeren Flaschen mehr gesammelt, und dass, obwohl gerade diese Flaschen ihm ja bekanntlich seinen Lebensunterhalt sichern. Was jedoch noch schlimmer ist, ist der mittlerweile eintretende Durst. Leicht schwankend setzt er seinen Weg fort. Die Masse zieht ihn mit, nein, sie treibt ihn förmlich weiter. Selbst wenn er wollte, wäre er jetzt nicht mehr in der Lage, sich gegen diese Menschentraube zu stemmen.

Sein Schwanken wird stärker, sein Gang schwerer, sein Blick trübt sich. Und dann geschieht erneut etwas, was ihm schon lange nicht mehr widerfahren ist.

Einer dieser typischen Chaoten mit scheußlichen und provokativen Tattoos übersäten Armen, eng anliegenden Hosen, weit geschnittener Jacke, das Haupthaar links grün und rechts schwarz gefärbt, während die Kopfmitte haarlos und scheinbar gebohnert und gewienert ist, sieht den Streuner an und erkennt Felix' schwächelnden, fast wehrlosen Zustand. Unvermittelt greift der Chaot in die rechte Tasche seiner weiten Jacke und hält Felix eine kleine Flasche Wasser entgegen.
„Hier, bitte, nehmen Sie. Das wird Ihnen guttun. Es ist zwar nur Leitungswasser, aber das ist besser als diese ollen Powerdrinks."

„Danke, junger Mann. Vielen Dank. Ich dachte schon, Sie wären ...“

„Ich weiß, diese Gedanken kenne ich. Fast alle glauben, ich sei einer dieser verrückten Chaoten, Neonazis oder Krawallsuchenden, nur weil ich äußerlich nicht dem Normalbild eines Jugendlichen entspreche und somit ein bestimmtes Klischee bediene. Aber wenn sie mit mir reden, stellen die meisten fest, zumindest die Lernfähigen, dass ich ganz normal bin und nichts Böses im Schilde führe. Manchmal macht mich das ein wenig traurig, dass der Mensch oft nur nach seinem Äußeren beurteilt wird. Aber manchmal ist das auch ein innerer Vorbeimarsch. Ich finde es immer dann geil, wenn sich die sogenannten Erwachsenen und selbsternannten Stützen der Gesellschaft über mich in einem mehr oder weniger großen Kreis abfällig äußern, und dann von einer anderer Seite erfahren, wer meine Eltern sind, wie mein Notenschnitt ist, und wo und wie ich mich neben der Schule engagiere. Häufig sehen die sich dann, nicht von mir, genötigt, sich zu entschuldigen. Das ist schon geil. Aber Sie sind ein geistig offener Mensch, sonst wären Sie ja nicht mit uns dabei.“

Felix, diesem mit allen Tiefen des Lebens vertrauten Streuner, treten fast die Tränen in die Augen. Zum zweiten Male hat er längst Vergessenes erlebt. Jemand hat ihm geholfen, ohne Vorteil daraus ziehen zu wollen. Und ein zweites Mal bekommt er das Gefühl, Teil einer gewissen, und zwar nicht der schlechtesten Gesellschaft zu sein.

Die Jugend als Ganzes, als Gesellschaft innerhalb oder neben einer anderen Gesellschaft betrachtet, nämlich die der Erwachsenen, ist gut. Die Jugend war immer gut und wird es auch immer sein. Die Natur lässt nur Bewährtem eine Chance. Die Art, wie Jugend war und ist, hat sich bewährt. Dass es in jeder zu betrachtenden Gesellschaft auch schlechte Teile gibt, steht außer Frage. Aber wir betrachten hier das Ganze.

Felix öffnet die Flasche. Das Wasser fließt durch seine Kehle und ist so wohlschmeckend, wie es bester Champagner nicht sein kann. Er hat die Flasche zur Hälfte geleert, setzt ab, um sich bei seinem Spender noch einmal zu bedanken. Aber der ist verschwunden.

33
„Das war die neue Boygroup aus Hannover mit ihrem neuen hit: walking for a liveable life. Man könnte glauben, sie hätte diesen Song für uns heute in Bad Schönquell geschrieben." So meldet sich Sähnder, einer der Rundfunksprecher von Radio-Kur in Hamstedt aus seinem Studio in Bad Schönquell.

„Seit einigen Stunden findet hier bei uns in Bad Schönquell ein flashmob statt. Wir wissen zwar noch immer nichts Genaues, aber die Richtung und das vermeintliche Ziel, die Residenz, lassen darauf schließen, dass es sich um irgendetwas handelt, dass möglicherweise mit dem Pflegezustand zusammenhängt. Wenn man die Demonstrationen und flashmobs der vergangenen Wochen betrachtet, liegt dieser Schluss doch wohl sehr nahe, zumindest ist er nicht abwegig. Der allgemeine Pflegenotstand ist ja hinlänglich bekannt. Und wenn man auf sich aufmerksam machen will, ist es natürlich ratsam, sich an die medienwirksamsten Stellen zu begeben. Und das ist in diesem Fall weit und breit natürlich die Residenz. Wir müssen zu diesem Zeitpunkt davon ausgehen, dass die Gerüchte, wohlbemerkt, es sind Gerüchte, die jeder journalistisch einwandfreien Recherche entbehren, nichts mit diesem flashmob zu tun haben. Da es *noch* Gerüchte sind, werden wir im Moment auch nicht weiter hier darüber reden. Sollten sich diese aber als zutreffend erweisen, erfahren Sie es von uns, auf Ihrem Radio-Kur. Und jetzt Steppenwolf mit born to be wild."

Claas Sähnder schließt das Sprechermikrofon und fragt seine Kollegen: "Wer ist von uns dahin?"
„Der Volontär."
„Und wer noch?"
„Wie, wer noch? Du weißt doch, dass wir aus Hamstedt keine weiteren Leute kriegen."
„Ja, Ole, das weiß ich. Aber wenn wir bei einer solchen Sache auf Hamstedt warten wollen, anstatt die Sache selbst in die Hand zu nehmen, dann werden wir immer nur der kleine Laden aus Schönquell bleiben. Wer weiß, was noch alles dahintersteckt, und was sich daraus entwickelt. Du weißt genau wie ich, wer seine Eltern oder Elternteile in der Residenz wohnen lässt."
„Ja, das weiß ich, aber..."
„Und du weißt auch, was zurzeit geredet wird. Wenn nur die Hälfte davon stimmt, dann man tau. Überleg' doch mal. Wer wohnt hier, wer davon hat Verwandte in der Residenz, und wer hat Kinder in schulpflichtigem Alter, die mitgehen könnten. Dann, heute Morgen, die Heimaufsicht auf dem Wege zur Residenz und jetzt noch Polizei dahin. Und wir sitzen hier rum und drehen Däumchen, warte!"

Claas öffnet wieder das Sprechermikrofon. „Das war Steppenwolf mit Born to be wild. Kann man sich immer noch gut anhören. Übrigens feierte im Jahr 2012 die Band *John Kay und Steppenwolf*, so heißt sie heute, das 45-jährige Bandbestehen. Der Frontsänger, John K., wurde als Joachim, John, Fritz Krauledat 1944 in Tilsit in Ostpreußen geboren. Aus dem K in Krauledat wurde im englischen Kay. Als er vier Jahre alt war floh seine Mutter mit ihm aus der sowjetischen Besatzungszone nach Hannover. Das Erlebnis wurde von Kay im Übrigen in dem Song Renegade auf dem Album Steppenwolf seven verarbeitet. Und an wen denken wir noch, wenn wir Steppenwolf hören? Richtig, an Herrmann Hesse. So, jetzt folgt Werbung, und dann kommen die Nachrichten."

Sähnder schließt erneut das Sprechermikrofon und herrscht seinen Mitarbeiter an: "Habe ich das Mikro geschlossen, ja. Also, du rufst sofort den Arndt, wie heißt er, Löhrner, auf dem Handy an und sagst, dass du umgehend zu ihm kämst... wegen Text und Bild, oder lass dir etwas anderes einfallen. Und versuch, ob du etwas über die Gerüchte herausbekommst. Stark wäre natürlich ein Gespräch mit der Heimaufsicht oder wenigstens dieser Direktorin.

Ole Talkehr verlässt das Studio und nimmt den vor den Arkaden stehenden Radio-Kur-Wagen und fährt damit in Richtung Residenz. Da er weiß, wie voll inzwischen die Residenz-Stichstraße ist, nimmt er einen Weg, der ihn in eine etwas ruhigere Nebenstraße führt. Den Volontär hat er zwischenzeitlich telefonisch bekommen und sich mit ihm verabredet. Ob beide jedoch den vereinbarten Treffpunkt erreichen, ist abzuwarten.

Das Autotelefon klingelt. „Ja, was gibt's?"
„Ole, ich habe gerade eine anonyme Information erhalten, wonach in der Residenz eine demente Frau über Nacht in ihr Zimmer eingeschlossen worden sein soll, und zwar ohne richterliche Verfügung. Vielleicht hängt das Auftreten der Heimaufsicht ja damit zusammen. Wenn Ihr es schafft, versucht doch bitte etwas in Erfahrung zu bringen. Hast du übrigens den Löhrner erreicht?"
„Ja, wir haben uns verabredet. Ich hoffe, dass wir bis in die Residenz vordringen können. Hast du denn vielleicht die Handynummer der Schwester, die unser Freund Carlo in der Residenz kennengelernt hat? Vielleicht komme ich über die an Informationen heran."
„Nein, die Nummer hat Carlo mir natürlich nicht gegeben. Aber ich weiß, dass sie Benna heißt und in der Kernstadt wohnt. Benna wird wahrscheinlich ein Kosename sein. Versuch es einfach. Die ist übrigens sehr unzufrieden in der Residenz. Die

Pflegedienstleitung ist mittlerweile in Männerhand und soll eine Katastrophe sein. Und die Direktorin, na ja, du weißt ja, was so alles erzählt wird. Auf jeden Fall würde ich bei dieser Benna einmal auf den Busch klopfen. Aber sei vorsichtig, die soll eine ganz Wilde sein. Ach, noch etwas, die eingeschlossene Demente ist die Frau eines früheren Staranwalts aus Hannover, ein gewisser Tuschort. Der wohnt jetzt hier in Schönquell. Du kennst ihn vom Sehen her auch, das ist der Flaschensammler."
„Gut, ich versuche mein Bestes. Ich bin jetzt in der Nobelpreisträger-Straße und gehe den Rest zu Fuß. Ich melde mich, sobald ich Neuigkeiten habe."

34

Arndt Pehnzierl verlässt die Polizeidirektion und geht noch einmal die Fragen und seltsamen Bemerkungen der LKA-Beamten durch.

„Hallo, Viola, hier ist Arndt. Du bist noch im Büro? Gut, dann mach' doch bitte Feierabend für heute. Ich möchte mich mit dir treffen. Sagen wir beim Italiener in einer halben Stunde?"
Arndt hört wie Viola ihm am anderen Ende der Leitung zustimmt. Ihre Stimme klingt gespannt, so als ob sie etwas erfahren wolle. Und abschließend flüstert sie noch in ihren Hörer. „Französisch wäre auch einmal wieder ganz nett." Arndt ist momentan nicht in der Stimmung und Lage, diesen Hinweis zu verstehen und antwortet deshalb nur: „Fein, ich freu mich, bis gleich."

Arndt beendet jetzt seine planlose Autofahrt durch das Weserbergland. Er befindet sich gerade in Uerzen, einem kleinem Dorf zwischen Hamstedt und dem Lipperland, und nimmt Kurs auf den gerade vereinbarten Treffpunkt in Bad Schönquell zu ihrem Italiener, bei dem sie schon einige schöne Stunden verbracht haben, bevor sie noch schönere im schräg gegenüberliegenden Fünf-Sterne-Hotel, wo sie einige Male des Nachts waren, erlebten. Das geschah aber zu der Zeit, als Arndt und Agneta Probleme miteinander hatten, kurz vor der Scheidung standen, und jeder mehr oder weniger seiner eigenen Wege ging. Das ist nun schon eine ganze Weile her. Sie hatten sich ausgesprochen und wollten es noch einmal miteinander versuchen. Ein paar Wochen ging es danach ganz gut, aber es wurde nicht mehr so wie früher.

Diese erste Ehekrise führte bei Arndt natürlich zu einer gewissen Veränderung. Viola hatte damals durch geschicktes Verhalten und Fragen von Arndt erfahren, dass seine Ehe kurz vor dem Aus stehe. Von da an setzte sie gegenüber Arndt stärker ihre Fraulichkeit in Szene. Es fiel ihr nicht schwer, da Arndt ein gutaussehender, athletischer Typ war und noch immer ist. Sie ist gewillt, sich Arndt hinzugeben, leider hat er auf ihren ‚französischen' Hinweis nicht so reagiert, wie sie gehofft hat, oder doch? Schließlich hat er gesagt, dass er sich freue.

‚Jetzt bekomme ich ihn. Mit seiner geldgierigen Frau scheint es nun doch wohl zu Ende zu gehen. Ich werde ihm gewaltig einheizen.' So sind ihre Gedanken. Arndt hat inzwischen den nächsten Ort erreicht. In einer Rechtskurve biegt er links ab. Hier gelangt man über einen Berg nach Bad Schönquell. Seine Gedanken sind nicht so zielgerichtet wie Violas, sondern springen hin und her und wieder zurück. Hin: ‚Was hat sie in der vergangenen Woche gemeint, mit: der wird sich noch einmal totfahren? Oder: Ich habe das Gefühl, dass sich hier bald etwas Gravierendes tut.' Her: ‚Die Abende in Bad Schönquell in der Cocktailbar und die griechisch-französischen Nächte im Grand-Hotel. Das prickelnde und spannende Abenteuer auf dem Balkon in der oberen Etage. Die Gedanken an ihre engen Jeans, an den ausgebeulten sehr eng sitzenden Pullover. An das mit jedem Schritt zum Zimmer hin stärker werdende Verlangen, sie zu besitzen. Die Fahrt im Aufzug, als er stecken blieb, dieser Aufzug.' Damals hatte er nur gesagt: „Dein Rock ist sehr schön."

‚Sie kann nichts mit dem Mord zu tun haben. Warum hat das BKA uns beide überwacht. Hat Viola vielleicht sogar etwas mit Carsten gehabt? Erzähl ich ihr von dem Verhör, erzähl ich nicht? Bleib ich mit ihr in Schönquell und übernachte hier? Was erzähle ich Agneta, wenn überhaupt? Hat vielleicht Agneta etwas mit der Sache zu tun. Jetzt drehe ich langsam am Rad.'

Den letzten der Berge auf seiner Strecke hat er hinter sich gelassen und biegt endlich von der Hauptstraße links ab in Richtung Stadtmitte. Arndt hat noch keine Vorstellung davon, wie der heutige Tag und die Nacht verlaufen werden. Deshalb wählt er auch nicht den Hotelparkplatz, sondern das öffentliche Parkhaus. Die eventuell anfallende Verwarnung wegen eines abgelaufenen Parkscheins nimmt er in Kauf.

Viola, die aus einer anderen Richtung kommt, wählt den Weg durch Elschenburg, mit seinem immer noch bewohnten, schönen und über das Weserbergland hinaus bekannten Schloss, an dem der Reisende vorbeifahren muss, wenn er diese Route wählt. Dem Autofahrer bleibt allerdings nicht sehr viel Zeit, dieses Schloss im Vorbeifahren zu betrachten, da die Ortsdurchfahrt sehr eng ist, und vor allem bei Gegenverkehr die gesamte Aufmerksamkeit des Fahrers erfordert.

Das Brüllen einer Lkw-Hupe und die Blitze der Lichthupe reißen sie aus ihren träumenden Gedanken. Der Adrenalingehalt springt ins Unermessliche. Ihr Pulsschlag geht gegen zweihundert. Das Blut kocht. Ihr wird heiß. Und wieder einmal lauert der Sensenmann an dieser schmalen Stelle auf einen neuen Zugang. Ihr rechtes Vorderrad knallt gegen den Bordstein und springt auf den Bürgersteig. Deutlich spürt sie den Schlag im Lenkrad. Die Lkw-Hupe setzt jetzt zu einem endlosen Brüllen an. Die Lichthupe spielt verrückt. Dem Truckerfahrer steht das Entsetzen ins Gesicht geschrieben. Seine Hände schraubstocken das gewaltige Lenkrad. Und dann knallt und springt es noch einmal. Es ist Violas rechtes Hinterrad. ‚Aus dem Weg' will sie rufen. Die ihr auf dem Bürgersteig mit einem Kinderwagen entgegenkommende Mutter kann nicht ausweichen. Sie schreit um das Leben ihres Kindes und versucht verzweifelt, den jetzt scheinbar zentnerschweren Kinderwagen zurückzuziehen. Das Brüllen der LKW-Hupe wird zum fordernden Ruf aus der Hölle. Viola reißt am Lenkrad. Das Auto sackt zweimal ab. Es befindet sich wieder komplett auf der Straße. Aus und vorbei. Im Rückspiegel erkennt sie noch die junge Frau und die Rücklampen des LKW.

Der Tod hat auf sie an dieser engen Stelle gelauert, aber versäumt, im richtigen Moment seine Sense zu schwingen.

Zweihundert Meter weiter hält sie an. Ihre Knie zittern, als sie sich der erlebten Situation bewusst wird. Ihre Hände klammern sich um das Lenkrad, und ihr Kopf lehnt an der Kopfstütze. So vergehen einige Minuten. In dieser Zeit denkt Viola mehrfach, dass sie Carsten näher gewesen wäre als Arndt, wenn der mit der Sense nicht vergessen hätte zu mähen. Sie startet wieder den Motor und fährt weiter. Ihre Gedanken kreisen noch immer um den ihr entgegengekommenen LKW, der plötzlich aus dem Nichts auftauchte, lärmte und wieder im Nichts verschwand. Aber gelernt hat sie aus dem gerade erlebten Vorfall nichts, denn ihre Gedanken spielen wieder um Arndt und mittlerweile weniger um den Italiener, als viel mehr auf die erhoffte Nachspeise auf griechisch oder französisch oder beides. Bei dem Gedanken an die vorher kurz erwähnte Aufzugfahrt, verspürt sie gar keine Lust mehr auf den Italiener, sondern will viel lieber die Nachspeise ausgedehnt genießen, international. Erneut fühlt sie ihren Rock und gleitet sich mit der linken Hand sanft über ihre Oberschenkel. Ein wohliges Gefühl bemächtigt sich ihrer und lässt sie tiefer in ihre Träume sinken. Wie in Trance erreicht sie dennoch ohne weiteren Zwischenfall die Kapellenstraße in Bad Schönquell, wo sie den letzten freien Parkplatz ergattert und gekonnt einparkt.

Bereits von der Eingangstür erblickt sie Arndt, der vor zwei, drei Minuten eingetroffen ist. Arndt sieht Viola, erhebt sich und wartet stehend, gentlemanlike, auf sie. Es folgt eine fast zärtliche Umarmung, jedenfalls von Viola und dann Küsschen links, Küsschen rechts. Arndt hilft ihr aus dem Mantel, und der Ober nimmt ihm den Mantel ab und bringt ihn zur Garderobe.

„Schön, dass wir mal wieder außerhalb der Arbeit zusammen etwas machen."
„Tun wir das?" lautet Arndts knappe Frage.
„Ja, ich dachte".
„Was dachtest du?"
„Was ist denn los mit dir? Habe ich etwas falsch gemacht? Dann sag es mir doch, bitte. Ist es wegen Carsten?"
„Wie kommst du auf Carsten? Hast du etwas mit der Sache zu tun?"
„Womit, mit welcher Sache? Ich weiß gar nicht wovon du sprichst. Kannst du mir das bitte einmal erklären. Und wenn du schon beim Erklären bist, sag mir doch bitte auch, was die Kripo heute Morgen von dir wollte. Kann ich dir irgendwie helfen?"
„Das weiß ich nicht, noch nicht. Wir sollten jetzt bestellen. Ich habe Hunger, und das wundert mich nicht, weil das heute doch alles ein bisschen viel für mich war."
„Warum hast du mich hierher gerufen, wenn ich dir nicht helfen kann? Ich habe mir schon deine Absichten ausgemalt, ich meine angenehmen Absichten, weil du am Telefon gesagt hast, dass du dich freust. Aber in deiner derzeitigen Verfassung wird

das wohl nichts werden. Willst du mir nicht wenigstens sagen, was du von mir willst?"

„Einmal Gnocchi quattro formaggi, und einmal … Pizza tonno?" Bei Pizza tonno sieht Arndt Viola fragend an. Sie nickt. „Und einen halben Roten, halbtrocken, mit zwei Gläsern bitte," lautet Arndts Bestellung.

„Ich weiß doch auch nicht wie ich mich verhalten soll. Heute Morgen die Kripo."
„Was ist denn mit der Kripo? Sag es mir doch. Bestimmt kann ich dir helfen."
„Wieso kannst du mir bestimmt helfen? Du weißt doch etwas. Du verschweigst es mir."
„Gut, ich weiß es. Ich weiß alles. Aber sag mir bitte, was ich wissen soll. Hast du so wenig Vertrauen zu mir?"

Er sieht suchend, fast forschend in ihre Augen. Sie sind rein. Er kann kein schlechtes Gewissen oder eine Verlogenheit darin erblicken. Ihr Blick hält dem seinen stand, so dass er letztlich sogar den Blick senken muss. Viola fühlt in diesem Augenblick ihre Überlegenheit und hakt nach. „Nun, was ist? Vertrau mir doch." Während sie das sagt, legt sie beiläufig ihre Hand auf Arndts und senkt dabei ihren Kopf, schiebt ihn leicht nach vorn und behält seine Augen jeden Sekundenbruchteil im Blick.

„Die Kripo geht von Mord aus."
„Mord, Carsten wurde ermordet? Das kann doch nicht sein. Wer sollte das tun? Hallo.., sag jetzt nicht, dass du glaubst, ich … nein, nicht, das ist nicht wahr, oder?"
„Viola, bitte, ich weiß jetzt auch, dass ich blöd war. Es war blöd zu glauben, du hättest etwas damit zu tun. Aber die haben mich im Präsidium so ran genommen. Und das mit dir und mir wissen die auch. Die haben uns bespitzelt. Warum? Warum haben die dich bespitzelt? Das waren in dem Moment meine

Gedanken. Und dann haben die mir noch untersagt, mit irgendjemandem darüber zu reden. Kannst du das nicht verstehen. Ich schäme mich dafür, dass ich dir so etwas zugetraut habe. Wenn du dich jetzt von uns trennen willst, kann ich das gut verstehen."
„Trennen, ja, die Firma verlassen. Das wäre schon eine Antwort darauf. Aber so einfach lasse ich dich da nicht raus."

„Signora, Ihre Pizza tonno, prego, e signore, Ihre Gnocchi quattro formaggi, prego. Buon appetito. Der Wein kommt sobito."

"Viola, was willst du?"

35
Ricarda befindet sich wieder auf Ihrer Station und ist gerade dabei, die Leutchen zu motivieren.
„Frau Sick, können Sie mir vielleicht helfen? Ich schaffe es nicht alleine, dieses schöne Badetuch richtig zusammenzulegen."
„Aber natürlich helfe ich Ihnen, Schwester."
„Nein, die kann nicht helfen. Die kann doch nicht mehr."

Ricarda überhört Frau Hürths Einwand und meint zu Frau Sick: "Ich finde es sehr schön, dass Sie mir helfen, Frau Sick." Nachdem die beiden Badetücher zusammengelegt sind bedankt sich Ricarda bei Frau Sick und begleitet sie zu ihrem Stuhl.

„Oh, ich kann auch nicht mehr. Schwester, hör'n Sie? Ich kann nicht mehr."
„Können wir beide vielleicht eben die paar Bücher in das Regal dahinten legen?"
„Aber natürlich können wir das, Schwester."

Ricarda blickt nebenbei nach draußen und bemerkt, dass sich die jungen Leute jetzt in die andere Richtung bewegen, und das bedeutet, dass der flashmob vorbei ist.

Wie auf eine geheimnisvolle Verabredung sind sie gekommen, und wie auf ein geheimnisvolles Zeichnen löst sich die gesamte Gesellschaft wieder auf. Wie ein Lauffeuer eilt es vom Eingang der Residenz bis in jedes Ende der einzeln anströmenden Stränge. Und in weniger als einer Minute haben sich alle, auch die Letzten eines jeden Stranges, umgedreht und gehen in die jeweils entgegengesetzte Richtung. Es ist einfach ein Phänomen.

Felix Tuschort versteht das Ganze jedoch nicht und will weiter in die vorher eingeschlagene Richtung, nämlich zur Residenz gehen. Aber es klappt nicht. Die jetzt in die andere Richtung gehenden flashmobber erzeugen eine geschlossene Masse, die nicht zulässt, dass einzelne Elemente aus ihr, sich ihr entgegenstemmen. Das muss auch Felix erkennen. Ähnlich wie ein in Not geratener erfahrener Schwimmer stets versuchen wird, mit der Strömung ans Ufer zu schwimmen, macht es auch der Streuner. Um voranzukommen, und zwar ist das für ihn nach wie vor die Residenz, geht er mit der Menschenströmung einige Meter zurück und versucht dabei, an den Rand zu gelangen. Plötzlich befindet er sich wieder neben seinem Wasserspender.

„Was ist auf einmal los? Was geschieht jetzt? Wohin geht es nun? Ich muss in die andere Richtung. Ich will, nein, ich muss zur Residenz."
„Es geschieht nichts mehr. Es ist vorbei. Das war's für heute. Kann ich Ihnen vielleicht noch irgendwie helfen?"
„Nein, bei dem was ich zu tun habe, kann mir niemand helfen. Vielen Dank, Sie haben mir bereits sehr geholfen und viel Kraft und Mut gegeben."
„Ich, wie sollte ich Ihnen geholfen haben? Meinen Sie das Wasser? Das war doch selbstverständlich."
„Nein, das meine ich nicht. Ich meine auch nicht Sie allein, sondern Sie alle hier."
„Wie haben wir alle Ihnen denn geholfen?"

118

„Das ist eine sehr persönliche und sehr lange Geschichte. Vielleicht werden Sie es später einmal verstehen, wie ich das meine. Vielleicht werden Sie aber auch früher als Sie vermuten dahinterkommen." „Hmh, wie soll ich das jetzt verstehen?" „Schon gut, mein Freund. Ich wünsche Ihnen alles Gute."

Das sind die letzten Sätze, die die beiden miteinander wechseln, denn der gewesene Streuner hat endlich den Rand des Menschenstromes erreicht. Außerhalb dieser gewaltigen, aber noch immer nicht gewalttätigen Masse bleibt er stehen, um sich ein wenig von diesem für ihn ungewohnten Treiben auszuruhen.

Es vergehen vielleicht fünf oder zehn Minuten, und die Menschenmenge hat sich in nichts aufgelöst, zumindest dort, wo Felix noch immer mehr oder weniger fassungslos steht. Plötzlich fühlt er eine Hand auf seiner Schulter. Er dreht sich um und blickt in die Augen seines Kollegen Hellmut. „Hallo, Felix, habe ich dich doch noch gefunden. Ich dachte schon, ich treffe dich gar nicht mehr rechtzeitig. Hast du das auch so miterlebt wie ich. Ist ja der helle Wahnsinn. Wie kann so etwas gehen? Die kennen sich gar nicht alle untereinander, und trotzdem sind sie sich einig. Ist das nicht fantastisch?" „Ja, das ist es. Wenn man da drinnen ist, fühlt man sich sicher und geborgen. Man merkt, dass einem hier nicht geschehen kann. Und irgendwie steigt das Gefühl in einem hoch, gebraucht zu werden, Teil eines Ganzen zu sein. Ein Teil oder Teilchen wie jeder andere dieser Gruppe auch. Ich habe dieses Gefühl schon gar nicht mehr gekannt. Es gibt in dieser Gemeinschaft keine Standesunterschiede und keinen Dünkel, kein Arm und Reich, kein Gut und Böse. Man ist einfach jemand. Jeder ist jemand. Aber was noch wichtiger ist: niemand ist ein Niemand. Ich glaube, ich muss jetzt wieder in Richtung Residenz."

„Willst du mir nicht sagen, was du da willst? Und was willst du mit diesem Plakat?"

„Ich werde dafür sorgen, dass sich in der Residenz und nicht nur da etwas ändert. Was zurzeit geschieht ist eine große Schweinerei. Aber die Residenz ist nicht die Ursache dafür. Sie ist nur einer der vielen Ställe. Und die wenigsten der in solchen Ställen Beschäftigten haben den Mut, zu versuchen, etwas zu ändern. Ich unterstelle denen nicht, dass die alle unfähig sind. Aber ich behaupte, dass die meisten rückgratfrei und zu schwach sind, sich für etwas Besseres einzusetzen."

„Diese Direktorin zum Beispiel hat doch den Ruf eines unterkühlten Eisblocks. Sie soll die Leute ständig treten und triezen. Und sie soll keinen Widerspruch gelten lassen. Und das nennst du schwach."

„Es ist doch viel schwieriger, sich selbst treu zu bleiben und sich selbst gegenüber ‚ja' zu sagen, als anderen, insbesondere Vorgesetzten zuzustimmen, wenn man nicht deren Meinung ist. Das ist eine Frage des Charakters. Leider gibt es heute nicht mehr viele Charakter, wohlgemerkt: ich meine nicht Charaktere. Du hast die Direktorin als Beispiel für Stärke angeführt. Sie kann doch nicht so blind oder dumm sein, nicht zu sehen, was da geschieht. Dass bei ihr viel zu wenig Leute sind, um eine einigermaßen zufriedenstellende Pflege und Betreuung und ein Mindestmaß an Freundlichkeit und Service gegenüber Pflegebedürftigen zu bieten, muss sie einfach sehen. Das kann man nicht übersehen. Und warum unternimmt die nichts?"

Helmut hebt seine Schultern an, und verzieht seinen Mund, indem er dessen Winkel nach unten zieht. Es ist die unausgesprochene Art der Körpersprache, die bedeutet: ich weiß nicht.

„Ich will es dir sagen. Weil die sich nicht traut, gegenüber ihren Vorgesetzten zu widersprechen, ihre eigene, nicht kongruente Meinung zu vertreten. Sie traut sich nicht, aufzustehen und zu sagen: Ich werde jetzt dafür sorgen, dass sich hier etwas zum Wohle meiner Mitarbeiter und der Bewohner ändert. Es geht nicht darum, ob man dann die richtigen Entscheidungen trifft, sondern es geht darum, das zu tun, was man täte, wenn Geld keine Rolle spielte, wenn man keine Karriere machen wollte, sondern wenn man nur Mensch sein wollte, Mensch im besten Sinne. Und, siehst du die noch immer als stark? Helmut, du musst nicht mit mir kommen. Es wird mit Sicherheit Ärger geben."

„Du hast mir vor kurzem dieses eine Buch gegeben und gesagt, dass ich einmal die Glocke von Goethe lesen soll. Das habe ich getan. Da stehen ja tolle Sachen drin. Eine fand ich ganz besonders stark. Ich weiß zwar das Ganze nicht mehr, aber das, was ich meine, lautet: Wem der große Wurf gelungen, eines Freundes Freund zu sein... Ich habe lange darüber nachgedacht, und je mehr ich darüber nachgrübele, umso mehr gefällt mir das. Ich komme mit."

Ob dieser Tatsache vermeidet Felix zu erwähnen, dass es Schillers Glocke ist und das Zitat aus seiner Ode *an die Freude* stammt. Beide gehen jetzt den Weg zusammen, zusammen gegen ein ganzes System, ein marodes System, ein System, von dem die Entscheidungsträger wissen, dass es so nicht weiter gehen kann. Und dennoch tun sie nichts. Sie reden, reden, reden.

Nach wenigen Minuten haben Felix und Helmut den Residenzvorplatz erreicht und stellen fest, dass er trotz der großen Menschenmenge verhältnismäßig sauber geblieben ist.

Sie sehen die schwarze Limousine vor dem großen Eingang, ohne zu ahnen, dass deren Insassen Felix sehr helfen könnten, sein Problem oder besser gesagt, das seiner Frau zu lösen, zumindest hinsichtlich der Pflege. Medizinisch ist nach derzeitigem Stand der Medizin freilich keine Lösung zu erwarten.

Neben der Limousine stehen zwei Männer. Sie reden miteinander und scheinen einen Plan zu schmieden.

Wie bereits erwähnt, hat die Residenz sehr gegen Ihren schlechten Ruf in der Stadt zu kämpfen, und möglicherweise ist es nur eine Frage der Zeit, bis es hier zu einem Knall kommt. Ist die Lunte vielleicht schon gelegt?

Ohne viele Worte stellt Felix sich etwas abseits des Haupteingangs hin, so, dass er niemanden beim Betreten oder Verlassen der Residenz behindert und dennoch so, dass er von den Ankommenden oder Verlassenden nicht übersehen werden kann und rollt sein Plakat aus. Jetzt ist er doch froh, dass Helmut ihn begleitet, denn für eine Person allein ist das Plakat zum Halten etwas zu groß geworden.

Kaum haben Felix und Helmut mit ihrem Plakat Position bezogen, als langsam Wanne drei angefahren kommt. Die Stichstraße ist mittlerweile wieder frei von flashmobbern. Der Polizeiwagen hält direkt vor der Residenz, die beiden Polizisten steigen aus und sehen sich zunächst die direkt vor der Residenz im Halteverbot stehende schwarze Limousine an. Obwohl sie die zwei Plakathalter sehen, gehen die Ordnungshüter erst in die Residenz zur Rezeption.

„Guten Tag, ich bin Polizeiobermeister Wotsch. Können Sie mir sagen, wem der Wagen vor der Tür gehört? Er steht im absoluten Halteverbot und muss von da sofort wegfahren."
„Ich glaube, der gehört den Leuten der Heimaufsicht," antwortet die Rezeptionistin.
„Bitte verständigen Sie den Fahrer, damit er den Wagen wegfährt. Wir müssen sonst ein Verwarnungsgeld erheben."
„Ja, Augenblick, bitte."

Die Empfangsdame geht zum Direktionsbüro, klopft an und wartet einen Augenblick, da sie kein ‚herein' hört. Sie klopft noch einmal und öffnet die Tür, ohne eine Eintrittsaufforderung abzuwarten. Der eisige Blick der Direktorin zwingt die Rezeptionistin, den Fahrer der Limousine direkt anzusprechen. „Die Polizei ist am Empfang. Können Sie bitte einmal herauskommen?"

Ob der Satz, ohne den wahren Grund zu nennen, extra so gewählt ist, ist nicht ganz klar. Auf jeden Fall verfehlt er seine Wirkung bei der Direktorin nicht. Der Heimaufsicht entgeht nicht die plötzliche Unsicherheit Frau Malices. Und auch Frau Schautsec bemerkt die Wirkung Ihres kurzen Auftritts und freut sich insgeheim. „Polizei, was will die Polizei hier?" gibt sich die Direktorin ahnungslos mit leicht zitternder Stimme. „Ich weiß es nicht," schwindelt die Empfangsdame, ohne sich einer Schuld bewusst zu sein. Im Gegenteil, sie verspürt eine steigende Genugtuung, der Direktorin endlich einmal ein wenig von dem zurückzugeben, was sie und ihre Kollegen leider fast täglich einstecken müssen.

Der Fahrer kommt mit Frau Schautsec zur Rezeption und fragt den Polizisten. „Guten Tag, wir haben Sie nicht gerufen. Ich verstehe nicht, dass Sie jetzt schon hier sind. Normalerweise versuchen wir die Ursache, Hintergründe und so weiter intern zu klären, insbesondere wenn es sich um eine Residenz wie diese mit derartigem Klientel handelt."

Die beiden Polizeiobermeister erkennen sofort die Situation und Richard Dreiwer, einer der beiden, sagt mit neutraler Mine: "Wir haben von unserer Zentrale einen entsprechenden Anruf erhalten und sind deshalb hier. Wie weit sind Sie denn bis jetzt gekommen?"
„Nun, wir wissen mittlerweile wer eingesperrt worden ist und dass keine richterliche Anordnung dafür vorgelegen hat. Wir sind gerade dabei zu klären,

warum und von wem Frau Tuschort eingeschlossen worden ist."

„Nun, dann fahren Sie bitte jetzt erst einmal Ihren Wagen aus dem Halteverbot."

Christian Wotsch begibt sich zum Polizeiwagen, um seine Dienststelle über das Erfahrene zu informieren und diesbezügliche Anweisungen zu erhalten. Während er mit der Dienststelle spricht, beobachtet er Felix und Helmut und liest das Plakat. Nachdem er Weisungen erhalten hat, geht er zurück zu seinem Kollegen, der noch an der Rezeption steht und wartet.

Der Fahrer kommt zurück und fragt Herrn Wotsch: „Können Sie nicht dafür sorgen, dass die beiden da draußen mit dem Plakat verschwinden? Die bringen die gesamte Residenz noch in Verruf. Außerdem befinden die sich auf Privatgrund."

„Herr, wie ist Ihr Name, bitte?" „Woatür". „Herr Woatür, erstens: ich glaube nicht, dass die Zwei die Residenz, wie Sie es nennen, in Verruf bringen. Wenn die Residenz in Verruf gebracht wird oder gebracht worden ist, sind andere dafür verantwortlich. Man kann doch auch wohl nicht behaupten, ein Richter sei dafür verantwortlich, dass ein Mörder ins Gefängnis muss. Der Richter spricht lediglich das Urteil. Verantwortlich ist der Mörder und kein anderer. Zweitens: die Zwei da draußen stehen, wenn ich das richtig sehe, auf öffentlichem Grund. Damit können sie da bis auf Weiteres stehen und Plakate halten, solange sie bestimmte Vorgaben einhalten beziehungsweise keine Verbote begehen. Zu Ihren anfänglichen Äußerungen: wir gehen davon aus, dass sie sehr bald wegen der Freiheitsberaubung von uns beziehungsweise der Kriminalpolizei oder Staatsanwaltschaft hören werden. Guten Tag."

Die Polizisten verabschieden sich, und dem Fahrer wird klar, wie dumm und übereilt er sich verhalten hat.

Zurück im Direktionsbüro fragt die Langhaarige den Fahrer:" Und, was ist? Wo ist die Polizei? Was wollte die?"

Leicht auf ihrem Schreibtischstuhl hin und her rutschend erwartet die Direktorin die Antwort. „Ich sollte den Wagen aus dem Halteverbot fahren."

Frau Malice entfährt ein leises, aber von allen Anwesenden nicht zu überhörendes: „Ein Glück."

„Na," meint die Dame der Heimaufsicht, „ich weiß nicht. Ihnen ist doch klar, dass der Vorfall für Sie erhebliche Konsequenzen haben wird, wenn Sie uns keine plausible Erklärung für das Einsperren von Frau Tuschort liefern können. Außerdem gehen wir davon aus, dass der anonyme Anrufer auch die Presse oder vielleicht sogar die Polizei über die Zustände in Ihrem Haus informiert hat."

Frau Malice ist wieder in ihrem Element und springt aus ihrem Stuhl auf. „Was soll das heißen, Zustände? Und welche Art Konsequenzen meinen Sie? Hier läuft alles vernünftig. Ich lasse mir von Ihnen meine Arbeit und mein Haus nicht schlechtmachen. Sie müssen den Vorwürfen zunächst einmal nachgehen, das sehe ich ein. Aber, bitte, neutral. Und im Übrigen haben Sie keine Beweise für diese Behauptung. Es wäre schön, wenn Sie sich auf das Notwendige beschränken würden. Außerdem sind wir mit sehr gut zertifiziert worden. Das sollten Sie nicht vergessen, meine Dame."

„Frau Malice, Sie wissen doch wie wir, was von den Einstufungen dieser Zertifikate zu halten ist. Genauso können Sie mit einem Würfel spielen, der nur Einsen und Zweien besitzt. Das Ganze ist doch totale Augenwischerei, eine komplette Lügerei, nur zur Beruhigung der potenziellen Bewohner. Und weiter glaube ich nicht, dass Sie in der Situation sind, sich so aufzuspielen. Das können Sie möglicherweise mit Ihren Angestellten machen, aber nicht mit uns. Also verhalten Sie sich kooperativ, oder wir werden andere Register ziehen. Wie gut oder schlecht ein Haus geführt wird, lässt sich unter anderem häufig am Krankenstand und an der Fluktuationsrate ablesen. So, und jetzt möchten wir mit dem sprechen, der Frau Tuschort eingeschlossen hat."

Die Direktorin greift zum Telefon, ruft im Vorzimmer an und bestimmt:" Rufen Sie Frau Firless." Wenige Minuten später betritt Ricarda Firless mit Frau Tuschort am Arm das Direktionsbüro. „Guten Morgen, Frau Schautsec hat mir kurz gesagt, worum es geht. Deshalb habe ich Frau Tuschort mitgebracht. Sie kann Ihnen genau sagen, was geschehen ist."

36

„Guten Tag. Ich bin Polizeiobermeister Wotsch, und das ist mein Kollege Polizeiobermeister Dreiwer. Darf ich fragen warum Sie hier stehen und was das soll? Haben Sie eine Erlaubnis für diese Demonstration?"
„Ja, das dürfen Sie. Wir stehen hier, weil wir auf die schreienden Missstände in dieser Residenz aufmerksam machen wollen. Und eine Genehmigung benötigen wir nicht, da diese Meinungsäußerung doch wohl keine Demonstration ist. Wir stehen auf öffentlichem Raum und nehmen hier lediglich unser Grundrecht auf freie Meinungsäußerung wahr. Es ist schön, dass Sie hier sind, denn je mehr Öffentlichkeit davon erfährt, umso besser ist es. Und wie ich sehe kommt da vorn sogar auch noch die Presse."

Es stimmt. Ole Talkehr, der Reporter von Radio-Kur, und Arndt Löhrner, der Volontär, haben sich getroffen, nachdem sich die Menschenmassen gelichtet haben. Jetzt schlendern sie gemächlich, in ein Gespräch über die Vorgehensweise vertieft, auf den Haupteingang der Residenz zu. Der Volontär deutet mit einer kleinen Geste in Richtung der beiden Demonstranten und der zwei Polizisten.

„Ole, guck mal, da vorn, Polizei. Was die wohl von den zwei Alten wollen."
„Na, das könnte ja unsere nächste Story werden. Dann wollen wir mal Mäuschen spielen."
Die Automatiktür der Residenz öffnet sich. Ralph, unser Kurzzeitpraktikant der Residenz, kommt heraus und geht auf die vermeintlichen Demonstranten zu. Felix sieht ihn und erkennt sofort an Ralphs Mimik, dass er nicht als Rabauke unterwegs ist, jedenfalls nicht zu ihm. Die Polizisten haben Ralph noch nicht bemerkt, da sie mit den Rücken zur Residenz stehen. Die beiden Journalisten erkennen augenblicklich, dass Ralph direkt auf den Viererpulk zusteuert. Sie bleiben stehen, um zu sehen, was geschieht. Ole hält sein smartphone vor das Auge und schießt ein Foto, danach stellt er auf Videomodus und drückt auf Aufnahme.

„Kannst du verstehen, was die sagen?"
„Nein, wir sind zu weit weg. Wir müssen näher ran."
„Warte, ich glaube, das kann ganz interessant werden. Dieser Junge da, er ist ein ziemlicher Rabauke. Wir haben den schon des Öfteren in nicht ganz einwandfreien Situationen erlebt. Aber er hat einen einflussreichen Vater, und außerdem, nicht einwandfrei ist für uns immer eine Abwägungssache."
„Wie meint du das?"
„Nun, mein lieber junger Herr Kollege Volontär, wir werden von unserem Sender bezahlt. Und wer bezahlt den?" Ohne eine Antwort Arndt Löhrners abzuwarten, gibt er sie sich selbst. „Richtig, alle die, die bei uns Werbezeit kaufen."
„Willst du damit sagen, dass du abhängig von *denen* bist. Das grenzt ja an Bestechlichkeit."
„Nein, nein, nein, so einfach ist das nicht. Als ich anfing, glaubte ich auch noch an grenzenlose Freiheit, die große grenzenlose Pressefreiheit. Aber wie gesagt, manchmal ist etwas nicht ganz einwandfrei, und dann kann es schon mal gewisse Wünsche von oben geben. Und soll ich dir etwas sagen? Ich kann die

sogar verstehen. Aber ich glaube, dass die bei großen Dingen anders reagieren würden und uns guten echten Journalismus machen ließen. Und irgendwie habe ich das Gefühl, dass sich hier etwas Großes tut. Führ dir das Gesamte von heute Morgen noch einmal vor Augen. Erst der flashmob, und jetzt die beiden da drüben, die Polizei, der schwarze Wagen direkt vor dem Eingang und dieser Ralph Jaid. Und bei allem besteht eine Verbindung zur Residenz. Und dann denk an den Ruf, den sie zurzeit wieder einmal besitzt. Ich weiß nicht, irgendetwas stinkt hier zum Himmel. Aber wir werden es herausbekommen. Und, was ist das da? Los, ich gehe näher ran, und du machst ein Video."

Fünf gepanzerte Fahrzeuge, zwei davon mit aufgebauten Wasserwerfern, aber ohne Blaulicht und Martinshorn kommen die Stichstraße heruntergefahren. Das erste hat den Wendeplatz erreicht und hält. Der Beifahrer steigt aus, geht auf die Polizisten Wotsch und Dreiwer zu und hört wie es einem der Beiden entfährt:" Oh, verdorri, ich habe vergessen, das SEK abzubestellen."
„Ja, Kollege, das kannst du wohl laut sagen. Ich höre schon die Hähme und den Anranzer des Polizeipräsidenten. Und wenn *das* zu dem noch an die Presse gelangen sollte, haben wir wieder die Arschkarte gezogen. Von wegen Steuergelder, die Linke weiß nicht was die Rechte tut und so weiter. In deiner Haut möchte ich nicht stecken. Können wir wieder abziehen, oder gibt es einen Aufstand der Residenzbewohner? Einen flashmob der Dementen vielleicht?"
„Ja, tut mir leid. Das war's für Euch, Kollegen."
„Und vergiss nicht, uns in deinem Bericht lobend zu erwähnen."

Die Wagen fahren wieder zu ihrem Stützpunkt.

„Sie haben ja ein treffendes Plakat gefertigt. Es trifft den Nagel auf den Kopf," bemerkt Ralph als er die Vierergruppe erreicht hat.

„Wer sind Sie, wissen Sie etwas Genaueres?" fragt der Polizeiobermeister Dreiwer.

„Ich bin Ralph Jaid, mache gerade eine Woche mein Schülerpraktikum hier in der Residenz und habe so verschiedene Dinge mitbekommen. Vor allem gibt es hier ganz tolle Verschlussmechanismen."

„Wie meinen Sie das?"

„Am besten fragen Sie Herrn Rechtsanwalt Tuschort. Der wird Ihnen als direkt oder indirekt Betroffener einiges erzählen können. Ich bin nur ein kleiner Praktikant, dem hier sowieso kaum Aufmerksamkeit geschenkt wird, und den die Residenzleitung und Stationsleitung nur ausnutzen wollen. Aber nicht mit mir. Ich lasse mich nicht ausnutzen wie einige des Personals."

Bei diesen Worten blickt Ralph den früheren Streuner an. Der bemerkt ein leichtes, freundliches, unterstützendes Funkeln in Ralphs Augen. Felix wird bei ,Herrn Rechtsanwalt Tuschort' noch gerader als er ohnehin schon steht. Ralph entdeckt in Felix' Gesicht und an dessen Körperhaltung seinen wieder erstarkten Stolz, seine Würde, Selbstachtung und auch Dankbarkeit gegenüber Ralph. Freundlich nickt er ihm kaum merklich zu.

"Gut, meine Herren. Sie werden in der nächsten Zeit in dieser Sache Post bekommen. Auf Wiedersehen."

Die Polizisten verabschieden sich und verlassen mit ihrem Fahrzeug den Ort des Geschehens.

Ralph wendet sich wieder Felix zu und sagt: „Ich möchte mich bei Ihnen für die verschiedenen Dinge entschuldigen. Ich wusste nicht, was man Ihnen und Ihrer Frau…"

Felix reicht Ralph die ausgestreckte Rechte: „Ich freue mich über jeden jungen Menschen, der sein jugendliches Fehlverhalten erkennt, dazu steht und sich dafür sogar noch entschuldigt. Aber es ist das Vorrecht der Jugend, sich so zu verhalten. Sie haben mir heute Morgen mehr gegeben, als Sie vielleicht vermuten. Danke, mein junger Freund. Aber Sie sollten jetzt gehen, damit Sie keine Schwierigkeiten bekommen."

„Ja, ich gehe. Aber hier ist meine Handynummer. Wenn Sie einmal Hilfe brauchen..., ich würde mich freuen, wenn Sie mich dann anriefen."

Ralph dreht sich um und geht zurück in die Residenz.

37

Die Langhaarige sitzt mit dem Rücken zur Tür und dreht sich um als Ricarda mit Frau Tuschort das Büro betritt.

„Guten Tag, ich bin Bettina Klier, und das sind meine Kollegen Herr Woatür, Herr Kollegold und Herr Kasavis. Wir sind von der Heimaufsicht. Kommen wir doch gleich zur Sache. Sie haben diese Bewohnerin, in der Nacht zum Donnerstag in ihr Zimmer eingeschlossen? Hatten Sie eine entsprechende Genehmigung dafür? Nach unseren Unterlagen liegt nämlich keine richterliche Anordnung dafür vor."

„Ich habe Frau Tuschort nicht eingeschlossen. Das war, wenn überhaupt, eine Kollegin."

„Moment mal," wendet sich Frau Klier abrupt der Direktorin zu. „Was soll das heißen: wenn überhaupt?" Und wieder zu Ricarda gewandt:" Weshalb sind Sie hier und nicht Ihre Kollegin? Sind Sie die Verantwortliche auf der Station?"

„Nein", antwortet Frau Malice ungefragt. „Frau Firless ist nicht die Verantwortliche. Aber sie ist die mit der größten Erfahrung und genießt bei allen größtes Vertrauen. Ich bin der Überzeugung, dass sie uns am besten erklären kann, warum diese Bewohnerin

eingeschlossen wurde. Bitte, Frau Firless, erzählen Sie uns, was Sie wissen."
„Soweit ich das mitbekommen habe, hat Frau Clev Frau Tuschort in ihr Zimmer eingeschlossen, weil.."
„Woher wissen Sie das?" wird Ricarda von Herrn Kollegold unterbrochen.
„Frau Clev hat es mir selbst gesagt."
„Ach, das ist ja interessant, dann geht diese Frau Clev damit auch noch hausieren und kommt sich dabei wohl ziemlich stark vor. Und jetzt, da es Ernst wird, schickt sie andere vor."

Herr Kollegold ist einer dieser unsympatischen Typen, die es in jedem Beruf und jeder Behörde gibt. Er kann es noch immer nicht verstehen, dass ihm Frau Klier vor die Nase gesetzt worden ist. Diese Unzufriedenheit lässt er bei jeder Gelegenheit an vermeintlich Schwächeren aus, und das sind in der Regel die Mitarbeiter der aufgesuchten Häuser, denn die Heimaufsicht kommt im Normalfall nur dann, wenn irgendetwas nicht stimmt und mehr oder weniger große Beschwerden vorliegen.

Aber Ricarda lässt sich nicht ins Bockshorn jagen und fährt vollkommen ungerührt fort.

„Nein, so ist es nicht. Frau Clev ist eine verhältnismäßig junge Kollegin, die ihre Arbeit im Allgemeinen sehr gut macht."
„Können Sie das beurteilen? Wenn sie ihre Arbeit gut gemacht hätte, wären wir hier ja wohl nicht erforderlich," wird Ricarda von dem Unsympatischen unterbrochen.
„Was machen Sie da, was wollen Sie von mir. Nehmen Sie dieser Frau den Schirm weg. Die ist ja gemeingefährlich. Die gehört doch weggesp... Au, Mensch."

Ricarda wechselt einen kurzen Blick mit der Direktorin, und der Blick sagt: Freie Fahrt.

Ohne Hast geht Ricarda hinter Frau Tuschort her, die teilnahmslos neben Schwester Ricarda stand und dann, als Herr Kollegold anmaßend und möglicherweise ein wenig böse schien, sich den neben ihr stehenden Schirm aus dem Ständer nimmt, auf den Heimaufsichtler zugeht und ihm den Schirm mit der Spitze in den Bauch rammt.

„Kommen Sie Frau Tuschort. Es ist alles in Ordnung. Der Mann macht nur seine Arbeit."
„Der ist böse. Schwester, guck mal wie der guckt. Der hat auch Carsten gehauen. Wann kommt Carsten? Was wollen die Männer hier? Wollen die mich zu Carsten bringen? Ich will nicht mit dem zu Carsten. Carsten soll hierher kommen. Und die Männer sollen wieder gehen. Die sind böse. Und was macht die Frau da?"
„Die Männer wollen prüfen, ob hier alles in Ordnung ist."
„Wo, hier prüfen? Was wollen die prüfen? Ich will keine Prüfung. Die können das nicht."
„Ich weiß nicht, ob die das können. Aber die müssen es versuchen, weil sie dafür bezahlt werden. Und die Frau da hinter dem Schreibtisch ist Frau Malice. Die passt auf, dass uns hier nichts geschieht. Die hat hier das Sagen."
„Aber die kenne ich doch gar nicht."
„Die hat auch sehr viel zu tun. Aber die passt von hier oben auf, dass nichts Schlimmes geschieht."

Die vier Heimler haben Ricardas Antworten sehr wohl verstanden und wissen jetzt, dass sie es mit einem Menschen auf Augenhöhe zu tun haben. Ricarda nimmt Frau Tuschort wieder an den Arm und hält sie wohlbehütet.

„Ich habe gesagt, dass Frau Clev ihre Arbeit im Allgemeinen sehr gut macht. Und wenn ich Sie vorhin richtig verstanden habe," Frau Firless sieht den Unsympaticus mit einem Blick an, von dem man nicht getroffen werden möchte, „hat sie doch genau das

getan, was Sie erwarten, was man mit Frau Tuschort machen sollte. Wir haben täglich mit derartig erkrankten Menschen zu tun. Unsere Personaldecke ist so klein, dass wir manchmal gar nicht wissen ..., aber ich vermute, das wissen Sie genauso gut wie ich. Auf jeden Fall müssen wir ab und an zum Schutz der Bewohner, auch sich selbst gegenüber, etwas tun, was nach dem Papier nicht immer einwandfrei ist. Aber wir müssen für Menschen im Leben entscheiden und nicht vom Tisch aus für irgendwelche Paragrafen. Sicher sind die Paragrafen nach bestem Wissen erstellt worden. Aber man kann nicht alle Fälle in Paragrafen erfassen. Wenn hier Menschen wären, die bei jeder Gelegenheit aus der Haut führen, dann gäbe es hier nur unglückliche Bewohner. Und die Bewohner sind ja wohl die Wichtigen und nicht wir, die mehr oder weniger gesund oder wenn Sie wollen mehr oder weniger krank sind. Und Ihre Äußerung :wegsperren, ich glaube, das haben Sie nicht so gemeint, und man muss das auch wohl nicht an die große Glocke hängen. Oder sehe ich das falsch? Und um noch einmal auf Frau Clev zurückzukommen: Sie ist wegen dieser Geschichte mit den Nerven total fertig. Sie braucht jetzt weder eine Abmahnung, noch irgendeine andere Zurechtweisung. Die wird Derartiges nicht noch einmal machen. Und ihre Fürsorge für die ihr Anvertrauten wird durch das Geschehene nur noch steigen. Und ob ich das beurteilen kann? Nun, das weiß ich nicht. Aber ich weiß, dass man viele Dinge erlesen kann und noch viel mehr nicht. Erlernen kann man unsere Tätigkeit aus Büchern nur im Groben. Die Praxis lehrt dann das wahre Können. Frau Clev kann was. Frau Malice, kann ich hier noch irgendetwas tun? Wenn nicht, möchte ich Frau Tuschort wieder in ihre gewohnte Umgebung bringen."
„Es ist gut. Sie können gehen. Und... vielen Dank."

Ricarda verlässt mit Frau Tuschort das Büro, und beide begeben sich in Ihren Wohnbereich.

38

Ole Talkehr geht ein paar Schritte zum Entree der Residenz, und die große einladende Automatiktür öffnet sich. Da er bisher die Residenz nur von außen gesehen hat, ist er aufs angenehmste über die Großzügigkeit, Helligkeit, die gediegene Ruhe und dennoch scheinbar rege Geschäftigkeit überrascht. „Ja, jetzt weiß ich auch, warum die Residenz den Ruf -*hier wohnen Leute mit Geld*- besitzt."

Es stimmt. Diese Residenz ist tatsächlich einmal als Altersruhesitz für Besserbetuchte gebaut worden. Das Konzept ging auf. Es wurde alles aufeinander abgestimmt. Sämtliches Mobiliar im Empfang, in den Gängen, im Restaurant und in den verschiedenen Sälen spiegelte das wohlsituierte Klientel wider. Sogar der Friseur, die Bank und der Kiosk wurden angehalten, ein entsprechendes Erscheinungsbild an den Tag zu legen. Die Wohnungen wurden den Bedürfnissen und Wünschen der Bewohner angepasst. Nicht selten konnten Damen mit ausgesuchtem Geschmeide und Herren in feinstem Zwirn beobachtet werden.

Das ist freilich auch jetzt noch der Fall, zumindest was das Augenscheinliche betrifft. Aber die Zeiten haben sich geändert, und die gesamte Pflegesituation ist wesentlich unpersönlicher geworden. Sicherlich ist die Residenz schon immer ein kommerzielles Unternehmen gewesen, aber die Begleitumstände sind andere als zu Beginn.

Wie dem auch sei. Ole ist beeindruckt von diesem Gesamtbild und zuckt plötzlich zusammen, als ihn eine Frau von der Seite anspricht: „Guten Tag, kann ich Ihnen helfen."
„Ja, nein, äh, ich möchte mich hier ein wenig umsehen, wenn es erlaubt ist. Ich bin Ole Talkehr. Ich schreibe eine Serie über Altenheime, und da möchte ich gern die Residenz mit aufnehmen."

„Ich glaube, dass nichts dagegenspricht. Aber ich sollte das doch erst mit der Direktion abstimmen. Die kann Ihnen dann auch bestimmt jemanden zur Seite stellen für den Fall, dass Sie Fragen haben oder vielleicht Fotos machen wollen."

Ole versucht auf das Namensschild der Frau zu sehen, aber seine Konzentration spielt nicht mit. Das Schild ist so ungünstig an der Bluse positioniert, der ein oder andere mag sagen sehr günstig, dass seine Augen den Weg in den V-Ausschnitt, dessen oberer Knopf die Bluse nicht verschließt, sondern gekonnt die Wirkung des Push-up-BHs hervorhebt und unterstreicht, findet.

Es ist Bernhardin. Sie versucht häufig - wir erinnern uns an die Begegnung mit Carlo - ihre körperlichen Reize bei Männern einzusetzen, wenn sie sich einen Vorteil davon erhoffen kann. Geschickt dreht sie ihre Schokoladenseite Ole langsam entgegen und wieder von ihm ab. Intuitiv fährt sie sich mit ihrer Ole zugewandten Hand langsam durch ihr dichtes Haar, wobei sie mehr oder weniger bewusst ihren Ellenbogen nach hinten hebt, und sich dadurch die Bluse über ihrer linken Brust spannt. Sie genießt Oles verstohlenen Blick und seine leichte Schüchternheit. Sie beherrscht die Situation.

„Ich bin Bernhardin Tronje. Sie können mich aber Benna nennen."

Benna, das ist das, was er will, an Benna herankommen, um durch sie einiges zu erfahren.
Und schlagartig hat Ole sich wieder gefangen. Seine Augen haften jetzt auf dem Namensschild um sicherzugehen, dass er sich nicht verhört hat.

„Können Sie mir nicht helfen, mich hier zu Recht zu finden, und mir vielleicht ein paar Fragen beantworten. Ich würde auch ganz gerne von Ihnen ein schönes Foto schießen, sozusagen als Blickfang."

„Nun, ich glaube, dass ich ein paar Minuten abzwacken kann." Die anderen müssen auch mal ohne mich klarkommen," übertreibt sie maßlos, da sie der vermeintlich großen Chance, mit Foto in die Zeitung zu kommen, nicht widerstehen kann.

Wieder bringt sie mit ihrer Hand erprobte Unordnung in ihr Haar.

„Das ist sehr nett von Ihnen."

„Wenn Sie wollen, führe ich Sie ein wenig durch unser Haus," sagt Benna, damit sie aus dem Blickfeld der Direktion herauskommt, wissend, dass sie ihre Kompetenz total überschreitet. ‚Wenn mich jetzt jemand anspricht, kann ich noch immer auf meine Pause hinweisen,' denkt sie bei sich, die Konsequenzen abschätzend.

Ole nickt. „Fein, dann wollen wir mal."

Benna geht mit Ole vorbei an den verschiedenen kleinen Geschäften, in denen man alles für den täglichen Bedarf kaufen kann, weiter zum Friseur und hin zu dem mit Lesematerial gut ausgestatten Leseraum. Er lädt mit seinen weichen bequemen Sesseln zum Verweilen ein.

Benna hat ganz bestimmte Vorstellungen von dieser, ihrer Führung und drückt, nachdem sie die Geschäfte hinter sich gelassen haben, den Aufzugknopf. Ungeduldig wartet sie, während Ole keinen Zeitdruck verspürt. Er wartet auf eine für ihn günstige Gelegenheit. Und Benna wartet auch.

„Wohin fahren wir jetzt?" will Ole wissen.
„Wir fahren nach unten in unseren Wellness- und Sportbereich."
„Wellness und Sport für alte Menschen? Lohnt sich das denn? Haben Sie dafür denn extra Trainer, Übungsleiter oder etwas Ähnliches?"

Es ist echtes Interesse, Journalistenneugier, im positiven Sinne, weswegen er fragt.

„Ja, zu festen Zeiten ist Aufsichtspersonal hier unten. Aber jetzt um diese Uhrzeit ist kaum jemand da. Die meisten sind auf dem Weg zum Essen. Wir haben jedoch auch schon Bewohner erlebt, die diese Zeit nutzten, um bestimmte Freizeitbeschäftigungen hier im Schwimmbad oder in den Umkleideräumen und Duschen zu vollziehen." Geschickt legt sie eine kurze Pause ein. „Warum auch nicht? Das ist bestimmt sehr aufregend. Wenn ich mir das so vorstelle, dann ..."

„Aber hier sind doch bestimmt überall Kameras zur Sicherheit der alten Menschen aufgehängt."

„Nicht überall, ich weiß wo und wo keine Kameras hängen," Bennas Stimme ist leise, fast flüsternd, hauchend.

„Mir wird sehr warm," bemerkt Ole.

„Ja, mir auch. Wir können ja ..." Benna nähert sich Ole und legt fordernd ihren Arm um seinen Hals, zieht ihn zu sich heran und drückt ihre Fraulichkeit an Ole. Er erwidert den Druck, sie küssen sich. Die Küsse werden stärker und fordernder. Ole ergreift schließlich die Initiative und verlangt: „Wir, wir müssen wieder nach oben. Wenn du willst, können wir später woanders mit mehr Zeit unserer Wellness nachgehen."

Erhitzt stimmt Benna wortlos mit den Blicken zu.

Der Journalist ist im Augenblick nicht in der Lage, Benna nach den Vorgängen hier im Hause zu befragen. Sie gehen zurück zum Aufzug und kommen an der Tür zum Wohnbereich der an Demenz Erkrankten vorbei. Nebenbei erwähnt sie: „Hier ist übrigens unser Dementenbereich."

„Ach, dann ist das der geschlossene Bereich."

„Nein, nein, der ist nicht hier. Der befindet sich auf einer anderen Etage. Aber das schaffen wir jetzt nicht mehr. Ich muss auch wieder zu meinen Leuten," gibt Benna wieder an.

Im Aufzug gibt sie ihrer neuen Errungenschaft ihre Handynummer und flüstert mit ihrer gesamten erotischen Ausstrahlung: "Ich habe heute Abend frei." Ole verlässt den Aufzug im Erdgeschoss, während Bernhardin zu ihren Kolleginnen fährt.

Auf dem Vorplatz angekommen wird Ole bereits von dem Volontär erwartet. „Hey, was ist dir denn passiert? Ist alles in Ordnung? Du siehst ja richtig mitgenommen aus."
Ole gibt keine Antwort, setzt lediglich ein viel- und gleichzeitig nichtssagendes Grinsen auf und fragt: „Hast du etwas von den beiden herausbekommen?"
„Ja, allerdings, und du?"
„Noch nicht, aber das werde ich noch."

Ole nimmt sein Handy und wählt das Büro unter den Arkaden vor dem Kurpark.

„Hallo, Ole hier. Der flashmob ist vorbei, aber wenn ich mich nicht irre, kommen wir trotzdem nicht zu spät, weil hier irgendetwas stinkt. Dieser Flaschensammler steht mit einem anderen auf dem Vorplatz und hält ein Plakat hoch, wie bei einer Demonstration. Auf dem Plakat stehen die Wörter *Mensch, Niemand, tot.* Was sonst noch, kann ich nicht erkennen. Wir sind zu weit weg. Bitte? Nein wir können noch nicht näher ran, weil bei den beiden nämlich noch zwei Polizisten sind und Fragen stellen. Außerdem sind vor ein paar Minuten mehrere Polizeifahrzeuge und ein Wasserwerfer vorgefahren. Die sind aber wieder abgezogen. Ich vermute, dass unsere gute Polizei vergessen hat, den Einsatz abzublasen. Was das andere betrifft, habe ich noch nichts herausgefunden. Aber zu dieser Benna habe ich leichten Kontakt bekommen. Ich sehe zu, dass ich mich schnellstmöglich mit ihr außerhalb der Residenz treffen kann. Ich habe dann mehr Zeit und Ruhe, und ich glaube, dass das Treffen dann erfolgreicher und fruchtbarer würde als unter Zeitdruck in der Residenz."

„Ja, wenn du meinst. Aber lass nicht zu viel Zeit verstreichen. Ich möchte schnellstens wissen, was sich da abspielt."

„Ja, wenn du willst, versuche ich für heute Abend ein Treffen mit ihr zu arrangieren. Wie sieht es dafür mit Spesen aus? ... Ja, ja ist schon gut, war ja auch nur 'ne Frage," hört man Ole kurz in sein Handy sprechen. „Ich melde mich wieder," sagt er noch bevor er den Auflegebutton seines Handys drückt.

39

Nadine Clev hat ihr Auto in einer der freien Parkbuchten an der Stichstraße abgestellt, geht wie gewohnt die letzten fünfzig, sechzig Meter zu Fuß und sieht die beiden Männer mit ihrem Plakat. Auch sie kann lediglich die drei größer geschriebenen Wörter erkennen. An der Rezeption angekommen, fragt sie die Empfangsdame: „Hallo, Gabi, was war hier denn heute Morgen los? Im Radio sprachen sie von einem flashmob. Stimmt das?"

„Ja, das stimmt. Es war ganz schön was los."

„Und was machen die beiden Männer mit dem Plakat da draußen jetzt noch hier? Soll das eine Minidemo sein?"

„Ich weiß nicht. Ich habe niemanden gesehen. Aber ich glaube es ist besser, wenn du dich zu deinem Bereich begibst."

„Wieso, was gibt es?"

„Die Heimaufsicht ist hier. Die hat wohl von irgendjemandem erfahren, dass Frau Tuschort am Mittwochabend über Nacht eingeschlossen worden ist. Ob die wissen, dass du das warst, kann ich dir nicht sagen. Ich bekomme hier nichts von dem mit, was bei der Chefin gesprochen wird. Aber Ricarda musste schon antanzen. Warum, weiß ich nicht. Die war zu der Zeit doch gar nicht im Hause und kann demnach auch nichts damit zu tun haben."

„Ob die das gemeldet hat? Ricarda ist doch immer so gewissenhaft."

„Sag mal, weißt du eigentlich, was du da gerade für einen Mist von dir gibst? Du weißt genau, dass *die* das nie tun würde. Die würde dich zur Seite nehmen und dich auf deinen Fehler aufmerksam machen, aber anschwärzen, die, nee, jede andere, aber nicht Ricarda."
„Ja, du hast Recht. Das ist blöd von mir."
„Blöd? Saublöd, wie kann man nur auf einen so bescheuerten Gedanken kommen, Ricarda. Ich kann's nicht fassen. Die ist diejenige, die dich so oft verteidigt, wenn andere meinen, du wärst etwas zu langsam. Benna wäre das zuzutrauen. Ich komm nicht darüber weg, was du so zusammenspinnst. Wenn ich dir einen guten Rat geben darf, dann gehst du jetzt zu Ricarda und fragst sie ganz direkt, was die vorhin von ihr wollten. Wenn das etwas mit der Sache oder dir zu tun hat, wird sie es dir sagen. Und wenn es nichts mit dir zu tun hat, dann kannst du wenigstens beruhigt sein."

Nadine merkt wie ihr heiß und sie rot wird. Ihr ist klar, dass sie eine falsche Vermutung gegen Ricarda ausgesprochen hat und würde jetzt am liebsten im Erdboden versinken. „Ich mag Ricarda gar nicht unter die Augen treten. Ich weiß, dass wir uns immer auf sie verlassen können und dass ich großen Blödsinn erzählt habe. Oh, Mann."

In diesem Augenblick öffnet sich Frau Malices Bürotür, und die vier Heimaufsichtler treten heraus, gehen an der Rezeptionistin vorbei, indem sie sich mit leichten Kopfnicken und einem leisen auf Wiedersehen verabschieden. Nadine verhält sich ganz ruhig, um die Aufmerksamkeit nicht unnötig auf sich zu lenken.

Sie sucht die Augen Frau Schautsecs. In dem Augenblick, als sich die Blicke der beiden treffen, kommt die Direktorin aus ihrem Büro heraus und entdeckt Nadine. „Ah, Frau Clev, da sind Sie ja. Kommen Sie mal mit in mein Büro." Es fehlt nur der zweite Teil des Satzes, der da lautet müsste: ich habe ein Hühnchen mit Ihnen zu rupfen.

Im Büro angekommen ist Frau Malice sofort wieder die Alte. „Sie wissen, wer die vier Leute waren und was die wollten?" Nadine nickt. „Sie können froh sein, dass Sie noch nicht im Hause waren. Und Sie können sich bei Frau Firless bedanken, wenn dass für Sie keine Folgen hat. Sie können sich glücklich schätzen, eine solche Kollegin zu haben. Sollte das noch einmal vorkommen, werde ich Ihnen fristlos kündigen und Sie rausschmeißen. Und jetzt gehen Sie an Ihre Arbeit."

Die Äußerungen der Chefin über Ricarda stimmen, und Nadine laufen, als sie allein auf dem Flur ist, ein paar Tränen wegen ihrer schäbigen Verdächtigung aus den Augen. Auf dem Weg zu ihrem Bereich begegnet ihr Ralph. Beide bleiben für einen kleinen Augenblick stehen.

"Hallo, Nadine, hast du die beiden Demonstranten gesehen?"
„Ja, was wollen die? Weißt du etwas?"
„Nichts Konkretes. Das bringt doch nichts, zwei einzelne Leute. Und wenn die Direktorin die beiden sieht, wird die zur Furie werden und alles daran setzen, dass die Männer verschwinden. Immer müssen die Falschen verschwinden oder anders herum: die Falschen können bleiben."
„Es ist bewundernswert wie ein junger Mensch, bist du eigentlich schon volljährig, solche Gedanken entwickeln kann."
„Ich merke die Ironie sehr wohl, Schwester Nadine. Einstein war ein Jahr jünger als ich jetzt, als er mit seinem Studium begann, und Goethe war sogar erst sechzehn Jahre alt als er mit dem Jurastudium in Leipzig, fern der Heimat, begann."
„Gut, dass du nicht eingebildet bist."

Mit dieser Bemerkung gehen beide weiter ihrer Wege, Nadine in Richtung Dementenbereich und Ralph zur

Küche. Nadine spürt mit jedem Schritt vorwärts wie sich die Schlagzahl ihres Pulses erhöht und ihr Herz stärker schlägt. Der Grund liegt darin, dass sie gleich Ricarda in die Augen sehen muss. Sie erreicht die Eingangstür zum geschützten Bereich, gibt den Code ein, öffnet die Tür und vernimmt die wohlklingende, fürsorgliche und beruhigende Stimme Ricardas, die eine so angenehme Ausstrahlung auf ihre Leutchen ausübt.

Nadine bleibt unwillkürlich stehen und lauscht ein paar Sekunden dem Geschehen, das Ricarda fast immer so vorzüglich in die richtige Richtung zu treiben versteht. Auch wenn ihre Leutchen das nicht verstehen, so die landläufige Meinung der meisten Fachleute wie zum Beispiel Ärzte, fühlen sie doch die warme Wärme, die nahe Nähe und die liebe Liebenswürdigkeit Ricardas. Und ist Fühlen nicht das einzig wahre Verstehen? Was wissen wir denn, wenn wir es nicht fühlen? Wann wird ein Vortrag zu einem erfolgreichen für uns selbst? Nur dann, wenn wir fühlen, dass er beim Zuhörer, Zuschauer oder Mitmacher gut ankommt. Wenn applaudiert wird, hören wir das Geräusch, das zum Beispiel beim Klatschen entsteht, oder wir hören oder hören nicht das Schnalzen, das Chinesen von sich geben, wenn sie applaudieren, und wir sehen die Gesichter der Applaudierenden. Applaudieren heißt doch schließlich nur Beifall bekunden. Und wenn man fühlt, dass das, was man macht, ankommt, richtig ist, dann ist es gut. Wissen muss man es nicht.

Nadine ist jetzt bei Ricarda und ihren Leutchen angekommen. „Hey, Nadine, du bist schon da? Das ist schön, dann kannst du mir ja helfen. Das Essen kommt auch sofort. Ist alles in Ordnung?"
„Ja, alles in Ordnung."
„Was hast du, Schwester? Geht es dir nicht gut?" will Frau Bulde von Nadine wissen. „Hast du meinen Pelzmantel vergessen? Das ist doch nicht so schlimm. Ich brauche ihn ja erst in fünf Minuten. Dann kannst

du ihn ja noch aus der Reinigung holen. Da musst du nicht traurig sein."

Ricarda beobachtet ihre junge Kollegin und fühlt, dass Nadine etwas bedrückt.
„Kann ich dir helfen?"
„Schon wieder? Ich habe von der Chefin gehört, wie du dich heute Morgen gegenüber der Heimaufsicht für mich eingesetzt hast."
„Ich habe nur gesagt was stimmt."
„Ja, und ich habe gedacht, du hättest mich verraten. Ich schäme mich so sehr. Ich weiß doch genau, dass *du* mich am wenigsten verpetzen würdest, und ich benehme mich so widerlich dir gegenüber. Aber die Chefin und vor allem Gabi an der Rezeption haben mich schon zusammengestaucht und mir klargemacht, was ich für einen Blödsinn gesagt habe. Eigentlich habe ich das auch gar nicht geglaubt, was ich gesagt habe."

Ricarda geht auf Nadine zu, nimmt sie in den Arm und meint: „Ich sehe, dass du das nicht wirklich so gemeint hast. Aber es wäre schön, wenn du nichts im Raum stehen ließest."
„Darauf kannst du dich verlassen."
„Schwester, wenn Sie jetzt nicht losgehen, können Sie meinen Pelzmantel nicht mehr rechtzeitig holen."
„Schwester, ich kann nicht mehr."
„Carsten, da bist du ja. Schwester, gucken Sie mal. Da kommt Carsten, mein Junge."

Unwillkürlich sehen Ricarda und Nadine zur Tür. Mit dem großen Warmhaltewagen, in dem sich die Mahlzeiten befinden, die für die hier um den großen Tisch sitzenden Bewohner bestimmt sind, kommt Ralph durch die Tür gefahren.

40
Die Heimaufsichtler haben die Automatiktür nach draußen durchschritten und stehen jetzt auf dem Vorplatz der Residenz. „Wohin hast du den Wagen

gestellt?" Die Langhaarige wendet ihren Kopf zur rechten Seite. „Moment mal. Seht Ihr die beiden da mit dem Plakat. Was machen die da? Das möchte ich wissen." Die vier begeben sich zu den beiden Demonstranten. „Darf ich fragen, was Sie hier machen?" Fragt Frau Klier Helmut. „Wir versuchen hier etwas für, für... Fragen Sie am besten Herrn Tuschort. Der kann Ihnen das genauer sagen."
„Tuschort? Haben Sie etwas mit Frau Tuschort zu tun?"
„Wer sind Sie? Woher kennen Sie meine Frau? Was haben Sie mit der Residenz zu tun?"
„Ich bin Bettina Klier. Wir sind von der Heimaufsicht und haben eine anonyme Information erhalten, die unter anderem Ihre Frau betrifft."
„Was heißt das, unter anderem meine Frau betrifft? Was ist mit Ihr?"
„Das dürfen wir Ihnen leider nicht sagen," mischt sich Lothar Kollegold ein. Er hat im Moment kein Interesse mehr daran, etwas zur Aufklärung beizutragen. Ricarda hat ihm Paroli geboten, noch mehr, sie hat ihn in seine Schranken verwiesen. Die vier sind es gewohnt, dass die Mitarbeiter einschließlich der Direktion der besuchten Häuser vor ihnen kuschen. Aber Ricarda, so etwas haben sie noch nicht erlebt. Diese Selbstsicherheit, diese Nichtangreifbarkeit, dieses Inschutznehmen. Alle, also auch die Direktorin, haben den Eindruck bei der versuchten Befragung gewonnen, dass dieses Inschutznehmen auch Frau Malice einschließt, auch wenn sie es nicht verdient haben sollte. Und diese in sich selbst ruhende Erscheinung verlangt allen fünfen, auch wenn sie es nicht wahrhaben wollen, Respekt ab, und hat, wie wir hier feststellen, einen nachhaltigen Eindruck hinterlassen.

„Das dürfen Sie mir nicht sagen? Was glauben Sie, mit wem Sie reden? Sie sind angeblich unter anderem wegen meiner Frau hier. Und mir als ihren nächsten, ihren einzigen Angehörigen dürfen Sie nichts sagen? Sie sollten sich die entsprechenden Bücher einmal

durchlesen. Und außerdem möchte ich Sie bitten, nicht in diesem Ton mit mir zu sprechen."
„Entschuldigen Sie, Herr Tuschort, mein Mitarbeiter hat das nicht so gemeint. Wenn Sie erlauben, würde ich Sie zu einer Tasse Kaffee einladen."
„Das ist sehr nett von Ihnen. Aber ich gehe *da* nicht hinein". Er weist durch eine leichte Kopfdrehung auf die Residenz.
„Wir sind des Öfteren hier, und von daher kenne ich an der Lindenallee einen netten Italiener, oder wenn Sie lieber deutsche oder griechische Küche bevorzugen, bitte?"
„Sie haben von einer Tasse Kaffee gesprochen."
„Ja, ich weiß. Aber es ist Mittagszeit, und, ehrlich gesagt, ich bekomme so langsam Appetit. Außerdem kann ich mir vorstellen, dass wir beide von einander profitieren. Wenn ich mir Ihr Plakat ansehe, verfolgen Sie im Grunde das gleiche Ziel wie ich, Sie für Ihre Frau und ich für vielleicht ein besseres, gerechteres System."
„Ich weiß nicht recht. Ich glaube, unsere Absichten sind doch sehr verschieden. Unsere Beweggründe haben unterschiedliche Ursachen, und ich bin eine Generation weiter als Sie, oder sollte ich sagen, zurück? Was ich damit sagen will, ist Folgendes: Ich habe mein Berufsleben und den größten Teil meines Lebens hinter mir und brauche mich in der Arbeitswelt nicht mehr durchzusetzen. Außerdem habe ich in meinem Alter bereits eine gewisse Freiheit, wenn Sie wollen auch Narrenfreiheit. Ich kann bestimmte Dinge sagen und tun, ohne für mich negative Folgen befürchten zu müssen. Bei Ihnen und Ihren Alterskollegen sieht das ganz anders aus. Sie können nicht bis zum Äußersten gehen. Sie müssen immer alles mit Ihrem Beruf in Einklang bringen. Bestimmte, vielleicht wichtige, wenn nicht sogar entscheidende Dinge, dürfen Sie nicht sagen, weil sich irgendjemand sonst auf die Füße getreten fühlte, und wieder andere dürfen Sie nicht tun, weil Sie sich, wenn Sie es täten, Ihr eigenes berufliches Grab schaufelten. Dieses Vorrecht, das ich gerade beschrieben habe, besitzen

nur ältere Menschen, weil sie nichts mehr befürchten müssen, und junge Menschen, die noch den Mut und die Gleichgültigkeit haben, sich in die Nesseln zu setzen."

„Für Ihre Generation leuchtet mir das ein. Aber meinen Sie nicht, dass den jungen Leuten, Sie denken dabei sicherlich an die Jugendlichen, vielleicht der Weitblick und das Gefühl für Verantwortung fehlen, und dass es weniger an dem von Ihnen genannten Mut und der Gleichgültigkeit liegt?"

„Ich glaube an die Jugend. Nennen Sie es wie Sie wollen. Das Vorrecht der Jugend ist doch, anders zu sein als wir Erwachsenen. Nein, das ist nicht ganz richtig. Es ist sogar deren Pflicht. Durch unser Erwachsenenverhalten in Reden und Taten lernt sie. Was sie jedoch vom ersten Lebenstag an kann und nicht erlernen muss, ist fühlen. Diese Gefühle versucht sie mehr oder weniger umzusetzen, und zwar im Kleinen und im Großen mit gutem oder weniger gutem Erfolg. Die meisten Jugendlichen sind jedoch im Zwiespalt, weil sie fühlen was richtig ist, jedoch von uns ach so klugen Erwachsenen oft Meinungen und Äußerungen hören und Taten sehen, die sich nicht mit ihrer Gefühlswelt decken. Wie oft sagen wir: Man müsste... Ja, verdorri noch mal, warum tun wir's denn nicht. Weil wir Angst haben. Wir haben Angst, unsere Gefühle als stärkstes Antriebsmoment zu akzeptieren. Wir haben es schlicht und ergreifend verlernt. Stattdessen versuchen wir unseren Grips einzusetzen, was ja auch nicht ganz falsch ist. Der Verstand sollte jedoch nur eine Ergänzung sein. Ich bin davon überzeugt, dass es der Menschheit dann sehr viel besser ginge."

„Aber unser Verstand hat uns dahin gebracht, wo wir jetzt stehen."

„Meinen Sie das jetzt positiv oder negativ?"

„Positiv natürlich, wir haben ein Auto, wir haben schöne Kleidung, wir, apropos, können im Restaurant essen wann immer wir wollen, wir haben einen guten Job, wir können verreisen."

„Sie sprechen immer von dem *wir*. Das, was Sie aufgeführt haben, trifft vielleicht alles auf Sie zu, aber nicht auf alle. Und ist Ihnen aufgefallen, dass Sie nur Dinge genannt haben, die nichts mit Gefühlen zu tun haben? Wo, an welcher Stelle steht denn Ihr Freund? Wann haben Sie das letzte Mal jemanden in Ihrem Auto mitgenommen, weil Sie den Menschen als Mensch bei sich haben wollten? Wo in Ihrem Kalender befindet sich Ihre letzte echte herzliche Umarmung? Wann haben Sie sich das letzte Mal gefreut oder waren traurig? Können Sie mit mir morgen Früh, sagen wir gegen zehn Uhr hier am Vorplatz stehen?"

„Nein, morgen kann ich nicht, aber am Samstag."

„Sehen Sie, genau das meine ich. Sie müssen Ihrer Arbeit nachgehen. Sie müssen Ihren Job tun. Sicherlich gibt es viele, die ihren Job ausüben, weil sie es gern tun. Und es gibt bestimmt auch eine große Zahl derer, die ihren Beruf gewählt haben, weil sie anderen helfen wollen, zum Beispiel in den Pflegeberufen. Aber letztendlich üben die meisten doch in erster Linie ihren Beruf aus, und danach kommt erst das Helfen. Nicht dass wir uns falsch verstehen. Ich verurteile das nicht. Was ich aber verurteile sind die Zusagen, die von Politikern gemacht und dann nicht gehalten werden. Irgendein kluger Mensch hat einmal gesagt: Ein Staatsmann denkt an die nächste Generation, ein Politiker an die nächste Wahl. Wir haben nur Politiker. Fast alle Politiker sind zu schwach, zu ängstlich …"

„Nein, Herr Tuschort, das können Sie aber nun wirklich nicht sagen. Denken Sie an unsere Regierungsspitze… zum Beispiel an Ministerin von Wegen. Das ist doch eine starke Frau ohne Ängste."

„Sie will das Gesundheitssytem reformieren. Und warum tritt sie dafür nicht stärker ein?"

„Nun, weil die Chefin sie nicht lässt?"

„Sicher, aber unsere Abgeordneten sind aus gutem Grunde nur ihrem Gewissen verantwortlich. Und wenn ein Minister der Überzeugung ist, er müsse so oder so handeln, dann sollte er es, zum Kuckuck noch einmal auch tun. Er macht es aber nicht, weil er Minister bleiben will, weil er Angst davor hat, entlassen zu werden, Angst davor, keine Macht mehr ausüben zu können, Angst davor, in Vergessenheit zu geraten. Angst, Angst, Angst, nichts als Angst. Von mir aus können Sie das Wort Angst auch durch das Wort Rückgrat ersetzen. Nur gibt es dann einen Unterschied: Angst hat er, Rückgrat nicht. Wenn Sie sich diese Dinge vor Augen führen, die ja wohl nicht ganz von der Hand zu wischen sind, werden Sie mir ja bestimmt zwei oder drei Politiker nennen können." Felix sieht die Langhaarige mit leicht zur Seite geneigtem Kopf und einem kleinen Schmunzeln an und wartet.

„Nun, so betrachtet mögen Sie Recht haben. Aber man muss doch seine Familie ernähren."

„Ich sagte doch, dass ich das nicht verurteile. Ich verstehe den Normalbürger sehr gut. Aber vor fünfzig Jahren sind wir auf die Straße gegangen und haben uns für oder gegen etwas eingesetzt. Leider ist die heutige Jugend, nein, glücklicherweise ist die heutige Jugend im allgemeinen so gut von Hause aus gestellt, dass sie keine großen Sorgen mehr kennt. Aber die Zeit wird kommen, dass die jetzigen jungen Menschen erwachsen, dann älter und danach die Rentner sein werden. Wenn die derzeitige Entwicklung weiter in die eingeschlagene Richtung geht, wird es in absehbarer Zeit einen Eklat geben, wie ihn sich unsere Politiker nicht vorstellen können. Also, meine liebe Frau Klier, wenn Sie wollen, können Sie morgen früh mit mir hier stehen."

„Nein, das kann ich nicht."

„Ich habe nichts anderes erwartet. Aber Sie haben wenigstens den Mumm, das auch zu sagen. Was das Essen angeht, vielleicht ist es vernünftiger, das zu verschieben. Aber trotzdem danke ich Ihnen für die Einladung."

Sie reichen sich zum Abschied die Hand und merken, dass jeder den anderen respektiert. Felix sieht den Vieren von der Heimaufsicht nach und hebt leicht die

Hand zum Gruß als die dunkle Limousine an den beiden Demonstranten vorbei fährt.

„Na, der hast du ja einen tollen Vortrag gehalten. Die ist ja gar nicht zu Worte gekommen. Und das für eine Frau, das will schon etwas heißen. Mein lieber Lieber. Hallo, Felix, was ist los? Ist alles in Ordnung mit dir? Du bist plötzlich ganz blass." „Hanna, da kommt Hanna."

Felix drückt Helmut seinen Stock des Plakats in die Hand und eilt auf Hanna, die ihm entgegenkommt, zu.

„Hanna, was machst du denn hier? Wie konntest du denn da rauskommen? Ist das schön, dich zu sehen. Komm, gib mir einen Kuss." „Wer sind Sie? Können Sie mich zu Carsten bringen? Carsten will mich holen? Er hat wohl den Bus verpasst, der Junge. Wir wollen dann zu Felix. Kennen Sie Felix? Felix ist mein Mann. Felix ist auch lieb, genau wie Carsten. Können wir jetzt zu Carsten? Mir ist kalt." „Ja, Hanna, wir gehen zu Carsten. Ich gebe dir meine Jacke, dann wird dir etwas wärmer."

Felix ist ein gestandener Mann, der in seinem Berufsleben so viel Schlechtes, Grausames und Brutales erlebt hat. Das alles hat ihn nicht so berührt, wie die Fragen seiner Frau und das Wiedersehen mit Hanna. Er kann Hanna nicht sagen, dass Carsten tot ist. Und dass Hanna ihren eigenen Mann nicht mehr erkennt, schmerzt Felix selbstverständlich auch sehr. Felix legt Hanna seinen Arm um ihre Schulter und zieht sie sacht zu sich heran. Er hat das Gefühl, dass Hanna es genießt. Sie legt sogar ihren Kopf an Felix' ihr zugewandte Brusthälfte.

„Hanna, ach meine liebe Hanna. Ich hätte dir so viel zu sagen."

Weiter kommt er nicht, denn ein Schluchzen, ein ganz leises Schluchzen, wie man es von Kindern kennt, bemächtigt sich seiner. Tränen in den Augen eines Mannes, eines älteren Herren. Es ist ein trauriger Anblick, der sich dem Betrachter bietet. Es rollen keine Tränen körperlicher Schmerzen, nein, schlimmer. Es sind Tränen aus der Seele, aus dem Herzen.

Er küsst sanft Hannas Haupthaar.

„So küsst Felix mich auch immer. Aber das hat er schon lange nicht mehr getan. Vielleicht macht er das nachher. Carsten hat mir ja gesagt, dass er mich heute holen will und wir dann zu Felix fahren. Kennen Sie Felix? Wohin gehen wir? Gehen wir jetzt zu Carsten?"

„Ja," kommt es unhörbar aus Felix heraus. Seine Stimme zittert bereits bei nur diesen beiden Buchstaben. Er kann nicht mehr sprechen. Seine Gedanken sind bei seinem toten Sohn und bei Hanna, Hanna vor vielen Jahren als sie noch gesund war, als sie noch eine Familie waren.

„Ist Ihnen auch so kalt wie mir, oder warum zittern Sie?"

„Nein," sagt Felix und merkt: Es ist wegen der inneren ungeheuren Anspannung, die entstehen kann, wenn man etwas sagen will, aber weiß, dass es sinnlos ist, weil es nicht verstanden wird und es dann unterlässt und sich erneut fragt, ob man es sagen soll oder nicht. Dazu kommt, dass er zwischen Gefühl und Verstand entscheiden muss.

„Was mache ich jetzt mit dir, meine Liebe? Bringe ich dich in die Residenz zurück, oder nehme ich dich mit nach Hause, wenigstens für einen Tag und eine Nacht?"

„Was sagen Sie, wir gehen nach Hause? Ja, das ist gut. Zuhause ist Felix, und dann gehen wir zu Carsten. Oder ist Carsten schon zu Hause?"

Felix weint. Aber er ist mit sich im Reinen. Er hat einen Entschluss gefasst und fühlt, dass es der richtige ist. Er drückt Hanna ein wenig stärker an sich, aber immer noch zärtlich, so gefühlvoll wie es Frischverliebte nicht zärtlicher können und sagt: „Hanna, Liebe, wir gehen.

41

„Guten Tag, meine Damen und Herren, hier ist der Norddeutsche Rundfunk. Es ist 14.00 Uhr. Wir bringen die Nachrichten.
In mehreren Städten hat es heute sogenannte flashmobs gegeben. Hauptinitiator, an den sich weitere in Norddeutschland angehängt haben, soll nach unserer Recherchen ein Gymnasiast aus Bad Schönquell in Niedersachsen sein. Es wird vermutet, dass die steigende Unzufriedenheit in den Pflegebereichen Grund für diese neuartigen Spontantreffen ist. Bereits in der letzten Woche hat es in Osnabrück eine Demonstration aus dem gleichen Grunde gegeben. Wie der Regionalsender Radio-Kur berichtet, sollen etwa tausendfünfhundert Menschen an dem Bad Schönqueller flashmob teilgenommen haben. Ausschreitungen wie in Osnabrück sind nicht vorgekommen. Allerdings, so ein Reporter des Senders, sei es zu einem Kuriosum gekommen. Ein angefordertes Spezialeinsatzkommando, unter anderem mit einem Wasserwerfern, sei vergessen worden abzubestellen, nachdem sich der flashmob aufgelöst hat. Daraufhin kamen fünf Großfahrzeuge des SEK zu einem ruhigen Sondereinsatz. Die Polizei wollte hierzu keine Stellung beziehen.

Hamburg: Der Innensenator hat vor Ausschreitungen vor dem heute Abend stattfindenden Fußballspiel gewarnt und mitgeteilt, dass die Polizei in erhöhte ...“

„Na, Katharina, habe ich dir zu viel gesagt?“

„Ich verstehe das nicht. Wieso kommst du plötzlich auf den Gedanken, dem Streuner zu helfen? Sonst hast du ihn immer gefoppt, und jetzt?"
„Seitdem ich ihn in der Residenz erlebt habe, habe ich meine Meinung eben geändert."

Ralph und Katharina haben sich vor der Gelateria an der Kapellenstraße in Höhe des Brunnenplatzes verabredet.

Es ist ein sehr beliebtes Eis-Cafe, weil es hier zum einem ein vorzügliches Eis gibt, und man zum anderen einen sehr schönen Blick auf die gute Stube, den Hügelbrunnen, des einst in Europa so berühmten Kurortes besitzt. Bei entsprechendem Wetter lohnt es sich, hier unter Palmen wie im Süden zu verweilen. Manch einen Kurgast kann man in das Handy sprechen hören: „Wirklich toll hier. Das musst du sehen. Und diese Palmen. Wie im Süden."

Ralph und Katharina gehen in die Eisdiele, können aber nicht an ihrem Lieblingstisch platznehmen, weil sich dort bereits ein anderes Paar ihre Eisbecher schmecken lässt.

„Hallo, Ihr beiden," werden die zwei von der netten italienischen Bedienung als Stammgäste begrüßt. „Euer Platz ist besetzt." „Ja, ich hab's schon gesehen."

Die beiden suchen sich den Tisch neben ihrem Stammplatz aus. „Ja, als ich gehört habe, wie der sich für seine Frau eingesetzt hat, das war schon irgendwie faszinierend. Ich habe erwartet, dass der so spricht wie ein, wie ein, na, ja, eben wie ein alter Penner. Aber er hat sich gewählt ausgedrückt. Und er hat gesprochen wie ein gebildeter Mensch. Ich erzähle Quatsch, der Mann *ist* gebildet und hat gelernt, sich auszudrücken. Er ist immerhin Rechtsanwalt, wenn auch nicht mehr tätig. Aber wie dieser Tuschort sich ausdrückt, das ist schon faszinierend."

Am Nebentisch wird der männliche Gast plötzlich starr. Er bedeutet seiner weiblichen Begleitung, still zu sein und sich auf das Gespräch am Nebentisch zu konzentrieren.

Als Ralph den Namen des Streuners nennt, wird Arndt hellhörig. Arndt und Viola haben sich nach Ihrem Mittagessen beim Italiener an der Lindenallee auf den Weg gemacht und sind die paar Schritte zur Gelateria am Brunnenplatz hochgegangen. Das Eis ist hier zweifellos besser als im Ristorante.

Ralph weiß nicht, wer an dem von ihm bevorzugten Tisch sitzt, und so unterhält er sich mit Katharina auch unvoreingenommen und in üblicher Lautstärke weiter.

„Ich weiß nicht, was der Streuner will und wie er das gemeint hat, als er der Direktorin gedroht hat: Unser nächstes Treffen wird nicht so glimpflich für Sie verlaufen. Der ist doch nicht der Typ, der Krawall schlägt oder Randale macht. Aber heute Morgen ist er bei meinem flashmob mitgegangen. Das habe ich ihm allerdings auch nicht zugetraut und vor allem nicht, dass er sich im Netz darüber informiert."
„Vielleicht ist das ja Zufall."
„Ja, das könnte sein. Aber ich kann mir das nicht vorstellen. Schließlich hat er doch ein Plakat mitgebracht und wollte sich damit genau da hinstellen, wo wir geflashmobbt haben. Zufall, ich weiß nicht."

„Entschuldigen Sie bitte. Ich habe gehört, wie Sie über einen gewissen Herrn Tuschort gesprochen haben. Meinen Sie damit den Vater von Carsten Tuschort?"
„Entschuldigung, wieso meinen Sie das? Wer sind Sie? Kennen Sie Herrn Tuschort?"
„Ich bin Arndt Pehnzierl. Und wenn Sie über den Vater von Carsten Tuschort sprechen, dann habe ich bei dem Sohn , Carsten, gearbeitet."

„Keine Ahnung, ich kenne den Mann nur hier aus der Stadt. Ob er einen Sohn hat, weiß ich nicht. Warum interessiert Sie das?"

„Wenn es der ist, den ich meine, was ich vermute, denn so häufig ist der Name nicht, dann ... Sie haben doch bestimmt von dem Motorradunfall mit tödlichen Ausgang auf der Hamstedter Landstraße in den letzten Tagen gehört."

„Ja und?"

„Also, wenn es dann so sein sollte, dann war der Motorradfahrer der Sohn Ihres Herrn Tuschort. Die Mutter beziehungsweise Frau Tuschort lebt in der Residenz, und wenn man alles zusammenfügt, dann könnte es der Vater beziehungsweise Ehemann sein. Darf ich Ihnen meine Karte geben? Vielleicht haben Sie Fragen, oder es gibt eventuell einen anderen Grund oder Anlass, bei dem ich Ihnen helfen könnte."

„Ich verstehe nicht. Wieso sollte ich Fragen an Sie haben? Ich kenne Sie doch gar nicht? Was wollen Sie eigentlich von mir? Und was haben Sie mit dem Str... ich meine mit Herrn Tuschort zu tun?"

„Wenn ich mehr wüsste, von Ihnen, dann, aber, es tut mit leid, ich kann, ich darf Ihnen nichts sagen."

„Sie haben mir nur Andeutungen gemacht. Und mit dem Unfall wird die Residenz ja wohl nicht zu tun haben. Und jetzt sagen Sie, sie *dürfen* nichts sagen. Was soll das alles? Ich möchte jetzt bitte gerne mein Eis essen."

„Entschuldigung, es ist nur so ein Gedanke gewesen."

Arndt wendet sich wieder Viola zu. Seine Ohren sind jedoch mehr denn je am Nachbartisch. Aber es gibt für ihn nichts mehr zu hören.

Katharina, die dem Dialog gespannt zugehört hat, ist verunsichert und verspürt inzwischen sogar ein wenig Unbehagen als sie leise sagt:. „Ralph, ich habe Angst. Wer ist das? Was will der? Wer ist der Streuner in Wirklichkeit? Was hat der vor? Worauf hast du dich eingelassen? Halt dich bitte raus. Wer weiß, was der

noch alles anstellt? Vielleicht ist der ein Verrückter. So ganz normal läuft der hier ja auch nicht rum."
„Was macht der denn schon Komisches? Er sammelt Flaschen wie viele andere auch. Und sonst macht der nichts. Das ist doch nichts Schlimmes. Was würdest du denn tun, wenn dir Geld fehlte? Ich kann mir keinen Reim auf das Ganze machen. Ich habe heute Morgen an der Residenz mit dem Streuner gesprochen, nach dem flashmob. Ich glaube, der ist ganz in Ordnung, und das, was der machen will, hat Hand und Fuß."
„Ralph, bitte, hör auf damit. Ich habe Angst."

Die nette Bedienung bringt wie üblich einen Couple-Becher. Ohne viel zu reden, stecken die beiden ihre Köpfe zusammen und machen sich über den Becher her.

Auch von Arndt und Viola hört man nichts mehr.

Nach kurzer Zeit, schneller als üblich, haben Ralph und Katharina den Becher geleert, bezahlen und verlassen das Eis-Cafe.

Ein weiterer Gast, dem niemand Beachtung geschenkt hat, beeilt sich ebenfalls zu bezahlen, ohne die beiden jungen Leute aus den Augen zu lassen, und eilt ihnen hinterher. Auf der Quellenstraße, die glücklicherweise im Augenblick recht übersichtlich ist, erkennt der schnellzahlende Gast sofort die beiden Verliebten engumschlungen in Richtung Oeseder Platz gehen.

Mit raumgreifenden schnellen Schritten hat er die zwei nach wenigen Augenblicken eingeholt und spricht Ralph unvermittelt von der Seite an: „Entschuldigen Sie. Ich habe Sie vorhin in der Eisdiele gehört, wie Sie mit einem anderen Gast über einen Herrn Tuschort gesprochen haben. Ich möchte mich gerne mit Ihnen unterhalten."

„Allmählich wird die Angelegenheit interessant. Wer sind Sie? Und was für ein Interesse haben *Sie* an Herrn Tuschort?"

„Oh, bitte entschuldigen Sie. Ich bin Ole Talkehr, Journalist bei Radio-Kur hier in Bad Schönquell. Ich habe heute Morgen gesehen, wie Sie an der Residenz mit Herrn Tuschort gesprochen haben."

„Ja, und, ist das strafbar? Was wollen plötzlich alle von mir? Aber wahrscheinlicher ist, dass Sie etwas von Herrn Tuschort wollen. Warum fragen Sie ihn nicht direkt?"

„Das wird mein Kollege bei passender Gelegenheit tun. Das Pärchen im Eis-Cafe, darf ich fragen, was der Mann von Ihnen wollte und wer das war?"

„Nee, das sage ich Ihnen nicht. Ich weiß überhaupt nicht, ob ich nicht lieber zur Polizei gehen sollte. Das wird mir allmählich unheimlich. Was hat dieser Herr Tuschort denn angestellt, dass er so interessant ist? Wer sagt mir denn, dass Sie wirklich von der Presse sind?"

„Hier, bitte mein Presseausweis. Wenn ich Ihnen sage, worum es geht, würden Sie dann Stillschweigen bewahren? Wir glauben, etwas Brisantem auf der Spur zu sein und erhoffen uns von Ihnen Auskunft und vielleicht sogar Hilfe."

„Wie kommen Sie darauf, dass ich Ihnen helfen könnte?"

„Weil Sie in der Residenz arbeiten, mit Herrn Tuschort, der kein Bewohner dort ist, gesprochen haben? Und ich kann davon ausgehen, dass Sie auch an dem flashmob teilgenommen haben? Oder haben Sie den womöglich organisiert? Ich möchte jetzt gerne meinen Chef anrufen. Haben Sie einen Augenblick Zeit bis ich mit ihm gesprochen habe?"

Ralph nickt zur Bestätigung und sieht dabei Katharina, die ebenfalls zustimmt, fragend an.

Wenige Sekunden später drückt Ole die Ruftaste seines Handys, das er bereits in der Hand hält. „Ich bin's. Ich habe gerade im Eis-Cafe meine

Mittagspause gemacht und dabei einen jungen Mann getroffen, der in der Residenz arbeitet und Herrn Tuschort kennt."

Es herrscht etwa eine gute halbe Minute Ruhe, bis Ole wieder etwas sagt: "In Ordnung, werde ich versuchen. Also bis...? Gut, habe ich verstanden. Ich melde mich gleich noch einmal... gut, das kann ich auch, dann warte einen Augenblick."

Ole wendet sich Katharina und Ralph zu: „Also ich habe hier meinen Chef, Herrn Sähnder, am Handy. Er bittet Sie, mit mir ins Studio unter den Arkaden zu kommen. Wir würden Ihnen sagen worum es uns geht, und Sie würden uns sagen worum es Ihnen und Herrn Tuschort geht. Außerdem ist es für uns sehr interessant zu erfahren, warum die Herrschaften mit der dunklen Limousine heute Morgen in der Residenz waren. Wir würden Ihnen je nach Informationsfülle eine kleine Entschädigung anbieten. Allerdings müssen wir darauf bestehen, dass zunächst alles vertraulich behandelt wird, und zwar von Ihnen und selbstverständlich auch von uns. Wir sichern Ihnen auf jeden Fall absolute Verschwiegenheit über Ihre Person zu."
„Katharina, was meinst du? Sollen wir das machen? Was meinen Sie konkret mit der Entschädigung?"
„Absolut kann ich das noch nicht sagen. Das hängt unter anderem von den Informationen und der Gesamtbrisanz ab. Aber Herr Sähnder bietet Ihnen fünfzig Euro für ein Treffen, wenn wir sofort starten können."
„In Ordnung, los geht's."
„Claas, hast du alles mitbekommen? Na gut, wir kommen, ja jetzt. Wir sind Mitte Quellenstraße, zehn Minuten sind wir da. Bis gleich. Was, ja, mach' ich."

Die drei begeben sich unverzüglich zum Radio-Studio.

42

Das Handy klingelt, und Arndt Pehnzierl sieht auf dem Display das Foto seiner Frau, mit der er im Moment nicht reden will. Das Gespräch oder treffender ausgedrückt, die Auseinandersetzung, mit Viola vorhin beim Italiener, dann das Lauschen im Eis-Cafe und das kurze Gespräch mit Ralph beschäftigen ihn nachhaltiger als er sich wünscht. Trotzdem nimmt er das Gespräch an: „Hallo, Agneta. Ja, ich habe es vergessen, es tut mit leid... ja, das habe ich gesagt, ... ich sage doch, dass es mir leid tut, ... was soll ich denn machen? Ich kann es nicht ändern, und außerdem muss ich da noch ein paar Sachen abwarten. ... Nein, das kann ich nicht beschleunigen, ... nein, das kann ich dir nicht sagen, .. nein, auch dann nicht, ... wo er die hingelegt hat, weiß ich nicht, und das ist auch nicht so wichtig, ... ich weiß, das hast du mir ja oft genug unter die Nase gerieben, aber nicht für mich, ... Agneta, bitte, lass uns das morgen besprechen, ... weil ich heute nicht nach Hause komme, ... wenn du es wissen willst, ja mit der. Agneta hat aufgelegt.

Viola, es tut mir leid wie ich vorhin reagiert habe. Nur, ich bin so hin und hergerissen und weiß im Moment wirklich nicht, wo mir der Kopf steht, und was ich glauben soll. Und jetzt noch Agneta. Aber das war vorauszusehen. Ich möchte jetzt gern ins Hotel und mit dir in den Wellnessbereich. Hoffentlich kann ich da ein wenig entspannen. Ich habe das Gefühl, dass in der nächsten Zeit noch einiges auf uns zukommen wird. Wenn ich nur wüsste, was hinter der ganzen Geschichte mit Carsten steckt. Hat er dir nichts angedeutet in irgendeiner Richtung, die jetzt eine ganz andere Bedeutung bekommen könnte?"

„Ich kann mich beim besten Willen an keine derartige Äußerung erinnern. Ich weiß noch nicht einmal in welche Richtung in denken soll. Vielleicht machst du dir zu sehr Gedanken, und alles ist vollkommen harmlos."

„Harmlos, wenn Kripo und LKA kommen?" Das glaube ich nicht. Aber wie dem auch sei, wir gehen jetzt ins Hotel."

Arndt bezahlt die beiden Eisbecher, hilft Viola in den Mantel, und beide schlendern über den Brunnenplatz über die Lindenallee dem Hotel auf der rechten Seite entgegen. Sie steigen die paar Stufen hinauf und betreten das Foyer. Am Empfang wird Arndt begrüßt: „Guten Tag, Herr Pehnzierl, schön, dass Sie uns wieder einmal besuchen. Ich habe keine Reservierung für Sie vorliegen. Wünschen Sie ihr Zimmer, oder möchten Sie nur ins Restaurant? Guten Tag, Frau Lowelli," wird Viola, die jetzt erst an die Rezeption tritt, ebenfalls begrüßt.

„Wenn Sie unser Zimmer frei haben, nehmen wir es sehr gern. Der Spa-Bereich ist im Betrieb?"
„Selbstverständlich, darf ich Ihnen vielleicht schon einen Masseur bestellen?"
„Nein, danke, keinen Masseur heute. Aber die Sauna... ist im Betrieb vermute ich?"
„Ja, es ist alles aufgeheizt. Ihr Schlüssel, Herr Pehnzierl. Ich habe das von Herrn Tuschort gehört, ein schrecklicher Unfall. Werden Sie jetzt die Firma übernehmen?"
„Zumindest wohl erst einmal kommisarisch. Dann müssen wir weiter sehen."
„Einen schönen Aufenthalt wünsche ich Ihnen."

Arndt nimmt den Scheckkartenzimmerschlüssel und geht mit Viola zu einem der beiden Lifts, der bereitwillig seine Tür öffnet, als Arndt die Ruftaste drückt. Mit einem leichten Klaps auf Violas Allerwertesten - ihren Mantel trägt sie mittlerweile über dem Arm - schiebt er sie voran in den Aufzug. Wie immer drückt er die dritte Etage. Viola legt ihren Mantel auf die im Aufzug befindliche kleine Klappbank und schaltet zwischen der ersten und zweiten Etage den Schalter auf stopp. Ihren Rock hat sie leicht angehoben, als sie ihren Oberschenkel zwischen

Arndts Beine drängt. Ihre Lippen finden zueinander, Arndts Hand den Weg unter Violas Pullover, und Violas kann eine Hand ebenfalls nicht an sich halten. Ihre beiden Atem werden intensiver. Nach wenigen Minuten lösen sich beide wieder von einander, wohlwissend, dass die Vorspeise nach beider Geschmack ist. Arndt kippt den Schalter wieder auf on, und der Aufzug nimmt erneut Fahrt auf. Auf der dritten Etage verlassen sie den Lift, gehen nach links drei oder vier Zimmer und öffnen dann die Tür zu ihrem Gemach dreihundertzweiundzwanzig. Die Mäntel werden auf die Sessel der Sitzecke geworfen. Viola öffnet ihre Bluse und lässt langsam, während sie ihre Hüften fast unmerklich hin und her schwingt, was ihre Rundungen noch stärker betont, ihren Rock hinuntergleiten, so dass der kleine Slip, der dennoch groß genug ist, das Wesentliche andeutungsweise zu verbergen, erscheint. Der gutsitzende push-up-BH verleitet Arndt dazu, ihn schnell zu öffnen und sich dem Inhalt mit großer Lust zu widmen. Gekonnt öffnet Viola Arndts Gürtel, die Hose sowie das mittlerweile kraus gewordene Hemd. Arndts sportlicher Körper wird nun Gegenstand ihrer Begierde. Beide lassen sich engumschlungen auf das Bett fallen, wo sie ihren Gedanken Taten folgen lassen.

43
Felix fühlt sich um Jahrzehnte verjüngt. Die Verjüngungskur heißt Hanna. Liebevoll legt er seinen rechten Arm um Hannas Schulter, während seine linke Hand Hannas linke sucht. Als sie sie findet, scheint die Unruhe aus Hanna zu entweichen, und sie wendet ihren Blick Felix zu. In ihren Augen liegt Friedliches, Liebevolles zugleich aber auch Erwartungsvolles. Was aber mag sie erwarten? Erwartet sie, dass Felix sie mit nach Hause nimmt? Und, wo ist ihr zu Hause? Oder erwartet sie jemanden?

In den letzten Tagen und Stunden hat sie in immer kürzeren Abständen nach Carsten gefragt. Die Zeit, in der sie immer nur nach Felix gefragt und ab und an sogar gerufen hat, scheint vorbei zu sein. Vielleicht liegt es aber daran, dass Felix jetzt neben ihr geht und sie behutsam führt.

Felix wird aus seinen glückseligen Gedanken geholt als Hanna ihn fragt: „Wohin gehen wir? Wer bist du? Ich kenne dich." Wie ein Dampfhammer trifft ihn diese Frage unvermittelt. So überrascht kann er nicht antworten und schweigt deshalb. Die Sekunden verstreichen wortlos. Dennoch, er fühlt sich wohl und spürt wie sich Hanna an Felix schmiegt. Und dann hört er sie sagen: „Es ist schön, dass du da bist, Felix."

Bei diesen Worten kann er seinen Tränen nicht mehr Einhalt gebieten. Aber er versucht, sie vor Hanna zu verbergen.

Felix führt seine Hanna an der Automatiktür vorbei in Richtung des gepflasterten Weges, der zwischen der Residenz und einer der hier ansässigen Kliniken verläuft.

„Wo warst du so lange? Hast du wieder einen Klienten im Gefängnis besucht? Oder wollte die Ministerin von Wegen wieder etwas von dir?"

Für einen Augenblick glaubt Felix, Hannas Zustand habe sich verbessert, was dem so oft heraufbeschworenen Wunder gleichkäme. Aber dem ist nicht so. Die Fragen holen ihn auch prompt und abrupt in die Wirklichkeit zurück. Diese Wirklichkeit heißt aber auch, dass Hanna in Wirklichkeit in ihrer Zeit von vor dreißig oder vielleicht auch vierzig Jahren lebt.

Plötzlich löst sich Hanna von Felix und beschleunigt ihre Schritte.
„Hanna, Liebe, warte. Wohin willst du denn so schnell?"

„Na, zu Carsten. Siehst du ihn denn nicht? Er steht doch da vorn und winkt mich zu ihm. Er hat mich schon die Nacht gerufen."

Felix läuft ein kalter Schauder über den Rücken, und er weiß nicht, ob er Hanna von Carstens tödlichem Unfall sagen soll. Würde sie es überhaupt verstehen? Er lässt sie in dem Glauben, Carsten zu sehen.

Felix wird ebenfalls schneller bis er seine Liebe eingeholt hat. Jetzt wird sie wieder langsamer, bleibt stehen und fragt: „Felix, wo ist Carsten geblieben? Er hat sich versteckt. Aber ich höre ihn noch. Hör', hör', er ruft mich. Er ruft, Mama komm. Hörst du das denn nicht? Ja, mein Junge, ich komme. Ich bringe Papa mit. ... Nein, warum nicht? ... Stimmt das," wendet Hanna sich Felix zu, „dass du hier noch etwas zu erledigen hast?"
„Ich, ich, ich muss noch mit den Leuten in der Residenz sprechen."
„Oh, Carsten ist nicht mehr da. Er ist wohl schon vorausgegangen. Was machen wir hier?"
„Wir gehen nach Hause." Hanna ist wieder ruhig. Sie ist wieder in ihre Welt eingetaucht.

Die beiden biegen von dem gepflasterten Weg ab und gehen durch den kleinen Park hinter der Residenz.

44
„Das darf doch wohl nicht wahr sein. Erst dieser komische Mob, dann die Heimaufsicht. Wenn ich den erwische, der die angerufen hat. Und jetzt noch die Tuschort. Ich will wissen, wer die rausgelassen hat. Rufen Sie sofort den neuen Pdl-Menschen zu mir, schließlich will der das hier ja angeblich in den Griff bekommen. Aber es ist schlimmer als vorher. Das zumindest hat er geschafft" herrscht Frau Malice Frau Schautsec in der Rezeption an und verschwindet wieder in ihrem Büro.

Ein paar Minuten später erscheint der Pflegedienstleiter im Büro der Direktorin. „Was gibt's?" lautet seine kurze Frage, die den Umgangston dieses Hauses widerspiegelt.

„Sie brächten hier ein neues Gesicht für den Pflegedienst, hieß es von der Zentrale. Ist das Ihre Art?" Das Gesicht ist auf dem besten Wege, eine Fratze zu werden. „Seitdem Sie hier sind herrscht in den Arbeitsplänen Chaos, und das Arbeitsklima ist das schlimmste, das es je gab. Und jetzt noch das Abhauen von der Tuschort. Zuerst wird sie nachts einfach eingeschlossen, und heute lassen Sie sie abhauen. Was machen Sie eigentlich hier außer Mist? Das kann doch wohl nicht wahr sein, dass einer allein so... Also sehen Sie zu, dass die Tuschort unverzüglich wieder hier auftaucht. Nehmen Sie sich an Personal was Sie brauchen, aber nicht Frau Firless, die bleibt hier. Und am besten posaunen Sie heraus: Demente aus Residenz weggelaufen. Direktion unschuldig, Pdl unfähig."
„Das ist doch nicht meine Schuld. Und das andere..."
„Schluss jetzt. Ich will nichts mehr hören. Machen Sie, was ich Ihnen gesagt habe."

Die Bewohner, Mitarbeiter und Besucher, die sich im Foyer befinden, bleiben unwillkürlich stehen. Einige sehen sich fragend und kopfschüttelnd an. Das Geschrei der Direktorin ist im Foyer und dem gesamten Treppenhausbereich nicht zu überhören.

Als der Pdl-er das Büro der Direktorin verlässt und den Flurbereich betritt, sehen ihn die Personen im Foyer an, manche voll des Mitleids, andere nach dem Motto: Endlich, das wurde aber auch Zeit.

Der Pdl-Mensch geht direkt zur Rezeption: „Gabi, rufen Sie doch bitte von jeder Station und aus jedem Bereich zwei Leute hierher. Ich brauche sie, um die Tuschort zu finden. *Sie* haben sie nicht zufällig gesehen?"

„Nein", lautet die kurze Antwort, die man gibt, wenn man an keinem Gespräch interessiert ist.

45

Die Stimmung in der dunklen Limousine, in der die vier von der Heimaufsicht davonfahren, ist angespannt, und niemand sagt während der ersten zwei, drei Kilometer auch nur ein Wort. Die Langhaarige bricht schließlich das Schweigen und spricht bewusst den Fahrer und den im Fond sitzenden Joachim Kasavis an, indem sie die beiden nacheinander ansieht, Lothar Kollegold jedoch blicklich ignoriert: „Was haltet Ihr von den beiden Plakatträgern, vor allem von dem Tuschort?"

Pierre Woatür antwortet als Mittzwanziger am unüberlegtesten, aber dennoch nicht falsch vermutend: "Ich habe den Eindruck, der will seiner Frau helfen und weiß mehr als er sagt. Ich glaube schon, dass der etwas vom dem Einschließen mitbekommen haben kann."
„Das glaube ich auch. Und wenn man bedenkt, dass er Jurist ist oder war, wird er bestimmt versuchen, zunächst Informationen zu sammeln und sich dann die entsprechende Unterstützung zu suchen," pflichtet Joachim dem Fahrer bei.
„Ganz richtig, und was mir auch noch..,"
„Ich bin ganz eurer Meinung," fällt Bettina Klier Ihrem Mitarbeiter Kollegold mit leicht erhobener Stimme ins Wort als wolle sie sagen: Du hast Meinungsverbot für heute.
„Das ist ein ganz helles Kerlchen. Der hat garantiert etwas vor. Ich hoffe nur, dass er den Bogen nicht überspannt, und dann letztendlich mehr zerstört als dass es hilft. Irgendwie habe ich das Gefühl, dass wir das gleiche Ziel verfolgen. Und was haltet Ihr vor dieser Direktorin?"

Aus dem Fond meldet sich dieses Mal zuerst Herr Kasavis: „Nichts, die ist kalt wie eine Hundeschnauze und hat überhaupt keinen Zugang zu irgendwem, weder zu den Bewohnern, noch zu den Mitarbeitern. Was die allerdings gut gemacht hat ist, *diese* Betreuerin zu holen."

„Wie kommst du darauf?" will Bettina wissen.

„Na, ich vermute, dass die Malice gehofft hat, wenn sie diese und nur diese Betreuerin holt, bekommt sie Unterstützung. Und so war es ja auch. Diese Betreuerin, wie heißt sie noch?"

„Firless, Ricarda Firless."

„Ja, diese Frau Firless weiß genau, was sie tut. Das ist ein ganz cleverer Zug von ihr gewesen, Frau Tuschort mitzubringen, ich will nicht sagen, vorzuführen. Die hat mir schon irgendwie imponiert."

"Genau," pflichtet der Fahrer bei.

Die Projektleiterin stimmt zu: „Das ist alles richtig. Total souverän war sie und loyal. Dennoch, ich habe das Gefühl, dass sie von der Malice nicht allzu viel hält. Ich weiß nicht warum, aber mein Bauchgefühl sagt es mir, und trotzdem diese Loyalität. Die ist eine von denen, die jedes Unternehmen braucht, egal wo, man kann solche Menschen überall einsetzen und sich auf sie verlassen. Die hat unter Garantie auch etwas anderes gelernt als Altenpflege oder so. Ich vermute, dass sie eine Spät- oder Wiedereinsteigerin ins Berufsleben ist. Vielleicht früher einmal gearbeitet, dann geheiratet, Kinder bekommen, aufgehört zu arbeiten, ich meine außer Haus, und später wieder angefangen. Aber nach so vielen Jahren aus dem Berufsleben raus und dann wieder rein, na ja, wir wissen ja alle wie die Chancen wo stehen. Ja, es stimmt, die Malice hat da einen richtig guten Einfall gehabt. Es ist clever von dieser Betreuerin gewesen, uns für ein paar Minuten die Realität im Dementenbereich vor Augen zu halten, und wir, wir Trottel fallen auch darauf herein."

„Es tut mir leid, wie ich da reagiert habe," meldet sich nun doch wieder Herr Kollegold, der diesen Seitenhieb sehr wohl verstanden hat, „aber in dem Moment als die Demente mich angegriffen hat, war ich einfach überfordert."

„Überfordert, überfordert, was sollen denn die Pfleger und Betreuer sagen, die täglich stundenlang mit den Dementen umgehen müssen? Und da fallen Sie nach ein paar Minuten schon auf diesen, zugegeben, cleveren Trick herein. Nee, nee, so einfach können wir uns das nicht machen. Diese, wie Sie sagen Demente, hat im Übrigen auch einen Namen. Wir sind gerufen worden, weil Frau Tuschort über Nacht eingeschlossen worden sein soll. Und mit einem Mal sind uns alle Argumente aus der Hand genommen worden, indem Sie genau das vorschlagen, was in der Residenz gemacht worden und was verboten ist. Mann, Mann, Mann. Und was machen wir jetzt? Soll ich jetzt hingehen und sagen: Liebe Frau Direktorin, wir haben das mit dem Wegschließen nicht so gemeint, und Sie können ruhig so weitermachen. Nein, ich werde mir etwas einfallen lassen. Und ich werde der Sache auf den Grund gehen. Da stinkt noch viel mehr als nur dieses eine Einschließen. Und ich bin sicher, dass uns Frau Firless helfen wird. Sie ist der Schlüssel zu dem Ganzen. Ich weiß nur noch nicht wie ich Sie davon überzeugen kann, dass Reden für die Bewohner und das System besser und wichtiger ist als die Loyalität gegenüber der Residenz. Wir beide, Sie und ich, Herr Kollegold, werden morgen früh überlegen, wie wir in der Sache vorankommen."

Bettina Klier nimmt ihren Tablet-Pc zur Hand und beginnt nach Tuschort, Felix zu googlen.
Ihre Körperhaltung signalisiert: Ich will jetzt nicht mehr gestört werden.

46

Katharina, Ralph und Ole erreichen das Radio-Studio unter den Arkaden. Ole öffnet die Eingangstür des Studios: „Hallo, , das sind Katharina Jeune und Ralph Jaid, die beiden, über die wir vorhin am Handy gesprochen haben. Das ist Claas Sähnder unser Studioleiter hier in Schönquell."
Der Studioleiter nimmt seinen Kopfhörer ab und begrüßt die beiden Jugendlichen: "Schön, dass Sie

Zeit und Lust haben, hierher zu kommen und mit uns zu sprechen. Darf ich Ihnen etwas anbieten?"

Katharina möchte ein Wasser, Ralph eine Cola.

„Wir duzen uns hier alle. Ist das für Sie in Ordnung?"
„Na klar."
„Schön, bitte nehmt Platz. Seid ihr schon einmal in einem Rundfunkstudio gewesen?"
„Nein, bisher noch nicht."
„Wenn Ihr wollt, zeige ich Euch nachher ein bisschen über unsere Möglichkeiten, Aufgaben und so weiter. Da sind wir schon beim Thema. Unsere Aufgabe besteht unter anderem darin, bestimmte Dinge an die Öffentlichkeit zu bringen, sie aufzuklären oder sie einfach nur zu unterhalten. Ein Beispiel für eine Information ist unter anderem unser Bericht über den tödlichen Unfall von Carsten Tuschort vor ein paar Tagen oder auch über den flashmob von heute Morgen hier in Schönquell. Ein Beispiel für eine Aufklärung wäre vielleicht, wenn wir berichten könnten, warum beispielsweise eine dunkle Limousine aus Hannover bei der Residenz auftaucht, gleichzeitig ein flashmob dort stattfindet und zwei stadtbekannte Bürger eine Minidemonstration durchführen. Wenn man das mit dem momentanen Ruf oder Unruf der Residenz in Verbindung bringt, kann man bei vorsichtiger Ausdrucksweise sagen: Warum das Ganze, wie hängt das alles zusammen? Könnt ihr uns dabei helfen? Es ist doch kein Zufall, dass der flashmob da stattfindet, wo du, Ralph, arbeitest. Was hast du vor? Wie können wir dir helfen? Ich habe das Gefühl, dass da etwas stinkt, und du?" wendet er sich an Ralph.
„Ich weiß nicht recht. Eigentlich wollte ich, ich habe den Herrn Tuschort oft irgendwie gefoppt und veralbert, wenn wir uns begegnet sind. Ich fand den etwas primitiv, so wie man eben über einen Pennbruder denkt, ich glaube, heute sagt man wohl Stadtstreicher. Und jetzt, also zurzeit, mache ich ein Kurzpraktikum in der Residenz. Mein Vater will das so.

Und was man da alles erlebt, ich weiß nicht, ob das in anderen Altenheimen auch so ist." Ralph stockt einen Augenblick und überlegt.

„Was heißt das? *Was* soll in anderen Altenheimen auch so sein oder auch nicht?" hakt Ole sofort nach.

„Ist weiß nicht. Ich fühle mich nicht wohl dabei. Ist das richtig, wenn ich hier so drauflos plaudere?"

„Ralph, du musst das so sehen. Wenn es uninteressant ist, verschwindet alles in den Tiefen unserer Computer-Katakomben. Wenn es mir interessant genug erscheint, entscheiden wir im Team in der Zentrale in Hamstedt, in welche Kategorie die Sache eingestuft wird. Da entscheiden wir auch in welchem Rahmen, Fernsehen oder Radio oder beides wir senden... oder auch nicht senden. Manchmal, wenn weitere Recherchen ratsam sind, warten wir bewusst mit dem Sendetermin. Und außerdem informieren wir meist auch die Zeitung. Nicht selten erscheint der Bericht dann im Lokalteil, oder im überregionalen und wenn man Glück hat auf der Titelseite. Je nach Dringlichkeit wird er sofort gedruckt, oder er wird als Lückenfüller für die saure Gurkenzeit aufbewahrt. Wenn die Kollegen von der Zeitung nachhaken, führen auch sie weitere Recherchen durch und warten dann noch mit dem Erscheinungsdatum. Es kann aber auch sein, dass nichts gemacht wird, obwohl ich eine Angelegenheit interessant finde. Soweit diese Möglichkeiten. Jetzt stell dir aber auch einmal vor: Du wärst einer großen Schweinerei auf der Spur. Wir wissen doch alle wie die Residenz seit einiger Zeit, eigentlich seit dieser Direktorin, angesehen ist, und das tut unserem Schönquell natürlich nicht gut. Aber was viel schlimmer ist: Die Bewohner und Angestellten leiden sehr unter diesen Zuständen. Manche Bewohner werden über den Löffel gezogen, die Mitarbeiter werden ausgenutzt, bis sie kaputt sind. Wahrscheinlich ist die Residenz kein Einzelfall, sondern es ist generell so. Aber wenn niemand etwas unternimmt, bleibt es wie es ist, oder es wird schlimmer, weil einige dieser tollen Wohltäter immer mehr Rendite aus ihren ach so menschlichen Häusern ziehen wollen. Deine Entscheidung. Überleg sie dir gut."

„Ich habe mich entschieden. Fangen wir an. Was willst du wissen?"

„Erzähl einfach drauf los."

„Gestern Morgen gehe ich über den Flur meiner Abteilung, und da höre ich wie eine Frau aus einem Appartement nach der Schwester ruft. Ich bin zu unsicher und gehe schnell an dem Zimmer vorbei. Durch verschiedene Äußerungen habe ich erfahren, dass in dem Zimmer jemand verbotenerweise über Nacht eingeschlossen worden ist. Später habe ich dann ungewollt gehört wie die Direktorin einen Mann aus der Residenz schmeißen will. Der Mann droht der Direktorin. Dieser Mann hat mir von dem Moment an imponiert. Es ist Herr Tuschort, und die eingeschlossene Frau ist seine Frau. Herr Tuschort ist Flaschensammler. Ihr kennt ihn bestimmt."

„Ja, wir wissen wen du meinst."

„Er war früher ein bekannter Rechtsanwalt in Hannover. Er will für seine Frau kämpfen, und ich habe ihm gegenüber ein schlechtes Gewissen. Ich habe das Gefühl, dass ich ihm helfen muss. Irgendetwas in mir sagt, dass es gut ist, mit ihm zu kämpfen. Also habe ich einen flashmob organisiert. Herr Tuschort ist auch dabei gewesen und hat anschließend noch weiter demonstriert."

„Was hat es mit der Limousine auf sich?"

„Ich glaube, das war eine Behörde. Aber vorher war noch die Polizei im Hause, und da ging es um die eingeschlossene Frau Tuschort, glaube ich."

„Es gibt im Pflegebereich die Heimaufsicht, eine Behörde, die gewisse Dinge überprüft und bei Beschwerden angerufen werden kann. Polizei, interessant, irgendetwas ist da im Busch. Wer war der Mann in dem Eiscafe?"

„Er hat gesagt, dass er bei Herrn Tuschorts Sohn gearbeitet hätte. Was der mit allem zu tun hat weiß ich nicht. Ich habe ihn noch nie vorher gesehen."

„Ralph, wenn wir einmal unterstellen, dass in der Residenz irgendwelche Schweinereien ablaufen, Herr Tuschort dahinter gekommen ist und das bekämpfen will, dann müssen wir versuchen, an ihn heranzukommen. Wir könnten ihm eine größere Plattform für sein Vorhaben bieten. Aber er muss Vertrauen zu uns bekommen. Wie können wir das schnellstens erreichen?"

„Er hat sich heute Morgen bei mir bedankt. Ich glaube, ich bin rot und verlegen geworden. Dieser Mann bedankt sich bei mir, bei mir, der ihn so oft verlacht hat. Ich glaube, dass er Vertrauen zu mir bekäme, weil er gemerkt hat, dass ich heute Morgen ehrlich zu ihm war. Nur, ich werde sein Vertrauen auf keinen Fall missbrauchen oder enttäuschen."

„Das sollst du ja auch nicht. Also, mein Vorschlag ist, du Ralph, nimmst zu ihm schnellstmöglich Kontakt auf und versuchst ihm klarzumachen, dass du ihm helfen willst bei dem was er vorhat. Glaubst du, dass du das hinbekommst? Du kannst, wenn es sich ergeben sollte, uns ins Gespräch bringen und darauf hinweisen, dass er in der Presse große Aufmerksamkeit bekäme."

„Und du Ole triffst dich heute Abend mit Schwester Benna und versuchst so viel wie möglich herauszubekommen. Ralph, Katharina, ich betrachte euch jetzt für dieses Projekt als Kollegen, das heißt, keine Interna nach außen, und am besten redet ihr vorerst auch nicht mit euren Freunden darüber. Kann ich mich darauf verlassen?"

Katharina und Ralph stimmen noch einmal zu. Ralph fasst nach: „Schwester Benna? Meinst du Bernhardin Tronje?"

„Ja, hast du mit der zu tun? Die scheint etwas Höheres zu sein?"

„Ja, das kann sie. Große Klappe, vortäuschen, sich ins rechte Licht bringen. Die ist eine ganz normale Pflegerin, und hat nicht mehr zu sagen als andere auch. Das ist eine falsche Schlange. Die versucht andere auszuhorchen und das, was sie hört, für sich selbst zu nutzen. Sie verkauft Vorschläge anderer als ihre. Bei Bewohnern ist sie sehr unbeliebt, weil die oft so laut ist."

Jetzt meldet sich Ole zu Wort: „Als ich heute Morgen da war und sie zufällig getroffen habe, hatte ich den Eindruck, dass diese Benna die rechte Hand der Direktorin ist, und dass ohne sie nichts läuft."
„Ja, das kann ich mir vorstellen. Die rechte Hand der Chefin, dass ich nicht lache. Das wäre sie wohl gerne, aber mit ihrer Ausbildung wird sie das nie werden. Ich bin zwar nur ein kleiner Praktikant und noch nicht lange da, aber ich habe Augen und Ohren, und wenn man es etwas geschickt anstellt, kann man einiges herausbekommen. Und du triffst dich heute Abend mit der. Na, dann viel Spaß, und pass gut auf dich auf."
„Hey, für dein Alter wagst du dich ja ganz schön weit aus dem Fenster. Unter mangelndem Selbstvertrauen leidest du wohl nicht, oder? Vielleicht kannst du mir noch ein paar Tipps geben, wie ich mit der Dame umgehen soll."

Ralph erwidert mit seinem Entschuldigungslächeln, übergeht eine Antwort und meint: „Ich könnte gleich noch in die Residenz. Der PdL-er hat mich heute Morgen gefragt, ob ich noch ein paar Stunden machen könnte, weil sich wieder Leute krankgemeldet haben. Ich habe zwar nicht zugesagt, aber ich kann ja hingehen, vielleicht bekomme ich dann etwas heraus. Ihr versteht es, jemanden neugierig zu machen. Langsam wird es spannend."

47
Nachdem Felix und Hanna die Freiheit und das Zusammensein in dem kleinen Park der Residenz genossen haben, betreten sie durch den Hintereingang wieder die Residenz.

Über einen Monitor an der Rezeption hat Gabi Schautsec die Eingangstür vom Park im Blick. Sie sieht die beiden Eintretenden und merkt, dass etwas ungewöhnlich ist. Ihre Ahnung lässt sie zu den beiden eilen, und als sie vor ihnen steht, wird ihre Vermutung bestätigt. „Herr Tuschort, haben Sie Ihre Frau nach draußen geholt?" fragt sie in freundlichem Ton. „Nein, meine Frau ist mir auf dem Vorplatz entgegengekommen. Wie konnte sie denn allein das Haus verlassen? Das darf doch nicht sein." „Was wollen Sie von Felix? Er hat keine Zeit für Sie. Lassen Sie Felix in Ruhe, Sie bekommen ihn jetzt auch nicht. Felix, Felix, da vorn."

Frau Schautsec und Felix sehen in die mit dem Finger von Hanna angezeigte Richtung und hören Hanna sagen: „Da ist Carsten. Er winkt, wir sollen kommen, nein, ich, ich soll allein kommen."

Frau Schautsec und Felix bekommen Gänsehaut und merken, wie sich ihre Haare aufstellen.

Gabi Schautsec, die öfter von derartigen Halluzinationen gehört hat, fängt sich schnell und meint zu Herrn Tuschort: „Ihre Frau wird bereits gesucht. Es wäre sicherlich nicht besonders gut, wenn man Sie mit Ihrer Frau hier sähe. Vielleicht verlassen Sie uns jetzt wieder durch diese Gartentür. Ich bringe Ihre Frau dann in ihr Appartement. Wenn Frau Malice Sie hier sieht, gibt es wieder Ärger." „Ich bekomme keinen Ärger. Ihre Direktorin wird welchen bekommen. Ich gehe jetzt mit meiner Frau nach vorn und bringe sie in ihr Zimmer." „Jetzt ist er wieder weg. Bestimmt ist Carsten zu Hause und wartet auf mich. Er hat doch gesagt, dass er mich holen will. Warum nimmt er mich denn nicht gleich von hier mit? Er hat mir aber noch nicht gesagt, wohin wir gehen."

Sie setzen ihren Weg in Richtung Treppe, die sie hinunter gehen müssen, fort.

In einen kleinen Seitengang steht die Gruppe von Betreuern, Pflegern und der Pflegedienstleitung. Der Pdl-er führt hier das Wort und will gerade die

Vorgehensweise besprechen, als er die Tuschorts sieht. „Hallo, hallo, Frau Tuschort, Moment mal."

Felix lässt sich nicht beeinflussen und geht mit seiner Frau weiter. Der Pdl-er kommt hinter den beiden her. „Hallo, haben Sie mich nicht gehört?" „Solange Sie uns nicht anständig ansprechen und sich nicht vernünftig vorstellen, sehe ich keinen Grund, Ihrem Wunsch nachzukommen. Und jetzt lassen Sie uns bitte weitergehen." „Kommen Sie mal näher," befiehlt Hanna. Der Pdl-er gehorcht und tritt einen Schritt näher an Hanna heran. „Was gibt's," fragt er naiv und zugleich provokant. Ihr feines Gefühl für Menschen, wie es im Übrigen sehr viele an Demenz Erkrankte aufweisen, sagt ihr, der ist böse und unfähig. Da klatscht es auch schon auf seiner linken Wange. Hanna hat zugeschlagen. Blitzschnell aus dem Nichts kommt Ihre Rechte als Schwinger mit voller Wucht erst wieder auf seiner Wange zur Ruhe. „So, und jetzt lass uns allein. Geh sofort wieder in dein Zimmer."

„Was war das denn?" fragt der Pflegedienstleiter, der vollkommen unvorbereitet von diesem rechten Damenschwinger mit voller Wucht getroffen wird. Es ist nicht die Wucht dieses Schlages, die ihn jetzt wie ein Fisch auf Land nach Luft schnappen lässt. Nein, es ist die Tatsache, dass etwas geschehen ist, was niemand auch nur im Traum erwartet hätte. Wer kommt denn auch schon auf den Gedanken, dass eine Frau in Hannas Alter, und dazu noch dement, zu einer derartigen Überraschungstat fähig ist?

Jeder, der sich mit an Demenz Erkrankten auskennt, weiß, dass Demente häufig von einem Augenblick zum anderen Dinge tun, die man ihnen nie zugetraut hätte. So neigen Menschen, die vor ihrer Krankheit herzensgut und lieb waren, manchmal zu Aggressionen und umgekehrt. Wir haben es soeben miterlebt.

Aber unser Pdl-er kennt sich mit Dementen nicht gut aus, genauso wie mit anderen älteren Menschen. Und in seiner Unwissenheit fährt er wutschäumend mit einer affengleichen Grimasse und tierischem Imponiergehabe fort: „Sie sind ja gemeingefährlich."

Es klatscht ein zweites Mal, und wieder auf dieselbe Stelle. Felix lacht in sich hinein und versucht Hannas Tatendrang keineswegs zu stoppen.

„Aua, Sie sind ja eine Bestie. Schwester Nadine weiß schon, warum sie Sie die eine Nacht eingeschlossen hat."
„Bitte, was höre ich da?"
„Ja, Sie haben richtig gehört. Diese Boxerin ist eine Bestie."
„Nein, das meine ich nicht. Meine Frau ist des Nachts eingesperrt worden?"
„Na klar, wussten Sie das nicht. Und soll ich Ihnen was sagen? Wenn die noch einmal so ausrastet, schließe ich die selbst weg."

Das hätte er nicht sagen sollen, denn der Satz ist noch nicht beendet, als, Abwechslung muss sein, die andere Wange dran ist.

Sowohl das Klatschen als auch die Entrüstung sind so laut gewesen, dass die Suchgruppe und verschiedene Bewohner die Situation beobachtet haben mussten. Und kaum einer hat Mitleid mit Kevin Träsch. Eine Bewohnerin, sie ist geistig noch voll auf der Höhe, klatscht sogar leichten Beifall und meint: „Da capo, endlich mal was los hier."

Der Pdl-er eilt zur Rezeption und veranlasst Frau Schautsec, umgehend Ricarda Firless zu holen. Am Telefon teilt die Rezeptionistin Ricarda in wenigen Worten das Geschehen mit. Knapp zwei Minuten später erscheint Frau Firless an der Treppe.

„Guten Tag, Herr Tuschort, ich habe Sie hier aber lange nicht mehr gesehen. Haben Sie Ihre Frau ein wenig spazieren geführt?"
„Nein, ich habe..." Ricarda unterbricht ihn: „Ich weiß, machen Sie sich keine Gedanken. Ich glaube, es ist alles in Ordnung."
„Na, Frau Tuschort, war das schön mit Ihrem Mann?"
„Ja, war schön. Schwester, kommen Sie mal etwas näher."

Von der Rezeption hört man Träsch rufen: „Vorsicht, Boxerin."
Ricarda dreht sich dem Pdl-er zu und setzt ihre verächtlichste Miene auf. Dann wendet sie sich wieder Hanna zu und fragt: „Na, Frau Tuschort, hat Sie jemand geärgert?"
„Schwester, sag mal, wer ist das da? Der ist böse."
„Das ist unser neuer Pflegedienstleiter. Der soll dafür sorgen, dass es Ihnen und den anderen Bewohnern gut geht."
„Aha, der ist böse. Und wer ist der Mann hier? Jetzt erkenn ich ihn wieder. Sie wollen mich zu Carsten bringen. Na, dann man los."

Sie nimmt Felix' Arm, hakt sich unter, und beide gehen los, das heißt, sie wollen, aber Ricarda bittet: „Frau Tuschort, wir sollten vielleicht doch erst in Ihr Zimmer gehen, damit Sie sich ein wenig frisch machen können."
„Damit ich schön bin, wenn ich zu Carsten gehe? Ja, das ist gut. Das machen wir."
„Schwester, wann kann ich Sie einmal sprechen?", fragt Felix.
„Ich habe heute um sechzehn Uhr Feierabend. Wenn Sie wollen, können wir dann reden. Aber wollen Sie nicht lieber mit Frau Malice oder Herrn Träsch spechen? Die haben doch andere Möglichkeiten als ich."
„Ich bin in einer Situation, in der ich nicht mit Leuten sprechen will, die Möglichkeiten haben, sondern ich

möchte mit Menschen sprechen, die Fähigkeiten besitzen. Können Sie mir jemanden empfehlen?" „Sehen Sie, Sie können mir niemanden nennen," stellt Herr Tuschort fest, als Ricarda nicht sofort antwortet. „Frau Firless, es wäre schön, wenn Sie mir etwas Ihrer Zeit gäben. Ich möchte mit Ihnen gerne etwas besprechen. Leider lassen es meine momentanen Möglichkeiten nicht zu, Sie in ein Restaurant einzuladen. Aber wenn Sie mit einem unverbindlichen Spaziergang einverstanden wären, würde ich mich gerne nach Ihrem Dienst mit Ihnen treffen. Sie täten mir einen sehr großen Gefallen."

„Ich gehe davon aus, dass unser rendez-vous mit Ihrer Frau zusammenhängt?"

„Ganz recht, aber es geht nicht nur um meine Frau."

„Ich mache das normalerweise nicht. Ich versuche, mich außerhalb meines Dienstes nicht mit der Residenz zu beschäftigen. Die Zeit hier reicht mir."

„Das verstehe ich sehr gut. Aber ich habe das Gefühl, dass Ihnen die Bewohner sehr am Herzen liegen, mehr als Ihrem Arbeitgeber."

„Ach wissen Sie, Herr Tuschort, Probleme gibt es überall. Und den idealen Arbeitsplatz findet man nicht so oft im Leben."

„Das ist wohl wahr. Umso mehr imponiert mir Ihre Loyalität zu diesem Haus."

„Also gut, Herr Tuschort. Ich bin einverstanden. Aber wäre es vielleicht besser, wenn Sie mich nicht direkt hier vor dem Hause abholten, sondern wir uns zum Beispiel an der Tennishalle träfen?"

„Vielen Dank, wann soll ich da sein?"

„Halb fünf?"

„Gerne, und ich glaube, es ist nicht nur in unser beider Interesse. Auf Wiedersehen, bis nachher, Frau Firless." Ricarda nickt ihm freundlich zu.

Felix verlässt die Residenz jetzt wieder durch die kleine Gartentür, durch die er und Hanna vor einigen Minuten hereingekommen sind.

48

„Was gibt es?" fragt Arndt in sein Handy, nachdem sein Klingelton, ein Gänsegeschnatter, seine Frau ankündigt. "Ja, aber die Störung wäre vor einer halben Stunde viel schlimmer gewesen."

Arndt streift sich etwas unbeholfen einhändig den hoteleigenen Bademantel über, während er mit der anderen Hand das Handy weiter an sein Ohr drückt und tritt auf den Balkon, der zum Kurpark hinausragt. Um diese Jahreszeit und dazu an einem so grauen Nachmittag befinden sich keine Besucher im Kurgarten, so dass Arndt jetzt ungehemmt mit offenem Bademantel tief die frische Luft einsaugt und den Blick in den noch palmenfreien Kurpark genießt. Seiner Frau hört er nebenbei zu, dreht sich langsam nach rechts und stellt fest, dass der große Springbrunnen am Ende der Blumenallee noch nicht in Betrieb genommen ist. Langsam dreht er sich zurück, wendet sich nach links und bemerkt, dass von dem Balkon des Nebenzimmers eine nicht mehr ganz so junge Dame ihn freundlich grüßt, während ihre Augen seinen halb freigelegten Körper inspizieren. Als sie eine gewisse Stelle erblicken, verzieht sich der viel zu stark geschminkte Mund zu einem breiten Grinsen. Ihr jetzt vor Erstaunen geöffneter Mund gibt Arndt ein Rätsel auf: Wo mag sie ihre Zähne haben?

„Darf ich auch einmal etwas sagen?" unterbricht Arndt Agnetas Tiraden. „Nein, ich komme dieses Wochenende nicht nach Hause. Ja, ich bin dieses Wochenende bei Viola. Und deine Drohung: Ich lasse mich von dir nicht erpressen. Und jetzt gehe ich wieder ins Zimmer."

Er beendet das Gespräch. Seiner Wirkung voll bewusst, dreht Arndt sich noch einmal seiner lüsternden Nachbarin zu und meint zweideutig eindeutig: „Bei diesen Temperaturen werden einem ja alle Glieder steif. Ich muss wieder hinein." Und mit einer leichten Kopfdrehung zum Zimmer fügt er hinzu: „Sie wartet schon." Der alten Dame entweicht ein unhörbares ‚jahaha', begleitet von einem derartig schnellen Kopfnicken, dass jeder Specht Depressionen bekommen hätte.

Viola ist mittlerweile ins Badezimmer gegangen und nimmt eine Dusche. Sie genießt die Wärme des Wassers, wie es über ihr Haar, ihr Gesicht, ihre Schultern und ihren Körper läuft. Die Badezimmertür öffnet sich. Arndt tritt ein, streift den Bademantel ab, lässt ihn auf den Boden rutschen und geht zu Viola unter die Dusche. Es folgt ein langer, inniger Kuss, der beiden sagt: Ich will dich. Sie sprechen nicht und sagen sich dennoch unendlich viel in diesem Moment.

Nachdem sie ausgiebig auch geduscht haben, sagt Arndt: „Wenn du nichts dagegen hast, möchte ich gerne mit dir noch einen kleinen Gang machen. Vielleicht hoch zur alten Piesbergklinik. Ich liebe den Blick von da oben und kann während der Zeit immer wunderbar abschalten."
„Ja, ich würde auch noch ganz gern an die frische Luft. Mir tut eine Abwechslung auch gut. Und heute Abend reden wir noch einmal in Ruhe über die ganze Geschichte mit dem LKA und Carsten. Nur so viel vorab, ich habe mit Carsten weder etwas gehabt, noch weiß ich irgendetwas über diesen Unfall. Wenn du mir in dieser Situation nicht glaubst, dann, dann sollten wir getrennte Wege gehen."

Arndt zieht Viola gefühlvoll zu sich und nimmt Sie in den Arm. „Ich glaube dir."

Nachdem sich beide für den Gang durch den Wald fertiggemacht haben, nehmen sie denselben Lift wie bei der Ankunft, allerdings jetzt nonstopp.

49

Katharina und Arndt verlassen das Büro des kleinen Lokalsenders ohne dass Ole Talkehr Ihnen die

Räumlichkeiten und Technik näher gezeigt hat. Aber die Prioritäten haben sich in den letzten Minuten verschoben. So geht das Pärchen Händchen haltend über die Lindenallee in Richtung Hügelbrunnen.

„Ich habe Angst um dich. Auf was haben wir uns da bloß eingelassen? Du in der Residenz als Superspion. Wie willst du das denn anstellen? Glaubst du etwa, die in der Residenz werden dir ihre Schweinereien, wenn es denn welche geben sollte, einfach so erzählen?"

„Ich weiß es auch noch nicht. Aber es ist doch eine tolle Sache, wir mit dem Radio zusammen. Und wenn etwas dabei herauskommt, kommen wir beide vielleicht noch ins Fernsehen."

„Na klar, und der Tatort kommt heute mal aus dem wunderschönen Bad Schönquell mit dem großen Chief Inspector Ralph Jaid und seinen Connections in die weite Welt. Wir machen uns doch lächerlich."

„Ich habe keine Angst davor, mich lächerlich zu machen. Wer etwas versucht, was andere sich nicht trauen zu tun, weil sie Angst davor haben, sich lächerlich zu machen, kann selbst nicht lächerlich sein und es auch nicht werden. Er kann es vielleicht in den Augen der anderen sein. Aber wer sind *die Anderen*? Es sind einfach Andere, Namenlose, Mitläufer, Nichterwähnenswerte oder Stehenbleiber."

„Manchmal gehen mir deine klugen Sprüche auf den Geist. Du redest wie ein alter Mann mit dreißig."

„Wir werden ja sehen."

Sie haben den Brunnenplatz, die gute Stube Bad Schönquells, erreicht. Bevor sich für ein paar Stunden ihre Wege trennen, nimmt Ralph seine Katharina in die Arme und drückt ihr einen leichten Kuss auf ihre Lippen. Und Katharina, sie schlingt augenblicklich ihre Arme um Ralph und erwidert seinen Kuss leidenschaftlich. Er spürt die Leidenschaft und erwidert ebenfalls. Ihre Körper drängen leicht zu einander. Dennoch, nach einigen Augenblicken lösen sie sich aus ihrer Umklammerung und gehen wortlos, nur mit den Augen sprechend auseinander.

Katharina wählt die Quellenstraße in Richtung Öseder Platz, während Ralph die Richtung zur Residenz einschlägt.

Am Fontainenplatz verlangsamt er plötzlich seine Schritte. Er würde sich am liebsten umdrehen und in die Richtung, aus der er kommt, gehen, oder besser noch, rennen. Aber vor seiner Vergangenheit kann man nicht wegrennen. Man muss sie akzeptieren und annehmen, egal ob sie gut oder schlecht, glücklich oder traurig ist.

Sein Pulsschlag steigt. Er will, aber er kann seinen Blick nicht von dem ihm Entgegenkommenden lösen. In Sekundenbruchteilen laufen Ralph viele Trietzereien und manch Demütigung vor seinem geistigen Auge ab. Er fühlt sich schlecht, sauschlecht. Ralph fühlt, dass der auf ihn Zukommende stärker ist als Ralph. Die Ausstrahlung des Mannes, seine Körperhaltung, sein scheinbar zielloser, aber zielgerichteter Gang signalisiert Willen, Mut und Kampfbereitschaft. Er spürt Ralphs Unsicherheit und denkt bei sich: Das ist nicht derselbe von früher oder von gestern. Beide haben recht. Beide haben sich in den letzten Tagen und Stunden verändert. Felix hat seine Grundeinstellung durch Hanna und den Unfall von Carsten geändert. Und Ralph hat seine Einstellung zu Felix in dem Augenblick geändert, als der sich mit der Direktorin angelegt hat.

Jetzt sind sie in Reichweite, und das heißt, beide bleiben stehen. Ein Lächeln macht sich auf Felix' Gesicht breit. Felix reicht Ralph die Hand, die linke umgreift Ralphs rechten Ellenbogen.

Der Außenstehende, der die früheren Begegnungen der zwei nicht kennt, könnte meinen, hier träfen sich zwei alte Freunde, trotz des großen Altersunterschieds.

„Na, mein junger Freund. Wollen Sie vielleicht noch einmal zur Residenz?"

„Hm, ja, nein, doch, vielleicht," antwortet Ralph ein weinig verlegen aber auch etwas stolz.

„Es geht doch nichts über eine klare Antwort. Sie haben mir heute Morgen Ihre Hilfe angeboten. Gilt das Angebot noch?"

„Klar, natürlich, wie kann ich Ihnen helfen?"

„Sie kennen sich doch offensichtlich sehr gut mit dem Internet aus. Oder sind Sie nicht der Organisator des flashmobs gewesen?"

„Ja, doch, wieso?"

„Ich kann mich sehr gut an die vergangenen Monate erinnern, in denen Sie mich verhöhnt haben, wann immer Sie konnten."

Ralph will Felix unterbrechen, doch Felix legt beschwichtigend seinen Arm auf Ralphs Schulter und spricht in ruhigem, bestimmendem Ton weiter.

„Aber heute Morgen habe ich gemerkt, dass Sie auch eine andere Seite haben. Ich glaube, ich kann mich, was meine Sache angeht, auf Sie verlassen. Es wäre schön, wenn ich mich nicht täuschte."

„Ich weiß nicht, wie ich mich bei Ihnen richtig entschuldigen kann. Ich weiß aber, dass Sie sich auf mich verlassen können. Wenn ich Ihnen helfen kann, tue ich das gern."

„Ich habe gehofft, dass Sie so reagieren. Ich treffe mich heute noch mit jemandem. Nach diesem Treffen würde ich Sie gern anrufen und Ihnen dann meine Vorstellungen mitteilen. Bis wann kann ich Sie heute erreichen?"

„Wann immer Sie wollen. Hat das vielleicht etwas mit der Residenz zu tun?"

„Lassen Sie uns das Treffen abwarten."

„Bis später", sagt Felix und setzt seinen Weg zur Tennishalle fort, während Ralph weiter in Richtung

Residenz geht. Auf den letzten Metern wird er ständig langsamer bis er endlich stehen bleibt. Er dreht sich um und geht zurück, bleibt aber nach wenigen Schritten wieder stehen.

‚Soll ich zur Residenz gehen oder lieber Felix folgen?' fragt er sich in Gedanken. ‚Ist das möglich, dass ein alter Mann einen so jungen Menschen wie mich ernsthaft um Hilfe bittet? Und dann mich, ausgerechnet mich? Ich habe den doch früher, Mist, war nicht gut, was ich da alles gemacht habe. Was hat er vor? Weshalb fragt der mich nach dem Netz? Aber irgendwie ist mir der Alte sympathisch. Ich könnte mir so gar vorstellen, … Quatsch, Freundschaft über zwei Generationen, das gibt es nicht. Mensch, was reim ich mir da für einen Blödsinn zusammen?'

Ralph nimmt sein Handy und ruft im Sender an.

„Radio-Kur, Sähnder", hört Ralph .
„Hallo , ich bin's, Ralph."
„Ralph, was kann ich für dich tun?"
„Ich weiß nicht. Ich bin gerade auf dem Weg zur Residenz, und da kommt mir Herr Tuschort entgegen. Er hat sich mit jemandem verabredet und will mich anschließend anrufen. Und er hat mich um Hilfe gebeten. Was soll ich machen? Soll ich zur Residenz gehen und versuchen, während der Arbeit dort etwas herauszubekommen, oder soll ich auf den Aufruf Herrn Tuschorts warten? Dann könnte ich sofort zu dem Treffen gehen. Ich habe so ein Gefühl, dass ich lieber auf den Anruf warten sollte."
„Ja, so sehe ich das auch. Ich hoffe nur, dass der Anruf bald kommt."
„Ist schon klar. eine andere Frage. Der Tuschort ist doch bestimmt schon sechzig. Kannst du dir vorstellen, dass ein so alter Mann einen Teenager um Hilfe bittet? Der könnte mein Großvater sein, und wir kennen uns im Grunde doch gar nicht. Ich habe das Gefühl, dass der irgendeine größere Sache vorhat

und dazu Verbündete, Vertraute sucht. Wie kann der zu mir Vertrauen haben? Wie können wir denn auf einer Welle liegen? Zwischen uns liegen Welten." „Welten, was meinst du damit? Denkst du damit an die, die behaupten, die richtige Hautfarbe oder den einzig wahren Glauben zu besitzen? Wenn du zu denen gehörst, ja dann liegen zwischen euch Welten. Wenn du aber zu denen gehörst, die sich sagen, meine Hautfarbe und mein Glauben sind genauso richtig wie die anderer Menschen, dann wird dir klar werden, dass verschiedene Altersmenschen sich durchaus ergänzen können. Das erfordert jedoch ein gewisses Maß an Toleranz gegenüber dem anderen und die Erkenntnis, dass er auf bestimmten Gebieten besser ist als man selbst. Wenn du das verstehst, ich bin sicher, Herr Tuschort würde das verstehen, dann trennen euch keine Welten. Also mach das, was richtig ist. Aber die richtige Antwort auf deine Frage können nur zwei Menschen geben, du und Herr Tuschort. Und du solltest über noch etwas nachdenken. Junge wollen etwas bewegen, wollen Änderungen. Alte wollen keine Änderungen, wollen alles beibehalten. Will Herr Tuschort, dass alles bleibt wie es ist? War er deshalb beim flashmob? Trifft er sich deshalb mit jemandem? Hat er dich deshalb um Hilfe gebeten? Will er dich deshalb anrufen? Ich weiß nicht, ist er wirklich ein alter Mann, oder hat er nur mehr Jahre auf dem Buckel als du? Ich höre wieder von dir?"

„Ja, ich melde mich."

Ralph sieht jetzt klarer und beeilt sich, Felix einzuholen. Kurz vor der Tennishalle hat er ihn erreicht. „Hallo, Herr Tuschort, ich bin schon wieder da. Darf ich Sie zu dem Treffen begleiten?"

„Ich möchte euch beiden nicht mehr als notwendig in Bedrängnis bringen. Deshalb wäre es besser, wenn wir es so machten, wie ich es vorhin vorgeschlagen habe."

„Ich möchte Ihnen, bevor Sie mich einweihen, noch etwas sagen. Ich war bei Radio-Kur. Das Studio hat sich für den flashmob interessiert und deshalb heute Morgen Leute zur Residenz geschickt. Dann kam die Sache mit dem Besuch in dem dunklen Wagen dazu, dann die Polizei und so weiter. Die Journalisten haben so einige Halbheiten mitbekommen. Der Studioleiter ist der Meinung, dass bei der Residenz Verschiedenes im Argen liegt und dass Sie vielleicht eine größere Sache vorhaben. Ich soll versuchen, Sie davon zu überzeugen, sich der Presse anzuvertrauen und mit ihr zusammenzuarbeiten, weil Sie dadurch eine bessere Plattform für Ihr Vorhaben bekämen. Das musste ich Ihnen sagen, damit Sie wissen, woran Sie bei mir sind. Wenn es um die Residenz und deren Chefin mit diesem Träsch als Pdl geht, würde ich Ihnen sehr gerne helfen. Was da gemacht wird, na ja."

Ralph berichtet Felix auch von der Begegnung mit Arndt Pehnzierl im Eiscafe, dem Abfangen durch Ole auf der Quellenstraße und der Begebenheit im Studio.

Felix sieht Ralph mit einem tiefen, ruhigen und eindringlichen Blick an und sagt dann mit fester Stimme: „Ich glaube, ich weiß jetzt, was ich von Ihnen zu halten habe."

50
Ole greift sein Handy, wählt eine Nummer und hört eine Frauenstimme mit scheinbarem Phlegma: „Ja?"
„Hallo, hier ist Ole Talkehr. Spreche ich mit Frau Tronje?"
„Ole, von Radio-Kur?"
„Ja, richtig, du erinnerst dich an mich?"
„Ja, aber sicher. Wir sind heute Morgen ja nicht fertig geworden. Du willst doch wohl nicht unsere Verabredung absagen?"
„Nein, ganz im Gegenteil. Ich wollte dich fragen, ob wir uns nicht früher als heute Abend treffen können."
„Das ist nicht ganz einfach. Ich habe zwar seit genau, Moment, zwei Minuten Feierabend, Aber du weißt doch wie das ist. Dann will der noch etwas, und die

braucht Hilfe," gibt Benna an und kommt sich dabei sehr klug und wichtig vor.
Sie weiß überhaupt nicht wie unbeliebt sie in der Residenz bei Kollegen und Bewohnern ist.

„Schade, wir sind nämlich bei unserem Projekt ziemlich in Zeitdruck. Na ja, dann muss ich es doch mit Hamstedt machen," weiß Ole genau, wie er es anstellen muss, um zu seinen Terminen zu kommen.
„Nein, ist schon gut. Ich rufe meine Direktorin an und sage ihr, dass sie unser Meeting dann eben auf morgen verschieben muss. Leg auf, ich ruf sie direkt an und melde mich dann wieder bei dir."
Die beiden beenden ihr Telefonat.

Mittlerweile hat Benna seit fünf Minuten Feierabend. Sie ist bereits auf dem Weg zur Rezeption, die sich nahe des Direktionsbüros befindet und summt leise die Melodie des Jane Birkin Hits je t'aime. An der Rezeption fragt Frau Schautsec: „Na, was hast du denn jetzt vor? Das Lied kenne ich genau. Nomen est omen?"
„Was, was für 'ne Oma?"
„Nomen est omen."
Als Gabi Schautsec merkt, dass Bernhardin sie ratlos und unwissend ansieht, fügt sie hinzu: „Ist schon gut. Hier ist das Stundenheft."

Bernhardin Tronje trägt sich in dem Heft aus und verabschiedet sich mit einem ‚schönen Tag noch'.

Auf dem Parkplatz nimmt sie ihr Handy und ruft wie vereinbart Ole an: "Hallo, Ole, ich bin's Benna. Ich habe gerade mit Emmi, also meiner Direktorin, gesprochen und ihr angeboten, das meeting ohne mich durchzuführen. Das will sie aber nicht. Wir haben uns dann auf morgen früh verständigt. Ich kann's auch nicht ändern. Also, wenn du willst, ich bin jetzt frei."
„Das ist schön," gibt Ole zu. Er fühlt, dass Benna ihm etwas vormacht. Sicher trägt Ralphs Äußerung über

Bernhardins Unzuständigkeit zu Oles erhöhter Wachsamkeit und seinem Argwohn bei.

„Wollen wir erst etwas essen gehen, vielleicht zum Italiener, oder stehst du mehr auf chinesisch?"

„Hallo, Ole, wie meinst du das: *erst* essen gehen? Und was kommt dann?"

„Nun, man weiß nie so genau, was der Abend bringt. Italienisch, einverstanden?"

Benna stimmt zu und sagt, dass sie in fünfundvierzig Minuten beim Italiener an der Lindenallee sein will.

Als sie nach knapp einer Stunde den Italiener erreicht, wartet Ole vor der Tür und macht ihr ernstgemeinte Komplimente, denn Benna hat sich tatsächlich herausgeputzt. Sie umarmen sich in der heutzutage üblichen Weise mit einem unverbindlichen Wangenkuss.

Ole hält Benna die Tür auf, und sie betreten das Ristorante. Wie selbstverständlich stampft Bernhardin los, ohne Ole die Möglichkeit zu geben, voran zu gehen. Mit forschen Schritten steuern beide den von ihnen gewählten Tisch auf der anderen Seite des Raumes am Fenster an. Und, um keine Zeit zu verlieren, entledigt sie sich bereits während dieses strammen Durchmarsches ihres Mantels.

Die Blicke der Kellner pendeln ungläubig zwischen Benna und Ole hin und her, weil sie es von ihm gewohnt sind, dass er normalerweise Damen im Wortsinne hierherführt. Ole merkt die Blicke sehr wohl und grüßt mit einem leichten Kopfnicken, muss sich seinerseits jedoch sputen, damit er rechtzeitig bei Benna ankommt für den Fall, dass sie ihm ihren Mantel reichen will.

Und wieder bekommt Ole nicht die Chance, seiner Begleitung einen Tisch anzubieten, weil sie sich ohne auf irgendetwas oder irgendwen zu warten, einen der

Stühle mit lautem Scheuern zu sich zieht und sich hinpflanzt. In diesem Fall trifft der Begriff Hinpflanzen am besten das Benehmen Bennas. Ihren Mantel reicht sie Ole natürlich nicht, sondern hängt ihn über die Rückenlehne eines anderen Stuhls. Ole nimmt ihn und bringt ihn mit seinem Mantel zum Garderobenständer und hängt beides auf.

Einer der Kellner kommt, nachdem sich die Zwei gesetzt und die üblichen Sondierungsblicke haben schweifen lassen, und reicht erst der Frau die eine und dann dem Herrn die andere Speisenkarte.

„Guten Abend, Giovanni."
„Guten Abend, Signor Ole. Bon giorno, signora."

Ohne zu antworten und ohne einen Blick in die dargebotene Karte zu werfen, bestellt Bernhardin Tronje in hier unangemessen bestimmtem Ton: „Ich bekomme ein Viertel Rotwein, halbtrocken."
„Möchten Sie vorweg vielleicht einen Aperitivo?"
Nein, nein ich nehme vorweg einen Salat. Aber ich muss noch wählen."
„Giovanni, bringen Sie mir bitte ein Weizenbier, ohne Alkohol."
„Sehr gerne."

Mit einer leichten kaum wahrnehmbaren Verbeugung wendet sich der Kellner ab, um die Bestellung zu erledigen.

„Warst du schon einmal hier?" will Ole von Benna nicht wirklich wissen.
„Nein, ich habe aber auch zu wenig Zeit, um essen zu gehen. Wie ist das denn jetzt mit dem Artikel und den Fotos von mir. Kommen die Fotografen denn hierher, oder wie läuft das ab? Ich bin ganz schön gespannt."
„Mit Fotos ist es immer so eine Sache. Wenn sie gut werden sollen, muss man für eine entspannte Situation sorgen. Und das kann man am besten in privater Atmosphäre, nachdem man gut gegessen

und einige Zeit miteinander locker geplaudert hat und sich vielleicht auf die eine oder andere Art näher gekommen ist. Aber wir wollen jetzt noch nicht von der Arbeit reden. Lass uns zunächst in Ruhe essen. Dann kommt alles von allein."

Ole weiß, dass Benna heute Abend zwei Ziele verfolgen will. Das erste ist freilich der von Ole vorgeschobene Artikel über Altenheime. Das zweite Ziel ist allerdings wesentlich delikater.

‚Nichts kommt von allein', denkt Benna und beugt sich ein wenig vor, so dass Oles Augen die Vorzüge eines push-up-BHs in Verbindung mit einer nicht ganz zugeknöpften Bluse erkennen kann.

Benna fühlt die Blicke förmlich auf ihrem Busen. Und sie genießt sie. Ihre rechte Hand fährt wie so oft, wenn sie aus bestimmtem Grunde auf sich aufmerksam machen will, und das geschieht sehr häufig bei männlicher Anwesenheit, wieder in bewährter Art durch das Haar, so dass ihre weiblichen Formen wieder zur vollen Entfaltung kommen können.

Ralph hatte Ole im Sender ja darauf hingewiesen, dass Bernhardin in der Residenz als Aufschneiderin und als eine Frau bekannt ist, die mehr oder weniger geschickt versucht, andere auszuhorchen und die Informationen dann für sich und gegen andere einzusetzen. Diese Information gibt ihm die Sicherheit und Zuversicht, sich nicht von Benna becircen zu lassen. Und es klappt. Seine Blicke lösen sich wieder von den Hügeln so mancher Begierde und suchen ihre Augen.

Bennas Augen besitzen jetzt einen Ausdruck, den Ole nicht genau einschätzen kann. Beide vertiefen sich endlich in die Kapitel der Speisenkarte.

„Die Gnocchi mit den vier Käsesorten sind hier sehr lecker," erwähnt Ole, um Benna einen preislichen Anhalt zu liefern.
„Die was? Du hast bestimmt 'ne andere Karte als ich." So was steht hier nicht drin. Außerdem haben die hier gar nicht angegeben, was das alles kostet."
„Darf ich mal sehen?"
„Na klar, hier guck".

Mit einer zackigen Drehung hält Bernhardin Ole die Speisenkarte hin.

„Ah, ja. Du hast die Damenkarte. Ansonsten haben wir schon die gleichen Karten. Sieh, da steht es."

Er weist mit der offenen Hand auf die entsprechende Zeile.

„Hier steht aber Gnocki und nicht njucken oder was du da gesagt hast."
„Njucken ist gut," muss Ole herzhaft lachen.
„Das war ja eine Freudsche Fehlleistung."
„Was für'n Freudenfehler. Nee, nee, da mache ich keinen Fehler. Ole, Ole, du bist mir vielleicht einer."

Giovanni kommt mit den Getränken, serviert und fragt:" Haben Sie schon gewählt, Signor Ole?"
„ Noch einen Augenblick, bitte, Giovanni."
„Bitte, lassen Sie sich Zeit."

Einige Augenblicke später bringt Antonio, Giovannis Kollege, etwas Brot und Butter. „Prego, Signora, mit besten Grüßen aus der Küche."
„Hast du das bestellt?" erkundigt sich Benna leise bei Ole, nachdem Antonio den Tisch verlassen hat.
„Das ist hier so üblich. Das Brot wird von einem Onkel des Besitzers gebacken und ist ausgezeichnet. Die Butter wird vom Chef persönlich mit etwas Salz, Knoblauch und ein wenig Piment verfeinert."

Ole gibt etwas Butter auf ein Stückchen Brot und reicht es Benna.

„Oh, ja, schmeckt gut," lautet ihr Urteil. Und wenn der Ober wiederkommt: Ich weiß jetzt, was ich nehme."

Entgegen seiner Gewohnheit erkundigt sich Ole nicht nach dem Bestellwunsch seiner Tischdame, sondern kommt jetzt doch direkt zum Grund seiner Verabredung.

„Ich habe mir etwas überlegt. Ich möchte gerne, vielleicht mit dir, eine Serie über Altenheime starten. Dazu muss ich natürlich einen richtigen Einstieg liefern."

Schlagartig nimmt Benna Haltung an. Ihr Kopf und Oberkörper sind nach vorn gerichtet, und auch sonst zeigt ihre Körpersprache reges Interesse. „Klar, natürlich, ich bin bereit, gerne, machen wir. Die werden Augen machen."

„Ich muss das Ganze natürlich noch mit der Redaktionsleitung besprechen und von ihr absegnen lassen. Nur eins vorweg. Bis unser Projekt in trockenen Tüchern ist, darfst du mit niemandem darüber sprechen. Wenn doch, und es kommt heraus, ist das gesamte Projekt gestorben. Im besten Fall wird dann jemand anders deine Rolle übernehmen."

„Klar doch, logo, ich kann schweigen wie ein Grab," bestätigt Benna beiläufig und rattert sofort weiter: „Du kannst ja sagen, dass ich die besten Verbindungen zu Altenheimen und Behörden habe, und dass ich viele Dinge aus eigener Erfahrung weiß. Man, was kann ich alles erzählen. Und wenn ich mich dann richtig zurecht mache, kann dein Fotograf auch eine tolle Fotosession mit mir machen. Ich seh das schon vor mir. Ich, groß im Bild, vor der Residenz, und darüber steht sowas wie..., wie..., ach, das machst du dann schon."

„Ja, das mach ich dann schon."

Bennas Tirade, ihre Ichbezogenheit und ihre gespielte Selbstsicherheit zeigen Ole, warum sie in ihrem Arbeitsumfeld so unbeliebt ist. Er versucht mittlerweile, seine Zeit mit ihr auf das Notwendigste zu begrenzen. Deshalb sucht er Blickkontakt zu Giovanni. Giovanni bemerkt es und kommt an den Tisch. „Giovanni, wir möchten jetzt bestellen." Er deutet auf Benna. „Ja, ich bekomme Salat Tonne und Pizza quattro stagioni."

„Grazie signora, und signor Ole?"
"Ich möchte gerne Gnocchi mit vier Käsesorten und vorher einen kleinen gemischten Salat."
„Sehr gerne, vielen Dank."

Obwohl Ole und Giovanni die tonnenschwere und holprige Bestellung bemerkt haben, lassen ihre guten Umgangsformen keine Bemerkung zu, und Giovanni entfernt sich wieder in Richtung Küche.

Sofort legt Bernhardin wieder los: „Ich kann auch bestimmt einen Termin in Berlin machen. Da können wir beiden Hübschen ja auch hin. Ich wollte schon immer mal in einem schnuckeligen Hotel in Berlin übernachten. Was meinst du, zahlt deine Firma das? Ach klar, die will doch eine richtige Story haben. Dann muss sie auch einiges rausrücken. Wir können natürlich auch in jeder Folge ein anderes Haus wählen. Das wäre auch nicht schlecht. Ole, super fänd ich es auch, wenn wir zum Beispiel die eine oder andere Residenz im Ausland besuchen würden und ich von da aus berichten könnte. Du siehst, ich habe genug Ideen. Nun sag du doch auch mal etwas. Natürlich müssen wir die richtige Jahreszeit aussuchen. Ich habe nämlich keine Lust zum Beispiel im November nach Bayern und im Januar zur Nordsee oder Ostsee zu fahren. Ach was, das werden wir schon machen."
„Benna, wir haben noch nicht einmal begonnen. Ich habe bisher keine einzige Zeile geschrieben; und wir müssen mit dem Aktuellen beginnen, und das heißt,

du solltest mir sagen, was du von den Geschehnissen der letzten Tage weißt. Und was du sagst, muss stimmen. Wir müssen damit rechnen, dass das, was geschrieben wird, vielleicht auch bewiesen werden muss. Irgendwer könnte eventuell auf Unterlassung, Verleumdung oder Rufschädigung klagen."
„Rufschädigung, ha, der ist doch sowieso im Eimer. Da kann man nichts mehr schädigen. Also kann da auch keiner klagen."
„Und dann ist da noch das Fernsehen. Wenn das uns erst einmal im Auge hat, kommt man fast jeden Tag in die Regionalsender und wenn es ganz besonders heikel ist auch in die überregionalen. Und Ruckzuck drehen die daraus eine Seifenoper. Und willst du da rein? Nein, danke."

Benna ist Feuer und Flamme. Genau das hat Ole mit seinen überzogenen Ausführungen bezweckt. Er hat den Spieß umgedreht. Jetzt benutzt Ole Benna und nicht sie ihn. Aber Benna merkt es nicht. In Gedanken ist sie schon der künftige Star einer neuen Serie einer Zeitschrift oder sogar des Fernsehens.

„Also, wie machen wir's jetzt? Soll ich erzählen, oder willst du mich ausfragen? Ich kann bestimmt gut und viel Interessantes für dich erzählen."
„Vielleicht stelle ich dir einfach ein paar Fragen, und du beantwortest sie so gut es geht. Aber denk daran, es muss alles wahr sein. Wenn du dir nicht sicher bist oder es nicht weißt, sag es mir. Alles klar?"

Benna nickt heftig.

Ole beginnt mit seiner ersten Frage: „Eine Frau soll ohne richterlichen Beschluss in der Nacht zu gestern in ihrem Zimmer eingeschlossen worden sein."
„Woher weißt du das?" fällt Benna dem Journalisten ins Wort. Der neigt seinen Kopf etwas zur Seite und sieht Benna mit vielsagendem, keinen Widerspruch duldendem Blick an, ohne ein Wort zu sagen.

„Schon gut. Ja, das stimmt. Das hat eine junge Mitarbeiterin von mir getan. Die Arme ist total überfordert. Du glaubst gar nicht, wie oft ich der helfen muss. Und dabei habe ich der schon so oft gesagt, dass sie die Dementen nicht so wichtig nehmen soll. Man geht ja sonst kaputt dabei."

„Wie heißt die Frau, und warum wurde sie eingeschlossen?"

„Tuschort, Hanna Tuschort, total dement. Die merkt nix mehr. Dass man da manchmal ausrastet, ist doch klar. Und wenn du die ihren Mann siehst, fragt man sich, wie die sich die Residenz leisten können."

„Wieso meinst du, weil er Flaschen sammelt und nicht dem Normalbild eines Mannes entspricht? Weißt du eigentlich, dass Herr Tuschort ein sehr bekannter und erfolgreicher Rechtsanwalt in Hannover war? Und kennst du den Grund seines derzeitigen Erscheinungsbildes?"

„Woher weißt du das alles? Du weißt ja mehr als ich?" fragt sie mit leicht errötendem Gesicht ob dieser Belehrung.

„Ich kenne aber keine Interna Eurer Residenz. Warum wurde sie eingeschlossen?"

„Warum, warum, die hat genervt. Wenn du solche Leute ein paar Stunden am Bein hast, geschieht das schon mal. Man muss sich ja auch noch um andere kümmern."

„Hast du auch schon einmal jemanden eingesperrt?"

„Eingesperrt, das ist kein Einsperren. Das ist Schutz und Selbstschutz. Wir schützen andere Bewohner und uns selbst vor diesen Menschen."

Und als ob Benna einen Ausweg aus der gestellten Frage sucht, hebt sie ihr mittlerweile leeres Weinglas, schickt ein *hallo Jowanni* durch das Restaurant und dreht das Glas auf den Kopf.

Giovanni versteht diese für ihn nicht alltägliche Bestellart und nickt freundlich zum Zeichen, dass die Bestellung angekommen ist.

„Du hast meine Frage noch nicht beantwortet."

„Ist das denn hierbei so wichtig?"

„Wir wollen doch eine runde Story schreiben. Und dabei werden auch scheinbar nebensächliche Dinge manchmal schon sehr wichtig. Also, hast du?"

„Nein, ja, nicht direkt."

„Was heißt das, nicht direkt?"

„Ja ich hab schon mal die Zimmertür einer Bewohnerin abgeschlossen. Aber nachdem die sich beruhigt hat, habe ich wieder aufgeschlossen."

„Ist es denn üblich, Bewohner einzuschließen?"

„Es kann schon mal passieren, aber üblich, nee, üblich ist das eigentlich nicht. In anderen Häusern geschieht das viel öfter. Und außerdem, unsere Direktorin will das auch nicht. Die sagt immer: Lasst euch bloß nicht erwischen."

„Was wollte Herr Tuschort bei euch?"

„Der Streuner hat irgendwoher erfahren, dass das Zimmer von seiner Frau über Nacht zugeschlossen war. Und deshalb wollte er mit Emmi sprechen. Aber die hat ihn rausgeworfen. Was glaubt der eigentlich wer er ist?"

„Und daraufhin hat Herr Tuschort den flashmob organisiert?" fragt Ole scheinbar unwissend.

„Quatsch, der doch nicht. Das war ein Praktikant von uns. So ein vorlautes Bürschchen. Das habe ich mir aber schon zurechtgerückt."

Ole kennt von Ralph natürlich bereits den wahren Sachverhalt, gibt sich aber gegenüber Benna unwissend.

„Und die Polizei war bei Euch, weil sie Frau Tuschort aus ihrem Zimmer befreien wollte?"

„Ach was, wenn wir jemanden einschließen, dann machen wir das schon so, dass es niemand mitbekommt."

„Aber erzählt das denn keiner eurer Dementen?"

„Hallo, die sind dement. Die haben das am nächsten Tag und oft schon nach ein paar Minuten wieder vergessen. Und wenn einer fragt, brauchst du nur zu

sagen: ist dement. Das reicht den meisten, und sie glauben dir."
„Und die anderen Bewohner. Sagen die nichts?"
„Die kriegen davon doch gar nichts mit. Nee, nee, darauf achten wir schon. Meine Direktorin und der Pdl-er wollen, dass die Dementen und Nichtdementen auf keinen Fall zusammenkommen. Das merkt man auch bei Veranstaltungen und beim Essen."
„Wieso, woran?"
„Zum Beispiel sollen die Dementen von den Nichtdementen in einiger Entfernung sitzen. Manchmal werden deshalb aber auch getrennte Veranstaltungen durchgeführt."
„Einerseits ist das verständlich aus Sicht der Nichtdementen, andererseits natürlich schade für die Dementen," sinniert Ole halblaut. „Noch einmal zur Polizei. Warum war denn die bei dir, wenn nicht wegen Frau Tuschort?"
„Doch, schon wegen Frau Tuschort. Frau Tuschorts Sohn ist bei einem Verkehrsunfall umgekommen, und das wollten die Polizisten ihr sagen. Mit der verschlossenen Tür ist Zufall gewesen."
„War Carlo Stark auch dabei?"
„Wo bleibt denn mein Wein?" versucht Benna abzulenken. Aber es gelingt ihr nicht.
„Wie mir scheint war er dabei. Du musst doch nicht rot werden. Er hat dir doch bestimmt nur ein paar Fragen gestellt. Oder ist da mehr passiert?"
„Was soll das? Du kennst auch wohl jeden hier, und weißt über alles Bescheid. Nee, es ist nichts passiert. Er ist gar nicht mein Typ."
„Dann bin ich ja beruhigt," gibt sich Ole naiv, denn ihre Verlegenheit bemerkt er sehr wohl.
„Gut, das ist alles einleuchtend. Und was ist mit der schwarzen Limousine. Was wollten die Vier von euch?"
„Hältst du meinen Namen auch wirklich aus der Geschichte heraus?"
„Zumindest bis sie mit Bild veröffentlicht wird oder ins Fernsehen kommt. Aber du musst zu allem ja sowieso

schriftlich zustimmen. Du brauchst also keine Angst zu haben. Es wird alles vorher mit dir besprochen."

Ihre Eitelkeit ist wieder getroffen, und Ihre Überheblichkeit lässt sie weiterhin vieles hinausposaunen, wobei bei ihr eher das Emotionale als das Rationale im Vordergrund steht. Der Hinweis auf das Fernsehen lässt sie alles andere vergessen.

„Das war die Heimaufsicht. Die Heimaufsicht kommt, wenn konkrete Beschwerden der Heimaufsicht gemeldet werden. Gemeldet hat das die Polizei."
„Weißt du das, oder vermutest du es?"
„Na, das liegt doch auf der Hand. Erst kommen die Bullen, bekommen das mit der Tuschort mit, und dann kommt die Heimaufsicht zufällig vorbei? Wer soll das denn sonst gewesen sein?"
„Vielleicht jemand aus deiner Residenz? Es ist doch möglich, dass irgendwer die Missstände aufzeigen wollte, und da kam ihm die verschlossene Tür als Auslöser ganz gelegen. Ist das nicht denkbar?"
„Ho, ho, da gibt es einige. Aber die haben alle Angst um ihren Job und sagen deshalb nichts.
Die einzige, die sich trauen würde ist,... aber, nee, nee. Die ist gegenüber der Residenz *jojal.*, egal was passiert, die würde nichts nach außen tragen. Die tratscht ja noch nicht einmal im Kollegenkreis. Allerdings, wenn die wirklich etwas Totales für die Bewohner ändern könnte, ich glaube, dann würde die schon etwas unternehmen."
„Und wer ist das, die so *loyal* ist?"
„Ricarda Firless heißt sie, das ist eine Betreuerin. Die ist die beste in meiner Abteilung und macht fast das Gleiche wie ich."
„Welche Folgen hat denn der Besuch der Heimaufsicht?"
„Keine, das hat keine Folgen. Es wird wohl erst ein bisschen Tamtam gemacht. Aber nach einiger Zeit ist alles vergessen, und es läuft wieder so wie vorher. Das ist wie beim MdK."
„Wer ist das?"

„Das ist der Medizinische Dienst der Krankenkassen. Der überprüft in bestimmten Abständen die verschiedenen Häuser auf Hygiene, Dokumentation und so. Der kommt aber immer nur nach Ankündigung, und dann ist der Besuch witzlos, weil vorher die Bude auf Vordermann gebracht wird. Die Einzige, die vor so einem Besuch ruhig bleibt ist diese Frau Firless. Na, ja, die gehört ja auch schon zum Inventar."

„Signora," meldet Giovanni die bestellten Vorspeisen an, „Ihr Insalata tonno, Signor Ole, Ihr Insalata mista. Ihr Wein kommt sofort, signora. Buon appetito."
„So, jetzt lassen wir es uns schmecken und reden erst einmal nicht mehr von der Residenz. Ich finde, wir sollten uns langsam einem anderen Thema zuwenden, es muss ja nicht weniger delikat sein. Oder hast du einen besseren Vorschlag?"

Bennas Blick verrät Ole: kein besserer Vorschlag in Sicht, Einwände nicht in Sicht, Bereitschaft zum Thematausch vorhanden.

So beginnen beide mit den Vorspeisen, während jeder von ihnen sich gedanklich bereits bei der Nachspeise befindet, die selbstverständlich nicht hier eingenommen wird.

51
Felix hat die Tennishalle erreicht. Er geht auf und ab. Nach kurzer Zeit trifft auch Ricarda Firless an dem verabredeten Ort ein.

„So, da bin ich. Haben Sie schon lange gewartet, Herr Tuschort?"
„Nein keineswegs; außerdem freue ich mich, dass Sie überhaupt gekommen sind."
„Das habe ich doch versprochen, und dann…"

Felix fällt ihr ins Wort:"Ja, das weiß ich. Aber ich meine es anders. Mit so einem wie mir trifft man sich normalerweise nicht. Ich weiß genau, was viele

Menschen von mir halten und wie sie mich ansehen, ohne überhaupt zu wissen, wie ich so wurde wie ich bin. Anfangs war es sehr schmerzhaft, aber mit der Zeit gewöhnt man sich daran und legt sich ein gewisses Phlegma zu. Es ist Selbstschutz. Aber ab jetzt...,"Felix macht ein kurze Pause und wischt sich kaum sichtbar eine kleine Träne aus dem Auge und fährt dann fort: „Ich will wieder das machen, was ich gelernt habe, anderen Menschen helfen, wohl nicht mehr vor Gericht. Aber es gibt noch ein weites zu beackerndes Feld außerhalb der Kammern wo juristisches Wissen benötigt wird oder zumindest hilfreich ist. Es ist nicht das rein Juristische, sondern vielmehr die Art und Weise, wie man an eine Sache herangeht und noch wichtiger, wie man an ihr dranbleibt und zu Ende führt. Frau Firless, ich möchte Ihnen noch einmal für Ihr Kommen danken und glaube, dass wir zwei noch einiges bewegen werden. Traurig ist nur der Anlass meines Rückschwungs." Und wieder trocknet er seine Wange von einer herablaufenden Träne.
„Es stimmt also, was in der Residenz erzählt wird?"

Felix sieht Ricarda fragend an. Er will den Anlass nicht über seine Lippen kommen hören. Sein Schmerz sitzt zu tief.

„Vielleicht musste es so kommen. Vielleicht sind Sie derjenige, der diese schreienden Missstände in der Residenz, und nicht nur in dieser, beheben wird. Ich würde es so gern tun, den alten und kranken Menschen helfen. Aber ich kann das nicht. Ich habe dazu nicht die Kraft."
„Frau Firless, wollen wir ein Stückchen gehen? Ich sagte Ihnen ja schon, dass meine finanziellen Möglichkeiten leider ..."
„Herr Tuschort, bitte machen Sie sich darüber keine Gedanken."

Die beiden bewegen sich langsam in Richtung Hügelbrunnen.

„Sie haben angedeutet, dass wir zwei möglicherweise einen gemeinsamen Wunsch hegen und in dieselbe Richtung denken. Das stimmt wahrscheinlich. Aber wie wollen Sie ihn erreichen? Wie können wir es schaffen?"

„Sie haben vorhin gesagt, Sie würden gerne helfen, seien dazu aber zu schwach. Wenn nicht Sie, wer dann? Sie sind stärker als Sie vermuten. Ich merke das an Ihrer ruhigen und besonnenen Art zu sprechen. Ihre Ruhe macht Sie stark. So wirken Sie auf andere. Wie es in Ihnen aussieht, nun, das wissen nur Sie. Aber Sie sind diejenige, mit der ich etwas für die Menschen, und ich gebe es zu, in erster Linie natürlich für meine Frau, tun und zur Besserung führen will."

„Aber wie? Ich will ja wohl gerne, aber es wird nicht klappen."

„Haben Sie es nicht bemerkt? Sie haben mich gefragt: Wie *ich* es erreichen will. Und sofort im nächsten Satz haben Sie sich korrigiert und gefragt, wie *wir* es schaffen können? Ich will es Ihnen sagen. Genau mit dieser Einstellung. In Ihren Gedanken gab es bei der ersten Frage nur mich und meinen Wunsch. Können stand gar nicht zur Debatte. Seit dem zweiten Satz sind Sie dabei. Das Können rangiert nunmehr an erster Stelle. Sie zweifeln nicht mehr. Nein, das tun Sie nicht mehr. Denn jetzt fragen Sie nach dem Weg, dem richtigen Weg. Ihr Wunsch, Ihre Gedanken und Gefühle sind jetzt kongruent."

„Das haben Sie aber schön gesagt. Nur, dass Sie mich an meine schwere Zeit in den Geometriestunden erinnern müssen, kongruente Dreiecke und so, das ist kein feiner Zug gewesen." Sie lächelt ihn dabei an, und Felix versteht sofort den nicht ernst gemeinten Vorwurf."

„Nein, das wollte ich wirklich nicht. Für mich war die gesamte Mathematik ein Gräuel. Wenn es schon losging: Konstruiere ein Dreieck. Gegeben sind, oh jeh, dann hatte mein Nachbar immer viel zu tun."

„Sie haben geschummelt?"

„Nein, so kann man das nicht sagen. Ich habe schließlich nichts gemacht. Das war mein damaliger Freund Peter."

„Ich verstehe, der hat für Sie die Mathearbeiten geschrieben."

„Das auch nicht. Er hat zu bestimmten Zeiten lediglich Selbstgespräche geführt, leise Selbstgespräche. Und dann waren da noch die schönen Textaufgaben: Der Mann ist zwei Jahre älter als seine Frau. Beide zusammen sind doppelt so alt wie ihr Sohn. Bla, bla, bla, und wenn Sie nicht gestorben sind."

Mit einem Ruck wendet sich Felix von Ricarda ab und dreht ihr den Rücken zu. Sie versteht nicht sofort.

Felix steht, nein, jetzt geht er ein paar Schritte, um Raum zwischen sich und Ricarda zu bringen. Dann bleibt er wieder stehen. Leicht nach vorn gebeugt, die Hände schützend vor seinem Gesicht. So steht er da. Von einem Moment zum anderen ist aus diesem wieder kämpferisch wirkenden Mann ein kleines Elend geworden. Sein Oberkörper zuckt in mehr oder weniger gleichmäßigen Abständen und wird von einem leisen aber kräftigen Schluchzen unterstützt.

Jetzt hat sich auch Ricarda wieder gefasst und erkennt den Grund seines Zusammenbruchs. Sie folgt ihm, legt ihren Arm auf seine Schulter. „Ja, wir werden es schaffen. Ich werde Ihnen helfen. Und mit Ihrem Sohn, das tut mir sehr leid für Sie."

Noch ein paar Mal schluchzt er. Als er sich wieder gefangen hat, nimmt sein Körper wieder Spannung auf. „Bitte entschuldigen Sie. Es ist alles noch so frisch, so unausgesprochen, so unbegreiflich. Es tut mir leid."

„Wofür wollen Sie sich entschuldigen? Dafür, dass Sie Mut beweisen und Gefühle zeigen? In welch einer verrückten Welt leben wir eigentlich, wenn wir uns für die menschlichsten Gefühle entschuldigen müssen. Nein, Sie müssen sich nicht entschuldigen."

„Sie haben Recht."

Felix hat seine Fassung und Haltung vollends wieder gewonnen. Wie als Protest wischt er mit der gesamten Länge seines Unterarms die Tränen weg, als wollte er sagen: Seht, hier bin ich. So bin ich. Und das ist gut so. „So, mein lieber Herr Tuschort. Jetzt gehen wir einmal hier hoch, oben rechtsrum und dann hinunter zur Wandelhalle. Und da gebe ich einen Kaffee aus."

Ihre, wenn es sein muss, bestimmende Art, lässt wieder einmal keinen Widerspruch zu. Sie gehen also die Piesbergalle hinauf bis zur Kneippstraße, die sie dann wiederum an der Kapellenstraße in Richtung Wandelhalle verlassen. Während dieser Zeit, es sind gut fünf Minuten, reden sie kein einziges Wort.

Der neutrale, unwissende Passant gewinnt den Eindruck, als ginge hier ein Ehepaar, das nach vielen Ehejahren noch viel mit sich anzufangen weiß, aber nicht immer reden muss. Das Einzige, das diesen Eindruck nicht erhärtet ist, dass die zwei sich nicht wie ein Ehepaar anfassen.

Am Hügelbrunnen und dem Seiteneingang zur Wandelhalle angekommen, drückt Felix den an der Wand befindlichen Knopf, der die doppelflügelige Tür automatisch öffnet.

Ein leises Gemurmel durchdringt diesen großen Raum. Unweigerlich verlangsamt der Besucher seine Schritte, wenn er diese Halle, die so viele hochherrschaftliche Persönlichkeiten gesehen hat, betritt.

Gleich rechts befindet sich der Heilquellenausschank, an dem die sieben gesunden Heilquellen getestet werden können.

Empfehlenswert ist es zu warten, bis ein Kurgast an einem bestimmten Wasser riecht. Er wird dann seine Nase rümpfen, den Mund zu einem breiten Etwas verkrampften, seinen Kopf erst zur einen und dann zur anderen Seite schleudern und dann, man glaubt es kaum, noch einmal riechen. Die Mutigsten unter ihnen nehmen dann tatsächlich ein Schlückchen und stellen fest, dass der Geschmack nicht ganz so schlecht wie der Geruch ist. Der Schwefel in dem Wasser sorgt für diesen Faule-Eier-Geruch. Ob dieses Geruchs erscheint die Bemerkung Graf Moltkes mehr als erstaunlich. Er soll achtzehnhunderteinundvierzig geschrieben haben: Der Brunnen schmeckt sehr gut, und das Bad ist, als ob man in moussierendem Champagner badet.

Wie dem auch sei.

Es folgen verschiedene Informations- und Verkaufsräume sowie ein Cafe, in dem es vorzüglichen Kuchen und die bekannte Bad Schönqueller Fangotorte gibt.

Ricarda und Felix verweilen hier sehr gerne, bislang jedoch stets unabhängig voneinander und jeder auf seine Art.

Felix sitzt, wir wissen es bereits, häufig mit Helmut auf einer der steinernen Heizungsbänke. Ricarda hingegen trifft sich von Zeit zu Zeit mit Bekannten oder durchstöbert den einen oder anderen Laden. Manchmal gönnt sie sich auch einen Cappuccino und erfreut sich der Palmen auf dem Hügelbrunnen, die zu dieser Zeit aber noch im Palmenhaus auf ihren Außenauftritt warten.

Jetzt allerdings bewegt beide etwas anderes.

„Möchten Sie erst eine Runde drehen, oder darf ich Sie sofort zu einem Kaffee einladen?"

„Ich weiß überhaupt nicht, wie ich mich verhalten soll," antwortet Felix. „Es ist das erste Mal, dass mich eine fremde Frau zu einem Kaffee einlädt, und dann noch in dieser Atmosphäre."
„Wir kennen uns doch durch Ihre Frau schon seit einiger Zeit. Und zudem habe ich das Gefühl, dass wir uns schon sehr lange kennen und keine Fremden sind. Entschuldigen Sie, ich wollte Ihnen nicht zu nahe treten."
„Zu nahe treten? Sie wissen gar nicht wie gut das tut. Wie gut *Sie* mir tun. Ja, mir geht es genauso. Ich glaube nun doch langsam, dass es wirklich die viel zitierte Seelenverwandtschaft gibt."

Ricarda führt ihren Gast an einen Tisch im Wandelhallen-Cafe und bestellt zwei Tassen Kaffee.

Nachdem die Bedienung den Kaffee gebracht und den Tisch wieder verlassen hat, fährt Felix fort: "Frau Firless, kennen Sie Ralph Jaid, der bei Ihnen Praktikant ist?"
„Ja, was ist mit ihm? Wie mir scheint, ist er ein aufgewecktes Kerlchen. Ich habe aber nicht sehr viel mit ihm zu tun."
„Er hat mir seine Hilfe angeboten. Er weiß, dass ich mich mit Jemandem, aber nicht mit wem treffe, und er wollte gern dabei sein. Aber das habe ich abgelehnt, weil ich nicht weiß, wie sich die Sache entwickelt. Ich will keine unnützen Risiken, was Sie beide angeht, eingehen. Ich möchte Ihnen etwas erzählen".

Felix erzählt Ricarda nun alles im Zusammenhang mit Ralph, der Residenz, dem Radio-Kur und Arndt Penzierl und endet mit den Worten: "Über meine Frau, Carsten und die gesamten Umstände und Ereignisse möchte ich noch nicht sprechen. Vielleicht ist die Zeit dazu irgendwann einmal reif. Wollen Sie immer noch?"
Ricarda antwortet: „Wie heißt es bei Schiller? Ich sei, gewährt mir die Bitte, in Eurem Bunde der Dritte." Sie reicht ihm die Hand: „Ich bin Ricarda".

„Ich bin Felix. Ich freue mich sehr. Frau Firless, ich meine, Ricarda, wenn Sie nichts dagegen haben, können wir Ralph anrufen."
„Gut, je schneller, desto besser. Es gibt noch viel zu tun."

Ricarda nimmt ihr Handy, fragt Felix nach Ralphs Telefonnummer, wählt und reicht Felix das Handy. Etwas unbeholfen nimmt er es, und nachdem Ralph sich am anderen Ende meldet, bittet er Ralph, in die Wandelhalle zu kommen. Er willigt ein.

Felix legt seine Hand auf Ricardas und sagt schlicht und einfach, aber warmherzig und ehrlich, nur ein Wort: „Danke."

52

„Es ist ein herrlicher Blick von hier oben. Carsten hat ein paar Mal versucht, Vorschläge für eine Nutzung zu machen. Aber bisher zeigt keiner der Entscheidungsträger Interesse an einem Gespräch. Ich weiß nicht warum. Man braucht nur ein vernünftiges Konzept. Ich bin sicher, es würde klappen. Nur, dieses Konzept darf nicht bei einem Objekt haltmachen. Es muss ein komplettes Projekt mit mehreren Objekten und vielen Subjekten sein. Aber manchmal habe ich den Eindruck, dass die Alteingesessenen keine Veränderungen und schon gar keine jungen Leute, womöglich mit Kindern, wollen. Es muss sich hier doch endlich einmal etwas tun. Ich werde immer wütend, wenn ich sehe wie andere Dörfer und Städte sich herausputzen und wir nichts zustande bekommen. Uns fehlt das Geld. Wenn ich das schon höre. Das fehlt anderen Kommunen auch. Aber denen fehlt es vielleicht nicht am Willen, nicht an Weitsicht. Vor Jahren habe ich mehrmals an öffentlichen Veranstaltungen um die städtebauliche Zukunft Schönquells teilgenommen. Das war ganz aufschlussreich. Zum Beispiel wollte doch tatsächlich einer, dass die Route für den Rettungswagen verlegt werden soll, weil dieser

Egomane an der Strecke des Rettungswagens wohnt."

Viola hört Arndt einfach nur zu. Sie weiß, dass er sich so Luft verschafft. Viola, die ihre Hände in der Jackentasche vergraben hat, spürt ihr Handy vibrieren und nimmt das Gespräch an, ohne auf das Display zu sehen, und meldet sich: "Lowelly", und nach einigen Sekunden dann wieder „ja, Agneta, der ist auch hier. Willst du ihn sprechen, Augenblick."

Wortlos reicht Viola Arndt ihr Handy. „Was gibt es? ... Das habe ich nicht mitgenommen, weil ich nicht gestört werden will. ... Ist doch egal von wem. Ich wollte einfach nur einmal wieder Ruhe haben. ...Wenn du das meinst, bitte, dann musst du es eben so sehen... Das habe ich dir doch schon vorhin gesagt, und dabei bleibt es. Ich komme nicht wieder... Ja, ich werde mit Viola ein schönes Wochenende verbringen, und das lassen wir uns von dir nicht vermiesen. Hast du noch etwas Wichtiges zu sagen? Wenn nicht lege ich jetzt auf... Gut, dann nicht."

Wortlos reicht er Viola das Handy zurück. „Schlimm?" Arndt schüttelt den Kopf. Viola schmiegt sich an ihn, und genießt die Nähe zu ihm. Es ist momentan weniger die körperliche als die emotionale und geistige Nähe.

„Hast du Lust, noch hoch zum Turm zu gehen?" „Eigentlich nicht. Ich bin dafür, dass wir langsam die Allee", er bedeutet mit der Linken zur Piesbergallee, „hinunter gehen. Was hältst du davon, wenn wir gleich noch irgendwo einen Cappuccino trinken und heute Abend im Hotel etwas essen?" „Gerne, allmählich verspüre ich auch etwas Appetit. Na, ja, nach der körperlichen Anstrengung heute Nachmittag ist das auch kein Wunder."

Arndt küsst zärtlich ihre Wange, wohlwissend was Viola mit der Bemerkung meint. Sie lösen sich aus der Umarmung und schlagen die vereinbarte Richtung ein. Die mittlerweile fortgeschrittene Dämmerung lässt die großen alten noch blattlosen Bäume der Piesbergallee mit einiger Phantasie wie ein von Riesen gebildetes Spalier erscheinen.

Plötzlich bricht Arndt das Schweigen: „Mein Entschluss steht fest. Ich werde mich von Agneta trennen. Ich will mich scheiden lassen. Ich kann dieses ewige Anstacheln nach mehr Geld nicht mehr hören. Und der Urlaub?.. immer weiter weg. Alles ist auf Prestige ausgerichtet. Sie kann einfach nicht mehr mit dem zufrieden sein, was da ist. Es gibt doch wahrlich Wichtigeres als diesen schnöden Mammon. Wenn ich mir das so recht überlege, Trauer um Carsten hat sie zu keiner Zeit an den Tag gelegt und das, obwohl die zwei sich doch auch sehr gut kannten. Zeitweilig hatte ich schon den Eindruck, dass die beiden ein Verhältnis miteinander hatten. Aber ich glaube, Carsten hätte das nicht gemacht."

Viola antwortet wiederum nicht. Sie weiß, dass Arndt mit sich selbst spricht und keine Antwort oder Reaktion von Viola erwartet. So gehen sie beide wortlos weiter. Sie haben das untere Ende der Piesbergallee erreicht und setzen ihren Spaziergang Richtung Hügelbrunnen fort.

„Cappuccino oder vielleicht eine latte macchiato in der Wandelhalle?"
„Ja, ich war schon lange nicht mehr dort", stimmt Viola zu.

Sie betreten die Wandelhalle und erreichen nach wenigen Schritten das Café und finden um diese Uhrzeit problemlos einen freien Tisch am Fenster, denn die meisten Kurgäste haben sich bereits auf den Weg in ihre Kliniken begeben.

Die latte macchiato für Arndt und der Kakao für Viola werden serviert.

„Was ist los?" fragt Arndt Viola, die ihre Tasse zum Mund führt, jedoch plötzlich innehält und nicht trinkt. „Ist etwas mit dem Kakao?"

„Nein, dreh dich nicht um. Ich glaube dahinten kommt der junge Mann, der in dem Eis- Café von Carsten und seinem Vater gesprochen hat. Mal sehen, wo er hingeht."

So schwer es Arndt auch fällt, er dreht sich nicht um. „Wohin geht er?"

„Er kommt auf uns zu. Ich bin jetzt ruhig. Er kommt direkt hierher."

„Da kommt Ralph", hören Arndt und Viola ungläubig die Stimme Herrn Tuschorts.

„Das ging aber schnell." Ralph hat den Tisch von Ricarda und Felix erreicht und entschuldigt sich: „Hallo, ich konnte nicht schneller kommen. Frau Firless, Sie auch hier? Ich hätte es mir doch denken können, dass Herr Tuschort Sie meinte."

„Schön, dass Sie gekommen sind, Ralph. Ich hoffe, wir drei werden endlich etwas Bewegung in die verheerenden Missstände der Residenz bringen. Und glauben Sie mir," Felix Blick wandert von Ralph zu Ricarda und wieder zurück, „auch wenn es sich überheblich oder eingebildet anhört, wir werden es schaffen. Wenn nicht langsam jemand kommt und sich für die Bewohner dort einsetzt, verwahrlosen sie immer mehr, und es wird nicht beim Einschließen einer Bewohnerin bleiben. Es werden mit der Zeit immer mehr werden. Die Versuchung ist beim Pflegepersonal natürlich auch sehr groß, wenn kaum genügend Personal zu Verfügung steht. Und wenn dann noch eine derartig schlechte Pflegedienstleitung und Direktion das Sagen haben, scheint mir diese Reaktion nur eine logische Folge zu sein."

„Nein, Herr Tuschort, so dürfen Sie das nicht sagen. Unsere Frau Malice ist zwar eine Zahlengläubige und kein einfühlsamer Mensch, und der Pdl-er Träsch wird

von niemandem geachtet oder respektiert, aber bedenken Sie, die bekommen auch ganz schön Druck von oben. Gut, der Pdl-er nicht, der ist zu unwichtig für die Zentrale. Und letztendlich scheinen die Zahlen aus Sicht der Zentrale zu stimmen, denn sonst wären die beiden schon lange weg."
„Haben Sie das gehört, Herr Tuschort? Jetzt können Sie sich vorstellen, warum Frau Firless in der Residenz so beliebt ist, und zwar bei Kollegen und Bewohnern. Sie versucht nämlich, auch noch einem Misthaufen etwas Positives abzugewinnen, selbst wenn es nur die Wärme ist, die er ausstrahlt. Und dennoch, oder gerade deswegen kommen alle zu ihr und bitten sie um Rat oder wollen manchmal nur ihr Herz ausschütten, denn sie wissen, bei Frau Firless bleibt das Gesagte verschlossen, und sie geht damit nicht hausieren. Und was vielleicht noch wichtiger ist; sie liebt die alten Menschen, die Hilfsbedürftigen, die Dementen. Und das merken die Bewohner und fühlen sich bei ihr wohl."

Felix, der aufmerksam zuhört, hat seine wahre Freude an den beiden Mitstreitern unterschiedlicher Generationen, die aber dennoch eingeistig sind.

„Nu ist aber gut. Das ist ja nicht zum Aushalten, diese Lobhudelei. Ich finde, wir sollten mal zu Potte kommen. Was ist zum Beispiel mit der Presse? Felix, was Sie mir von dem Radioreporter und dessen Angebot erzählt haben, hört sich doch recht vernünftig an. Die Presse kann uns mit Sicherheit schneller zu größerer Aufmerksamkeit verhelfen als wir drei. Und öffentliche Aufmerksamkeit ist das, was wir dringend brauchen. Wie stellen Sie sich unsere Vorgehensweise vor. Ich zumindest weiß nicht, wie Sie es anstellen wollen."
„Darüber möchte ich doch mit Euch beiden sprechen. Ich habe mir vorgestellt, dass wir eine Demonstration veranstalten. Das hat Ralph heute Morgen doch ausgezeichnet hinbekommen."

„Das war keine Demonstration, sondern ein flashmob," korrigiert Ralph seinen älteren Mitstreiter. „Neunzehnhundertneunundzwanzig hat bereits Erich Kästner in Emil und die Detektive einen Kinder-Mob auf die Beine gestellt. Das war damals schon ein flashmob. Es ist somit nichts Neues. Lediglich die Art und Weise der Information haben sich geändert. Wie auch immer. Also, Ralph organisiert einen flashmob wieder direkt vor der Residenz. Der Grund sollte aber schon bekannt sein. Vielleicht kommen dann auch einige, die normalerweise nicht an so etwas teilnehmen. Und wir brauchen jeden. Wenn dann das Treffen klappt, versuche ich, auf die Missstände in der Residenz hinzuweisen."

„Das wird kaum jemanden interessieren, und die Direktorin wird den Platz von der Polizei räumen lassen. Und, entschuldigen Sie Herr Tuschort, aber dass Ihre Frau eingeschlossen worden ist, ist sehr traurig und darf so nicht geschehen. Aber bei einem flashmob zählen andere Kriterien."

„Gut, dann also doch eine Demonstration. Bekommst du das mit Termin Sonntagmittag hin?"

„Das heißt, ich habe nur noch morgen zum Organisieren. Trotzdem, das werde ich schon schaffen. Aber wie viele kommen, weiß man natürlich nie. Soll ich nur hier die Region versuchen oder weitere Umkreise einbeziehen?"

„So weit wie möglich."

„Ich werde es versuchen. Was wollen wir denn nun mit dem Journalisten machen? Sollten wir die von Radio-Kur nicht bereits im Vorfeld informieren? Ich meine, schließlich kommen die doch auch direkt von hier. Das Regional-Hauptstudio befindet sich zwar in Hamstedt, aber das Zweigstudio ist hier. Hamstedt, Hamstedt, ist nicht im letzten Monat eine Frau aus Hamstedt zur Residenz gekommen, mit der Probleme bestehen, Frau Firless?"

„Ja, das stimmt. Aber mit der Frau habe ich wenig zu tun."

„Ich habe gehört, dass die Frau sehr oft weinen soll und dass vor allem Bernhardin ihr mehr Tranquilizer gibt als notwendig ist."

„Ralph, hast du dafür Beweise? Wenn das stimmt, dann muss das weiter gegeben werden. Diese Tronje will nur ihre Ruhe haben. Die Menschen sind ihr total gleichgültig."

Seit Ralph an den Nebentisch getreten ist, trinken Viola und Arndt wortlos, voll konzentriert die latte macchiato und den Kakao. Bei der einen oder anderen Bemerkung werfen sie sich überraschte und viel sagende Blicke zu. Arndt beugt sich dann jedes Mal zu Viola und meint: "Ich spreche die an." Sie wiederum legt dann Ihren Arm auf seinen und hält Arndt dadurch zurück.

Jetzt kann Arndt aber nicht mehr an sich halten. Er rückt seinen Stuhl zurecht, wendet sich dem Nachbartisch zu und beginnt: "Entschuldigen Sie bitte, aber wir mussten Ihr Gespräch zwangsläufig mit anhören. Ich bin Arndt Penzierl. Vor etwa drei Wochen habe ich meine Mutter von Hamstedt zu Ihnen in die Residenz gebracht. Ich habe somit ein direktes Interesse an Ihrem Gespräch und an Ihrem Vorhaben. Wenn Sie nichts dagegen haben, würde ich mich Ihnen gerne anschließen, womöglich unterstützen und mithelfen. Wir," Arndt sieht Ralph an „haben uns ja bereits im Eis- Café kennengelernt. Aber Sie wollten verständlicherweise nicht weiter mit mir sprechen. Im Übrigen habe ich meine Mutter zu Ihnen gebracht, weil ich mit der Betreuung in Hamstedt sehr unzufrieden war. Und jetzt höre ich von der Residenz auch nichts Gutes. Darf ich mich Ihnen bitte erklären?"

Felix sieht zunächst Ricarda und dann Ralph fragend an, und als beide ‚einverstanden" sagen, stimmt Felix zu.

„Vielen Dank, für Ihr Vertrauen. Vielleicht haben wir mehr Berührungspunkte als Sie denken. Herr Tuschort, ich möchte Ihnen zunächst mein Beileid ausdrücken. Carsten war ein prächtiger Kerl, wenn ich das so sagen darf."

„Woher wissen Sie, was mit Carsten passiert ist und dass er mein Sohn ist?"

„Er war mein Chef, und ich glaube, er wollte mir nach meinem Urlaub die Teilhaberschaft anbieten. Er hat stets sehr gut von Ihnen gesprochen, aber darunter gelitten, dass Sie nicht mehr miteinander geredet haben. Den Grund dafür hat er aber nie genannt. Der war tabu. Ich möchte nicht aufdringlich erscheinen, aber die Wandelhalle schließt gleich, und es gibt, so wie ich es verstanden habe, noch eine Menge zu tun. Darf ich Sie vielleicht ins Löchl einladen. Da könnten wir weiter reden. Und wenn es dort zu laut oder hellhörig würde, können wir ins Hotel-Foyer wechseln. Sie würden uns, Frau Lowelli und mir eine große Freude bereiten. Ich würde Ihnen auch gern…," Arndt stoppt seine Ausführungen für einen kurzen Moment und erinnert sich an das LKA: Und zu niemanden ein Wort über das Gespräch hier! Und fährt dann fort:„…über unsere Beziehungen zu Radio-Kur und darüber hinaus zum NDR berichten."

„Ja, Sie haben Recht." Felix sucht wieder Zustimmung bei seinen beiden Gefährten und bekommt sie.

Die Rechnungen werden beglichen, und die inzwischen auf fünf Personen angewachsene Gruppe verlässt die Wandelhalle durch den Haupteingang über die Lindenallee in Richtung Löchl, einem rustikalen, auf bayerisch gemachten Nebengebäude eines fünf-Sterne-Hotels.

Wenn der junge Ralph nicht in der Gruppe wäre, könnte man glauben, das Quintett bestünde aus Rehapatienten. Die Fünf unterhalten sich angeregt über die anstehenden gemeinsamen Ziele und die zu gehenden Wege dorthin, als sie plötzlich sehen, wie eine Restauranttür geöffnet wird. Sekundenbruchteile später hören sie auch schon: "Warum warst du denn so unhöflich zu dem Kellner. Der war doch süß. Da musstest du vorhin nicht Bastard sagen. Ich habe mich richtig geschämt. Du kannst froh sein, dass wir nicht rausgeflogen sind."

Ralph tippt Ricarda auf den Arm und fragt sie: „Hast du die da vorne erkannt?"
„Na, klar, die ist ja nicht zu überhören. Und jetzt kommen die uns auch noch entgegen. Ich habe keine Lust mir der zu reden. Ich hätte schwören können, dass die sich an den Pdl-er herangemacht hätte."
„Ihr Begleiter ist der Reporter, von dem Herr Tuschort vorhin erzählt hat. Ole versucht ebenfalls etwas über Frau Tronje von den Machenschaften in der Residenz herauszubekommen."
„Oje, ich hoffe nur, dass der sich nicht ausnehmen lässt."
„Keine Angst, ich habe ihn über diese, ach so uneigennützige Bernhardin aufgeklärt. Er wird schon aufpassen."

Die beiden Gruppen befinden sich jetzt auf gleicher Höhe. Ole und Ralph haben sich sofort erkannt, und wie auf ein geheimes Zeichen hin, weiß jeder, dass sie sich im Moment als unbekannt verhalten sollten. Es klappt. Ole gibt Ralph außerdem noch irgendwie zu verstehen, dass er ihn schnellstmöglich anrufen will.

Benna versucht Ole zügig an den Fünfen vorbeizuziehen.

„Kennst du die Fünf?" fragt Ole seine Begleiterin.
„Wen, ach die, nee , nie gesehen. Sind auch nicht so wichtig."
„Woher willst du das wissen, wenn du sie nicht kennst? Ich habe schon irgendwie den Eindruck, dass du den einen oder anderen kennst. Vielleicht die Frau neben dem Jungen?"

„Wie kommst du denn gerade auf die? Nee, die kenne ich schon überhaupt nicht."

Ole erinnert sich an das erste eher zufällige Treffen mit Bernhardin Tronje, bei dem er sie ziemlich attraktiv, anziehend und begehrenswert fand. Ihr Getue und Ihre Wichtigkeit in der Residenz hat sie glaubhaft gespielt, so dass Ole sie nicht als Übertreibungen empfunden hat. Zu dem Zeitpunkt wäre er ihr bestimmt ins Netz gegangen. Dann denkt er an Ralphs Äußerungen über Benna und lässt die paar Stunden mit ihr Revue passieren. Und jetzt diese gespielte Unwissenheit. Alles passt ins Bild. Allerdings, die Zeit mit ihr beim Italiener hat gereicht, um sein körperliches Verlangen nach ihr auf null zu setzen. Sein Interesse ist jetzt lediglich beruflicher Art, zumindest ist wenigstens in diesem Augenblick Ole davon überzeugt.

„Ole, was machen wir beiden hübschen jetzt?" Ihre Stimme klingt verrucht, ihr leicht geöffneter Mund lässt nur einen Rückschluss zu, und ihr Versuch, sich beim Gehen an ihn anzuschmiegen, unterstreicht ihre Absichten zusätzlich. Sie fasst ihn bei der Hand.

Er fühlt tiefersitzende Regungen und muss erkennen, dass der Geist dem Fleisch von Zeit zu Zeit unterlegen ist.

„Weißt du, worauf ich jetzt Lust habe, ich meine richtige Lust, Lust mit allem was dazugehört? Kannst du dir das vorstellen, was man lustvoll alles bereiben kann, ich meine betreiben? Kann es sein, dass deine Hand ganz feucht wird? Was kann man dagegen unternehmen."

Ole will ebenfalls sinnlich antworten. Das misslingt jedoch komplett, denn sein trockener Mund lässt nur ein pubertierendes Stottern zu: "Ja, äääh, h..m, ich, ich meine."

Sie steht jetzt wieder wie heute Morgen aufreizend vor ihm und ergreift schließlich die Initiative, indem sie ihn küsst, nicht sehr intensiv, aber ihre Brüste drückt sie gekonnt an seinen Oberkörper.

Sie lässt von ihm ab. Aber sein Verlangen ist gewachsen, und er zieht Benna an sich. Der Kuss jetzt ist um ein Vielfaches intensiver, und Ole hat große Probleme, seine Hände an den von der Natur vorgegebenen Stellen an sich zu halten.

Das Vibrieren seines Handys holt Ole aus der sinnlichen Situation heraus. Auf dem Display erscheint eine ihm unbekannte Nummer. Er nimmt an: „Ja, Talkehr hier. ... Das passt mir im Moment aber gar nicht. Können wir das nicht verschieben?... Nein, warum nicht?" Es folgt eine längere Pause, während der Ole nur der Stimme am anderen ungeduldig zuhört, bevor er mürrisch hineinspricht:" Ja, ist ja gut, ich komme, ... natürlich."

„Es tut mir leid, Benna. Ich muss weg. Vielleicht kann ich nachher noch kommen."
„Ich glaube, dann kann ich nicht mehr kommen. Also vertagen wir. Und was ist mit unserer Story? Wann wollen wir weitermachen?"
„Ich ruf dich morgen an. Sei mir nicht böse, aber ich kann dich nicht nach Hause fahren."
„Schon gut, aber nicht vergessen mich anzurufen."

Ein typisches Abschiedsküsschen, und für dieses Mal trennen sich Ihre Wege.

53

Ole nähert sich dem per Handy mitgeteilten Treffpunkt. Ihm fallen die kleinen bunten Lichter auf, die dem mit Holz verkleideten Haus eine gewisse Gemütlichkeit verleihen. Er steigt die paar Stufen der Treppe hinauf, öffnet die Tür und vernimmt die bayerische Musik, die im Löchl gespielt wird, wenn auch nur aus der Konserve. Sein Blick durchforstet die Gaststube, aber keinen der Vermuteten kann er sehen. Er durchquert den vorderen Gastraum und sucht in dem hinteren weiter. Da sitzen sie, die Fünf, die ihm auf der Lindenallee entgegengekommen sind, als er mit Benna den Italiener verlassen hat.

Ralph bemerkt den Reporter und lacht ihm einladend entgegen. Da Ralph der Einzige ist, der Ole kennt und der mit ihm Kontakt gehabt hat, macht er alle miteinander bekannt.

Nachdem das geschehen ist, setzen sich alle wieder, und Felix bemerkt: „Mein lieber Mann, als ich so alt war wie du jetzt bist, hätte ich nicht mit solch einer Souveränität wesentlich ältere Menschen miteinander bekanntmachen können, alle Achtung."
„Vielen Dank, aber diese Art, meine Art, wird mir häufig als Arroganz und Altklugheit vorgeworfen. Ich kann ganz gut damit leben. Ole, Herr Tuschort ist Initiator unseres Treffens und derjenige, der *wenigstens* die Zustände in der Residenz ändern will. Im Optimalfall würde die Öffentlichkeit davon erfahren, und über diese Schiene vielleicht etwas Druck auf die Politiker ausüben können."
„Verzeihen Sie, Herr Tuschort," ergreift Ole nun das Wort, „vom Sehen her kenne ich Sie, wie wahrscheinlich die meisten Schönqueller. Ohne irgendeinen Zusammenhang zu erwarten, haben wir am vergangenen Mittwoch nach dem Motorradunfall auf der Hamstedter Landstraße in der Redaktion recherchiert und festgestellt, dass es sich hierbei um Ihren Sohn handelt. Wir waren alle perplex über das, was wir herausgefunden haben. Eine Persönlichkeit dieses Ranges, ich glaube, das kann man wohl sagen, haben wir absolut nicht erwartet. Und ich muss mich dafür entschuldigen, dass wir alle im Studio Sie falsch eingeschätzt haben."

Ole reicht Felix die Hand: "Bitte entschuldigen Sie, Herr Tuschort. Vielleicht können wir Ihnen bei Ihrem

Vorhaben helfen und auf diese Weise unser gedankliches Fehlverhalten vergessen machen."

Felix ergreift die ihm gereichte offene Hand, bedeutet Ole, sich zu setzen und entgegnet in freundlichem Ton: „Vielen Dank, Herr Talkehr, ich nehme Ihre Entschuldigung selbstverständlich an." Und er fährt mit ernstem Beiklang fort: „Ja, ja, Vorurteile, das ist so eine Sache."

Nachdenklich senkt er den Kopf und blickt gedankenverloren auf das vor ihm stehende halb volle Wasserglas. Niemand am Tisch traut sich in diesem Moment, ihn aus seiner Gedankenwelt zu holen. Zu kurz ist die Bekanntschaft, als dass sie durch unüberlegte Forschheit aufs Spiel gesetzt wird, von niemandem.

„Guten Abend, Herr Talkehr," sagt ein in knielange Lederhose und rot-weiß-kariertes Hemd, dessen Kragenbereich ein schmales Halstuch ziert, gekleideter Kellner. Und um das bayerische Flair zu vervollständigen und Felix' Äußerungen zu bestätigen, trägt er oberdrein graue Füßlinge, die in Haferlschuhen stecken, und an den leider zu dünnen Waden Loferl. Beides ist heute wieder in dezentem Grau gehalten. „Weißbier, ohne Alkohol?"

Ole sieht sich auf dem Tisch um, und nachdem er feststellt, dass alle bereits ihre Getränke bekommen haben, dankt er: „Ja, bitte, Sebastian."

Ole findet auf einem der typischen Biergartenstühle in der Runde Platz.

„Nun gut, pack mer's." führt Felix die Gesprächsrunde fort. „Vielen Dank, dass Sie mir alle helfen und mich unterstützen wollen. Als erstes schlage ich vor, dass wir uns alle duzen; denn schließlich sind wir ja wohl so etwas wie eine verschworene Gemeinschaft, und der eine oder andere", dabei sieht er Ricarda an,

„geht doch ein gewisses Risiko hinsichtlich seines Arbeitsplatzes ein. Ich bin Felix."

Er hebt sein Glas bewegt es leicht jedem entgegen und wünscht: "Auf gutes Gelingen".

„Auf gutes Gelingen", erwidert die Runde.

„Ich habe mir vorgestellt, dass wir einen flashmob veranstalten, ihn als Grundlage für öffentliche Aufmerksamkeit nutzen und dann versuchen, eine Art Arbeitsverweigerung aufzuziehen."
„Sie meinen Streik? Das können Sie vergessen. Das klappt nie und nimmer. Das wäre wilder Streik, und den macht keiner mit, weil doch jeder Angst um seinem Job hat," lautet Arndts Einwand.
„Das ist einer dieser typischen Ideenkillern. Erst einmal schwarzsehen und anzweifeln. *Meinen Sie, dass die Zeit dafür schon reif ist*, oder: *glauben Sie wirklich, dass Sie das durchbekommen* und so weiter und so weiter. Ich kenne diese Sprüche alle. Aber in dieser Runde muss sich niemand beweisen und über andere triumphieren. Wenn einer von euch eine bessere Idee besitzt, dann soll er sie vortragen. Mir geht es um unseren Erfolg, unseren, nicht meinen. Wir müssen nach Möglichkeiten suchen und nicht danach, wie man sie zerredet. Wenn wir so beginnen, dann können wir gleich aufhören. Wir sollten uns einen von Henry Fords Sätzen zu eigen machen. Er soll einmal gesagt haben:

Zusammenkommen ist ein Beginn,
Zusammenbleiben ist ein Fortschritt,
Zusammenarbeiten ist der Erfolg.

Und daran ist einiges wahr. Nein, einen wilden Streik können wir selbstverständlich nicht durchführen. Aber man kann sich krankmelden. In den Pflege- und Heilbereichen herrscht doch ständige Unterbesetzung. Und die Überlastung der meisten dort Beschäftigten ist, gelinde gesagt, nicht von der Hand zu weisen.

Und das wissen natürlich auch die Ärzte. Also kann man sich relativ einfach krankschreiben lassen. Ich weiß, ich kann gut reden. Ich habe ja auch nichts zu verlieren. Ich bin aber auch niemandem böse, wenn er nicht mehr mitmachen will." Er schaut in die Runde und sieht nur entschlossene, ja-sagende Blicke.

Nach einer kurzen rhetorischen Pause bezieht Felix Ricarda direkt ein: „Ricarda, du bist am nächsten am Geschehen. Dass Ralph einen flashmob hinbekommt, haben wir gesehen. Und somit wird Ralph dieses Problem schnell lösen können. Aber für das Weitere benötigen wir mutige Vorreiter. Sie müssen andere beeinflussen, sie mitreißen und begeistern können."
„Ich kann das nicht. Ich bin kein Führertyp," winkt Ricarda sofort ab und sucht nach Ralphs bestätigendem Blick.
Ralph nickt: „Ja, das stimmt. Ich glaube, du hast Recht, mit dem was du denkst, Felix. Schwester Ricarda ist diejenige, die bei allen große Achtung genießt. Ihr wird geglaubt. Sie ist die Richtige." Und mit einem Blick, der absolute Sicherheit spiegelt, widerspricht er Ricarda: „Wenn du es nicht schaffst, dann schafft es keiner aus der Residenz. Und ich weiß von einigen, dass die nur auf so etwas warten. Ihnen fehlt nur ein, Entschuldigung, Leithammel. Ich bin zwar nur ein kleiner Praktikant, der nichts zu sagen hat, aber ich würde dich unterstützen, wo immer ich kann."

Viola, die bisher lediglich zugehört hat, meldet sich jetzt auch zu Wort: „Ich kann deine fachlichen und natürlichen Kompetenzen in deiner Residenz selbstverständlich nicht beurteilen. Aber so wie ich dich in der kurzen Zeit in der Wandelhalle, während unseres Gangs hierher und die paar Minuten hier kennengelernt habe, muss ich sagen: ich glaube auch, dass du die Richtige bist und das hinbekommst. Du unterschätzt deine Wirkung auf andere Menschen."

Viola unterbricht sich selbst und hört im selben Augenblick jemanden sagen: "Hallo, guten Abend, die halbe Residenz hier? Und die Presse ist auch vertreten. Das ist ja interessant. Darf ich mich vielleicht dazu setzen?" Bernhardin ist Ole aus sicherer Entfernung gefolgt und hat ihre Hand besitzergreifend auf seine Schulter gelegt. Kleine Bewegungen seines Oberkörpers verraten Unbehagen.

Fragend blickt Sie Ricarda und dann Ole an. Beide geben allerdings keine Antwort und suchen bei Felix nach einer.

Felix nimmt die zwei aus der Schusslinie, indem er meint: „Ich vermute, Sie sind auch aus der Residenz, denn ich meine, Sie da schon einmal gesehen zu haben. Kann das sein?„
„Ja, mein Lieber, das stimmt."
„Wie kommen Sie darauf, dass ich Ihr Lieber wäre? Ich finde das ziemlich anmaßend von Ihnen. Unter diesen Gegebenheiten sehe zumindest ich Sie nicht gern an unserem Tisch." Felix schaut sich in seiner Runde um und sieht nur Zustimmende.

Geschickt, wie das früher sooft seine Art war, hat er die Verantwortung übernommen und die anderen in die komfortable Situation gebracht, ohne direkte Meinungsäußerungen ihren Willen, in eine Gruppe eingebettet, kund zu tun.

„Das ist also deine so dringende Verabredung. Und ich dachte, wir hätten Wichtiges zu tun und zu besprechen. Sehen wir uns heute noch?"
„Ich kann es dir nicht sagen, Benna. Ich rufe dich auf jeden Fall an, morgen oder vielleicht noch heute."
Bernhardin, die es gewohnt ist, oder es sich zumindest häufig einbildet, im Mittelpunkt zu stehen, vor allem dann, wenn Männer zugegen sind, nimmt diese Abfuhr hin, und zwar mit einem schnippischen:
„Schönen Abend noch, ... tolle Runde."

Sie verlässt das Lokal wieder in Richtung Lindenallee.

Ralph bemerkt ungerührt: „Die wird das brühwarm dem Träsch und der Direktorin erzählen. Jetzt wird es interessant. Auf morgen bin ich gespannt." „Ralph, ich muss dir sagen, du hast diese Benna recht gut eingeschätzt. Die weiß, was Sie will. Sie hat nur ein Problem: Sie will mehr als sie weiß, und das geht auf Dauer nicht gut."

Felix schaltet sich wieder ein: „Ich glaube, wir kennen unser Ziel und den groben Weg, wie wir es erreichen können. Es fehlt lediglich die Feinabstimmung."

Seine bewusst folgende kurze Pause steigert die Neugier der Runde. Und um ihre Konzentration noch zu erhöhen, fährt er leise fort: „Ich meine, dass in der ersten Phase Ricarda und Ralph die Wichtigsten sind. In der zweiten käme Ole mit seinem Radio-Team dazu. Und Arndt, du hast mit der eigentlichen Sache gar nichts zu tun. Aber du könntest durch deine geschäftlichen Verbindungen zur Presse sehr nützlich für uns alle sein. Und jetzt, es ist für mich ein ereignisreicher Tag gewesen. Ich bin es nicht mehr gewohnt. Ich möchte mich zurückziehen. Ich werde morgen gegen neun Uhr an der Residenz sein. Je schneller wir flashmob und Arbeitsniederlegung erreichen, umso besser ist es für unser Vorhaben und das Wohl der alten Menschen in der Residenz und hoffentlich auch anderer Altenheime. Ich wünsche euch noch einen schönen Abend."

Felix erhebt sich und sagt zum Abschied: „Ich war schon lange nicht mehr so begierig auf den neuen Tag und lasse euch für heute allein. Ihr könnt dann gut über mich reden, und das müsst Ihr, denn Ihr müsst eure Vorurteile in ein objektives Urteil, in eine neutrale Beurteilung umwandeln, und das ist nicht einfach. Das ist harte Arbeit, denn man muss die eigenen gebildeten Erfahrungen überprüfen und gegebenenfalls komplett ändern. Ich bin sicher, dass eure Beurteilung über mich besser ausfällt, als es die Vorurteile tun."

Die Runde lacht zustimmend und ist gleichzeitig beschämt. Wie konnte es angehen, dass ein Mensch innerhalb weniger Stunden von einem Streuner, einem Stadtstreicher, zu einer respektierten Persönlichkeit wird? Zugegeben, dieser Kreis ist noch klein, und niemand weiß wie diese Geschichte ausgehen wird.

„Ich kann nur für mich sprechen," bricht Ricarda das nach Felix Abgang entstandene Schweigen. „Ich glaube, nein ich weiß" Ricarda beherrscht intuitiv einen gewissen Teil der Rhetorik und macht aus diesem Grunde auch eine kleine Pause, „dass wir mit Herrn Tuschort noch einiges bewirken können."

Allgemeine Zustimmung folgt.

Man muss sich Folgendes vorstellen. Arndt ist im Grunde hier, weil er mit Viola ein entspanntes Wochenende nach dem Verhör durch das LKA verbringen wollte.

Ole war aus rein beruflichen Gründen dabei. Er hatte keine Ambitionen, alten Menschen zu helfen oder die Zustände in der Residenz zum Guten zu ändern.

Und Ralph, Ralph war seit dem Zeitpunkt von Felix fasziniert, als der sich mit der Direktorin angelegt und nicht klein beigegeben hat. Seit diesen zwei, drei Tagen fühlt er sich zu Felix hingezogen und möchte seine früheren Unarten auf irgendeine Weise wieder gutmachen. Zugegeben, das Wohl der Alten liegt ihm auch am Herzen.

Ricarda, Ricarda ist die einzige, die ausschließlich das Wohl ihrer Leutchen im Auge hat. Sie ist auch die Einzige, die aus dieser Runde ein Risiko eingeht, wenn sie an dem, de facto, wilden Streik teilnimmt, was heißt teilnimmt? In der Residenz ist sie diejenige, die vorangeht, der andere folgen sollen. Sie ist die Leitfigur. Nach *ihr* sollen sich andere richten. Kann das gutgehen? Wenn nicht, ist sie ihren Job los.

Und jetzt? Felix ist es in wenigen Stunden gelungen, die ursprünglichen Interessen jedes Einzelnen hintanzustellen.

„Ihr habt gehört was Felix gesagt hat. Morgen um neun Uhr will er an der Residenz sein. Ich werde natürlich auch da sein. Ist ja mein Job."
„Viola und ich werden etwas später kommen. Einverstanden Viola?" Viola nickt und lächelt Arndt zustimmend zu.
„Ralph und ich müssen morgen von dreizehn bis siebzehn Uhr ran. Ich werde also nicht um neun Uhr da sein. Außerdem muss ich mir auch noch Gedanken darüber machen, wie und wann ich es anfassen soll. Ich werde mich jetzt auch zurückziehen."

Die anderen sind der gleichen Meinung, so dass sich die Runde auflöst und jeder seiner Wege geht.

Ricarda, Ralph und Ole verlassen das Lokal durch die Eingangstür zur Lindenallee, während Viola und Arndt noch im Löchl bleiben, da sie ja bereits ein Zimmer im Hotel gemietet haben.

Ricarda und Ralph gehen die Lindenallee wieder hinauf, Ole geht sie hinunter. Er will im Studio die Dinge noch aufarbeiten.

Benna hat sich, nachdem sie das Löchl verlassen hat, in gebührendem Abstand zum Eingang postiert und das Lokal nicht mehr aus den Augen gelassen. Als sich die Eingangstür öffnet, wartet sie noch einen Augenblick, um zu sehen, ob Ricarda und Ole vielleicht dieselbe Richtung einschlagen. Da das nicht der Fall ist, verlässt sie ihre Deckung und macht sich auf den Weg zu Ole. Sie erreicht ihn kurz bevor er das Studio-Büro aufschließen kann. „Können wir weitermachen, wo wir aufgehört haben? Ich muss erst wieder morgen früh in die Rensidenz. Bis dahin bin zu allem bereit."

Ole legt seinen Arm um ihre Hüfte, öffnet die Tür und zieht Benna in das Büro, ohne das Licht einzuschalten. Das diffuse Licht der Lindenallee dringt durch das Fenster ins Büro und verleiht ihm einen intimen, verruchten Touch. Er lässt die Tür ins Schloss fallen, drängt Benna rücklings an die Tür und sich selbst wiederum an Benna. Sie hält seinem Druck stand und erwidert ihn sogar. Sie küssen sich leidenschaftlich, und beider Hände machen sich auf Erkundungstour, was beide genießen und die jeweilige Lust noch zusätzlich anheizt. Ihre Atmungen werden schwerer und lauter. Dass sie von Sähnder, dem Studioleiter, oder Arndt Löhrner, dem Volontär, gestört werden könnten, erhöht den Kick.

Nach einigen Minuten höchster körperlicher Anstrengungen und Verrenkungen tritt bei Benna und Ole wieder Entspannung ein. Verschiedene Kleidungsstücke werden wieder angezogen, andere zurechtgezupft.

Benna ist sofort wieder Herrin ihrer Sinne und will von Ole wissen: „Was war das vorhin im Löchl?"

Ein breites Grinsen macht sich auf Oles Gesicht breit.

„Hey, du, ich meine das vom Hotel. Was habt ihr da gewollt? Und wieso wollte der Alte mich nicht am Tisch haben. Du hättest aber auch etwas sagen können, damit ich mich hätte zu euch setzen können. Hast du vielleicht vor, die anderen auch nach der Residenz zu befragen? Ich hoffe doch nicht, dass du mich ausbooten willst. Dann würde dir nämlich einiges entgehen. Also mein Guter, weshalb ward Ihr da?"

„Benna, ich bin Journalist, Reporter, da kann ich nicht einfach losplaudern wie andere."
„Aha, es ist also beruflich gewesen. Dann hängt es tatsächlich mit der Residenz zusammen. Wenn ich das meiner Direktorin erzähle..., und wer alles dabei war."
„Das wirst du nicht tun."
„Nein, natürlich nicht, aber jetzt, da du weißt, dass ich schweige, kannst du mir doch erzählen, was zum Beispiel Schwester Ricarda da zu suchen hatte. Vielleicht kann ich bei Emmi ein gutes Wort für sie einlegen, wenn es denn sein müsste."

Ihre Hände fahren wieder, immer mehr Druck aufbauend, langsam über und um bestimmte Bereiche seines Körpers, als wollten sie sagen: Fühl' her, wir würden einiges für dich tun.

„Nee, nee, du willst doch auch nicht, dass ich über unser Treffen spreche, weil dein Name dann möglicherweise genannt werden müsste, noch bevor das Fernsehen und so weiter."
„Ist schon gut, mein Lieber. Ich habe das Gefühl, dass du hier noch etwas arbeiten willst. Dann lasse ich dich lieber allein und gehe nach Hause. Sehen wir uns morgen, wegen unserem Bericht?"

Ole nickt, zieht sie noch einmal zu sich heran, gibt ihr einen Kuss, schiebt sie dann sachte zur Tür und haucht ihr ins Ohr: "Bis morgen, ich träum von dir."

Benna verlässt das Studio, geht die Lindenallee hinauf, biegt am Hügelbrunnen links ab und schlägt die Richtung Residenz ein. Ihre Gedanken kreisen um ein Thema. Ole spielt darin nur eine untergeordnete Rolle. Noch ist sie sich nicht im Klaren darüber, wie sie an der Stellschraube Karriereleiter drehen soll. Aus der Drehorgel, deren Höhe sie mittlerweile erreicht hat, dringt dumpf, aber nicht sehr laut Musik. Diese Cocktailbar ist wie immer gut besucht, und einige Gäste haben Cocktails, andere Bier, wieder andere einen Schoppen Wein vor sich auf dem Tisch stehen. Wie immer verbreitet diese Bar Gemütlichkeit. Der kleine Außenbereich bleibt bei diesem Wetter jedoch verwaist.

Etwa zehn bis fünfzehn Minuten später erreicht sie die Residenz und stellt fest, dass das Direktionsbüro noch erleuchtet ist, was bedeutet, dass die Direktorin an diesem Wochenende Dienst schiebt und nicht nach Hause in den Harz fährt. Bernhardin Tronje ist ob dieser Feststellung sehr erfreut. Sie betritt das Foyer, begrüßt den Nachtportier und fragt ihn mit ihrer falschen freundlichen Art: „Ist die Chefin noch da?"

Der extrovertierte Nachtportier antwortet: „Guten Abend, Frau Tronje. Ja, Frau Malice ist noch im Büro. Die Arme muss wieder das ganze Wochenende hier durchhalten, ohne ihre Familie. Da haben wir beiden Hübschen es doch viel besser. Wir gehen nach dem Dienst nach Hause und können es uns gemütlich machen. Aber, was wollen Sie denn hier? Sie haben auch wohl nie Feierabend?"
„Ja, man denkt eben über so Manches in unserer Residenz nach. Und dann darf man auch keine Zeit verlieren, wenn man mit Herz und Seele dabei ist. Aber wem sage ich das?"
„Ja, da haben Sie vollkommen Recht. Soll ich Sie bei der Chefin anmelden?"
„Nein, nein, das ist nicht nötig. Ich kann so zu ihr gehen."

Benna begibt sich auf die Besuchertoilette, um sich im Spiegel zu vergewissern, dass keine hektischen Flecken, Rötungen oder zerzausten Haare Rückschlüsse auf die gehabten Aktivitäten zulassen. Es ist alles im grünen Bereich.

Sie nimmt vor dem großen Spiegel Haltung an und legt sich die Worte für Frau Malice zu Recht. Ihr Entschluss steht fest. Schließlich hat sie Ricarda, Ralph und Herrn Tuschort zusammen im Löchl gesehen. Das kann nichts Gutes bedeuten. Das Haar wird ein wenig gerichtet, die Wangen werden abgetupft, und dann geht es los, zur Höhle des Löwen. Die Vorzimmertür und die des Direktionsbüros stehen offen. Benna klopft an der Chefin Bürotür an.

„Ja, ah, Frau Tronje, um diese Zeit? Was kann ich für Sie tun?"

Bernhardin Tronje tritt in das Büro und schließt hinter sich die Tür.

54

„Ralph, wann willst du den flashmob machen? Ich weiß nicht wie lange Vorlaufzeit man für so etwas benötigt."

„Ich werde nach Hause gehen und versuchen, zu morgen Mittag, noch vor unserem Dienstbeginn, einen zu organisieren. Wenn der groß genug ist, können wir beginnen, den Streik, ich sag einfach Streik, zu starten, wenn nicht, müssen wir warten. Auf alle Fälle wird Ole kommen. Felix ist sowieso da. Also kann zumindest ein Interview mit Felix stattfinden. Ich bin sehr zuversichtlich. Was meinst du, wird Unschwester Benna der Malice oder dem Dicken von unserem Treffen erzählen? Die macht doch alles, um andere auszustechen. Ich könnte mir vorstellen, dass die sogar mit dem Dicken ..., na ja, du weißt schon."
„Mensch Ralph, du sprichst von dem Pflegedienstleiter. So etwas denkt man nicht einmal. Außerdem ist Bernhardin verheiratet."
„Ja und, das ist der doch egal. Außerdem lebt sie von ihrem Mann getrennt. Wichtig ist für die lediglich ihr eigener Vorteil. Ich hoffe nur, dass Ole auf sich aufpasst."

Vor der Wandelhalle am Hügelbrunnen trennen sich ihre Wege. Ralph geht die Quellenstraße hinunter, und Ricarda biegt links ab über die Allee, Hügelbrunnen in Richtung Fontainenplatz. Vor der großen Fontaine nimmt sie den linken Weg und kommt an dem im Sommer bei Kurgästen so beliebten Mini-Golf-Platz mit seinem Lokal *Anbahnung* vorbei.

Um diese Zeit schwenkt aber kein Kurgast den Schläger, sondern stemmt lieber in der *Anbahnung* das eine oder andere Glas Saft, häufig auch Gerstensaft. Ricarda ist während des Heimweges mit ihren Gedanken noch bei dem Treffen und geht alle Argumente jedes Einzelnen noch einmal durch; und jedes Mal, wenn sie an ihre Sätze denkt, wird ihr ganz warm. Wie soll sie es anstellen, dass ihr alle anderen der Residenz zum Streik folgen? Und wenn sie ihr folgen: welche Konsequenzen hat Ricardas Zivilcourage für sie selbst?

Derartige Gedanken eilen zurzeit nicht durch Ralphs Hirnwindungen. Er hat den nächsten Morgen, den neuen Tag im Blick. Er denkt an seine Aufgabe und beginnt deshalb schon, kurz nachdem er sich von Ricarda Firless verabschiedet hat, seinen Freunden und Bekannten zu simsen. „Bitte komm morgen, Samstag, um zwölf Uhr, zur Residenz. Kann länger dauern. So viele wie möglich informieren."

Das Ganze nimmt ihn nur wenige Minuten in Anspruch und erfolgt während des Gehens. Dadurch, dass jeder an so viele Adressen wie möglich simsen soll, löst er eine Verbreitung nach dem Schneeballsystem aus. Drei oder vier Minuten später vibriert sein Handy und das Display zeigt Katharina.

„Hallo Kathrin."
„Ralph, was hast du vor? Was soll bei der Residenz geschehen? Wir waren heute Morgen doch schon da, und morgen noch einmal? Ich dachte immer, nie mehrfach an ein und demselben Ort. Das ist doch kein gewöhnlicher flashmob. Was führst du im Schilde?"
„Wir haben uns getroffen und vereinbart, dass ... "

In aller Kürze berichtet Ralph seiner Katharina über das Treffen und das, was vereinbart wurde. Katrin stimmt erleichtert zu.

Im Studio des Radio-Kur verfasst Ole einige Emails für ausgewählte Kollegen und seine Vorgesetzten. Unter anderem geht eine Mail an Onno. Ole und Onno haben zusammen Journalismus studiert. Ole war nach dem Studium über die Hannoversche Allgemeine nach Hamstedt und dann Bad Schönquell gekommen, während Onno nach Bremen und ein Jahr später nach Hamburg gegangen war. Den Muttersender über Vertraute rechtzeitig zu informieren, hatte sich bereits einige Male als hilfreich und sinnvoll erwiesen. Und so wird es auch wieder dieses Mal sein, so hofft Ole jedenfalls.

„Hallo, Onno," beginnt seine Nachricht. „ich schreibe von meiner Privatbox auf deine private, weil ich möglicherweise etwas Brisantes habe, zumindest könnte es das werden. Du erinnerst dich an unser letztes Telefonat. Ich habe dir darin von einem Motorradunfall in unserer Gegend erzählt. Möglicherweise war es mehr als ein normaler Mord. Das LKA hat sich nämlich eingeschaltet und einen engen Mitarbeiter des Verunglückten verhört. Diesen Mitarbeiter hat das LKA, wie sich herausgestellt hat, schon seit einiger Zeit unter der Lupe. Warum weiß ich noch nicht. Der Tote war der Sohn eines Schönqueller Stadtstreichers. Dieser wiederum war ein erfolgreicher Anwalt mit Verbindungen zu unserer Landesregierung gewesen. Seine Frau ist seit einiger Zeit dement und wohnt in einer Residenz in Bad Schönquell. Vorgestern Nacht ist sie in ihrem Zimmer eingeschlossen worden, wohlgemerkt, ohne richterlichen Beschluss. Wie oft das bei ihr oder anderen bereits vorgekommen ist, kann ich dir noch nicht sagen. Diesen Vorfall nimmt der Streuner jetzt zum Anlass, mit anderen zunächst einen flashmob und dann Weiteres zu veranstalten. Dies käme einem wilden Streik gleich. Er will auf diese Weise Aufmerksamkeit wecken, um auf Missstände in dieser Residenz und im gesamten Pflegewesen hinzuweisen. Wenn du Zeit und Interesse hast, ruf mich bitte an. Das Ganze soll schnell über die Bühne gehen."

Ungefähr zehn Minuten später ertönt auf Oles Handy die Melodie des alten Hans-Albers-Lieds *auf der Reeperbahn nachts um halb eins*. Ole nimmt das Gespräch an: „Hallo, Onno, prima, dass du zurückrufst."
Nach den allgemeinen Höflichkeiten, die bei diesen beiden auch schon einmal aus Nickeligkeiten, die jedoch stets nett gemeint und nie verletzend sind, bestehen, kommen sie zur Sache. Ole erzählt alles was er weiß. Onno findet es bemerkenswert und sagt: „Gut, ich sorge dafür, dass ich morgen für dich ständig erreichbar bin. Sollte sich etwas tun, bringen wir es. Soll ich Hannover oder Osnabrück informieren?... Gut mache ich. Wir hören uns morgen, und viel Spaß mit deiner Benna. Übrigens, wusstest du, dass der Name Benna *gesegnet* bedeutet. Und wie du sie mir beschrieben hast, scheint sie das ja auch zu sein, zumindest was ihren Körper betrifft, sehr segensreich. Na, dann mein Lieber, mach's gut."

55
„Aha, … mhm," sonst ist kein Ton zu hören und keine Regung zu entdecken.
„Ja, äh, das ist alles was ich mitbekommen habe. Ich wusste ja schon immer, dass die etwas im Schilde führt, und jetzt haben wir den Beweis. Das müsste doch für eine Kündigung reichen."
„Ich werde mir alles noch einmal in Ruhe durch den Kopf gehen lassen. Was sagten sie? In welcher Beziehung stehen sie zu dem Journalisten?"
„In gar keiner. Ich habe ihm nur schöne Augen gemacht, damit ich etwas erfahre, was für unsere Residenz von Vorteil ist. Wir Frauen wissen doch wie das geht."

„Wenn Sie das meinen. Wenn Sie wussten, dass Frau Firless, wie Sie sich ausdrücken, etwas im Schilde führt, warum sind Sie denn nicht schon früher zu mir gekommen und haben mir berichtet? Heute Abend haben Sie sie doch nur bei einem Treffen beobachtet. Ich weiß nicht, wie das als Grund für eine Kündigung herhalten könnte. Ihre Kollegin hat noch nicht einmal schlecht über meine Residenz, die Bewohner und schon gar nicht über Kollegen geredet. Ich kann mir Frau Firless schlecht als Denunziantin vorstellen. Können Sie das? Haben *Sie* vielleicht Probleme mit Ihrer Kollegin? Übrigens, haben Sie auch von dem Gerücht gehört, dass eine Betreuerin ein Verhältnis mit Herrn Träsch haben soll? Die beiden sollen sich nachts auch schon in einem leeren Appartement amüsiert haben."

Bernhardin fühlt sich ertappt, hat die Lage jedoch noch immer nicht richtig registriert: "Ich wollte Ihnen nur geholfen haben. Schließlich bin ich tagtäglich für die Residenz zu hundert Prozent da."
„Ich sagte es vorhin bereits, ich werde mir Ihre Ausführungen noch einmal durch den Kopf gehen lassen. Ich hoffe, dass der Journalist zum Schluss nicht Sie ausgehorcht hat. Dann hätten Sie der Residenz nämlich einen Bärendienst erwiesen. Ich möchte das Gespräch hier und jetzt beenden."

Benna muss sich eingestehen, dass sie den erhofften Erfolg bei der Direktorin nicht erzielt hat und verlässt mit hängendem Kopf das Direktionsbüro.

An der Rezeption hört Sie den Nachtpotier wie aus großer Ferne: "Hat alles geklappt, Frau Tronje?"
„Ja, ja, alles in bester Ordnung. Gute Nacht," lautet Bennas Antwort in gespielter Souveränität.

Auf dem Vorplatz flucht sie leise vor sich hin: „Irgendwann wirst du Eisblock mich noch brauchen. Und was sollte überhaupt diese blöde Bemerkung mit mir und Kevin? Und wenn der tausendmal Pdl-er ist.

Ich kann mit dem privat machen was ich will. Nur, woher weiß die Olle schon wieder, dass wir in einem Appartement rumgemacht haben? Blöde Ziege, ein bisschen dankbarer hättest du schon reagieren können."

Benna ist nicht enttäuscht, sie ist sauer auf die Direktorin, weil sie die hochinteressanten Erkenntnisse nicht gebührend gewürdigt hat.

Frau Malice schreibt noch eine Aktennotiz und drückt ein kleines Post-it mit dem Vermerk *zur Personalakte geben* auf.

56
Am nächsten Tag, Benna ist dabei, in der Küche des Schwesternzimmers die Medikamente für die Bewohner zusammenzustellen.

„Naha," hört sie eine ihr bekannte Stimme von hinten, und fühlt im selben Moment wie zwei Hände Ihre Hüften fassen. Ihre beiden Gesäßbacken verspüren ebenfalls etwas, das dem männlichen Bereich zuzuordnen ist, „tust du schon wieder etwas Verbotenes?"
„Wenn doch keine Examinierten da sind. Was soll ich denn machen? Lass das, nicht jetzt," herrscht sie ihn an, als sich seine Linke auf den Weg macht, Bennas Rundungen zu erkunden.
„Wann dann? Unser Appartement ist frei."
Benna dreht sich langsam um, schlingt ihre Arme um seinen Hals, drückt Ihre Argumente an ihn und schiebt vorsichtig, aber mit Nachdruck ihren rechten Oberschenkel zwischen seine Beine, so dass seine Erregung für Benna spürbar wird.
„Später, jetzt müssen wir reden."

Das *später* trifft ihn wie ein Donnerschlag, der dadurch unterstützt wird, dass sie ihn unmissverständlich von sich schiebt.

„Die Malice weiß von unserem Appartement". Er schüttelt den Kopf. „Doch, sie hat mir selbst gesagt, dass es Gerüchte gibt. Und das heißt, dass es das ganze Haus weiß." „Wieso redest du mit der Malice über unsere Sache?"

Benna berichtet jetzt im Eiltempo über das gestrige Gespräch bei der Direktorin.

„Kevin, wenn wir es jetzt richtig anfangen, müssten wir die Firless doch loswerden. Die macht uns den ganzen Schnitt kaputt." „Warum bist du gestern eigentlich ins Löchl gegangen?" will Kevin wissen. „Mein Gutsder, ich hatte bestimmte Vermutungen. Und wie du siehst, liege ich richtig. Da ist was im Busch, und du kannst davon profitieren. Berlin wird es dir danken. Und wenn das geschehen ist, kannst du auch einmal an mich denken. Nein, nein, nicht so. Lass das. Und die Medikamente kann ich auch wieder neu stellen."

Das Telefon klingelt: „Schwester Bernhardin, ... nein, aber ich kann mal auf dem Flur nachsehen, Augenblick." Sekunden später: „Ja, da kommt er gerade. Ich gebe ihn Sie." „Träsch ..., ja ist gut. Bis gleich. Ich soll zur Malice kommen, sofort, was mag die bloß wieder haben."

Der Pdl-er macht sich auf, in die Höhle der Löwin. Die Bürotür steht wie meist offen. Er klopft an den Türrahmen. Die Direktorin blickt auf: „Kommen Sie herein, und schließen Sie die Tür. Setzen Sie sich. Gestern Abend war Frau Tronje hier und hat mir Folgendes erzählt."

Als die Direktorin fertig ist, will Sie wissen: „Können Sie sich einen Reim darauf machen? Hat Frau Firless irgendetwas angedeutet? Es mag ja sein, dass,... haben Sie etwas mit Frau Tronje oder nicht?"

Ob des plötzlichen Themenwechsels sieht der Pdl-er die Direktorin überrascht an. Doch bevor er antworten kann, fährt sie fort: „Es geht mich eigentlich nichts an, und deshalb jetzt ganz allgemein gesprochen. Wenn ich jemals ein Pärchen in einem Appartement bei gewissen Handlungen erwischen sollte, fliegen beide raus, fristlos, beide."

„Ich weiß nicht wer das Gerücht..."

„Es ist gut Herr Träsch, ich möchte das hier und jetzt nicht diskutieren."

Nach einer rhetorischen Pause, die Herrn Träsch wie eine Ewigkeit erscheint, führt sie weiter aus: „Also, zurück zum Eigentlichen. Wo war ich stehengeblieben? Ah, ja, es mag sein, dass Frau Firless etwas im Schilde führt. Aber ich weiß weder was noch wann. Ich will, dass Sie Ihre Augen und Ohren offenhalten und mir sofort berichten, wenn Sie Ungewöhnliches bemerken. Und wenn ich sofort sage, meine ich auch sofort. Und das hier bleibt unter uns. Kein Wort zu irgendwem und schon gar nicht zu Frau Tronje. Haben Sie mich verstanden? Wir beide wissen warum Sie hier sind. Aber das kann sich ganz schnell ändern. Es kostet mich nur einen Anruf. Also denken Sie daran. Und weiter, wenn Sie Frau Firless sehen, schicken Sie sie umgehend zu mir. Haben Sie eine Ahnung, was da im Busche ist, wenn überhaupt? Das war's."

„Zu dem Gerücht", beginnt der Pdl-er erneut.

Weiter kommt er jedoch nicht, denn Frau Malice schiebt ihren Oberkörper nach vorn und stößt ihren Kopf förmlich in Richtung ihres Gegenüber, unterstützt durch ein lautes: „Ich habe gesagt: das war's."

Wie der sprichwörtlich begossene Pudel schleicht er aus dem Direktionsbüro.

Betty Kallone, die an diesem Wochenende Dienst hat, bemerkt das pudelige Verhalten Herrn Träschs und fragt gewohnt freundlich: „Kann ich etwas für Sie tun?"

„Ja, bitte, wenn Frau Firless kommt, sagen Sie mir bitte umgehend Bescheid."

Diese Freundlichkeit des Pflegedienstleiters überrascht Frau Kallone so sehr, dass sie lediglich mit einem zustimmenden Nicken antworten kann.

Die kurze Ansage der Direktorin nimmt ihn so sehr mit, dass er nicht sofort zu Benna zurückgeht, sondern erst eine stille Ecke im Garten aufsucht, wo er eine Zigarette rauchen will. Er merkt wie seine Hände beim Anzünden der Nikotinstange leicht zittern, so wie er es vor knapp drei Jahren schon einmal erlebt hat.

Da er in dieser vom Gebäude nicht einsehbaren Ecke während der Dienstzeit die eine oder andere Zigarette raucht, sind ihm die üblichen Düfte und vor allem Geräusche sehr vertraut. Aber an diesem Samstagmorgen kommen sie ihm fremd vor. Er nimmt den kurzen Weg über den noch feuchten Rasen und hat nach wenigen Metern die Schlinzstraße erreicht.

Es sind nur ein paar junge Menschen im Alter von etwa sechzehn bis zwanzig Jahren zu sehen, die in Richtung Residenz gehen, allerdings..., für einen Samstag und diese Uhrzeit eindeutig mehr als sonst. Aber er macht sich keine großen Gedanken, auch nicht als er bemerkt, dass von der entgegengesetzten Richtung ebenfalls eine etwa gleichgroße Menge an Menschen scheinbar dasselbe Ziel ansteuert.

Er schnipst seine Zigarettenkippe auf die Straße und begibt sich ins Haus zurück, zum Schwesternzimmer, wo er mit Benna sprechen will. Dort angekommen stellt er jedoch fest, dass sie bei einem der Bewohner beschäftigt ist.

Er geht zum Aufzug, fährt hinunter und hört bereits beim Öffnen der Aufzugtür: „Schwester, wo ist mein Pelzmantel? Schwester, hallo, hör'n Sie mich nicht?

Ich muss gleich ins Theater. Ich brauche meinen Pelzmantel. Schwester, wo ist der?"

In diesem Augenblick vibriert sein Telefon und leise ertönt der Rufton. Auf dem Display erscheint EMPFANG. „Träsch..., ja ist gut, vielen Dank. Sie soll bei Ihnen warten. Ich komme sofort."

Minuten später erreicht er die Rezeption und fährt Ricarda Firless in seiner schroffen Art an: „Wieso sind Sie schon hier? Sie haben doch erst heute Nachmittag Dienst. Was wollen Sie jetzt hier? Es kursieren hier im Hause verschiedene Gerüchte. Ich hoffe, dass es nur Gerüchte sind. Ich will sofort wissen, was Sie im Schilde führen."
„Guten Morgen, Herr Träsch. Ich hoffe, Sie haben gut geschlafen. Meine Nacht war nicht so gut. Aber ich glaube, das interessiert Sie nicht wirklich? Was haben Sie noch gefragt? Wissen Sie, ich bin doch noch gar nicht im Dienst, und dann höre ich manchmal nicht so richtig zu, wenn ich meine: wird wohl nicht so wichtig sein."

Betty Kallone, die dieses Gespräch mit anhören muss, möchte am liebsten laut rufen: Jawoll, richtig, gib's ihm. Aber sie vermeidet jede Beifallsbekundung für Ricarda.

Er beugt sich zu Frau Firless vor und droht ihr leise: „Warte, wenn ich dich in einem Appartement allein treffe, dann ...".

Weiter kommt er nicht, denn Ricarda reagiert lautstark: "Was wollen Sie, wenn Sie mich in einem Appartement allein treffen?" und etwas leiser: „Betty, kannst du mal bitte zuhören? Herr Träsch will etwas sagen."
„Sie sollen umgehend zur Direktorin kommen. Und anschließend kommen Sie in mein Büro", wird er vorsichtig.

„Nicht in ein Appartement?" Ricarda wendet sich ab und lässt den Pdl-er wie einen dummen Schuljungen stehen.
„Haaallo," brüllt er Ricarda hinterher, „wohin wollen Sie? Zur Direktorin geht es hierher."

Ricarda reagiert nicht und geht ihren Weg weiter. Ohne ein weiteres Wort stampft der Pdl-er Ricarda hinterher. Als er sie erreicht, fasst er ihr von hinten an die Schulter und reißt sie förmlich herum. Ricarda flüstert fast, aber sehr bestimmt: „Ich gehe zur Direktorin, wenn mein Dienst beginnt. Jetzt habe ich noch Freizeit, und in der bestimme ganz allein ich mit wem ich sprechen will."
„Was bilden Sie sich eigentlich ein? Sie gehen sofort zur Direktorin, sonst, sonst werde ich Sie ..."
„Entlassen?" kommt es ins Lächerliche gezogen über Ricardas Lippen. „Ich bilde mir ein, dass Sie mir im Moment gar nichts zu sagen haben. Und, entlassen, ich glaube, das ist eine Nummer zu groß für Sie. Und jetzt lassen Sie mich bitte in Ruhe. Ab dreizehn Uhr stehe ich Ihnen pünktlich zum Arbeitsbeginn wieder zur Verfügung. Jetzt müssen Sie mich entschuldigen."

Im Stile einer Grande Dame wendet sie sich wieder der bereits eingeschlagenen Richtung zu und setzt ihren Weg fort.

Emmi Malice, die das laute Gepolter des Pdl-ers in ihrem Büro mitbekommen hat, kommt auf den Gang, verschafft sich ein Bild von der Situation und kehrt wortlos wieder in ihr Büro zurück.

Um nicht noch einmal vorgeführt zu werden, lässt er Ricarda ziehen. Jetzt wird ihm sein anderes Problem wieder bewusst. „Oh verdorri, wie mach ich der Ollen jetzt klar, dass diese blöde eingebildete Ziege nicht kommen will?" Er wird es sofort erfahren.

„Harter Brocken," ist Betty Kallone selbst über ihre Bemerkung gegenüber Kevin Träsch überrascht.

Allerdings fühlt sie sich danach nicht unwohl und sieht auch keinerlei Grund, sich bei ihm zu entschuldigen. Im Gegenteil, die Rezeptionistin verspürt eine seltsame Genugtuung und den Wunsch, in Ricardas Horn zu blasen.

Der Pdl-ler wirft einen bösen Blick zu Frau Kallone. Sekunden später betritt er das Direktionsbüro.

„Wo ist sie?"
„Wer?"
„Stellen Sie sich nicht dümmer als Sie sind."
Fast ehrfürchtig sagt er: „Frau Firless kommt nicht."
„Was soll das heißen? Sind Sie nicht in der Lage, sie hierher zu holen? Wie führen Sie eigentlich Ihren Laden? Haben Sie wenigstens etwas in Erfahrung gebracht, was die Firless im Schilde führt?"
„Wie denn? Die sagt, dass sie noch Freizeit hat und nicht mit Ihnen oder mir sprechen will. Was soll ich denn dann machen? Soll ich die hierher prügeln?"
„Zuzutrauen ..., ach, lassen wir das. Wissen Sie was? Es ist am besten, wenn Sie jetzt gehen."

Ohne den Pdl-er weiter zu beachten, wendet sich die Direktorin ihrem Bücherregal zu.

Kevin Träsch hat so früh am Tage bereits seine zweite Abfuhr erhalten.

Ricarda befindet sich jetzt auf dem langen Gang zum Schwesternzimmer. Von der anderen Richtung kommt ihr Bernhardin Tronje lächelnd entgegen.

„Hallo, meine Liebe. Jetzt schon hier? Du hast doch erst heute Nachmittag Dienst. Was ich dich noch fragen wollte. Es gehen so bestimmte Dinge hier im Hause herum."
„So?"
„Ja, wenn ich dir helfen kann. Du musst mir nur sagen, was ich machen soll. Ich bin dabei. Du kannst dich auf mich verlassen. Was ist es denn?

57

Ein in schwarz gekleidetes Quartett aus drei Männern und einer Frau schlendert über die Allee am Hügelbrunnen in Richtung Residenz. Die Bomberstiefel, verheißen nichts Gutes, und bei genauem Hinsehen kann man feststellen, dass zwei der Männer unter ihren langen Mänteln Baseballschläger halten. Der dritte Mann und die Frau halten Spraydosen in ihren Händen.

Hin und wieder wird ihre Unterhaltung von einem nervangreifenden Gejohle und ordinären Lachen übertönt. Ab und an schlagen die beiden Baseballschlägerträger, die übrigens Zwillinge sind, rhythmisch auf ihre Holzwaffen, während Grimassen ihre Gesichter verzerren. Die beiden anderen schwenken dazu die Spraydosen, ohne sie jedoch zu betätigen.

Die wenigen Kurgäste, die den Vieren begegnen, versuchen ihnen so unauffällig wie möglich aus dem Wege zu gehen, diejenigen, die dieselbe Richtung haben, halten ausreichend Abstand.

Den Fontainenplatz haben die Schwarzgekleideten mittlerweile überquert und gehen weiter in Richtung Iburggasse, die einerseits durch Schulkinder mit ihren Müttern oder Vätern etwas stärker belebt ist und andererseits auch durch Menschen, die offensichtlich die Richtung Residenz eingeschlagen haben.

Das schwarze Quartett erreicht den kleinen Weg, der die Iburggasse mit dem Vorplatz der Residenz verbindet.

„Auf geht's", meint der Wortführer und klopft mit seiner Linken auf den Baseballschläger. Der Zweite zerrt eine Flasche Wodka aus seinem Mantel und lässt sie kreisen, nachdem er einen großen Schluck daraus genommen hat.

Wenige Augenblicke später erscheinen sie auf dem Residenzvorplatz und besetzen sofort zwei der residenzeigenen Sitzbänke neben dem Eingang.

Es sind Bänke für die Bewohner, die von dem Bus nach Hause träumen. Jeden Tag, Woche für Woche. Doch der Bus nach Hause kommt nicht, er fährt nicht mehr, nie mehr.

Die Eingangstür öffnet sich. Der Pdl-er kommt heraus. Er bleibt ein, zwei Sekunden stehen und saugt die frische Morgenluft ein. Die vier sehen ihm provokativ entgegen. Aber er lässt sich nicht provozieren. Es ist Angst, die ihn zurückhält, denn am liebsten würde er den schwarzen Besuchern gehörig die Leviten lesen.

Einer der Zwillinge steht auf und schleicht auf Kevin Träsch zu. Dem Pdl-er wird heiß und kalt. Der Zwilling ist zwar erst etwa sechzehn Jahre alt, aber seine wuchtige Figur, die schwarze Kluft und vor allem, dass es vier Gleichgesinnte sind, flößen Kevin großes Unbehagen ein. Ihm steht der kalte Schweiß auf der Stirn, und er malt sich schon aus, was jetzt geschehen wird. Zu allem Übel öffnet der Zwilling seinen Mantel etwas, jedoch nur so weit, dass Träsch den Baseballschläger erblickt. Er will etwas sagen. Aber sein Mund ist zu trocken. Er fühlt, dass er nur ein Gekrächze heraus brächte und seine Angst dadurch für Jedermann hörbar würde. Also bleibt er lieber stumm. Umdrehen und wieder in der Residenz verschwinden? Seine Beine sind wie gelähmt. So bleibt ihm nichts anderes übrig, als zu warten, zu warten auf das, was geschehen wird.

Es sind nur wenige Sekunden verstrichen, aber sie kommen ihm wie Stunden, endlose Stunden vor. Und er fühlt sich machtlos. Er kann nur mit sich geschehen lassen. Kommt jetzt die Stunde der Abrechnung? Ist dieses Kleeblatt - von wem auch immer - gesendet worden, um abzurechnen? Bekommt er jetzt die Quittung dafür, dass er seine Mitarbeiter oft wie

Menschen zweiter Klasse behandelt, viele kranke Bewohner wie Aussätzige angesehen und Kollegen wie notwendiges Übel betrachtet hat?

Kurz bevor der Zwilling in Baseballschlägerreichweite ist wendet er sich seinem Bruder zu und bedeutet ihm durch eine leichte Kopfbewegung, unterstützt durch das Bewegen seiner Augen in Richtung Kevin, dass er ebenfalls kommen soll. Der zweite versteht, grinst und trottet zu seinem Bruder.

Die beiden Sitzengebliebenen verfolgen die Wanderungen der Zwillinge mit gespielter Gleichgültigkeit. Dennoch, gespannt warten sie auf ein Zeichen des Vorangepreschten.

In knapp einer Minute hat der zweite Zwilling den Weg zu seinem Bruder zurückgeschneckt und baut sich neben ihm auf. Sie sehen sich hässlich grinsend an. Ein leichtes Kopfnicken des ersten Zwillings zu seinem Bruder folgt, und beide gehen einen kleinen Schritt vorwärts.

Kevin fühlt den Angstschweiß seinen Körper hinunterlaufen, denn die vor ihm stehende Mauer ist zu bedrohlich und kann in der nächsten Sekunde losschlagen.

Plötzlich…, der zweite schnellt mit einer Geschwindigkeit, die ihm niemand zugetraut hat, vorwärts und greift nach seinem Baseballschläger.

Kevin will zurückweichen, stellt aber zu seinem Entsetzen fest, dass er bereits mit dem Rücken zur großen Fensterscheibe zum Lesesaal steht. Ein Entkommen ist ausgeschlossen.

58
„Hallo, Ole. Na, wie war es gestern Abend?" fragt Sähnder und will weiter wissen: „Hast du etwas erreicht? Na, prima. Wie ist es mit der Schwester?

Hast du bei der auch etwas erreicht ...? Wie ich das meine? So, wie ich gefragt habe. Erzähl mal... Halt, halt, so genau will ich das auch wieder nicht wissen." „Wie, du bist schon unterwegs? Schwarze Männer, gut, dann eben Jugendliche. Schläger, in Schönquell? Du vertust dich doch nicht? Ja, ist ja schon gut. Zwei, und die anderen beiden? Kennst du die vier? Schade. Kannst du Fotos schießen? Klar, nicht beim Telefonieren. Was machen die jetzt? Hey, Ole, haaallo, hörst du mich? Was ist los? Ich konnte dich nicht hören, was war? ... Ach du Schande, hmm, hmm, oje, das hört sich nicht gut an. Mensch Ole, ich glaube, das wird 'ne richtige Sache. Sieh zu, dass du vernünftige Fotos oder Videos bekommst. Aber pass auf dich auf. Was ist jetzt schon wieder los? Ole, was ist? Ist alles in Ordnung? Ein Glück. Mann, sei vorsichtig. Jetzt hör mir einen Augenblick zu! Ich bleibe hier, und wenn sich etwas tut, informierst du mich sofort, damit ich dann eventuell mit Onno Kontakt aufnehmen kann. Ich werde von hier alles sofort ins Netz stellen. Was, was ist ..., oje, oje, vielleicht sollte ich doch besser zu dir kommen? Gut, wie du meinst. Was knallt da bei dir? Ich versuche jetzt sofort Arndt zu erreichen. Der muss dich unterstützen. Sieh zu, und halte dich aus gefährlichen Sachen raus, melde dich."

Wenige Minuten später vibriert Oles Handy. Er hat es auf stumm gestellt, damit der Klingelton nicht die Schwarzmänner nervt, und deren Aggressionen sich vielleicht plötzlich gegen Ole richten.

„Hallo, Arndt, der Boss hat dich also erreicht? Ich weiß es nicht. Es sieht ganz schön brenzlich aus. Ich habe eine derartige Situation noch nicht erlebt und deshalb keine Erfahrung. Vielleicht mache ich es schlimmer als es ist. Aber es könnte auch jeden Augenblick eskalieren. Die beiden von der Bank stehen jetzt ebenfalls auf. Sie gehen zu den zwei anderen. Die Frau wedelt mit ihrer Spraydose wild um sich. Ich hoffe nur, dass das kein Reizgas oder so etwas ist. Allerdings, so wie die aussehen. Lass uns Schluss machen und komm, bis gleich. Ich glaube da vorne tut sich was."

Der erste Zwilling greift in seine Manteltasche und zieht etwas heraus. Ole kann nicht erkennen was es ist. Der Zwilling geht wieder langsam, sehr langsam auf den Pdl-er zu. Der zweite setzt sich genau so langsam in Bewegung und wendet sich an Kevin Träsch: „Na, Schiss in der Buchs? Aber wir tun doch nichts ..., meistens. Weißt du warum wir hier sind?"

Kevin schüttelt den Kopf.

„Oh, guck mal, er weiß es nicht. Soll ich es dir sagen?"

Keine Reaktion von Kevin.

„Hallo, ich hab dich was gefragt."
„Lass gut sein," kommt es gefährlich leise von dem ersten Bruder zum zweiten. „Aber ich will nicht länger warten."

Mit einer rasender Geschwindigkeit nestelt der erste Zwilling an dem aus der Tasche gezogenen Gegenstand, öffnet ihn und schnellt auf den Pdl-er los.

Genau in diesem Augenblick öffnet sich erneut die Eingangstür.

59
„Ich wünsche uns ein erfolgreiches Wochenende. Hoffentlich klappt alles so wie Herr Tuschort sich das vorstellt. Es wäre schon schön, wenn wir etwas für die alten Leute erreichen könnten," gibt Arndt seine Gedanken an Viola weiter. „Ich wünsche mir so einen richtigen Knaller, damit die Politiker und Abzocker endlich wachgerüttelt werden."
„Ich bin sicher, den Knaller kriegst du schneller als dir lieb ist."

Arndt merkt wie Viola an ihm vorbei in Richtung des aufgebauten Frühstück-Bufetts sieht. „Agneta?" Viola nickt. „Ich hab's geahnt. Na, dann man los." Arndt erhebt sich, um Agneta entgegenzugehen und mit ihr draußen auf der Hotelterrasse zu reden. In der Mitte des Raumes, in dem um diese Zeit lediglich erst etwa dreißig Hotelgäste beim Frühstück sitzen, treffen sie aufeinander. Noch bevor Arndt seine Frau beschwichtigen kann, platzt sie los: „Wenn du glaubst, dass ich das so einfach mit mir machen lasse, dann hast du dir in den Finger geschnitten."

Das Gemurmel der Hotelgäste verstummt augenblicklich. Arndt fühlt deren Blicke wie Nadelstiche in seinen Körper eindringen. Er nimmt Agnetas Arm und will sie zur Terrasse führen, zuckt aber im selben Augenblick zusammen: „Fass mich nicht an," schreit sie wie eine Furie. Ihre Arme wirbeln gleichzeitig unkontrolliert durch die Luft. Die Hände ballt sie zu Fäusten.
„Agneta, bitte beruhig dich. Wir können doch in Ruhe ..."
„Ich lasse mich von niemandem anfassen, der es mit so einer treibt. Diese, diese, dieses Flittchen hat es doch faustdick hinter den Ohren. Carsten hatte Recht als er sagte: Die hat es nur auf's Geld abgesehen."

Bei den letzten Worten fühlt Viola die Blicke der Anwesenden auf sie zuwandern. Ungläubig und nach einer unausgesprochenen Entschuldigung und Rechtfertigung suchend, wackelt sie verneinend mit ihren Kopf, und ihre weit aufgerissenen Augen wandern von einem Gast zum anderen in der Hoffnung, etwas Verständnis zu erhaschen.

„Hat er dir das nicht gesagt? Hat er dir nicht gesagt, wie er es mit ihr im Büro getrieben hat? Nein, du hast ja auch nur Augen für deine Projekte gehabt. Du hast noch nicht einmal gemerkt, wenn Carsten und ich ..., jawohl, Carsten und ich hatten auch etwas miteinander. Du brauchst gar nicht so ungläubig zu glotzen. Aber diese Nutte hat das mitbekommen. Vielleicht hatte sie ja Angst, dass ihr die Felle davonschwimmen und bei Carsten nachgeholfen..."

Viola springt auf und rennt aus dem Frühstücksraum, der jetzt auf die Größe mehrerer Fußballfelder angewachsen zu sein scheint, hinaus auf den langen Gang. In einen der dort stehenden Sofas sackt sie schluchzend zusammen. Arndt eilt ihr hinterher und hört Agneta wie aus weiter Ferne schreien: „Bleib hier, wenn ich mit dir rede, du Scheißkerl."

Eine Kellnerin kommt mit dem Oberkellner, der Agneta ruhig, aber bestimmt auffordert, das Hotel zu verlassen. „Sie glauben doch wohl nicht, dass ich auch nur eine Sekunde länger hier in diesem Puff bleibe."

Nachdem Agneta auf dem kürzesten Weg über die Gartenterrasse hinausgebracht worden ist, entschuldigt sich der Oberkellner bei den Gästen und anschließend ganz besonders bei Viola und Arndt.

Arndt erreicht das Sofa, setzt sich zu Viola, die sofort mit weinerlicher Stimme und Tränen in den Augen beginnt: „Agneta lügt. Ich habe nie etwas mit Carsten gehabt, was dich beunruhigen müsste. Und auf Geld hatte ich es noch nie abgesehen. Wie kann sie nur so gemein sein? *Sie* ist es doch, die immer hinter dem Geld her ist."

60
„Guten Morgen, heute schon so früh? Was ist los? Du hast gestern noch lange am PC gesessen?" will Ralphs Mutter am Frühstückstisch wissen.
„Ja, ich musste für heute noch etwas organisieren."
„Doch wohl nicht wieder so einen flashmob?"
„Wie kommst du denn darauf?"
„Hast du, oder hast du nicht?"

„Und wenn?"

„Du kennst meine Meinung dazu."

„Ja, aber dieses Mal ist es nicht nur so aus Spaß, sondern für etwas Gutes. Wenn das klappt, dann kommt Schönquell endlich einmal wieder in die Schlagzeilen, und zwar im guten Sinne."

„Was ist es denn dieses Mal?"

„Ja, ja, mach dich nur lustig. Aber du wirst es schon sehen. Vielleicht kannst du heute Mittag Radio-Kur hören. Wir hatten gestern ein Treffen mit mehreren Leuten und dem Radio. Das ist alles, mehr kann ich im Moment nicht sagen."

Ralph schmiert sich ein Brötchen und nimmt es mit auf sein Zimmer, um noch ein paar mails zu überprüfen und in Ruhe die smse abzufragen. Nebenbei ruft er Katharina an: „Hallo Katta, gute Nacht gehabt? Fein. Wann willst du zur Residenz gehen? ... Gut, dann können wir uns um neun am Karussell treffen und gemeinsam gehen, oder? Gut, bis gleich."

Während Ralph noch sein Brötchen isst und die smse abfragt, befindet sich Felix schon auf dem Weg zur Residenz. Am Hügelbrunnen trifft er Helmut. Beiden ist nicht besonders wohl zumute. Sie nehmen den gewohnten Weg über die Allee *Am Hügelbrunnen*. Es herrscht normaler Wochenendfußgängerverkehr, und nichts lässt hier auf das bevorstehende Ereignis, wenn es denn überhaupt eines werden sollte, schließen. Schließlich ist die Vorbereitungszeit sehr kurz gewesen, und ob ausreichendes Interesse besteht, bleibt noch abzuwarten.

Felix und Helmut liegen gut in der Zeit und gehen deshalb nicht den direkten Weg, sondern wählen einen kleinen Umweg vorbei an der *Anbahnung,* dann über die Iburggasse und denselben Fußweg, den auch das dunkle Quartett eingeschlagen hat. Die zwei erreichen den Vorplatz genau in dem Moment als sich die Eingangstür öffnet.

„Was spielt sich denn da ab? Das ist doch der Träsch, dieser Wiederling. Die vier Schwatten werden den doch wohl nicht etwa verprügeln wollen, obwohl, ich meine, verdient hätte er es. Helmut, guck mal, guck mal, siehst du wer da aus der Residenz kommt? Die ist doch nicht gescheit, sich so in Gefahr zu begeben. Wir müssen den beiden helfen."

„Nee, Felix, das kannst du nicht von mir verlangen. Guck dir die Chaoten doch mal an. Die machen Kleinholz aus uns. Nee, da mach ich nicht mit. Und du solltest das auch lassen."

„Ich weiß, aber ich kann nicht anders. Ich kann die nicht allein lassen. Ich muss denen helfen, wenigstens versuchen, mit den Vieren zu reden."

„Mann, du alter Sturkopf, die machen uns fertig."

„So schlimm wird's schon nicht werden."

Die beiden setzen sich in Gang, aber nach wenigen Schritten hält Helmut Felix am Arm zurück: „Halt mal, siehst du das? Was macht die da? Die soll doch lieber wieder zurückgehen. Warum kehrt die nicht wieder um? Die ist doch lebensmüde."

„Nee, nee, die scheint diese Typen zu kennen. Sieh mal, sie spricht mit ihnen. Die scheint keine Angst zu haben. Ich glaube wir können unser Vorhaben ändern. Wir gehen jetzt an unseren Standort und bauen uns da auf."

„Das ist mir auch lieber, als mich da einzumischen."

Sie suchen ihren sogenannten Standort auf und rollen das Plakat aus.

Lebenslauf: **Frei** bin ich **Mensch**,
im **Seniorenheim Niemand**,
danach **tot**.

Es ist so, wie Felix vermutet. Die Frau aus der Residenz hat kurz mit den Zwillingen gesprochen und danach den Pdl-er in die Residenz förmlich hineingeschoben. Sie selbst aber dreht auf der Türschwelle um und wendet sich erneut den Schwarzkluftigen zu.

Die Zwillinge schlendern langsam, betont lässig und ohne Hast direkt auf Benna zu. Die Baseballschläger halten sie fest unter ihren Mänteln verborgen. Die zwei anderen beobachten die Situation.

„Naha, was gibt's?" beginnt einer der Zwillinge, indem er weiter auf Benna zusteuert. „Neugierig? Oder bist du da drinnen schon fertig?"

„Wie oft habe ich euch schon gesagt, dass ihr euch hier nicht blicken lassen sollt? Was wollt ihr hier überhaupt? Und was wolltet ihr von meiner Pdl?"

„Nun mach' mal halblang. Wir wollten von dem nur Feuer für unsere Nikotinspender. Was können wir denn dafür, wenn der so schissig ist? Und überhaupt, seit wann interessiert dich denn, was wir machen? Ist wohl dein neuer Füller, oder?"

„Red vernünftig mit mir, sonst kriegste eene jescheuert, dass de globst, dir bläst'n Jumbo um. Ich bin immer noch Eure Mutter. Und jetzt noch mal, was wollt ihr hier?"

„Frau Tronje, wir sind hier, weil hier doch heute um zwölf ein flashmob stattfindet," klärt die Weibliche des Quartetts die Mutter der Zwillinge höflich auf.

„Ach, wieder so wie vor ein paar Tagen?"

„Es soll heute wohl größer werden und länger dauern, so ist jedenfalls der Plan."

„Und von wem ist dieser flashmob? Weshalb habt ihr mir das denn nicht gesagt?" wendet sich Benna wieder an ihre Zwillinge.

„Na, toll, wann denn? Du bist ja nie zu Hause. Und wenn doch, dann ist irgendein Macker da, oder du pennst, oder du hast keine Zeit, weil du dich wieder für 'n Date aufbrezeln musst."

„Ja ich weiß, ich bin mal wieder an allem schuld," beendet Benna das Gespräch und verschwindet eilig in der Residenz.

Im Handumdrehen hat sie das Direktionsbüro erreicht. Hastig klopft sie an den Türrahmen, der wie üblich offen stehenden Tür an: "Jetzt hab ich's, Frau Malice." „Darf ich vielleicht eben diese Notiz zum Ende bringen?" herrscht die Direktorin Bernhardin an, bevor sie nach einer rhetorischen Tätigkeit ärgerlich wissen will: „Bitte, was veranlasst Sie zu diesem stürmischen Auftritt?"

„Ich weiß jetzt worum es geht?"

„Na, das ist ja schön für Sie, wenn Sie endlich den Durchblick haben. Und es wäre schön, wenn Sie mir das auch einmal zeigen würden. Werden Sie bitte konkret."

„Diskret? Nein, nein, das weiß bisher noch keiner hier im Hause. Ich habe es aus erster Quelle. Sie sind die erste, die das erfährt. Und hinter allem steckt Frau Firless. Die hat das Ganze angeleiert. Das sieht der mal wieder ähnlich. Und hinter dem ersten hat meine so eifrige Kollegin auch gesteckt."

„Frau Tronje, nun mal langsam und der Reihe nach. Also, konkret sind Sie ja nun geworden. Und Diskretion ist mir gegenüber nicht angebracht. Was haben Sie erfahren und von wem? Wohinter steckt Frau Firless, Ihre geliebte Kollegin? Was sieht ihr wieder ähnlich? Und was meinen Sie mit dem ersten?"

Flashmob, die hat 'n flashmob angezettelt, und den letzten auch," lügt Bernhardin Tronje und kommt sich dabei sehr klug vor. Wir müssen etwas unternehmen. Die ist für uns doch nicht mehr tragbar."

„Woher wissen Sie das?"

„Draußen waren ein paar dunkle Jugendliche, die kenne ich, weil, die sind zum Teil aus der weiteren Nachbarschaft. Die habe ich einfach gefragt, was die bei uns vor der Tür wollen. Und da haben die mir das gesagt."

Auf diese Weise gelingt es Benna, Ihre Söhne zu verschweigen.

Die Direktorin greift zum Telefon drückt die Rezeptionskurzwahl und befiehlt: "Schicken Sie mir Frau Firless... Ja, ich weiß, dass die noch nicht im Dienst ist. Aber die ist im Hause ..., ach es ist gut, lassen Sie."

Bernhardin zuckt bei dem, was sie gerade hört zusammen. Geht der Schuss nach hinten los?

"Frau Tronje, Sie suchen jetzt Frau Firless und bringen sie hierher. Und Sie kommen auch wieder." "Aber ich muss zu meinen Bewohnern. Ich kann die doch nicht so lange allein lassen." "Ich will jetzt wissen, woran ich bei Ihnen und Frau Firless bin. Also bringen Sie sie hierher, und zwar sofort." "Wo soll ich die denn jetzt suchen, wenn die noch keinen Dienst hat?" "Sie haben vorhin doch selbst gesagt, dass Sie jetzt den Durchblick hätten. Also, dann, zeigen Sie es."

Bernhardin dreht sich um und geht. Ihr rot gewordenes Gesicht, das jetzt flaue Gefühl in der Magengegend und ihre nun auch leicht feuchten Hände sind nichts im Gegensatz zu der in ihr aufsteigenden Wut. Aber diese Wut richtet sich nicht gegen sich selbst, wie man es erwarten könnte, sondern gegen Ricarda.

61
Ricarda hat kaum Zeit, die im Löchl vereinbarte Aufgabe zu erledigen. Aber Zeit besitzt sie während eines normalen Tages in der Residenz auch nicht. Sie hat sich entschlossen, eine der alten Damen ins Vertrauen einzubeziehen, geht zu deren Appartement, klingelt und hört aus der Wohnung: "Ja, einen Augenblick, bitte." Die schlurfenden Schritte in dem Appartement werden lauter und verstummen direkt an der Appartementtür: "Ja, bitte, wer ist da?" ertönt stattdessen die Stimme der alten Dame. "Hallo, Frau Lubeck, ich bin's, Schwester Ricarda."

Frau Lubeck schließt auf und öffnet die Tür.

„Guten Morgen, Frau Firless. Das ist aber eine nette Überraschung. Kommen Sie doch herein. Ich dachte, Sie hätten erst heute Nachmittag Dienst." „Das habe ich auch. Haben Sie immer alle Dienstpläne im Kopf, Frau Lubeck?" „Nein, nur die der Guten. Ich weiß somit stets, wann ich am besten meine kleinen Problemchen loswerden kann." Ihre Augen strahlen Ricarda bei diesem Satz dankbar und warmherzig an, werden aber im nächsten Augenblick kalt wie Eis als sie fortfährt „und die von den Schlechten und Bösen. Dann weiß ich nämlich auch, wann ich achtsam sein muss. Aber was führt Sie um diese Zeit und in Ihrer Freizeit zu mir?"

Ricarda berichtet von dem gestrigen Treffen im Löchl, und es entsteht ein kurzer fruchtbarer Dialog zwischen beiden. Ricarda schließt: „Ich freue mich über Ihr Verständnis. Und dass Sie einen Teil der anderen Bewohner informieren und für unsere Sache mobilisieren wollen, finde ich ganz toll." „Ja, Schwester Ricarda, das haben Sie wohl nicht gedacht. Endlich wird mal etwas gegen dieses verlogene und korrupte System unternommen. Endlich kommt mal wieder Leben in die Bude. Vielleicht ist es das letzte Mal in meinem Leben, dass ich noch einmal aufmucke. Aber ich tue es gern mit Ihnen und für Sie. Und ich habe noch einige einflussreiche Bekannte und Freunde. Die werde ich vielleicht auch informieren. Ich wünsche Ihnen,… ich wünsche uns viel Erfolg. Und jetzt lassen Sie uns an die Arbeit gehen."

Frau Lubeck begleitet Ricarda noch zur Tür und schließt sie wieder ab. Während des kurzen Rückweges in ihr Wohnzimmer überlegt sie bereits: „Wer kann uns helfen? Wen kann ich in Berlin, Hannover und Braunschweig anrufen? Wer kann uns hier aus der Residenz helfen? Wer wird mitmachen?"

Ricarda begibt sich zum Schwesternzimmer, wo sie die Arbeitspläne und Telefonnummern der Kolleginnen findet. Mit dem Handy fotografiert sie Nummern und Dienstplan und stellt dabei fest: „Peppy hat jetzt Schicht. Das ist gut."

Sie begibt sich auf Peppys Station. „Hallo Ricarda, du schon hier?"
„Nein, eigentlich nicht."
„Stimmt es, dass du einen flashmob machen willst?"
„Wie kommst du darauf?"
„Meine Tochter hat mich gestern Abend darauf aufmerksam gemacht, dass so etwas hier stattfindet soll, und zwar heute Mittag. Und hast du? Ja oder nein? Ich würde dich ja unterstützen. Meine Tochter sowieso, und die bringt auch noch Freunde mit."
„Ich habe gehofft, dass du mitmachst. Ich möchte gerne noch Anne und Nadine fragen. Die haben jetzt auch Dienst. Und dann, wir haben noch mehr vor, als nur den flashmob."
„Was denn?"
„Es ist ein heißes Eisen für uns, zumindest für die, die dabei sind."
„Nun sag schon. Wenn ich kann, mache ich mit."
„Das ist gut zu wissen. Aber es ist besser, wenn ich noch nichts sage. Es weiß bisher niemand."
„Na, ihr zwei Hübschen." Röhrt Benna auf dem langen Gang den Zweien entgegen. Als sie das Duo erreicht, wird ihr Ton glücklicherweise wieder leiser, während sie Ricarda ansieht: "Sprecht ihr über deinen flashmob? Ich hab's schon gehört. Ich bin natürlich dabei. Hilfst du uns auch, Peppi?"
„Da du ja genau weißt was hier abgeht, kannst du Peppi ja auch sagen, wie sie uns am besten helfen und was sie bei unserer Hilfsaktion machen kann," bringt Ricarda Bernhardin in Erklärungsnot."
„Na klar, nur, ich muss eben zu Emmi" stottert Sie.
„Die Chefin will aber auch immer irgendetwas von mir. Ihr könnt mir glauben; es ist schlimm, wenn man alles kann. Wenn ich mit Emmi fertig bin, verklickere ich es

dir, Schätzeken," haut die unbeliebte Berhardin Tronje auf die berühmte braune Masse und verschwindet in Richtung Direktionsbüro. „Peppi, ich gebe dir Bescheid, wenn es so weit ist. Und, es wäre schon gut, wenn wir möglichst viele dazu bekämen, egal ob aus der Pflege, Verwaltung oder dem Service. Wenn keiner anfängt, ändert sich auch nichts. Und es muss sich etwas ändern. Wir sind es unseren Alten und uns selbst schuldig. Wir, wir sind die Alten von Morgen." „Ricarda, ich habe so ein komisches Gefühl im Magen. Ich glaube heute kommt deine große Stunde. Ich helfe dir. Was habe ich zu verlieren? So etwas wie hier, mit solchen Vorgesetzten bekomme ich von Heute auf Morgen garantiert wieder. Also dann, ich bin gespannt."

Ricardas Handy klingelt. Das Display zeigt Null-Fünf-Elf als Vorwahl. „Tut mir leid" entschuldigt sich Ricarda bei Peppi, wendet sich ein wenig ab und nimmt den Anruf entgegen.

„Firless," meldet sich Ricarda, die sich keinen Reim auf diese Vorwahl machen kann. „Ja, das bin ich,... genau, die wohnt hier".

Es folgt eine längere Pause von etwa einer Minute und dann: „Das hat sie Ihnen alles erzählt?... Das wäre natürlich großartig.... doch, bis dahin müssten Sie es schaffen können.... das hängt von der Situation ab.... groß hinauszögern kann ich das nicht... ja, der wollte um neun Uhr auf dem Vorplatz sein... gut, mache ich. Außerdem kann mir das Telefonieren da keiner verbieten.... ist in Ordnung, ich werde es ihm sagen.... ja, bis dann, tschüss."

„Das war die Zeitung aus Hannover. Ich wusste gar nicht, dass das ein so großer Verbund ist. Die haben Zeitungen in Gießen, Kiel, Lübeck und den gesamten Ostseeraum. Und weißt du was? Die kommen hierher und wollen live berichten. Ist das nicht geil?"

„Super, das wird ja immer besser. Ich glaube, jetzt mache ich die anderen auch heiß. Und du willst mir nicht sagen, was außer dem flashmob kommt?"

Ricarda schüttelt den Kopf, während sie bereits den Weg zu Felix, der um neun Uhr auf dem Vorplatz sein wollte, eingeschlagen hat.

Peppy geht wieder auf ihre Station, klopft an die erste Appartementtür auf der rechten Seite des Ganges und betritt die Räumlichkeit, nachdem sie ein „herein" gehört hat.

„Es ist schon so spät Schwester. Warum kommen sie denn nicht früher. Sie wissen doch, dass ich das nicht selbst kann." Mit den Fingern zeigt die Bewohnerin nach unten und will damit ihre Inkontinenz andeuten. „Jetzt ist es schon wieder zu spät. Nie kommt einer wenn man nach jemandem klingelt. Und dafür bezahle ich jeden Monat so viel Geld."

„Frau Letrann, Sie wissen doch, dass hier zu wenig Personal ist. Aber wir haben heute eine große Versammlung und Kundgebung vor dem Hause. Da wollen wir zusehen, dass sich hier etwas ändert. Wenn Sie wollen, kommen Sie doch nach unten und sehen sich die Geschichte an. Und je mehr Bewohner dahinkommen, umso besser ist es für die Kundgebung und sicherlich auch für alle Bewohner hier im Hause. Die Presse kommt auch."

„Welche Fresse brummt auch?"

„Nicht Fresse, d i e P r e s s e k o m m t a u c h", wiederholt Peppy deutlich und lauter.

„Ach so, und ich dachte schon die von Frau Malice oder Herrn Träsch."

„Soll ich Sie jetzt duschen?"

„Ja, Sie können sich Zeit lassen. Sie müssen nicht huschen. Aber Sie können mich duschen."

„Das mache ich. Es ja auch schließlich Samstag."

„Nein, ich habe keinen Namenstag."

Frau Letrann ist eine etwa achtzig Jahre alte Dame, die sich vor einiger Zeit bei einem Unfall, an dem sie schuldlos war, mehrere Knochenbrüche zugezogen hat. Nach dem monatelangen Krankenhausaufenthalt und der darauffolgenden Rehabilitationsmaßnahme in der benachbarten Einrichtung ist sie in die Residenz gezogen und wohnt hier seitdem. Wenn man von den verschiedenen, zum Glück nur geringen körperlichen Defiziten, absieht, bleibt lediglich ihre Schwerhörigkeit als Beeinträchtigung.

Peppi hilft Frau Letrann aus den Kleidern, um sie zu duschen. Die Schwester weiß, dass Schwerhörigkeit nichts über die geistige Regsamkeit eines Menschen aussagt und beginnt deshalb noch einmal langsam und klar und deutlich und auch wohl etwas lauter: „Frau Letrann, es findet nachher eine Kundgebung vor dem Hause statt. Möchten Sie daran teilnehmen?"
„Warum schreien Sie denn so? Ich kann noch gut hören. Eine Kundgebung, vor dem Hause? Wenn ich daran denke, wofür wir früher alles auf die Straße gegangen sind. Geht Frau Lubeck auch hin? Worum geht es denn überhaupt bei der Kundgebung?"
„Das kann Ihnen am besten Schwester Ricarda erklären."
„Ah, Frau Firless, wenn die dabei ist, dann komme ich auch. Und Frau Lubeck wird dann erst recht kommen. Ich sehe zu, dass möglichst viele von uns mitkommen."
„Vielen Dank, Frau Letrann, das ist sehr nett von Ihnen."
„Fett von innen? Das verstehe ich nicht. Was soll das heißen?"
„D a s   i s t   n e t t   v o n   I h n e n."

Nach dem Duschen verabschiedet sich Peppi von Frau Letrann mit den Worten:" Wir sehen uns dann vor dem Hause?"
„Nein, nein, nach der Pause. Bis später vor dem Hause."

62

„Hallo, was gibt's?"

„Die HAZ hat angerufen und will einen Bericht über den flashmob schreiben. Eine Bewohnerin hat wohl einen guten Draht zur Hannoverschen Allgemeinen und sie informiert. Hast du für ein Video alles dabei?"

„Ja, alles hier. Zeitung Hannover, Mutter aus Hamburg, hoffentlich ist das für uns nicht 'ne Nummer zu groß. Wart mal, Frau Firless kommt gerade aus dem Haus. Sie geht zum Tuschort und seinem Kumpel. Ich werde mich jetzt auch dorthin begeben. Ich melde mich wieder. Bis dann."

Ole verlässt seinen Standort und überquert den Vorplatz. Aber auch die vier dunklen Gestalten haben Felix gesehen und trollen auf ihn zu. Felix sieht den vier Ankömmlingen mit festem Blick entgegen. Dieser Blick ist nicht einer dieser spöttischen oder verächtlichen wie er ihnen in den meisten Fällen entgegen geschleudert wird. Und das nehmen sie sehr wohl wahr.

Diesem dunklen Quartett traut man kaum menschliche Gefühlsregungen und noch weniger Verstand zu.

Als es Felix und Helmut erreicht, beginnt der erste Zwilling: "Cooler Spruch, aber das ist nicht unser Gebiet. Wenn Sie Hilfe brauchen, wir haben es knüppeldick unterm Mantel."

„Ich hoffe, dass Sie mein gutes Bild von der Jugend nicht trüben werden, sondern dass Sie auch andere schlagende Argumente besitzen. Sind Sie auch wegen des flashmobs hier?"

„Hey, Mann, krass. Und so mutig. Ja, wir sind auch deswegen hier. Dann sind wir schon sechs. Aber Sie sind nicht der Organizer, oder?"

„Hallo, Ole, gut, dass du auch schon da bist. Diese vier jungen Leute wollen uns auch unterstützen. Ist das nicht ein hervorragender Mix? Helmut und ich für die Vergangenheit, du für die Gegenwart, und diese vier Mitstreiter für die Zukunft, und alles vor einem Altenheim?" empfängt Felix den Journalisten. „Und wenn ich das richtig sehe, gesellt sich jetzt auch Ricarda zu uns" und weist dabei in Richtung Frau Firless, die soeben aus der Residenz kommt, um mit Felix die weitere Vorgehensweise zu besprechen.

Ricarda verlangsamt ihre Schritte, als sie die vier offensichtlich auf Krawall gepolten dunklen Gestalten erblickt. Doch irgendetwas passt nicht zusammen. Entschlossen setzt sie ihren kurzen Weg fort, erreicht die jetzige Siebener-Gruppe und mustert argwöhnisch die Heranwachsenden, die umgehend wieder eine für sie typische, provozierende Haltung einnehmen. Ein falsches Wort könnte zur Eskalation der Situation führen, so die landläufige Meinung, die bisweilen durch bittere Realität bestätigt wird. Der jungen Frau des Quartetts entweicht ein leises *Hallo* als Ricarda die Gruppe erreicht.

Ricarda hallot zurück und stellt fest: „Wir kennen uns doch."

Die Blicke sind auf Carina gerichtet. Sie nickt. „Wieso muss ich an etwas Schönes, Niedliches, Hübsches denken, wenn ich Sie sehe? Können Sie mir das sagen?"
„Wollen Sie mich verarschen, oder was soll das? Ich habe Ihnen doch nichts getan. Was wollen Sie eigentlich hier?"

Carinas männliche Bergleiter bauen sich umgehend neben sie auf, so dass sich Ricarda unversehens einer Mauer gegenüber sieht, einer bedrohlichen Mauer.

Ricarda schickt einen flehenden Blick zu Felix und Ole, während sich der männliche Teil der Drohmauer langsam auf Ricarda zu bewegt.

Felix und Ole stellen sich neben Ricarda.

Es ist wie so oft, ein missverstandenes Wort, eine aggressive Reaktion, dann die fehlende klärende Kommunikation, und schon ist die Saat, aus der ein Streit, eine Schlägerei oder noch mehr entstehen kann, gesetzt.

Unterdessen biegt ein Fahrzeug in die Iburggasse ein. Kurz vor dem Wendeplatz findet es eine freie Parkbucht. Verstärkung steigt aus.

63

Katharina erblickt bereits aus der Ferne ihren Ralph, wie er gelangweilt das Karussell in Drehung versetzt. Als er Katharina wahrnimmt, lässt er das Karussell seine restliche Energie verbrauchen und eilt ihr entgegen. Ein Begrüßungskuss folgt, und Katta fällt auf: "Hast du auch den Eindruck, dass heute Morgen viel mehr Junge hier sind als sonst?"
„Stimmt, die sind alle wegen unseres flashmobs hier, und die dahinten leider auch. Das ist eben der Mist. Man kann sich die Leute nicht aussuchen, wenn man so etwas macht."

Ralph deutet in Richtung Brunnenplatz. Dorthin bewegt sich neben anderen auch eine aus sechs Leuten bestehende Gruppe. Truppe ist vielleicht die bessere Bezeichnung für deren springergestiefelten, schwarz- und glatzköpfigen Mitglieder. Sie ähneln dem Quartett vor der Residenz, und der eine oder andere scheint ebenfalls sogenannte Sportgeräte mit sich zu führen.

Die Verstärkung aus dem Auto hat den Residenzvorplatz erreicht und muss nicht lange suchen, um Felix zu finden. Das Plakat und die beiden sich gegenüberstehenden Mauern fallen jedem Besucher oder Passanten sofort ins Auge.

Erst als sie auf etwa zehn Meter an die beiden offensichtlich zur Auseinandersetzung bereiten

Mauern herangekommen ist, erkennt Felix die Langhaarige von der Heimaufsicht.

Ricarda tippt sich an die Stirn: „Jetzt weiß ich warum ich bei Ihrem Anblick an etwas Schönes denken muss. Es ist Ihr Name. Im Italienischen heißt *carina* schön, hübsch oder so."

„Ah, das wusste ich nicht, ist ja süß," entspannt Karina mit einem Lächeln die Situation.

Die starren Haltungen beider Mauern werden aufgegeben, so dass jetzt ein Bild anscheinender Eintracht unter den so unterschiedlichen Gruppen entsteht.

Die Langhaarige stellt sich kurz vor und zu Felix gewandt: „Wie ich gesagt habe. Heute habe ich Zeit."

„Ich freue mich, dass Sie dabei sind. Aber haben Sie sich das auch genau überlegt? Ich hoffe, Sie wissen, was Sie tun."

„Ich habe über unser Gespräch und Ihre Überlegungen nachgedacht. Ich bin feige. Ich habe Angst. Und deshalb will ich Sie unterstützen."

„Angst, und dann wollen Sie mitmachen? Das verstehe ich nicht."

„Das ist ganz einfach. Ich habe damals diesen Beruf ergriffen, weil ich Schwachen, Kranken und so weiter helfen wollte. Aber ich habe ziemlich schnell festgestellt, dass ich es mit Paragrafen und Paragrafenreitern zu tun habe und kaum etwas bewegen kann. Und dann sind plötzlich Sie da und nehmen diesen ungleichen Kampf gegen übermächtige lobbyistenhörige Behörden auf. Und ganz besonders zu denken gegeben hat mir Frau Firless. Wie die für ihre Kollegin eingetreten ist, wie sie dabei das Wohl der Bewohner nicht aus dem Auge verloren hat. Das war nicht nur gut, nein, das war mehr, viel mehr, es war menschlich, schlicht und einfach nur menschlich. Sie hat den Mut, menschlich zu sein. Und zum Schluss hat sie uns noch vorgeführt. Felix, Sie und Frau Firless haben mich an meine früheren Ziele erinnert. Angst, ja, ich habe Angst davor, mir später einmal sagen lassen zu müssen: Warum bist du nicht stärker für die Schwachen eingetreten? Ich bin jetzt dabei, und soll ich Ihnen noch etwas sagen? Ich fühle mich wohl."

64

In der Stadt sowie dem Kurbezirk herrscht mittlerweile reges Treiben, das heute Morgen jedoch vorwiegend von Jugendlichen geprägt wird. Es haben sich mehr oder weniger kleinere Grüppchen gebildet, die friedlich umherschlendern, noch.

Hin und wieder tauchen langsam fahrende Polizeiwagen auf und verschwinden wieder. Die flaschmobber wissen also: Die Polizei ist wachsam. Manche fragen sich denn auch, ob dieser flashmob überhaupt stattfinden wird. Mit jeder Viertelstunde nimmt die Zahl der Teilnehmer zu. Sie kommen aus allen Richtungen und drängen zur Residenz. Felix, der Streuner, hat sich die Wirkung des Aufrufs in seinen kühnsten Träumen nicht so vorgestellt.

Mittlerweile ist es eine Stunde vor dem geplanten flashmob-Start, und der Vorplatz ist zu gut zwei Dritteln mit jungen Menschen gefüllt.

„Ist die Firless noch im Haus?" dröhnt die Direktorin in Richtung Rezeption.
„Ja, ich habe sie vorhin noch gesehen."
„Rufen Sie sie an, und sagen Sie ihr, dass ich sie sprechen will."
„Frau Firless ist noch nicht im Dienst. Ich kann sie nicht anrufen."
„Was macht die denn hier, wenn sie nicht im Dienst ist, zum Kuckuck noch mal? *Die* steckt doch garantiert hinter allem, was da draußen geschieht. Wissen Sie wie lange das da noch gehen soll und was noch alles auf mich zukommt?"

Frau Kallone schüttelt den Kopf.

„Wenn ich dahinterkomme, fliegen einige. Ich muss die wohl selbst suchen, ist ja lachhaft."

Wutentbrannt hastet E.M. über die Treppe in die erste Etage und wählt nebenbei die Nummer des Schönqueller Polizeikommissariats.

„Ah, gut, dass ich Sie direkt erwische. Hier spricht Frau Malice, Direktorin der Residenz. Sie müssen sofort jemanden hierher schicken. Wir haben hier vor dem Hause einen flashmob oder so etwas. Dieser Pöbel lässt niemanden rein oder raus... Wie, ob ich den Grund kenne, natürlich nicht. Ich habe mit dem Pöbel doch nichts zu tun... Was heißt hier kein Pöbel? Ich habe fast den Eindruck, Sie freuen sich über das, was da draußen geschieht. Also, ich erwarte jetzt Ihre Unterstützung, sonst wende ich mich umgehend an Ihre vorgesetzte Dienststelle. Es geht hier schließlich um die Sicherheit und das Wohl der Bewohner und meines Personals."

Rot vor ohnmächtiger Wut beendet E.M. das Telefonat. Am anderen Ende drückt der Kommissariatsleiter ebenfalls die rote Taste, vergewissert sich aber noch, dass das Gespräch auch wirklich beendet ist und flüstert verächtlich ins Telefon: „Blöde Kuh, geschieht dir Recht, hättest dich mal eher um deine Leute kümmern sollen."

Frau Malice donnert Flur für Flur durch die Residenz. Ohne Ricarda gefunden zu haben, kehrt sie zum Ausgangspunkt zurück und herrscht Frau Kallone an: „Wenn Sie sie sehen, Sie wissen schon, sofort zu mir."

Ein vorsichtiges Grinsen macht sieht auf Betty Kallones Gesicht breit, als die Direktorin in ihrem Büro verschwindet. „Ja, so muss sie's kriegen."

Betty nimmt ihr privates Handy und schickt Ricarda eine sms: em sucht dich wie verrückt. sollst zu ihr kommen. hat polizei angerufen. draußen viel los aber alles ruhig. viel erfolg, betty

Ricarda befindet sich mit ein paar Kolleginnen im Betriebsratszimmer und versucht, sie von ihrem Vorhaben zu überzeugen.

Holger Nomint, der Betriebsratsvorsitzende, hört unruhig zu und meint dann: „Die Chefin wird damit nicht einverstanden sein. Wie willst du der das denn verklickern? Ist das nicht ein wilder Streik? Das dürfen wir doch gar nicht. Die wird uns alle entlassen."

Holger Nomint hatte sich der Betriebsratswahl gestellt, weil er dadurch einen gewissen Kündigungsschutz erhalten wollte. Und dementsprechend verhält er sich. Da es sonst nicht genug Kandidaten gegeben hätte, war *seine* Wahl unter anderem sicher.

„Mensch Holger, kannst du dich nicht einmal für die Belegschaft und die Bewohner einsetzen, anstatt dich ewig bei der Malice einzuschleimen? Nun zeig mal wofür du gewählt worden bist." Britta Rierlie, Holgers erste Vertreterin, bekommt von Peppi, Nadine und natürlich Ricarda Rückendeckung.

Im kleinen Fernsehraum hingegen haben sich gut vierzig Bewohner versammelt. Ricarda hat es mit Frau Lubecks Unterstützung wirklich geschafft, so viele Bewohner zu mobilisieren.

„Also," fährt Frau Lubeck fort, „wir müssen damit rechnen, dass wir in den nächsten Stunden oder Tagen auf Manches verzichten müssen, weil eventuell nur ein Teil des Personals zur Verfügung steht. Aber wenn wir die wenigen guten Leute jetzt nicht unterstützen, wird sich hier nie etwas ändern. Von der sogenannten Direktorin können wir keine Hilfe erwarten, ganz im Gegenteil. Die sieht nur Ihren eigenen Vorteil. Aber was kann uns denn schon passieren? *Wir* haben schließlich sogar den Krieg überlebt."

In der fünften Etage öffnet sich die Tür eines freien Appartements und Benna kommt vorsichtig, und dieses Mal wortwörtlich, umsichtig heraus. Sie nickt in das Appartement hinein, und Sekunden später folgt der Pdl-er. Sie geht in die eine, er in die andere Richtung. Benna zupft mehrfach ein wenig an ihrer Hose. Auch die Bluse sitzt nicht so ganz wie sie soll. Beide fahren in verschiedenen Aufzügen in das Tiefgeschoss.

„Hallo, Schwester, wann holen Sie meinen Pelzmantel aus der Reinigung?" will Frau Bulde erneut wissen. „Ich habe jetzt keine Zeit. Ihre Lieblingsschwester, Ricarda, holt ihn gerade ab?" „Das ist gut, dann kann sie mir auch die Opernkarten mitbringen." „Hallo, Herr Falter, wie geht es Ihnen?" will Bernhardin von dem dementen Bewohner halbherzig wissen. „Wo ist die andere Schwester? Wann kommt die, die nette Schwester? Oder bist du das? Nein, du grinst so komisch. Du bist nicht die Nette. Die hat auch ganz andere Augen als du. Du passt besser zu dem Bruder da vorne. Der guckt auch immer so wie du. Was machen die vielen Menschen da draußen?"

Herr Falter zeigt auf das Fenster zum Hauspark. Erstaunt nimmt sie den relativ großen Strom an Menschen wahr.

„Es stimmt also. Die Firless hat es wirklich geschafft, diesen verdammten flashmob auf die Beine zu stellen," brummt Bernhardin Tronje vor sich hin.

Unverzüglich eilt sie ins Erdgeschoss und staunt nicht schlecht, als sie den fast vollen Vorplatz sieht.

In die Stichstraße zur Residenz biegen zwei Fahrzeuge mit der Aufschrift NDR ein und parken im oberen Bereich der Straße. Aus dem einen Wagen steigen drei Männer, aus dem anderen zwei Frauen aus. Ihre Ausrüstung besteht lediglich aus zwei Mikrofonen und zwei Kameras. Dennoch, der Rundfunk ist da.

Ole hat mit seinem Anruf bei Onno in Hamburg dessen journalistische Neugier geweckt. Und nach dem Motto *man weiß ja nie…* ist es Onno gelungen, eine kleine Mannschaft zu schicken. Die Fünf verschaffen sich aus sicherer Entfernung zunächst einen Überblick, mischen sich nach gut fünf Minuten unters Volk, wo ihnen nach wenigen Rundumblicken Felix' Plakat auffällt. Die Fünf vom Norddeutschen Rundfunk bahnen sich den Weg durch die Menge.

„Guten Tag, wir sind vom NDR, Landesstudio Hannover. Ich bin Thorsten Egarf, und das sind meine Kollegen. Darf ich Ihnen ein paar Fragen stellen?" wendet sich Thorsten Egarf an Ole, der neben Felix steht.
„Ole Talkehr von hiesigen Studio des Radio-Kur. Hat Onno Sie aus Hamburg angerufen?"

Ole genießt kurz den verdutzten Blick und fährt dann weiter, „Sie sollten aber Herrn Tuschort fragen. Er ist der Initiator und kann ihnen am besten Auskunft geben."
„Dann darf ich Ihnen ein paar Fragen stellen, Herr … Tuschort?" Felix nickt.
„Hier soll doch, wenn wir richtig informiert sind, um zwölf Uhr ein flashmob stattfinden. Warum rufen Sie dazu auf, was bezwecken Sie damit?"
„Den flashmob, nein, nein, den habe nicht ich organisiert, sondern ein junger Freund."

Thorsten Egarf wendet sich suchend um, geht ein paar Schritte und hält sein Mikro dann einem der schwarzen Zwillinge hin: "Ich vermute, dass einer von

Ihnen der Organisator ist. Was bezwecken Sie damit?"

Finn Tronje, er ist der Starke der Gruppe, das Alpha-Tierchen, sucht nach einem passenden Wort, weicht unweigerlich etwas zurück, da er sich diesem geistigen Angriff auf den kleinsten Teil seines Kopfes nicht gewachsen fühlt. Er dreht sich seinen Kumpanen zu:" Ey, was will der Spießer von mir? Sagt ihr doch auch mal was. Carina, was ist mit dir? Kannst in die Glotze kommen."

Der Reporter wendet sich erneut an Felix.

„Vor einiger Zeit ist meine Frau an Demenz erkrankt. Wir hatten damals genügend finanzielle Mittel, so dass ich davon ausging, dass das renommierteste Haus für meine Frau das richtige sei. Und das war es zunächst auch. Doch seit einiger Zeit herrschen hier unzumutbare Zustände für die Bewohner und das Personal." Felix weist auf sein Plakat.

Lebenslauf:
Frei bin ich **Mensch**,
im **Seniorenheim Niemand**,
danach **tot**.

„Und Sie glauben, entschuldigen Sie bitte, dass Sie der Richtige sind, das beurteilen und ändern zu können?"
„Wenn Sie den ganzen Tag in der Stadt sind, hören Sie Vieles. Ich habe gelernt, Geschwätz und Sachliches einigermaßen richtig einzuschätzen. Und wenn Sie dann noch erfahren, dass Bewohner nachts manchmal eingeschlossen, sprich, ohne gesetzliche Grundlage weggesperrt werden, ergibt das Ganze ein Bild, ein Bild, das zum Himmel schreit."
„Das sind harte Vorwürfe gegen ein sehr angesehenes Unternehmen. Können Sie das belegen?"

„Nein, zurzeit kann ich das noch nicht. Aber ich weiß, d a s s   e s   s o   i s t.“
Etwas von oben herab meint Thorsten Egarf weiter: „Das heißt, Ihre Vorwürfe entbehren jeder Grundlage.“
„Ich bin sicher,“ meldet sich Bettina Klier zu Worte, „dass Herr Tuschort von Ihnen keine Belehrungen benötigt. Und schon gar nicht in der Art, wie Sie es tun.“
„Darf ich fragen wer Sie sind?“
„Ich bin Bettina Klier, Heimaufsicht und in der vergangenen Woche genau wegen dieses Vorfalls bzw. Vorwurfs hierhergerufen worden. Es scheint also auch ohne, noch ohne fehlende Beweise etwas an dieser Behauptung dran zu sein. Wir von der Heimaufsicht wissen genau, dass sehr viel im Argen liegt und wir nur in den wenigsten Fällen konkret etwas ändern können. Ein großer Teil der Heimleiter setzt seine Mitarbeiter derart unter Druck, dass man vom Personal nichts erfährt. Und ich hoffe, dass diese Aktion endlich wenigstens *etwas* bringt. Es sind nämlich auch Menschen hier, die sich voll und ganz für die Bewohner und das Personal einsetzen, obwohl sie sich um ihre persönliche Zukunft ängstigen müssen.“
„Bitte, Frau Klier, lassen Sie es gut sein. Sie müssen auch an sich denken.“
„Ja, Herr Tuschort, ich denke an mich. Und dazu gehört, dass ich endlich mal wieder meinen Mund aufmache und mich für meine Überzeugung einsetze. Vor allem Frau ..., Sie wissen wen ich meine, hat mir, als ich vor ein paar Tagen hier war, einen Spiegel hingehalten. Ich sah schrecklich darin aus.“

Michael Demand, Thorsten Egarfs Vertreter, versucht in der Nähe der Eingangstür, mehr zu erfahren. Plötzlich spürt er von hinten ein leichtes Tippen auf seiner Schulter. Als er sich umdreht, sieht er in zwei erwartungsvolle Augen und hört im selben Moment: „Kann *ich* Ihnen vielleicht helfen?“
„Wie meinen Sie das?“
„Wie hätten Sie's denn gern?“

„Wie ich's gern hätte? Im Moment mache ich meinen Job, und da stehen meine Wünsche hintenan. Wie könnten Sie mir denn überhaupt helfen?"

Gerade als Benna sich dem Reporter anbiedern will, fühlt sie Ole Talkehrs Blicke auf sich ruhen. Verunsichert, von wem sie am meisten für sich herausholen kann, lenkt sie das Gespräch in eine andere Richtung und geht auf Ole und die anderen in der Gruppe zu. Ein typisches Rollen der Augen und eine entsprechende Kopfbewegung in dieselbe Richtung zeigen dem schwarzen Quartett, dass es woanders hingehen soll.

„Warum, wir bleiben hier. Hier geht noch die Post ab."

Mit ihrem Auftritt hat Berhardin die Aufmerksamkeit auf das Quartett und sich gezogen, allerdings in einer von ihr so nicht gewünschten Art.

„Hallo, Ole, die Frau Firless hat diesen ganzen Auflauf angezettelt und zu verantworten," wirft Bernhardin Tronje ohne gefragt worden zu sein in die Runde und behauptet weiter: „Jetzt muss sie auch die Konsequenzen ziehen. Ich habe sie oft genug gewarnt."
„Arbeiten Sie in der Residenz?" wollen Bettina Klier und Thorsten Egarf gleichzeitig wissen.
„Ja, ich komme soeben von Frau Malice," lügt Bernhardin Tronje. Sie genießt die auf ihr ruhenden Blicke und fährt nach einer kurzen Pause fort, während sie in die Runde sieht: "Sie hat mich gebeten, mich hier draußen nach dem Stand der Dinge umzusehen, damit wir dann die entsprechenden Maßnahmen ergreifen können."

Eifrig hält Thorsten ihr das Mikrofon hin: „Was wollen Sie damit sagen?"
„Wir haben Stillschweigen vereinbart. Bitte haben Sie noch etwas Geduld," tut sich Benna wichtig.

„Geduld, bis wann sollen wir uns gedulden? Wissen Sie mehr? Unsere Zuschauer warten auf kompetente Berichterstattung."

Bettina Klier sieht und hört sich alles sehr konzentriert an. Sie hat Benna durchschaut und hofft, durch sie mehr über die Zustände in der Residenz zu erfahren.

„Nein, nein, von mir erfahren Sie hier draußen jetzt noch nichts."

„Das ist ja krass, ey, man. Uns fragst du was hier abgeht. Und auf einmal weißt du schon alles? Du und deine Obermackerin, ihr seid voll im Infofluss?"

„Ich muss wieder rein. Ich habe genug gesehen."

Sie erkennt ihre momentan ungünstige Situation sich zu präsentieren und verschwindet deshalb wieder in der Residenz.

Die Menschenmenge wird ständig größer, und der gesamte Vorplatz ist mittlerweile voller flashmobber.

65

Der Kommissariatsleiter würde am liebsten den Hilferuf der Direktorin ignorieren, aber das kann er nicht. Also beordert er seine auf Streife befindlichen Beamten zu einer Erkundung zur Residenz.

Anschließend ruft er die Polizeiinspektion in Hamstedt an: „Hallo, Phil, hier ist Achim. Ja, soweit ist alles in Ordnung. Die Residenz hat vorhin angerufen. Die Direktorin braucht eventuell Hilfe. Es ist ein flashmob in vollem Gange, und zurzeit sollen etwa tausend Teilnehmer da sein. Zum Glück ist noch alles ruhig. Aber ich habe da etwas läuten hören, dass wohl noch irgendetwas anderes geschehen soll... Wie, was? Nee, nee, wahrscheinlich nicht. *Ein* falscher Wasserwerfereinsatz reicht mir vollkommen. Ich wollte dich nur informieren, damit du Bescheid weißt und eventuelle Vorsichtsmaßnahmen ergreifen kannst. Gut,... danke, bis demnächst."

66

„Gut," fasst Frau Lubeck zusammen, „dann werden wir den Leuten jetzt noch einmal zeigen, wozu wir Alten noch imstande sind."

Applaus ertönt, wohl, um sich selbst Mut zu machen. Frau Lubeck öffnet die Tür des kleinen Versammlungsraums und schlägt die Richtung zum Foyer ein. Ihre Mitstreiter folgen ihr. Die Gruppe der etwa vierzig Bewohner zählt insgesamt um die dreitausend Jahre, aber von Ruhe, Müdigkeit oder Zurückhaltung ist bei den Herrschaften nichts zu spüren. Diese Gruppe ist aufgewacht. Sie ist wieder voll da, wieder dabei. Sie steht wieder *im* Leben. Sie wird gebraucht. Jeder einzelne dieser sich langsam vorwärtswälzenden Menge merkt es und genießt dieses schon längst vergessene Gefühl.

Frau Kallone an der Rezeption erhebt sich von ihrem Stuhl hinter dem Empfangstresen und sieht in Zuversicht ausstrahlende Augen.

Auch Frau Malice hört das Gelächter und kommt eilig aus ihrem Büro. Lachen in der Residenz? Das kann doch wohl nicht sein.

Sofort hat sie Frau Lubeck als Wortführerin ausgemacht und steuert direkt auf Sie zu.

„Wollen Sie mir bitte erklären, was das hier soll? Ich habe mit dem Pack da draußen schon genug zu tun. Und jetzt auch noch Sie hier drinnen. Ich erwarte von Ihnen, dass Sie sich ruhig verhalten und keine Beifallsbekundung für die da draußen geben. Haben wir uns verstanden?"
„Wir werden uns nie verstehen. Aber das ist uns auch egal."

Beifall ertönt, gepaart mit höhnischem Lachen.

„Wichtig für uns ist, die Menschen vor der Tür zu unterstützen. Vielleicht können wir den einen oder anderen zu einem Kaffee in unsere Appartements einladen. Sicher haben Sie nichts dagegen."

Wie ein Fisch auf dem Trockenen schnappt die Direktorin nach Luft und prustet nach einigen Schrecksekunden los: "Und ob ich was dagegen habe. Ich werde von meinem Hausrecht Gebrauch machen und niemanden von draußen hereinlassen. Ich werde jeden wegen Hausfriedensbruchs anzeigen, und *Sie* wegen Anstiftung."

„Ich habe mir doch gleich gedacht, dass Sie überhaupt nicht wissen was wir alles dürfen. Und, dass *Sie* Ihre Grenzen nicht kennen, ist hier im Hause schon längst allen bekannt. Ich glaube, die Zeit ist gekommen, sie Ihnen aufzuzeigen."

„Sie wollen mir drohen? Ich vermute" wendet sich Emmi an die Gruppe „dass Sie alle schwerhörig sind und nichts gehört haben."

„Was haben Sie gesagt?" kommt es ironisch aus der Menge „man hört hier so schlecht."

Emmi Malice dreht sich um und sucht Unterstützung: „Frau Kallone, Sie haben bestimmt gehört wie mir gedroht wurde."

„Tut mir leid. Aber ich habe auch nichts gehört."

Bravo-Rufe, begleitet von befriedigtem Grinsen und wiederum leichtem Klatschen, sind Lohn für diese beherzte Antwort.

Der Rezeptionistin wird warm ums Herz, und sie hätte nie gedacht, so viel Mut aufzubringen.

Das leichte Klatschen nimmt an Stärke zu, die Bravo-Rufe verstummen. Das Grinsen verwandelt sich in offenes, freundliches und dankbares Lachen. Alle Augen blicken in ein und dieselbe Richtung. Der Direktorin entgeht das nicht, weshalb *sie* nun ebenfalls in diese Richtung sieht.

„Firless", entfährt es ihr wütend. „Das war ja klar, dass Sie dahinter stecken. Das werden Sie noch bereuen. Kommen Sie unverzüglich mit in mein Büro."
„Ich bin noch nicht im Dienst, Frau Malice."
„Dann verlassen Sie sofort meine Residenz."
„Frau Lubeck will mit mir etwas besprechen. Und soweit ich informiert bin, kann man Besuchern von Bewohnern nicht so ohne weiteres das Haus verbieten."
„Frau Malice", ergreift Frau Lubeck wieder die Initiative, „wenn Sie uns jetzt bitte entschuldigen. Wir haben mit Frau Firless etwas zu besprechen, vielen Dank."

Frau Lubecks gerade Haltung, ihre aufrechte Art, ihre vorzüglich und stets treffende Wortwahl sowie ihre passende Gestik weisen sie noch immer als Dame, als grande dame, aus.

„Frau Firless, wir danken Ihnen, dass Sie uns sogar außerhalb Ihrer Dienstzeit anhören wollen."

Fast freundschaftlich hakt sich Frau Lubeck bei Ricarda unter, geht mit ihr und der ganzen Gruppe zurück zum kleinen Fernsehraum und berichtet dort: „Liebe Frau Ricarda, wir haben beschlossen, Sie und alle, die Ihnen helfen wollen, zu unterstützen. Wir alle haben nicht mehr allzu viel vom Leben zu erwarten. Zu verlieren haben wir schon gar nichts mehr. Aber wir sehen, wie es hier zugeht. Und endlich ist mit Ihnen jemand gekommen, der nicht immer sagt ‚man müsste, aber was kann *ich* schon machen?' Wir stehen an Ihrer Seite, bei allem was Sie jetzt tun. Wir sind bereit, notfalls bis zum ..."
„Nein, sagen Sie das nicht. Aber ich freue mich und bin Ihnen sehr dankbar. Bitte entschuldigen Sie."

Ricarda ist gerührt, ein paar Tränen quellen aus ihren Augen. Und während sie die letzten Worte, man könnte auch sagen, stammelt, umarmt sie Frau

Lubeck. Die warme, ehrliche Dankesgeste erwärmt auch Frau Lubeck. Sie erwidert mit leichtem Druck. In der Gruppe sieht man die eine oder andere Person, sich unverhohlen ebenfalls ein Tränchen von der Wange zu wischen.

Die Tür zum Gang öffnet sich.

„Bin ich hier richtig?"
„Wenn dir die möglichen Konsequenzen klar sind, ja. Jeder, der es ehrlich meint, ist uns willkommen, nur keine karrieregeilen Typen."

Hier und da macht sich Kichern unter den alten Bewohnern breit. Sie kennen den Begriff selbstverständlich. Aber zu ihren Zeiten wurde er meist in anderem Zusammenhang und ausschließlich bei bestimmten Gelegenheiten benutzt.

„Nadine, woher weißt du? Ich habe doch noch gar nicht mit dir gesprochen."
„Von Peppy, Peppy hat sowas angedeutet. Ich bin in den letzten Stunden einige Jahre reifer geworden und habe noch eine Menge gutzumachen ..., an dir und an unseren Bewohnern. Heute will ich damit anfangen."
„Und Peppy, wo ist die?"
„Die kommt gleich nach. Sie will nur noch etwas besorgen, hat sie gesagt."
„Das ist gut. Du weißt was wir vorhaben?"
„Flashmob, und dann noch irgendetwas. Aber dazu hat Peppy nichts weiter gesagt."
„Wir gehen gleich nach draußen zu Herrn Tuschort. Er ist der Vater der Geschichte."
„Tuschort? Hast du Tuschort gesagt?"
„Ja, und es stimmt was du vermutest. Er ist der Mann von unserer Hanna Tuschort."
„Kennt er die Sache mit seiner Frau?" Die Angst steht Nadine ins Gesicht geschrieben.
„Ja, aber du brauchst keine Angst zu haben. Er weiß nicht, *wer* sie eingeschlossen hat."

„Wer ist angeschossen worden?" meldet sich Frau Letrann, die wegen Ihrer Schwerhörigkeit nicht immer alles richtig versteht.

„Nicht angeschossen, eingeschlossen", korrigiert sie eine andere Bewohnerin.

„Ach so, na dann". Eine abwinkende Geste und das Zurückschrumpfen der weit aufgerissenen Augen auf Normalgröße zeigen ihre Enttäuschung an. Und jetzt, wo ihre Augen wieder kleine Schlitze werden, fügt Frau Letrann leise hinzu: „Ich dachte schon die Direktorin oder wenigsten dieser Träsch. Aber so ist das Leben. Im Alter werden sogar die kleinen Freuden immer seltener."

67

Jonas und Manfred, die beiden Polizisten, die vor ein paar Tagen als erste bei Carsten Tuschorts Motorradunfall eingetroffen waren, biegen langsam in die Residenz-Stichstraße ein und erfassen in dem berühmten Sekundenbruchteil die Situation.

„Ruf doch mal die Wanne und frag ob wir da echt rein sollen. Das sind doch mindestens fünfhundert Leute. Ohne Verstärkung, unmöglich, ohne mich. "

Manfred nimmt das Telefon, schildert die Sachlage und soll nach eigenem Ermessen vorgehen.

„Das ist doch kein normaler flashmob. Wer weiß, was da noch alles abgeht. Hast du Bock auf Randale? Ich nicht. Zwei gegen ein paar hundert. Ich glaub, ich spinne."
„Hast Recht. Aber was die da machen, ist schon lange überfällig."
„Wie meinst du *das* denn, weißt du mehr?"
„Nee, nichts," beteuert Manni
„Hast du Jemanden da drinnen arbeiten oder wohnen?"

Manfred schüttelt verneinend den Kopf, leicht, ganz leicht. Dann wird es stärker und stärker. Sein Gesicht nimmt an Röte zu, und schließlich kann er nicht mehr an sich halten. Seine bisher lockere Sitzhaltung entlockert sich. Mehr noch, sie spannt sich an, sie verkrampft. Seine Hände werden zu Fäusten. Er will sich zurechtsetzen, Haltung annehmen, aber der Gurt hält ihn zurück.

„Ich kann dir sagen…, alles läuft da nur nach der Uhr. Für's Waschen: so viel Minuten, für's Duschen: so viel Minuten, für's Anziehen: so viel, für's Essen geben: so viel, für's Zwischenmenschliche: null Minuten. Die Leute haben überhaupt keine Zeit, sich wenigstens mal *etwas* mit den Bewohnern zu unterhalten. Und warum nicht? Weil irgendwelche Schreibtischchaoten hirnverbrannte Vorgaben machen, bescheuerte Personalschlüssel aufstellen und so weiter und so weiter. Im Fernsehen gibt es Dokumentationen über Altenheime und Krankenhäuser. In denen wird belegt, deutschlandweit: Bewohner werden nicht selten mit Medikamenten ruhiggestellt. Putzen wird reduziert mit der Folge, dass es riecht. Ist das hygienisch? Defekte Sachen werden nicht repariert. Das Essen kommt teilweise von weit her, sehr geschmackvoll. Und dann der Personalstand, viel zu gering. Dass dann Fehler und hohe Fluktuation entstehen, ist doch logisch. Dienstpläne, lachhaft, kaum eine Woche ohne Änderungen. Und dann faseln einige Politiker von guten Zuständen. So gesehen stehen unsere Altenheime ja noch gut da. Aber die von Wegen muss ihre Eltern ja auch nicht *so* unterbringen. Die kann sich Einzelbetreuung leisten. Und wenn dann einer einen Streik anzetteln will, kann ich das gut verstehen. Aber es kann ja auch sein, dass der Staat kein wirkliches Interesse an vernünftiger Pflege hat. Schließlich würden wir bei guter Pflege womöglich älter und müssten immer länger Pension und Rente bekommen. Das wäre dann ganz schön teuer. Oh, Mann-o-Mann, je mehr ich darüber rede, desto mehr kommt mir die Galle hoch.“

68

„Also, liebe Mitbewohner, wollen wir jetzt starten? Wir haben schließlich keine Zeit mehr zu verlieren," ergreift Frau Lubeck das Wort. Ohne die Antwort abzuwarten, schnappt sie sich Ricarda. „Sie, Frau Firless, halten sich bitte etwas im Hintergrund. Ich möchte Sie und Ihre Kolleginnen so weit es geht aus der Schusslinie nehmen. Wenn aber diese Bernhardin Tronje kommen sollte, die kann ruhig mal eins auf ihre hohe Nase bekommen, diese, diese ... na ja... Auf geht's, Leute. Ich hab mich schon lange nicht mehr so wohl gefühlt wie im Augenblick."

Diese elegante, große alte Dame stampft urplötzlich los wie eine Dampfwalze, die bereit ist, alles was sich ihr in den Weg stellt, platt zu walzen. Und ihre Körpersprache, dieses Nonverbale sorgt dafür, dass ihr die Gruppe mit Applaus und Jubelrufen folgt. Die Mitstreiter fühlen sich in alte Zeiten versetzt, in denen sie jung und unternehmungslustig waren.

„Geht's euch auch so gut wie mir?" Zustimmende Rufe und lauter Beifall der unternehmungslustigen Residenzbewohner sind die Antwort.

Und da kommt folgerichtig Emmi Malice aus ihrem Büro gepoltert. Ohne ihre raumgreifenden Schritte zu verlangsamen, herrscht sie Frau Kallone an der Rezeption an, „die Tronje soll sofort kommen."

Aber das ist nicht nötig, denn wie aufs Stichwort kommt Benna aus einem der Seitengänge in das Foyer, in dem sich die Alten auf dem Weg zum Vorplatz bereits befinden. Sie hat natürlich alles, so wie es sich für eine Intrigantin gehört, aus sicherer Entfernung belauscht.

„Ich war gerade auf dem Weg zu Ihnen, um Ihnen mitzuteilen…"
„Ja, ja, schon gut," fährt Emmi Malice Benna über den Mund.

„Sie trommeln sofort alles Personal zusammen. Und dann sorgen Sie dafür, dass ihre Freunde von der Polizei und Presse jetzt endlich mal hier erscheinen und sich für uns einsetzen."

„Ich habe keine Freunde bei der Polizei und der Presse."

„So, und mit wem haben sie dann in einem unserer Zimmer rumgemacht? Sie wollen mich wohl für blöd hinstellen."

„Wie soll ich die denn hierherholen? Ich kann doch nicht über deren Einsätze entscheiden."

„Lassen sie sich was einfallen. Wenn es um *ihren* Vorteil geht, sind Sie sonst ja auch recht erfinderisch und nicht gerade zimperlich."

Bernhardin geht mit flehendem Blick zur Rezeptionistin: "Gabi, bitte, kannst du mir helfen? Du hast ja sicher alles gehört, laut genug war es ja. Rufst du bitte die Kolleginnen an? Wie ich das mit Karlo und Ole machen soll, weiß ich auch noch nicht."

„Du Benna, weißt du, ich habe im Moment sehr viel zu tun. Frau Lubeck hat mich gebeten, ihr dringend etwas Schriftliches aufzusetzen," schwindelt Betty Kallone und fährt fort, „wenn du vielleicht in einer Stunde wiederkommst, dann bin ich bestimmt soweit. Aber, ach, schade, dann habe ich schon Feierabend. Na ja, woll'n mal sehen, was uns der Tag noch bringt."

Die Tür vom hauseigenen Restaurant öffnet sich, und eine Mittsiebzigerin kommt ins Foyer, blickt sich kurz um und geht dann zurück, ohne die Tür wieder zu schließen. Sie nickt kurz in das Cafe, und man hört gedämmtes Murmeln. Es wird allmählich lauter. Die Frau, eine gepflegte Erscheinung, dreht sich wieder um, betritt erneut das Foyer und eilt direkt auf Frau Lubeck zu.

„Frau Tugett, sie hier? Haben sie sich verlaufen? Ich fürchte, Sie kommen in einem äußerst ungünstigen Moment."

„Ich, wieso ich? Sie meinen, wir. Warten Sie ein Momentchen bis alle ihren Kaffee bezahlt haben," und zeigt dabei in Richtung Restaurant.

Langsamen Schrittes kommt ein durch die Last des Lebens gebeugter Achtzigjähriger durch die Restauranttür. Zwei, drei Sekunden später folgt ein gleichaltriger, aber rüstigerer Mann, dann eine aufgetakelte Mittsiebzigerin, zwei sich unterhakende Damen, ebenfalls Mitte siebzig. Die beiden Ladies nicken sich kichernd wie Schulmädchen zu. Die eine zeigt dabei auf Frau Lubeck.

„Dürfen wir uns Ihnen anschließen?" will Frau Tugett mit lachenden Augen wissen. „Aber natürlich, wir freuen uns über jeden, der uns unterstützt. Aber wie konnten Sie hier hereinkommen?" „Das Restaurant, beziehungsweise das Cafe ist doch für jedermann zugänglich. Also haben wir uns, auch wenn wir bei der Konkurrenz wohnen, dazu entschieden, heute bei Ihnen einen kleinen Zwischenkaffee einzunehmen. Und nebenbei, mein Mann war Oberpostrat, freue ich mich, dass endlich mal wieder irgendwo die Post abgeht. Sie wissen doch, bei uns ist es auch nicht besser als bei Ihnen. Und je mehr aufmucken, umso besser stehen doch wohl die Chancen für uns Alte, dass die Öffentlichkeit von den Missständen erfährt." „Das ist wohl wahr. Aber woher wissen Sie, was wir vorhaben, und wie viele Leute sind Sie? Das hört ja gar nicht auf."

Frau Lubeck blickt fragend zur erwähnten Tür, wo sich leichtes Gedränge einstellt.

„Wir sind knapp fünfzig," verkündet Frau Tugett stolz.

Frau Lubeck strahlt.

Die Direktorin hat die beiden Damen erreicht und fährt wie ein Donner in ihr Gespräch: „Sie haben hier nichts zu suchen. Verlassen Sie mit Ihrem Gefolge umgehend meine Residenz."

„Sind Sie die Eigentümerin, oder nur eine Angestellte?" stellt sich Frau Tugett dumm, wohlwissend welche Reaktion sie mit dieser rhetorischen Frage hervorruft.

„Ich bin die Direktorin dieser Residenz," wird Emmi Malice wie üblich bei derartigen Fragen um einiges größer, obwohl sie in diese Falle getappt ist.

Ein ironisch hämisches Grinsen, das man Frau Tugett nicht zugetraut hätte, macht sich auf ihren immer noch feinen Gesichtszügen breit.

"Also doch, Sie sind Angestellte eines Konzerns. Aber beruhigen Sie sich, wir sind sowieso auf dem Weg nach draußen. Dennoch, gestatten Sie mir zu sagen, dass Sie stolz sein können auf ein paar wenige Mitarbeiter, die den Mensch im Vordergrund sehen, ihr Handwerk verstehen und sich über die Unzulänglichkeiten verschiedener Vorgesetzter und wahnwitziger Vorschriften mutig und umsichtig hinwegsetzen."

Während die Zornesröte Frau Malice ins Gesicht geschrieben steht, setzen Frau Lubeck und Frau Tugett mit ihren beiden Gruppen den kurzen Weg zum Vorplatz fort, ohne Emmi Malice eines weiteren Blickes zu würdigen.

„Tronje," brüllt Emmi mit gedämmter Stimme wütend ins Foyer. „Tronje, verdorri, wo stecken Sie? Wo ist sie?" will die Rotgesichtige von Betty Kallone wissen.

Frau Kallone bedeutet auf den Raum hinter der Rezeption.

Emmi stampft wutschnaubend weiter, dem gezeigten Büroraum entgegen, sieht wie Benna die *Alle*-Ruftaste nulleins drückt und hört: „Achtung, alle Pflege- und Service-Mitarbeiter sofort in den kleinen Besprechungsraum kommen. Ich wiederhole, alle Pflege- und Service-Mitarbeiter umgehend in den kleinen Besprechungsraum."

Die Rufanlage bietet nach jeweiligem Tastendruck die Möglichkeit, die mobilen Telefone der Mitarbeiter verschiedener Bereiche mit *einem* Ruf zu erfassen, das heißt, sobald ein Angewählter die grüne Annehm-Taste drückt, muss er sich die Nachricht anhören. Erst danach kann das Telefon wieder anderweitig genutzt werden. Gleichzeitig kann an der Zentrale abgefragt werden, wer noch nicht abgenommen hat. Für den kann dann ein sogenannter Mahnruf erfolgen.

„Was ist mit Ihren zwei Männern? Wann kommen die?"
„Der Bekannte von der Presse ist draußen. Den Polizisten kann ich nicht erreichen."
„Dann holen Sie wenigstens den Pressemenschen."

Benna verlässt den Raum. Im Foyer bemerkt sie die beiden Gruppen, die zu einer größeren verschmolzen sind, und fühlt einen leichten Schauder über ihren Rücken laufen. Die Schiebetür nach draußen öffnet sich. Das laute Stimmengewirr füllt den Eingangsbereich der Residenz.

Benna hat Ole, der direkt bei Felix steht, erblickt und bahnt sich den Weg zu ihm. Ihre Haare bringt sie in gewollte Unordnung, ihre Bluse gibt zumindest jetzt nichts preis, was irgendwie auf spezielle Wünsche schließen ließe.

Bei Ole angekommen, fragt sie ihn: „Ole, kannst du einen Augenblick mitkommen? Ich und die Direktorin wollen etwas mit dir besprechen."

„Wer kann dieser Einladung schon widerstehen?" Sie setzen sich in Bewegung, Benna voran, Ole dicht hinterher.

Eine seltsame Ruhe legt sich urplötzlich über den Vorplatz. Das Gemurmel verstummt für drei oder vier Momente. Dann applaudiert jemand. Es folgt ein Zweiter, ein Dritter bis innerhalb kurzer Zeit fast alle klatschen oder jubeln, ohne den momentanen Grund zu kennen.

Aus unerklärlichem Grund greift eine gefährliche Situation und Stimmung um sich, bei der mit einem Mal niemand mehr weiß, warum er sich so verhält, wie er es tut.

Dieser typische Massenzwang, dem die meisten Menschen in bestimmten Situationen unterliegen, hat sich jetzt auch hier breit gemacht. Ein kleiner Funke genügt, und die bisher friedliche Gruppe verwandelt sich in eine gewaltbereite Truppe, die dann nicht mehr zu beherrschen ist. Das eigentliche Ziel steht dann unvermittelt nicht mehr im Vordergrund.

Auf ihrem Gang zurück in die Residenz müssen Ole und Benna an dem schwarzen Quartett vorbei. Sie erreichen es und wollen es passieren, als einer der Zwillinge sich Ihnen in den Weg stellt. Ole, der bereits einige solcher Veranstaltungen erlebt und davon berichtet hat, weiß, wie schnell Stimmung umschlagen kann und letztendlich Fäuste, Knüppel, Steine und Schlimmeres die Szenerie beherrschen. Er hat schnell nach seinem Schlüsselbund in der Hosentasche gegriffen. In erprobter Art hält er ihn so, dass gerade ein - und wirklich nur ein Schlüssel - zwischen Mittel- und Ringfinger aus der jetzt geballten Faust ein wenig herausragt. So kann er im Notfall einem eventuellen Angreifer schmerzhafte Verletzungen zufügen. Den Notfall sieht Ole ziemlich nah, da dieser Schwarzgekleidete sich Benna bedrohlich in den Weg stellt.

Und dann, Ole weiß nicht wie ihm geschieht, hebt Benna ihre Hand, als wolle sie dem vermeintlichen Angreifer eine Ohrfeige verpassen. Der Zwilling macht einen Schritt zur Seite und gibt den Weg frei.

„Ich wollte doch nur'n paar Euro," hört Ole ihn im Vorbeigehen resigniert sagen, nicht wissend, dass der Jugendliche Bennas Sohn ist.

„Alle Achtung, du hast es aber gut drauf," lobt Ole Benna, die wortlos bleibt.

In ihrem Direktionsbüro wartet Emmi Malice ungeduldig auf den Reporter. Mit einem totkalten Grinsen empfängt sie ihn. Sie beachtet Benna jetzt nicht mehr. Diese Kälte, diese Unnahbarkeit, und die Arroganz der Residenzleiterin bestätigen einmal mehr den schlechten Ruf der Heimleiterin. Sie stellen sich gegenseitig vor.

„Frau Tronje hat Ihnen gesagt, warum ich Sie hierher bestellt habe?"

Demonstrativ und naiv tuend, dreht sich Ole suchend um. Nein, außer den Dreien ist niemand im Raum.

Frau Malice ignoriert seine Geste und beginnt: "Also, Herr Talkehr, ich will, dass Sie über diese unglaublichen Vorgänge, diese Randalierer, dieses, dieses, na ja ..., da draußen berichten. Derartige Schweinereien bringen meine Residenz in schlechtes Licht. Ich sehe zu, dass mein Haus als guter Arbeitergeber und ausgezeichnete Seniorenresidenz erscheint. Wie Sie sehen können, ist mir das auch ganz gut gelungen."

Sie weist dabei auf eine an der Wand hängende Urkunde, die eine hervorragende Einstufung bescheinigt.

„Ich glaube nicht, dass Sie sich hier im Hause ein weiteres Bild verschaffen müssen. Den Zustand der Zimmer kennen Sie doch wohl?"

Bei der letzten Spitzfindigkeit wandert ihr Blick zwischen Benna und Ole hin und her. Benna errötet ein wenig, während Ole vollkommen Herr der Situation ist.

„Ich helfe Ihnen gern," wendet Ole sich an die Selbstherrliche, „wenn Sie mir sagen, was die Leute da draußen vorhaben, und warum sie sich überhaupt getroffen haben. Und nebenbei, ich habe im Foyer soeben um die hundert ältere Herrschaften gesehen. Ich hatte den Eindruck, dass die zu *denen* da draußen wollen. Wäre es nicht Ihre Aufgabe, sich ihnen anzuschließen? Kann es vielleicht sein, dass diese Bewohner - es sind doch Bewohner, oder? - sich mit dem Mob, wie sie die Leute da draußen nennen, verbünden wollen?"

Emmi plustert sich auf, wird rot wie ein gereizter Puter mit Sonnenbrand und fährt Ole in die Parade. „Was bilden Sie sich eigentlich ein? Glauben Sie, Sie, wirklich, mir Vorschriften machen zu können? Und dazu noch in meiner Residenz, Sie, Sie?" Ihre Hände formen sich zu Fäusten. Sie tritt von rechts auf links und wieder zurück. Ihr Blick ist jetzt hasserfüllt. Ihre Stimme wird brüchig wie die eines Kindes, das kurz davor ist, vor Wut loszuschreien und zu weinen.

Ole macht einen kleinen, aber dennoch festen Schritt vorwärts, weist dabei mit der offenen Rechten auf die erwähnte Urkunde und einen Wimpernschlag später mit dem Pistolenfinger auf die Direktorin. Leise, kaum hörbar verhöhnt er Emmi: „Sie wissen wie ich, dass dieser Wisch nichts wert ist. Ein ehrliches Mangelhaft wäre besser als diese widerliche Augenwischerei. Und wie in der Stadt über die Residenz und Sie geredet wird, wollen Sie nicht wirklich wissen. Und noch etwas: Von *Ihnen* lasse ich mich nirgends hinbestellen."

„Woher nehmen Sie diese Dreistigkeit? Und wenn Sie nicht in meinem Sinne berichten, werde ich meine sämtlichen Werbungen Ihrem Provinzblatt entziehen."

„Darf ich das so schreiben? Unsere Leser würden sich in ihren Meinungen über Sie nur bestätigt sehen."

„Ich will sofort Ihren Chef sprechen." Sie wählt die Nummer.

Ole bleibt ruhig. Er genießt den Augenblick förmlich.

„Das Grinsen wird Ihnen noch vergehen. Das verspreche ich Ihnen", warnt Emmy den Radio-Kur-Redakteur.

Das Frei-Zeichen, Frau Malice hört es. „Gleich werden Sie Ihre Abfuhr erhalten," droht sie und wendet sich gleichzeitig ab, um nach draußen zu sehen.

Erneut ertönt das Frei-Zeichen. „Na, geh schon ran." Und ein drittes Mal kommt das *Tüüt* durch den Hörer.

Ole verfolgt die Situation gelassen und ausdruckslos als beträfe sie ihn gar nicht. Aber er ist voll angespannt und malt sich aus, wie die Heimleiterin reagieren wird, wenn der Chef vom Dienst das Gespräch annimmt.

Langsam, genussvoll fährt Oles Hand in die Hosentasche und zieht sein Handy heraus. Sein Daumen drückt den grünen Button, und beinahe flüsternd:" Radio-Kur, Chef vom Dienst, Talkehr."

„Hier ist Emmy Malice, ich will mich beschweren. Ihr Mitarbeiter, dieser Herr ..." In Null-Komma-Nichts hat sie sich wieder zurückgedreht und sieht, wie Ole ihr demonstrativ das Handy entgegenhält. Heulend vor Wut schreit sie Ole Talkehr an. „Verlassen Sie mein Haus."

„Sehr gerne. Ich möchte vor der Residenz noch einige Interviews mit den Teilnehmern dieser beeindruckenden Veranstaltung führen. Vielleicht haben die dazu mehr zu sagen als Sie."

„Raaaauuuus."

Ole verlässt das Büro. An der Rezeption lächeln sich Ole und Betty Kallone freundlich zu. Beide fühlen sich in ihren Handlungen bestätigt und zeigen es auch dem anderen. Ein paar Schritte später öffnet sich die Automatiktür zum Vorplatz, und der Journalist schlägt wieder die Richtung Felix ein. Die Sirenen auf den Dächern einiger öffentlicher Einrichtungen schrillen über den Vorplatz. Es ist Samstagmittag. Wie in vielen Städten wird auch hier das Wochenende eingeläutet. Und hier und heute ist es zudem ein Kommando.

Die Gruppen um Frau Lubeck und Alma Tugett überfällt Unbehaglichkeit. Was geht hier vor? So etwas haben Sie noch nicht erlebt. Eine gewisse Aggressivität des einen oder anderen Jugendlichen haben sie erwartet, aber doch nicht so etwas. Schlagstöcke, Ketten zum Schlagen und so weiter, aber doch nicht das.

Mit Verstummen der Sirenen haben sich die zumeist jugendlichen Teilnehmer auf dem Vorplatz hingesetzt. Keiner von Ihnen gibt auch nur einen Laut von sich. Die, die sich nicht hinsetzen, sind von jetzt auf gleich ohne ihr Verschulden Außenseiter geworden, und das dabei aufkommende bedrückende Gefühl ist ihnen fremd. Wie werden diese Außenseiter von der Mehrheit behandelt? Oder beugen sie sich der Mehrheit?

Diese Stille von der einen zur anderen Sekunde bewirkt etwas Beklemmendes, da sie Macht demonstriert, ohne dass die meisten es so verstehen. Diese Macht, hervorgerufen durch Einigkeit einer bestimmten Menge, hätte aber bei anderen Vorzeichen oder Teilnehmern in Unstille oder sogar zu ausufernden Krawallen führen können.

Ob das bei diesem flashmob auch noch geschieht, wer weiß? Wie oft - bis in die heutige Zeit hinein - laufen Massen von Verblendeten, Meinungslosen oder einfach nur dummen Menschen, einem Schreihals nach?

„Ihr schneidet das doch mit?" erkundigt sich Thorsten Egarf sicherheitshalber bei seinem Team. Der Redakteur vom großen NDR hat sich ebenso wenig hingesetzt wie der vom kleinen Radio-Kur. Sie sind hier so etwas wie Neutren. Der NDR-Redakteur geht jetzt zu Ole: „Ich glaube, ich habe mich vorhin blöd verhalten. Alles auf Anfang? Ich bin Thorsten Egarf vom NDR, Studio Hannover. Und sie sind bestimmt Ole Talkehr vom Radio-Kur. Onno hat mich informiert."

Da Ole nicht nachtragend ist, ergreift er die ihm gereichte Hand und schüttelt sie wohlwollend. Manchen scheint es ein Symbol zu sein, groß und klein, Angereister und Heimischer.

Etwas, das bisher noch nicht so sehr ins Auge gefallen ist, tritt nun, da die Meisten sitzen, hoch gehoben in Erscheinung, der Lebenslauf:

Frei bin ich **Mensch,** im **Seniorenheim Niemand,** danach **tot**.

Wie auf ein geheimes Kommando beginnt die sitzende Menge leise: „Mensch, Niemand, tot, ...Mensch, Niemand, tot, ...Mensch, Niemand, tot."

Obwohl, oder gerade deshalb, verbreiten diese ruhig, fast andächtig gesprochenen Worte Unbehagen, beinahe Mystisches bei den beiden Bewohnergruppen und den anderen nicht sitzenden Teilnehmern.

Aber schon nach kurzer Zeit werden die Mensch-Niemand-tot-Sprechchöre lauter, und mit steigender

Lautstärke nehmen auch die Aufgewühltheit, der Adrenalinzufluss und damit der Tatendrang jedes Einzelnen zu.

„Bleibt drauf, alles mitschneiden!" bestimmt Thorsten.

Claas Sähnder hat es im Studio nicht ausgehalten, ist deshalb zur Residenz gekommen und will Ole womöglich unterstützen. Dass er hier zum ersten Mal die langhaarige Bettina Klier sehen soll, hat er im Studio natürlich nicht ahnen können.

Unbemerkt von den Meisten, treffen sich Bettinas und Claas' Blicke. Keiner der beiden lässt die Augen von dem anderen. Die Welt verschwindet um sie herum. Für die zwei gibt es hier und jetzt keinen flashmob, keine Demo, keinen Streik. Sie haben nur sich, obwohl keiner den anderen kennt, und obwohl der gesamte Vorplatz sie trennt.

Es ist einer dieser seltenen Glücksmomente, die nicht jeder erleben darf. Aber der, der ihn erlebt, wird ihn sein Leben lang nicht mehr vergessen.

In diesem Zustand des *Nur-für-dich-da-Seins* bemerken die Glückseligen nicht wie die Macht der Menge langsam, aber stetig beginnt, sich von ihrer bedrohlichen, bedrückenden und Angst verbreitende Seite zu zeigen.

69

Hanna sitzt auf ihrem Stuhl und umfasst krampfhaft die Armlehnen. Ihr Oberkörper wippt leicht vor und zurück. Das leise Summen nach der Melodie eines alten Kinderliedes vervollständigt diesen trostlosen Zustand.

Frau Tuschort hört ein leises Klopfen an der Appartementtür, die ohne ein *„herein"* abzuwarten, geöffnet wird.

„Carsten, mein Junge, schön dass du kommst. Ich warte schon so lange auf dich. Gehen wir wieder in den Garten? Nein, warum nicht? Wohin denn? Zu deinem Opa?"

„Oh, nein, nicht schon wieder. Ich halte das bald nicht mehr aus, und dann ewig dieses blödsinnige Gequatsche. Kannst du nicht endlich mal deine Klappe halten? Hier ist nicht dein Sohn. Siehst du das denn nicht?" meckert Bernhardin leise vor sich hin, während ihr Blick an Frau Tuschort auf und ab wandert. Und dann meint Benna in lauterem und unfreundlichem Ton: „Ihr Essen kommt. Wer hat ihnen denn schon das Nachthemd angezogen, oder waren Sie das wieder selbst? Es ist doch erst Mittag."

Bennas Telefon klingelt. Sie nimmt ab. „Tronje, gut, ...draußen? Alle? Ja, ich hab verstanden." Die Schwester drückt die rote Auflegtaste und meint zu Hanna: „So, Hanna, ich muss weg. Ich hab heute keine Zeit, sie zu füttern."

Sie dreht sich um und verlässt in großer Eile Hannas Appartement, hastet über den langen Flur. Die Stimme der Direktorin dröhnte wieder einmal aufgeregt, vorwurfsvoll und wütend durch das Telefon, so dass Bernhardin Tronje mit ungutem Gefühl dem verhassten Büro entgegeneilt.

„Carsten, warte, ich komme mit. Warte doch auf mich."

Frau Tuschort erhebt sich so schnell es ihr Zustand erlaubt aus ihrem Stuhl und geht hinter Carsten her. Auf dem Gang vernimmt sie die vom Vorplatz in die Residenz hereindringenden Geräusche. Instinktiv geht sie dem ungewohnten Lärm entgegen, die Treppe eine Etage hoch, und den ebenerdigen Gang entlang, bis sie die Rezeption erreicht.

„Frau Tuschort, guten Tag." Ein Gesunder und nicht an Demenz Erkrankter hätte Gabi Kallones erstaunten

Blick, ob der Nachtkleidung sofort wahrgenommen.
„Kann ich Ihnen helfen? Suchen Sie Ihr Appartement?
Darf Sie jemand begleiten?"
„Carsten, mein Sohn ist nach da draußen gegangen.
Ich muss zu ihm. Er will mit mir weggehen. Er hat
gesagt, dass er mit mir auf eine schöne Reise gehen
will, zu meinem Vater. Kennen Sie den? Der wohnt
weit weg von hier."

Gabi wischt sich verstohlen eine kleine Träne ab,
kommt aus ihrer Empfangsloge und geht auf Hanna
zu.

„Aber ich sehe Carsten da draußen gar nicht. Es sind
so viele Menschen da. Ich habe Angst. Aber ich muss
da hin."

Gabi will Frau Tuschort zurückhalten. Aber diese
vermeintlich so schwache Hanna entwickelt
ungeahnte Kraft, befreit sich aus der gutgemeinten
Umarmung und setzt ihren Weg fort. Die Automatiktür
öffnet sich, und Hanna steht im wahrsten Wortsinne
im Freien. Innerhalb weniger Sekunden - es sind
vielleicht vier oder fünf – herrscht absolute Stille auf
dem Vorplatz. Vielleicht zwei, drei Sekunden danach
ertönt Lachen von dem ein oder anderen flashmobber.

Felix blickt in die Richtung, in die die Lachenden
sehen.
Er entdeckt seine Hanna.
Das Schild reicht er Ralph, der neben ihm steht.
Er geht Hanna entgegen.
Hanna entdeckt jetzt auch Felix.
Sie gehen aufeinander zu.
Er breitet seine Arme weit aus, um seine geliebte Frau
in die Arme zu schließen.
„Carsten, da bist du ja. Mein Junge, ich komme. Wir
beide gehen jetzt auf die Reise. Leider hat dein Vater
noch zu tun und kann noch nicht mitkommen."

Langsam geht Hanna ihrem *Sohn* entgegen. Als sie ihn erreicht, schließt er seine Arme beschützend um Hanna und weint.

Das Gelächter verstummt. Es herrscht Totenstille.

„Felix, mein Lieber, es ist wieder so schön in deinem Arm. Aber ich kann nicht bleiben. Ich muss zu Carsten."
„Psssst", mehr sagt Felix nicht, während er seinen Zeigefinger behutsam auf Hannas Lippen legt.

Er drückt Hanna noch etwas fester, noch liebevoller.

Und dann, Felix drückt noch etwas mehr.

Hannas Mund ist geschlossen, aber er lächelt. Ihre Augen sind friedvoll. Ihre Beine versagen ihre Dienste. Ihr Kopf sinkt ruhig auf Felix' Brust. Ihr Atem stockt.

Hanna Tuschort ist tot.

Felix' Arme werden zum Schraubstock. Er will seine Hanna nicht loslassen, nicht fallenlassen.

Bettina Klier erfasst als erste die Situation und eilt Felix zur Hilfe. Zusammen tragen sie Frau Tuschort in die Residenz und setzen sie behutsam in einen der im Foyer stehenden Rollstühle. Sein Blick bedankt sich bei Bettina Klier und sagt gleichzeitig: Ich möchte mit meiner Frau ein letztes Mal allein sein.

Bettina versteht und kommt seinem Wunsch nach. Wieder auf dem Vorplatz hört sie einige ehrfurchtsvoll summen *time to say good bye.*

Felix fährt Hanna in ihr Appartement. Es ist der längste Weg seines Lebens.

Ergriffen von dieser Szene löst sich ein großer Teil des flashmobs wortlos auf. Die Zurückbleibenden sind fast alle, von der rührenden Szene ergriffen, vereint.

Bettina Klier, die Langhaarige von der Heimaufsicht, geht zu Ralph und nimmt ihm das Mensch-Niemand-tot-Schild aus der Hand. Provokativ steckt sie es in den großen Blumenkübel auf dem Vorplatz.

Verhaltener Applaus kommt von der Lubeckschen Gruppe.

Claas, dessen Augen die ganze Zeit nicht von Bettina lassen konnten, nimmt sein Herz in die Hände und spricht sie an.

„Ich habe sie beobachtet. Dieser flashmob, die Tuschorts, das Schild, kann ich ihnen helfen? Ich bin Claas Sähnder vom hiesigen Radio-Sender. Ich weiß, was hier geplant war. Leider ist nun alles anders gekommen. Dennoch, ich habe Verbindungen zum Norddeutschen Rundfunk, und ich meine, dass wir weitermachen sollten."
„Ja, sie können uns helfen. Ich bin Bettina Klier. Bis gestern war ich noch bei der Heimaufsicht. Ab heute lasse ich mich nicht mehr verbiegen. Presse? Ich bin hierfür nicht die richtige Ansprechpartnerin. Da müssen Sie sich an jemand anderen wenden."
„Ich vermute an Frau Firless."

Überrascht über seine richtige Vermutung, sieht sie Claas jetzt genauer an und entdeckt in seinem Auge keine Falschheit, keinen Drang auf der Suche nach einer vielversprechenden Story, sondern nur, man kann fast sagen, naive Ehrlichkeit. Aber es ist keine Naivität. Es ist etwas anderes. Sein Blick sagt ihr etwas. Ihr Gefühl hört es genau, kann es aber noch nicht entschlüsseln. Etwas verunsichert nimmt sie die aufsteigende Wärme und ein deutliches Herzklopfen wahr. Die letzten Tage, und vor allem Stunden, haben Bettina mehr zu schaffen gemacht, als sie sich eingesteht. So kann sie Claas Sähnders freundliches Lächeln nicht richtig deuten, geschweige denn erwidern.

Beide werden unterbrochen, denn Frau Lubeck wendet sich an Frau Klier: „Es muss weitergehen. Herr Tuschort und Frau Firless haben endlich damit begonnen. So traurig es vorhin war, wir dürfen nicht aufhören, und ich bin davon überzeugt, dass die beiden den Kampf für uns nicht so schnell aufgeben werden."

Die automatische Schiebetür öffnet sich, und Schwester Ricarda kommt heraus. „Ich habe gehört was geschehen ist und hoffe, dass Herr Tuschort mit uns weiter macht."
„Heißt das, Sie wollen weiter für uns kämpfen?" will Frau Lubeck erwartungsvoll wissen.
„Was denken Sie von mir? Frau Tuschort und diese Residenz sind kein Einzelfall. Ich kann jetzt nicht einfach so weitermachen, als wäre nichts geschehen."

„Wir kennen uns," wendet sich Bettina Klier Ricarda zu. „Sie haben Frau Tuschort ins Büro Ihrer Direktorin gebracht und eine Ihrer Kolleginnen verteidigt, meine Hochachtung."
„Ich weiß, die Heimaufsicht. Ihre Hochachtung ist mir nicht so wichtig. Viel wichtiger ist mir, dass den alten Menschen Hochachtung oder wenigstens menschenwürdige Achtung entgegengebracht wird. Aber solange es keine Politiker gibt, die den Mumm aufbringen, menschenwürdige Systeme zu installieren, wollen die meisten privaten Heimbetreiber sich lediglich eine goldene Nase an den Alten und Hilfsbedürftigen verdienen. Heimüberprüfungen nach Ankündigung. Welch Unsinn. Warum schicken die dafür Unverantwortlichen nicht einfach Bewertungsfragebögen mit dem Hinweis: Auszufüllen nur von Blinden. Was interessiert eine Bettlägerige, ob ein Friseur oder eine Bank im Hause ist? Dazu kommt, dass viele Heimleiter nur rückgratlose

Marionetten im System, im Konzern oder sonst wo sind. Von der fehlenden fachlichen Qualifikation einiger mal ganz abgesehen. Kaum einer hat den Mut aufzustehen und zu sagen: Schluss jetzt, bis hierher und nicht weiter. Mit mir nicht mehr. Und warum? Alles wegen ein paar blauer Flecken, die man sich vielleicht, vielleicht einfängt. Und wenn sich eine neue Kollegin bewirbt, dann wird noch hochnäsig gesagt: Wir zahlen auch gesetzlichen Mindestlohn. Ja, was denn sonst? Erwarten die auch Mindestleistung dafür? Welch verlogene Politik, welch verkommene Gesellschaft."

„Frau Firless," unterbricht Bettina Klier die sich in Rage redende Ricarda. „Sie haben ja Recht. Was sie gesagt haben ist das, was ich lange verdrängt habe. Seit heute besitze ich wieder Rückgrat. Und meine vielleicht zukünftigen blauen Flecke werde ich mit make-up unsichtbar machen." Und nach einer kurzen Pause reicht Sie Ricarda die Hand: „Ich bin Bettina Klier, bis gestern Heimaufsicht. Es wäre schön, wenn sie mich Bettina nennen würden."

Ricarda ergreift dankbar die ihr gereichte Hand und fühlt Ehrlichkeit in ihr liegen: „Gerne, ich bin Ricarda."

Bettina wendet sich erneut an Claas Sähnder. Beiden bemächtigt sich wieder dieses seltsame Herzklopfen, eine plötzliche Unsicherheit, der Wunsch, alles für den anderen geben zu wollen: „Sie wollten uns doch helfen."

„Ja, gerne. Das habe ich auch so gemeint."

„Ricarda, was denken Sie?"

„Die Schönqueller Presse ist nun ja fast komplett hier vertreten. Das kann nur in unserem Interesse sein. Ole hat Sie sicherlich über unsere Pläne unterrichtet," wendet sich Ricarda an Claas und fährt fort „leider ist es nun anders gekommen. Wir müssen sehen, wie wir mit der veränderten Situation fertig werden. Und…, außerdem sind leider doch nun sehr viele gegangen. So traurig der Anlass ist, so günstig ist dadurch für unsere Aktion der Augenblick. Es wird keinen besseren geben. Wir dürfen nicht länger warten. Ich gehe jetzt zur Direktorin. Bettina, ich glaube Sie sind die Einzige, die nicht unsere Pläne kennt. Ich möchte Sie einweihen."

In aller Kürze erläutert Ricarda die Sachlage und das Vorhaben.

Ole ist von seiner Einladung bei der Direktorin zurück und berichtet kurz, was sich dort abgespielt hat. Ricarda, Ralph, Bettina, Claas und Frau Lubeck hören gespannt zu und meinen dann ebenfalls, dass Ricarda beginnen soll.

„Wir drücken Ihnen die Daumen und hoffen, dass alles klappt. Wenn Sie Hilfe brauchen ..., Sie können sich auf uns verlassen" unterstreicht Frau Lubeck noch einmal ihre Tatkraft und erhält zustimmendes Kopfnicken der beiden Alten-Gruppen.

„Ein mulmiges Gefühl habe ich schon," beschreibt Ricarda ihren Gemütszustand, „aber wir haben es angefangen und müssen es jetzt auch zu Ende bringen."

Langsam, mit leicht unsicherem Schritt, macht sie sich auf den Weg zur Direktorin. Im Foyer herrscht verhaltenes Gemurmel. Bewohner haben Gruppen gebildet und reden über die Vorkommnisse dieses Morgens. Niemand der hier Versammelten kennt Ricardas Plan, aber jeder wartet gespannt auf das, was noch kommen mag. Gruppen Angestellter sucht man vergeblich. Ricarda hört ihren Herzschlag und möchte an der Rezeption am liebsten ein wenig verweilen. Aber sie weiß: Es geht nicht. Betty Kallone lächelt ihr aufmunternd zu. Es tut Ricarda gut, sie lächelt etwas gequält zurück. Nur noch wenige Schritte. Sie erreicht das Büro Emmi Malices und klopft an der Tür an.

„Ja, herein," lautet die kurze Antwort der Direktorin ohne dass sie zunächst aufblickt. Als sie sich dazu herablässt, die Eintretende anzusehen, bricht es aus ihr heraus: "Ah, die vielbeschäftigte Frau Firless hat sich endlich einmal die Zeit genommen, zu mir zu kommen. Ich hoffe, es macht Ihnen nicht zu große Umstände."

Die Ironie und Wut in ihren Worten bemerkt Ricarda sehr wohl, und noch bevor sie antworten kann, wird die Direktorin laut und unbeherrscht: „Was hatten Sie mit der Presse, und unserem Praktikanten und vor allem diesem Streuner im Löchl zu tun? Wollen Sie hier einen Zwergenaufstand veranstalten? Haben *Sie* das da draußen zu verantworten? Wenn ich dahinterkomme, dass Sie das angezettelt haben, werde ich Sie fristlos ...".

Frau Malice unterbricht ihren Redefluss, denn Ricarda zeigt ruhig mit der Hand wie ein Erstklässler auf. Dann fährt sie aber noch unbeherrschter fort: „Nein, jetzt rede ich. Wenn ich fertig bin, dürfen Sie sich zu Wort melden, aber ich vermute, dann wird Ihnen nichts mehr einfallen. Noch einmal für Sie zum Mitschreiben, wenn *Sie* hinter dieser Geschichte stehen, werde ich Sie fristlos rausschmeißen. Darauf können Sie sich verlassen. Und ich werde dafür sorgen, dass Sie in Bad Schönquell keinen Job mehr bekommen. Haben Sie mich verstanden?"

„Sie wissen vielleicht, dass ich noch nicht im Dienst bin. Ja, ich habe mir die Zeit genommen, zu Ihnen zu kommen. Ich hätte es auch mit der Post schicken können, aber ich finde: Eine sich so für die Belegschaft und vor allem für die Bewohner, die ja unser Einkommen sichern, einsetzende Vorgesetzte hat es verdient, direkt zu erfahren, dass ich mich krankmelde. Ich werde am Montag zum Arzt gehen. Meine Krankmeldung schicke ich Ihnen per Post."
„Was wollen Sie? Sie wollen blau machen? Sie sind doch gar nicht krank. Wenn Sie heute zu Ihrer Schicht nicht planmäßig antreten, haben Sie schon morgen Ihre fristlose Kündigung im Briefkasten."

„Das müssen Sie machen, wie Sie es für richtig halten. Ich werde jetzt jedenfalls nach Hause gehen, und ich hoffe, dass ich nichts Ansteckendes habe. Es wäre doch schrecklich, wenn plötzlich ein großer Teil des Personals krank würde. Man könnte dann ja glauben, es ginge nicht mit rechten Dingen zu. Aber ich kann Ihnen versichern: Es geht alles mit rechten Dingen zu."

„Verlassen Sie mein Büro, und gehen Sie endlich an Ihre Arbeit."

Wortlos dreht sich Ricarda um und verlässt das Zimmer.

An der Rezeption haben Peppy und Bettina Kallone dem nicht zu überhörenden Wortschwall der Direktion gelauscht und blicken Ricarda wohlwollend entgegen: „Ricarda, ich weiß nicht, was seit ein paar Minuten mit mir los ist. Aber ich fühle mich gar nicht wohl. Und Betty hat mir gerade gesagt, dass ihr auch wohl etwas auf den Magen geschlagen ist."

„Ja, das stimmt," bestätigt die Rezeptionistin mit ihrem traurigsten Blick. „Ich habe deshalb auch unseren Pflegedienstleiter angerufen, ihm aber noch nicht gesagt worum es geht. Herr Träsch will sofort kommen."

„Na, solange kann ich noch warten. Das möchte ich mir gerne ansehen," meint Ricarda erwartungsvoll.

Das Murmeln der Bewohnergruppen verstummt und wird zu einem gespannten Lauschen als der Pflegedienstleiter durch das Foyer geht. Als er Peppy und vor allem Ricarda erblickt, stoppt für einen kurzen Moment sein Gang, wird dann aber schneller und schneller bis er die drei erreicht hat. Genau in dem Augenblick, als er in seiner unqualifizierten Art Frau Firless zurechtweisen will, beginnt Betty Kallone: „Herr Träsch, ich muss Ihnen leider sagen, dass es mir nicht gutgeht. Die heutigen Ereignisse haben mich total fertiggemacht. Sie sind mir auf den Magen geschlagen. Ich melde mich hiermit krank und gehe nach Hause".

„Bei mir ist es ebenso. Ich melde mich auch krank," fährt Peppy fort.

„Was wollen Sie? Ich höre wohl nicht richtig. Sie bleiben schön hier. Das haben Sie doch verbockt," wendet sich der PDL-er mit einem hasserfüllten Blick an Ricarda. „Sie kommen jetzt sofort mit zu Frau Malice."

„Ach, dahin gehen Sie besser allein. Ich habe mich nämlich bereits vor ein paar Minuten bei unserer geschätzten Vorgesetzten krankgemeldet. Sie wird sich bestimmt freuen, Sie zu sehen. Ich habe gegenüber Frau Malice bereits gehofft, dass meine Unpässlichkeit nicht ansteckend ist. Offensichtlich hat sich meine Hoffnung nicht erfüllt. Sie tun mir leid."

So viel Freude wie jetzt, wenn auch nur Schadenfreude, haben die drei Frauen schon lange nicht mehr im Dienst erfahren, obwohl sie die Folgen ihrer plötzlichen Krankmeldungen nicht abschätzen können. Herrn Träsch stehen ohnmächtige Wut, Unfähigkeit und Ratlosigkeit ins Gesicht geschrieben.

Die Außentür öffnet sich, und die Gruppen um Frau Lubeck und Frau Tugett kommen herein, sehen die vier an der Rezeption und steuern auf sie zu. Frau Lubeck beginnt sofort: „Frau Firless, Sie sehen aber gar nicht gut aus. Fühlen Sie sich nicht wohl? Na ja, bei dem Klima," hierbei sieht sie den Pflegedienstleiter verächtlich an, „ kann ich das gut verstehen. Sie sollten sich vielleicht ein paar freie Tage nehmen. Aber Sie beiden sehen auch sehr strapaziert aus. Ihnen täte eine kleine Auszeit bestimmt auch gut. Und Sie, Herr Träsch, ach, Sie sehen immer so mitgenommen aus."

Die teils laut, teils leise gemachten Feststellungen rufen erneut die Direktorin aus ihrem Büro heraus. In ihrer ihr eigenen Art stürmt sie der Gruppe entgegen, wird jedoch von Frau Lubeck mit den Worten geschockt: „Frau Malice, ich habe das Gefühl, dass einige Damen des Personals ausgelaugt und ferienreif sind. Aber das werden Sie auch bereits festgestellt haben. Für den Fall, dass diese Damen oder noch mehr ausfallen sollten, möchte ich Sie um folgendes bitten: Notieren Sie Namen dieser Gruppe, und streichen uns bis auf Widerruf von der Essensliste. Wir treten ab sofort in den Hungerstreik. Frau Tugett, sorgen Sie doch bitte dafür, dass die Presse entsprechend informiert wird.

„In meinem Haus hat die Presse ohne meine Zustimmung nichts zu suchen. Und das haben Sie zu respektieren," wendet sich die Direktorin an Frau Kubel und fährt dann fort, indem Sie Frau Tugett ansieht: „Und darf ich fragen wer Sie sind?"
„Sie haben sich mir noch nicht vorgestellt. Aber, da Sie von *Ihrem Haus* sprechen, vermute ich, dass Sie die Eigentümerin dieser Residenz sind. Oder sehe ich das etwa falsch?"

Ohne eine Antwort abzuwarten, nickt Frau Tugett Frau Lubeck zu: „Soll ich die Presse draußen informieren, oder wollen Sie das lieber in Ihrem Appartement machen?"
„Ich habe gesagt: ohne meine Zustimmung kommt die Presse nicht ins Haus."
„Frau Malice, Sie kennen offensichtlich noch immer nicht unsere Rechte. Frau Tugett, ich möchte die Presse gerne in meinem Appartement informieren. Es wäre schön, wenn Sie dabei wären."
Frau Malice wendet sich Betty Kalone zu: „Verbinden Sie mich mit unserem Anwalt, auf meinem Apparat."
Frau Kallone sieht den Pflegedienstleiter an: „Würden Sie bitte anrufen, ich bin krank."
Die Rezeptionistin geht in den Hinterraum, kommt nach wenigen Augenblicken in Privatkleidung zurück und meint nur: „Meine Krankmeldung reiche ich nach".

Peppy, Betty und Ricarda verlassen unter Applaus die Residenz.

70

„Guten Abend, liebe Zuschauer. Ich begrüße Sie zu Ihrem *Hallo Norddeutschland*. Unsere heutigen Themen: Streit um Austernzucht, immer weniger Sylter auf Sylt, flashmob in Bad Schönquell.

Zu unserem ersten Bericht. Seit einigen Tagen gibt es in Bad Schönquell Unruhe. In einem der dortigen Altenheime, das zu einem deutschlandweit agierenden Dienstleistungskonzern gehört, soll mindestens eine Bewohnerin ohne richterlichen Beschluss des Nachts in ihrem Appartement eingeschlossen worden sein. Diese, an Demenz erkrankte Bewohnerin, ist heute vor dem Heim während einer Demonstration gestorben.

Unser Sender vor Ort, *Radio-Kur,* berichtet, dass ein vermeintlicher Stadtstreicher mit einem Gymnasiasten und einer Pflegekraft des Heimes einen flashmob inszeniert hätten.

Des Weiteren sollte ein Streik folgen und auf die allgemeinen Missstände im Altenpflegebereich aufmerksam machen. Aufgrund dieses Todesfalles wurde der bis jetzt jedoch nicht durchgeführt.

Eine Bewohnergruppe dieser, und eine einer weiteren Altenresidenz in Bad Schönquell mit insgesamt fast hundert Teilnehmern haben das Vorhaben unterstützt.

Bei dem vermeintlichen Stadtstreicher handelt es sich um einen der Landesregierung bekannten ehemals hoch angesehen Juristen. Er hat seinerzeit seine Hannoveraner Anwaltskanzlei verkauft, um seiner Frau die aufwendigen medizinischen Behandlungen finanzieren zu können.

Unsere Recherchen haben ergeben, dass die Heimleitung die Pflegedienstleitung fristlos entlassen hat. Eine Außendienstmitarbeiterin der Heimaufsicht hat zwischenzeitlich Ihren Dienst gekündigt. Mit ihr will die betreffende Residenz-Mitarbeiterin endlich intensiv für Verbesserungen im Altenpflegebereich eintreten. Die in der Residenz wohnende frühere Gattin einer verstorbenen höher gestellten

Persönlichkeit aus Hannover sagte, dass ein Teil der Residenzbewohner jetzt in einen unbefristeten Hungerstreik treten und somit das weitere Vorhaben unterstützen und auf die miserablen Zustände im Gesundheits- und besonders im Altenpflegebereich aufmerksam machen wolle."

71

„Ich kann diese undankbaren und ewig nörgelnden Menschen nicht mehr hören. Schalten sie den Fernseher aus. Sie können jetzt Pause machen. Wir brauchen Sie erst wieder zum Ins-Bett-Bringen. Ihr Kollege wird ja wohl jeden Augenblick kommen und meinen Onkel ausfahren."

Die Angestellte einer anderen privaten Einrichtung mit Einzelbetreuung für Gutbetuchte folgt der Anweisung der Besucherin des alten Herrn mit den Worten: „Jawohl, Frau von Wegen."

ENDE